rororo

Jo Powell, geboren in Lancashire, studierte Jura und arbeitete zwölf Jahre lang als Staatsanwältin. Neben ihrer journalistischen Tätigkeit unterrichtete sie Creative Writing und promovierte in Englischer Literatur. Bisher hat Powell Kurzgeschichten in Zeitschriften und Anthologien veröffentlicht. «Die Blutkammer» ist ihr erster Roman. Die Autorin lebt mit ihrem Mann, drei Kindern und zwei Hunden in Devon.

JO POWELL

Die Blutkammer

THRILLER

DEUTSCH VON RASHA KHAYAT

ROWOHLT TASCHENBUCH VERLAG

Deutsche Erstausgabe
Veröffentlicht im Rowohlt Taschenbuch Verlag,
Reinbek bei Hamburg, Mai 2009

Redaktion Arno Hoven
Umschlaggestaltung any.way, Barbara Hanke / Cordula Schmidt
(Foto: plainpicture / wildcard)
Satz Minion PostScript (PageOne)
Gesamtherstellung CPI – Clausen & Bosse, Leck
Printed in Germany
ISBN 978 3 499 24954 9

Ich berechne die Höhe des Falls, den ich ihr zugedacht habe, während ich sie unbemerkt beobachte. In der engen Gasse, in der ich mich aufhalte, vermischen sich die Schatten mit dem dichten, düsteren Nebel. Dort drüben in dem Haus, im gedämpften Licht, mixt sie eine ihrer Tinkturen. Ihren Kopf beugt sie über den Tisch, ihre weißen Hände zittern bei der Arbeit. Sie wartet … wartet auf den Herrn der Blutkammer.

Seit Wochen habe ich sie beobachtet, aber heute am Schloss wurde mir klar – die Zeit ist gekommen. Unser Fremdenführer war alles andere als inspirierend, also schweiften meine Gedanken ab. Ich dachte über all die zahlreichen Mittel und Methoden nach, die von Menschen erfunden wurden, um Qualen herbeizuführen und zu töten. Ich muss gestehen: Das Museum mit seiner Ausstellung von Folterinstrumenten fasziniert mich immer wieder aufs Neue. Am interessantesten finde ich die Blutkammer. Jedes Mal, wenn ich die Türschwelle zu dem kleinen Turm betrete und den beißenden Dunst der Kammer einatme, spüre ich dieses aufgeregte Kribbeln in der Magengegend. Auch heute waren die Touristen wieder freudig erregt von den Beschreibungen der Hinrichtungen am Galgen und von den Geschichten über die berüchtigten Hexen von Pendle, den Pendle Witches. Ich achtete jedoch nicht auf das insektenartige Brummen und Summen ihrer Stimmen. Stattdessen stellte ich mir vor, wie sich die Tür der Blutkammer zum Innenhof hin öffnete und eine Gefangene, begleitet vom Henker und vom Priester, auf das Podest geführt wurde – und wie man dann ihren Kopf in die Schlinge legte, ehe ihr Körper schließlich nach unten fiel.

Die Menschen hatten sich hier einst versammelt, um den Hinrichtungen beizuwohnen; Kinder schwänzten die Schule, und Tausende von Menschen standen auf dem Friedhof, nur um einen kurzen Blick auf die Erhängten zu erhaschen. Besser als Bingo – und mit mehr Nervenkitzel verbunden. Doch die Hinrichtungen waren mehr als nur eine aufreibende Massenunterhaltung. Ich erinnere mich daran, über Dorothy Wordsworth gelesen zu haben, sie sei einmal während der Hinrichtungssaison hier gewesen und habe sich über die schlechte Sicht auf den Galgen beklagt. Das hat mich sehr amüsiert. Wie so viele kultivierte Menschen wusste sie, dass die eigentliche Kunst des Hinrichtens vom einfachen Volk nicht gewürdigt wurde. Der Jubel der Massen galt nur dem sterbenden, am Strang tanzenden Körper, dem Geruch von Pisse und Exkrementen.

Der heutige Fremdenführer stotterte sich ein paar Fakten zurecht und gab mindestens eine Jahreszahl falsch wieder. Dummkopf! Ich hätte ihn ohne weiteres verbessern können, ließ es aber bleiben. Ich kenne die Geheimnisse aus den Tiefen des Schlosses und dem finsteren Durchgang von Gallows Gate. Aber jene Ignoranten waren es nicht wert, dass ich ihnen dieses Wissen anvertraute. Sie hätten die hohe Kunst des Henkers nicht verstanden. Mein Vorbild ist Ned Barlow, der neun Hinrichtungen an einem Tag durchführen konnte. Guter Old Ned – er verdient das Denkmal, das ich ihm errichtet habe.

In der Blutkammer befindet sich der sogenannte Henkersstuhl, der den Lahmen und Behinderten dazu dient, den Galgen zu erreichen. Eine hochkomplizierte Technik: Den Todgeweihten auf die Falltür zu setzen konnte eine Menge unliebsamer Zwischenfälle nach sich ziehen. Die Arbeit des Henkers ist sehr stark unterschätzt worden. Um alles genau berechnen zu können – das Gewicht des Gefangenen, die Höhe des Galgens und die Länge des Stricks müssen perfekt aufeinander abgestimmt werden –, sind ein hohes Maß an Wissen und Geschick erforderlich.

Der Fremdenführer gab den üblichen Abriss über die Hexen von Lancaster zum Besten: «Es war eine Gruppe harmloser Frauen, die sich auf Kräuterkunde verstanden», erklärte er im trockenen Stil eines Schulaufsatzes. Schließlich behauptete er, es habe diese Hexen nie gegeben. Wut breitete sich in meinem Inneren aus. Natürlich hat es sie gegeben – und es gibt sie noch immer; ich selbst habe ihre Rufe aus dem Witches' Tower gehört. Maleficium.

Als die Tore des Schlosses uns wieder in die Dunkelheit der Hügel hinausspien, hörte ich die Stimmen erneut. Ich drehte mich um, schaute zu den Umrissen der Mauern und Türme und lauschte dem zischenden Geflüster.

«Es ist noch Arbeit zu tun.»

Kein Laut ist nun zu vernehmen. Meine Haut fühlt sich an wie nach einem feuchten Kuss, und in dem dichten Nebel schmecke ich das Meer. Der weiße Dunst hat alles Licht verschluckt, nur dumpf ist der ferne Verkehrslärm zu hören. Eine Szenerie wie aus einem seltsamen Traum breitet sich vor mir aus. Sie wartet; ich kann sie beinahe riechen. Der Herr der Blutkammer ist bereit und erwartet die erste Besucherin.

Kapitel 1

Castle Hill, Lancaster, 1. November 2006

Der Wind brauste von den Bergen herab, stürmte über die Bucht hinweg und vertrieb den Nebel. Er wirbelte über die Felder, entlang den Häusern und durch die Straßen; auf seinem Weg hinterließ er umgestürzte Mülltonnen und sogar den einen oder anderen umgeknickten schweren Strommast. Schließlich tobte der Sturm über den Fluss Lune hinweg und den Hügel zum Schloss hinauf, wo er nach den Flaggen hoch oben auf den Zinnen griff.

Doch die Burg trotzte den Elementen wie eh und je; reglos wie eine große graue Kröte thronte sie über der umliegenden Landschaft. Weit über der Stadt, oberhalb der Giebel, Kuppeln und des mittelalterlichen Klosters, starrte das Schloss durch die kleinen, schlitzartigen Fenster seines Pförtnerhauses hinunter auf die Bauwerke, die sich sichelförmig um den Hügel legten und eine vielgestaltige Architektur aufwiesen. Es starrte hinunter auf eine Reihe roter Backsteinhäuser aus Georgianischer

Zeit – auf ein Gebäude, wo im obersten Stockwerk eine zierliche Frau mit feinen Gesichtszügen stirnrunzelnd vor ihrem Computer saß.

«Wodurch wird eine Frau zur Mörderin?» Kat Branks versuchte, ihre Stimme lebhaft klingen zu lassen, als sie den ersten Satz auf dem Bildschirm las. Ihre tiefblauen Augen hatten sich zu schmalen Schlitzen verengt, und sie fuhr sich so lange mit den Händen durch ihr kurzes Haar, bis die dunklen Strähnen wild vom Kopf abstanden. Sie streckte ihre kalten, dünnen Finger und blies in ihre Hände, um den Blutfluss anzuregen. Der Wind hatte nun zwar aufgehört zu heulen, doch das raue Novemberwetter war mit aller Macht gekommen, und die Winter hier – zwischen den Hügeln des Trough of Bowland im Südosten und der Morecambe Bay sowie den Cumbrian Mountains im Norden – konnten unerbittlich sein. Der zischende Boiler schaffte es nicht, die Wärme bis zum Raum in der dritten Etage hinaufzupumpen, den Kat als Büro nutzte.

Hätte ich doch nur mehr auf den Abgabetermin für den Artikel geachtet, dachte sie. Ihr Text über Morde durch Familienangehörige sollte bis zum Abend per E-Mail an den *Guardian* geschickt werden. Außerdem war sie an diesem Morgen um elf Uhr verabredet, saß aber immer noch in Jeans und ihrem verwaschenen Lieblingssweatshirt am Schreibtisch, und ihre Mitbewohnerin Sarah hatte das Haus verlassen, ohne vorher mit dem Hund Gassi gegangen zu sein.

«Ich helf dir mit dem Hund», ahmte Kat das Versprechen ihrer Freundin nach. «Danke, Sarah! Bist 'ne echte Freundin!»

Ihr Handy vibrierte und begann, sich über den unaufgeräumten Schreibtisch fortzubewegen. Sie ergriff es und dachte:

Bitte, Gott, lass das nicht der zuständige Redakteur vom Guardian *sein.*

«Hallo, Süße. Alles klar?»

«Tony, was zur Hölle willst *du* denn?», fragte sie rundheraus.

«Charmante Begrüßung für deinen Ehemann.» Seine tiefe Stimme war nun weicher und klang ein wenig neckisch.

«Du bist nicht mein Mann», blaffte Kat. «Oder zumindest nicht mehr.»

«Aus diesem Grund rufe ich auch an. Hast du meine SMS bekommen?»

«Ja.» Kat versuchte, möglichst ruhig zu klingen. Ihre Scheidung war fast durch, und sie wollte unter keinen Umständen, dass Tony den endgültigen Schlussstrich unter ihrer Ehe hinauszögerte. «Wie war es in Antigua? Hatte Julia eine schöne Zeit?»

«Nicht wirklich.»

Nach diesen Worten schwieg er einige Augenblicke, und Kat konnte Tonys Atem in der Leitung hören.

«Wir haben Schluss gemacht», sagte er schließlich. «Es hat einfach nicht funktioniert.»

Vermutlich hatte er sich mit Piña Coladas besoffen und den Mr. Hyde gegeben. Die Richtung, in die das Gespräch abdriftete, gefiel Kat ganz und gar nicht. «Tony, ich habe hier einen Artikel, der heute noch fertig werden muss.»

«Ich rufe auch nur an, um zu fragen, ob du dieses Wochenende Zeit hast. Ich wollte raus ins Grüne, zu dir in die Nähe; vielleicht können wir für ein oder zwei Tage in den Lake District fahren.»

«Tony», wiederholte Kat und bemühte sich dabei, ihre Stimme nicht zu heben. «Wir sind fast geschieden. Irreversibler Totalschaden – dein unverantwortliches Verhalten.»

«Aber Kat, ich habe mich verändert. Ich weiß, wir können es immer noch schaffen.»

Sie stellte sich ihn in seiner Wohnung in Middle Temple vor, ganz Wolf im Schafspelz, mit Haifischaugen, die nachdenklich blickten – genau der Ausdruck, den er immer aufsetzte, wenn er vor Gericht die Geschworenen von einem besonders unglaubwürdigen Beweis überzeugen wollte. Einen Moment lang spürte Kat ein Kribbeln im Bauch. Das hatte sie doch alles schon hinter sich.

«Es tut mir leid, dass Julia dich verlassen hat», erklärte sie. «Aber ich will dich nicht sehen.»

«Immer noch die eiskalte Hexe.» Seine Stimme klang heiter, aber Kat spürte die alte Kampfeslust dahinter.

«Das muss ich mir nicht anhören.» Kat drückte so fest auf die Beendentaste, dass ihr Daumen schmerzte.

Nur Sekunden später vibrierte das Handy erneut.

Wütend nahm sie den Anruf an. «Verpiss dich einfach!»

«Kat?»

Sie verdrehte die Augen. Es war Dr. Svenson, die Profilerin, die sie in ihrem geplanten Buch porträtieren sollte.

«Eva, entschuldigen Sie bitte. Ich habe nicht gesehen, dass Sie es sind.»

«Ganz offensichtlich.» Die Stimme am anderen Ende der Verbindung klang amüsiert, und Kat spürte, wie ihre Seriosität den Bach hinunterging.

«Bleibt es bei unserem Treffen um elf?»

«Deshalb rufe ich an. Wir müssen uns vertagen. Ich habe eben eine Nachricht von der Polizei bekommen. Sie brauchen mich an einem Tat- oder Fundort.»

Kat spürte den vertrauten Journalisteninstinkt in sich aufsteigen. «Was ist passiert?»

«Man hat eine Leiche im Trough of Bowland gefunden», antwortete Eva. «Sieht ganz nach Mord aus. Es ist relativ ungewöhnlich, dass man mich zum jetzigen Zeitpunkt der Ermittlung schon einbezieht, aber anscheinend gibt es ein paar merkwürdige Aspekte.»

«Glauben Sie, ich könnte mich einklinken?», fragte Kat zögerlich. «Ich meine, es wäre doch eine prima Gelegenheit, Sie bei der Arbeit zu beobachten.»

Das Schweigen am anderen Ende war nicht gerade ermutigend.

«Mir ist klar, wie heikel das ist. Aber ich werde sicher nicht im Weg sein. Und für mich ist es ja auch nicht gerade unbekanntes Terrain. Immerhin bin ich als Journalistin spezialisiert auf Kriminalfälle.»

«Nun ja, ich nehme an, die Polizei hat schon mitbekommen, dass Sie mir über die Schulter schauen. Zumindest in der Hauptstelle ...»

«Sie haben eine Kopie des Briefes vom ACC», erinnerte Kat sie.

«In Ordnung. Passen Sie auf, ich bin schon spät dran.» Eva hörte sich nun gehetzt an. «Kennen Sie die Queremore Road von Lancaster aus? Unmittelbar vor der dritten Kreuzung stehen ein paar Häuser, dort biegen Sie links ab und halten sich eine halbe Meile geradeaus. Dann sehen Sie schon die Wagen der Polizei.»

Bevor Kat weitere Fragen stellen konnte, hatte Eva schon aufgelegt. Kat schnappte sich ihre große Tasche und packte ihre übliche Ausrüstung ein – Digitalkamera, Aufnahmegerät und Laptop. Sie schaute an sich hinunter und betrachtete kurz ihre Jeans und ihr Sweatshirt. Doch sie hatte keine Zeit mehr, sich etwas Passenderes anzuziehen. Wo zum Teufel war ihr Schlüssel? Sie ließ ihren Blick über das mit zahlreichen zerlesenen Bänden über Politik, Journalismus und Recht gefüllte Bücherregal gleiten. Auf dem oberen Regalbrett befand sich ein roter Plastikhut, ein Überbleibsel der letzten Party im Haus. Kat wühlte einen Moment lang darin und zog dann triumphierend den Schlüsselbund heraus. Schließlich fischte sie noch ihre ausgetretenen Stiefel unter dem Schreibtisch hervor und stürmte aus der Zimmertür. Während sie auf dem Weg nach unten zwei Stufen auf einmal nahm, fing der Hund an zu bellen.

«Ruhig, Samson!», brüllte Kat.

Ein gescherktes Knäuel warf sich ihr entgegen, sodass sie sich am unteren Ende des Treppengeländers festhalten musste, um nicht das Gleichgewicht zu verlieren. «Aus, Junge. Aus», warnte sie den Hund. Doch er drehte aufgeregt seine Runden im Flur und zerkratzte mit den Pfoten den lackierten Holzboden. Innerlich verfluchte Kat ihre Mitbewohnerin. Eigentlich wäre Sarah dran gewesen, Samson auszuführen. Kat nahm ihre Regenjacke vom Garderobenständer, griff nach Samsons Kauknochen und lockte den Hund zu seinem Körbchen in der Küche.

«Ich gehe später mit dir raus», versprach sie. «Bemüh dich, die Wohnung nicht zu verwüsten.»

Eva zog sich einen hellblauen Mohairpullover über und strich sich ein paar Strähnen ihres aschblonden Bobs glatt, ehe sie ihre Öljacke überstreifte. Dann hängte sie sich die Ledertasche über die Schulter, schloss ihre Wohnung ab und eilte die Treppen hinunter. Der kleine öffentliche Parkplatz vor dem Haus war fast leer, da die meisten Anwohner früh zur Arbeit fuhren. Der Geruch von Benzin und Abgasen stieg Eva in die Nase, und sie verzog das Gesicht. Schnell nahm sie den automatischen Türöffner in die Hand und richtete ihn auf ihren gelben Alfa Romeo. Als sie den Parkplatz verließ, hing der Himmel grau wie ein Leichentuch über dem Viertel am Fluss. Das Ufer war gesäumt von hohen, umgebauten Lagerhäusern, die einst als Speicher für Waren aus dem Handel mit den Karibischen Inseln – also für Tabak, Zucker und Rum – gedient hatten. Viele der Gebäude waren auf weichem Ufergrund errichtet worden und standen inzwischen etwas schief; fast schien es, als würden sie nach unten auf die kleinen Boote schielen, die auf der dunklen, spiegelglatten Wasseroberfläche des Lune hin und her schaukelten.

Eva entfernte sich nun vom Ufer, passierte die engen, überfüllten Straßen der Innenstadt und bog schließlich an dem alten, mit rotem Backstein verklinkerten Gymnasium auf die Fell Road ab. Sie war nicht sicher, was sie wohl erwarten würde. Detective Inspector Myles Hunter leitete die Ermittlungen, und der wortkarge DI hatte ihr bei seinem Anruf nicht viel verraten.

«Wir haben die Leiche einer jungen Frau gefunden», hatte er ihr mitgeteilt. «Ungefähr dreißig Jahre alt. Hinten an der Bowland Road.» Warum hörten sich Polizisten nur immer an, als ob sie aus ihren Notizen vorlasen?

«Wie ist sie umgekommen?»

«Offenbar erhängt.»

«Selbstmord?»

«Der Pathologe hält das für unwahrscheinlich. Der Chef sagt, er möchte, dass Sie sich das Ganze mal anschauen.»

Eva lächelte schief. Der Chef selbst hatte nach ihr verlangt, nicht der DI. Viele der Polizeibeamten hielten ihre Arbeit für blödsinniges Psychogeschwätz, und vermutlich war Myles Hunter einer von ihnen.

«Pass bloß auf, dass du nicht bei *News of the World* endest», war sie von ihrem Vater gewarnt worden, als er das erste Mal von ihrer Arbeit als Profilerin für die Polizei erfahren hatte. «Du weißt ja, die Medien sind wahre Hyänen.»

«Ja, Dad, ich weiß. Aber ehrlich gesagt, für einen Psychiater bist du ziemlich paranoid.»

Während sie nun weiterfuhr, fragte sich Eva, ob sie Kat näher hätte überprüfen sollen – und zwar bevor sie sich einverstanden erklärt hatte, dass die Journalistin sie bei der Arbeit beobachten durfte. Sie hatte zwar eine recht eindrucksvolle Mappe mit dem Lebenslauf von Kat und Arbeitsbelegen gesehen: Artikel sowie große Reportagen über Verbrechen, die in bekannten Zeitungen und Magazinen veröffentlicht worden waren, und sogar Fernsehdokumentationen. Aber über die Privatperson wusste sie nichts und überlegte, wessen Anruf Kat wohl erwartet haben mochte, als sie vorhin ans Telefon gegangen war.

Eva fuhr an dem letzten Bauernhof vorbei, der an ihrer Strecke lag, und bog dann auf einen schmalen, steinigen Weg ab, den kahle Weißdornhecken säumten. Ihre Fahrt endete vor einer Reihe seitlich nebeneinander geparkter Pkw und Transporter der Polizei, die auf diese Weise den Verkehr aufhalten wollte. Eva stellte ihren Wagen ab und stieg aus. Der Nebel der vergangenen Nacht hatte sich größtenteils verzogen, doch ein letzter Rest des unerbittlichen grauen Dunstes hing noch über den Bäumen. Die Feuchtigkeit legte sich auf Evas Gesicht und ihre Hände, die sich kalt und klamm anfühlten. Vor ihr war ein kleiner Hügel, auf dem sich oben ein Wäldchen aus Birken, Eichen und Ebereschen befand. Dort erblickte sie ein weißes Zelt, das vermutlich die Stelle abschirmte, an der die Leiche gefunden worden war. Absperrbänder mit der Aufschrift *Polizei – Kein Durchgang!* wehten wie Luftschlangen in dem schneidenden Wind, der einen süßlich-stechenden Geruch über die Felder trieb.

«Dr. Svenson?»

Ein großer, kräftiger Mann mit kurzgeschnittenen braunen Haaren schritt auf sie zu. «DI Myles Hunter.» Er sprach etwas undeutlich, mit einem leichten nordenglischen Akzent.

Eva schüttelte seine Hand. Sein zerknittertes Gesicht verriet, dass man ihn zu früh aus seinem Bett geholt hatte; ihm war noch nicht einmal genügend Zeit geblieben, um sich zu rasieren. Sein Profil war kantig, und er hatte eine leicht gebogene Nase und intelligent dreinblickende graue Augen. Sie fragte sich, was er wohl davon hielt, dass sie hier am Fundort einer Leiche herumschnüffelte.

«Was wissen wir bislang?», fragte Eva, während sich beide auf den Weg zum Fundort oben auf dem Hügel machten. Aufgrund ihrer langen Beine hatte Eva keine Mühe, mit Inspector Hunter Schritt zu halten.

«Das Opfer ist eine junge Frau, weiß, zwischen achtundzwanzig und dreißig. Einer der hiesigen Bauern hat sie heute in den frühen Morgenstunden gefunden.» Er zeigte hinauf zu dem Wäldchen. «Sie hing da oben, an einem der Bäume.»

«Kein Selbstmord?»

Er schüttelte den Kopf. «Der Pathologe sagt, der Strick sei ihr von jemand anderem umgelegt worden. Ziehen Sie sich einen Schutzanzug über, dann sehen wir es uns an.» Er nickte mit dem Kopf in Richtung eines Polizeitransporters, der am Rande der Absperrungen um den Fundort geparkt war.

Eva stieg in den Wagen und zwängte sich in den engen Anzug hinein, dessen Material auf ihrer kalten Haut klebte. Dann kehrte sie zu Inspector Hunter zurück und begleitete ihn weiter den Hügel hinauf. An dem Zelt, das den Fundort abschirmte, hielten sie an. Die Szene glich der Karikatur eines Kinderzeltlagers, wenn man einmal von den Beamten der Sonderkommission absah, die rund um den Fundort ihrer Arbeit nachgingen und in ihren Spezialanzügen mit Kapuzen wie Astronauten aussahen.

«Bereit?»

Eva nickte und folgte dem Inspector.

Man hatte die Frau auf eine weiße Plastikplane gelegt. Sie war klein und hatte einen schmalen Hals, an dem sich das hässliche Mal des Stricks abzeichnete. Es hatte nicht viel Kraft gekostet, diese Frau zu töten. Eva betrachtete die Leiche eine Weile und murmelte dabei immer wieder Stichworte in ihr Aufnahmegerät.

«Haben Sie genug gesehen?», fragte Inspector Hunter schließlich.

Sie nickte und verließ mit ihm das Zelt. Die Luft war noch immer kalt und dunstig, aber Eva atmete sie voll Dankbarkeit ein.

«Da ist noch etwas.» Der DI machte ein Zeichen, und einer der Beamten reichte ihm eine Plastiktüte für Beweisstücke. «Es war an ihre Kleider geheftet.»

Es war ein Stück Seil mit einem Knoten. Eva starrte es an.

«Man hat sie dort oben gefunden.» Myles Hunter zeigte auf eine hohe Eiche. «Nach der ersten Untersuchung haben wir sie gleich runtergeschnitten. Schien uns nicht richtig, sie da hängen und von jedem dahergelaufenen Idioten anstarren zu lassen.»

Eva wünschte, sie hätte seinem Zynismus etwas entgegensetzen können – hätte gern gesagt, dass Menschen nicht so sensationsgierig sind. Doch sie wusste es besser. Die Profilerin näherte sich nun dem Baum und schaute hinauf ins Geäst, an die Stelle, wo die Zweige ein kleines Stück Himmel erahnen ließen. «Warum hat er sie hierher gebracht, um sie zu töten?»

«Das ist der andere Punkt, Doktor. Sie wurde nicht hier getötet.»

«Haben Sie nicht eben gesagt, nach Meinung des Pathologen sei sie erhängt worden?»

«Stimmt. Ihr Genick ist gebrochen. Aber wer auch immer das getan hat – er hat sie erst anschließend hierher gebracht. Dieser kranke Scheißkerl hat sie in den Baum gehängt wie ...» Seine Stimme erstarb.

«Wie eine Trophäe», ergänzte Eva.

Kat kämpfte sich durch die Einbahnstraßen der Innenstadt, ehe sie schließlich in die Trough Road bog. Die Landschaft um sie herum wurde zunehmend wilder, und sobald der letzte Bauernhof außer Sichtweite war, wurde ihr Weg nur noch von Schafen gesäumt, die wie kleine Punkte auf den Hügeln verteilt waren und friedlich grasten. Die Szenerie erinnerte an ein Kinderbild mit aufgeklebten Wattebäuschchen. Ein massiger Kirchturm schien am grauen Horizont festzukleben, und der Himmel über ihm hatte die Farbe von milchigem Tee. Plötzlich wurde diese Idylle gestört durch einen Pulk von Polizeiwagen und wehende Absperrbänder. Eine riesige Krähe schien sie vom Dach eines der Autos aus zu beobachten. Kat erblickte Evas Alfa vor einer Wegsperrung und stellte ihren alten Beetle daneben ab. Sie klemmte ihre Tasche unter den Arm, stieg aus dem Wagen und lief auf die Beamten zu. Der Morgen war ungemütlich, und das trübe Sonnenlicht vermochte kaum, die düstere Wolkendecke zu durchbrechen. Zwei uniformierte Polizisten standen vor der Absperrung Wache. Einer von ihnen, dessen Gesicht so breit wie das von Kater Garfield war, hatte seine

Arme eng um sich geschlungen und schlug sie gelegentlich gegen seinen Oberkörper, um sich ein bisschen aufzuwärmen. Beide wirkten noch sehr jung; der Schlankere allerdings, dessen bleiches Gesicht voll roter Pickel war, sah so aus, als hätte er gerade erst die Ausbildung hinter sich.

«Entschuldigen Sie, Miss. Aber Sie können hier nicht durch. Haben Sie die Absperrungen nicht gesehen?»

«Mein Name ist Branks», antwortete Kat spitz und zog lächelnd ihren Presseausweis hervor. Das Foto von ihr darauf war nicht gerade vorteilhaft: ein strubbeliger dunkler Pony und blaue Augen, die den Betrachter anglotzten. Es war an einem Morgen nach einer durchzechten Nacht aufgenommen worden – ohne dass sie zuvor eine Haarbürste benutzt hatte.

Der Beamte schaute wie ein Hase im Scheinwerferlicht. Zweifelsohne hatte man ihm auf der Polizeischule alles über die Bösartigkeit von Journalisten beigebracht.

«Man erwartet mich hier, es ist alles abgesprochen.» Sie versuchte, so ruhig wie möglich zu klingen. «Ich arbeite mit Dr. Eva Svenson an einem Buch und –»

Sie wurde unterbrochen von einem älteren Mann, der neben die zwei jungen Beamten trat. Er überragte die beiden um ein ganzes Stück. Der schwere Regenmantel, den er über seinem Schutzanzug trug, sonderte den dunstigen Geruch von feuchtem Hundefell ab. Sein Kinn war kantig, und die leicht gebogene Nase sah aus, als sei sie in der Vergangenheit schon einmal gebrochen gewesen. Seine dunkelgrauen Augen verengten sich, als er ihren Presseausweis musterte. «Selbst wenn Sie *Krieg und Frieden* schreiben würden, Schätzchen – keine Reporter. Dies hier ist der Fundort einer Leiche. Und dafür bin *ich* zuständig.»

«Das ist DI Hunter, Miss Branks», stellte der Picklige den

älteren Polizisten vor und war sichtlich erleichtert über dessen Eingreifen. «Er hat hier die Verantwortung.»

«Dr. Svenson erwartet mich, Inspector Hunter», sagte Kat mit Nachdruck. «Fragen Sie sie doch einfach.»

«Kein schlechter Versuch, aber den Gefallen kann ich Ihnen leider nicht tun. Unser Doc ist im Moment ziemlich beschäftigt. Woher wussten Sie, wo wir sind? Haben Sie etwa den Polizeifunk abgehört? Ist Ihnen klar, dass Sie sich damit strafbar machen?»

«Ich habe ihr gesagt, wo wir sind», ertönte Evas Stimme im Rücken des Inspectors. Statt des üblichen Designerhosenanzugs trug sie weiße Schutzkleidung und Stiefel und sah in diesem Aufzug fast komisch aus.

«Kat schreibt ein Buch. Der ACC hat ihr die Erlaubnis erteilt, mir über die Schulter zu schauen.»

Wie auf Kommando zog Kat mit den Zähnen einen Handschuh von ihrer Hand, wühlte in ihrer Tasche und holte schließlich einen zerknitterten DIN-A4-Umschlag hervor, der Schreiben von der Polizeihauptstelle und vom Innenministerium enthielt. «Hier», sagte sie und überreichte dem Inspector die Papiere.

Die Blätter flatterten und raschelten in dem kalten Wind, und einen Moment lang fragte sich Kat, ob der Polizist vielleicht die Absicht hatte, die Dokumente einfach wegfliegen zu lassen. Dann aber gab er ihr die Unterlagen mit einem verkniffenen Lächeln zurück, das seine Augen allerdings nicht erreichte.

«Scheint ja alles seine Richtigkeit zu haben, Miss Branks. Sie sollten sich besser einen Schutzanzug besorgen.» Er deutete hinüber zu einem Transporter. «Aber vergessen Sie nicht – dies hier ist mein Arbeitsgebiet.»

«Ich werde mich bemühen», antwortete Kat und stapfte davon.

Als sie in einem Anzug zurückkam, der beim Gehen quietschte und raschelte, wartete der Inspector bereits ungeduldig auf sie. Anschließend schritt er so schnell den Hügel hinauf, dass selbst Eva Mühe zu haben schien, ihm zu folgen. Sie blieben vor dem Zelt stehen, wo sich die Beamten der Sonderkommission noch immer wie Pantomimen bewegten. Kat hielt sich etwas abseits von Eva und Hunter, um rasch ein paar Stichworte in ihr Aufnahmegerät zu sprechen.

Eva beobachtete Kat. Einige der Journalisten, die ihr begegnet waren, hätten sich zweifellos sofort in das Zelt gedrängt, um die Leiche zu sehen und sie zu fotografieren.

«Sie haben mir nicht gesagt, dass wir einen Gast erwarten», grummelte Myles Hunter und deutete dorthin, wo Kat stand.

Eva spürte, wie ihr im Gesicht trotz der bitteren Kälte warm wurde. Sie hatte das Gefühl, sich in einer Situation zu befinden, die sie nicht kontrollieren konnte, was ihr ganz und gar nicht gefiel. «Es war ja kaum Zeit», meinte sie. «Aber ich entschuldige mich, das war unprofessionell. Ich hätte Sie gleich informieren müssen. Aber machen Sie sich keine Sorgen; man kann ihr vertrauen. Ob Sie es glauben oder nicht, es gibt auch ein paar Journalisten mit Moral.»

«Die meisten Schreiberlinge denken doch, Moral sei ein Ort in Südengland», erwiderte DI Hunter ungehalten. «Wir müssen diesen Fall unter Verschluss halten, solange wir nicht genau wissen, womit wir es hier eigentlich zu tun haben.»

«Keine Sorge, Kat wird Ihre Ermittlungen nicht behindern.»

«Ich hoffe, Sie haben recht», sagte er. «Also, lassen Sie uns gehen. Wir sollten uns dort unter die Bäume stellen, da sind wir zumindest etwas geschützt.»

Eva folgte ihm, und rasch schloss Kat zu ihnen auf. Die Profilerin war erleichtert, als sie sah, dass Kat in Anwesenheit des Inspectors ihre Kamera und ihr Aufnahmegerät in die Tasche steckte.

«Dann klären Sie mich mal auf, Eva», bat die Journalistin, als die beiden hinter Myles Hunter herstapften. Während die drei auf eine Gruppe dicht zusammenstehender Bäume zugingen, hörte Kat aufmerksam Evas Ausführungen zu.

«Erhängt», wiederholte sie dann das letzte Wort der Profilerin. «Was meinen Sie – womit haben wir es hier zu tun?»

Eva schwieg einen Moment, ehe sie mit gesenkter Stimme antwortete: «Natürlich kann ich zum jetzigen Zeitpunkt noch nichts Genaues sagen, aber es sieht so aus, als ob gewisse Rituale eine Rolle spielten. An der Kleidung des Opfers war ein Stück Seil mit einem Knoten befestigt. Vielleicht eine Botschaft. Die Leiche hing dort oben, an den unteren Ästen.» Eva deutete auf eine der hohen Eichen, deren spärliche Blätterreste unruhig im Wind tanzten. Die drei schlurften nun durch einen hohen Teppich aus heruntergefallenem Laub, das unter ihren Füßen knirschte, als ob trockene, alte Knochen zerbrechen würden. Sie gingen um einige modrige Laubhaufen herum, ehe sie den Ort des Leichenfundes erreichten. Die SOKO-Beamten und der Polizeifotograf waren noch immer bei der Arbeit.

Ein kleiner, drahtiger Mann mit wirrem grauem Haar und dem Gesichtsausdruck eines verschreckten Yorkshireterriers trat auf sie zu. «Fertig für den Moment, Myles», sagte er und kämpfte mit dem Verschluss einer abgenutzten Ledertasche. «Ziemlich rätselhaft, das Ganze. Sie ist definitiv nicht hier getötet worden. Ich schätze, der Sensenmann hat sie irgendwann zwischen zehn und zwölf Uhr letzte Nacht erwischt, plus/minus eine halbe Stunde. Aber auf keinen Fall hier.»

Myles Hunter schüttelte den Kopf, als wollte er ein Insekt an seinem Ohr loswerden. «Rätsel brauchen wir hier nicht, Harry.»

«Ich wette mit dir um ein schönes Abendessen, dass sie erst irgendwo anders getötet, dann hierher gefahren und am Baum dort aufgehängt worden ist.»

«Sie ist also gar nicht durch den Strang gestorben?», erkundigte sich Eva.

«O doch, das jedenfalls steht fest. Ihr Genick ist gebrochen.» Er hielt inne und neigte den Kopf zur Seite. «Ziemlich seltsam, ehrlich gesagt. Die Schlaufe unter ihrem linken Ohr ist nach vorn gezogen worden, sodass die oberen Halswirbel gebrochen sind. Eigentlich wie eine professionelle Hinrichtung, wenn es so was noch gäbe.»

«Warum sind alle Pathologen so komische Vögel?», fragte Eva, als sie Harry dabei beobachteten, wie er in sein Auto stieg.

«Meinen Sie, Sie wären anders, wenn Sie den ganzen Tag Gehirne abwiegen und den Inhalt der Mägen von Toten bestimmen müssten?», entgegnete Myles Hunter trocken. «Nicht dass das den alten Harry besonders stören würde. Ich wette, der ist jetzt auf dem Weg zu einer großen Portion Spiegelei mit Speck.»

Kat war inzwischen mehr als dankbar, dass sie das Frühstück hatte ausfallen lassen. Sie hatte in der Vergangenheit schon über so manches grausame Verbrechen berichtet, war aber noch nie bei einer Mordermittlung am Fundort der Leiche dabei gewesen.

«Geht's Ihnen gut, Miss Branks?» Myles Hunter schaute amüsiert drein.

«Danke, alles okay.»

«Sie sehen ein wenig blass um die Nase aus, Kat», merkte Eva an.

Kat hätte ihr am liebsten einen Tritt verpasst. «Mir geht es gut», murmelte sie.

«Ich brauche jetzt nicht mehr lange», erklärte Eva. «Bleiben Sie und schauen Sie zu, wenn Ihnen danach ist. Das heißt – natürlich nur, wenn Inspector Hunter nichts dagegen hat.»

Hunter zuckte die Schultern. «Solange sie uns nicht im Wege steht.»

Kat musterte ihn. Vermutlich standen ihm die meisten Frauen im Weg. Anschließend beobachtete sie, wie Eva ihre letzten Arbeiten am Fundort erledigte, Fotos schoss und Notizen machte. Die Luft war immer noch feucht, und die Überbleibsel des morgendlichen Nebels verliehen dem Ort eine surreale Atmosphäre.

Nach einer Weile wandte sich Eva an die Journalistin. «Ich habe mir die Leiche schon genau angesehen. Wenn Sie noch wollen –»

«Nein», fiel Kat ihr hastig ins Wort und dachte: Für Eva ist dies eindeutig ein ganz normaler Arbeitstag. «Nein danke.»

«In Ordnung. Dann wäre ich fertig», sagte Eva. «Sieht so aus, als wäre der Leichenwagen auch schon da.»

Kat erschauerte, und dieses Mal nicht vor Kälte. Sie beobachtete, wie zwei Männer aus dem Fahrzeug stiegen und eine Bahre den Hügel hinauftrugen. Die tote Frau musste Familie haben; Freunde, einen Job, einen Partner. Nun hatte sie nichts mehr, war niemand mehr. Was für ein Ende, davongetragen zu werden wie ein ausrangiertes Möbel. Kat war froh, dass sie sich nun auf den Rückweg machten. Ihre Hände waren bereits taub von dem Versuch, heimlich – und weit weg von Myles Hunters wachsamen Adleraugen – Notizen zu machen. In den Füßen hatte sie ohnehin längst jedes Gefühl verloren.

Sie befanden sich schon auf dem Weg zu ihren Autos, als ein junger Polizist ihnen hinterherlief. «Wir haben etwas gefunden, Chef!», rief er Hunter zu.

«Langsam, Junge, sonst brichst du dir noch was», riet ihm der Inspector. «Was gibt's denn?»

«Hier.» Der Polizist schwenkte einen der kleinen Plastikbeutel für Beweismittel. Eva und Kat reckten ihre Hälse, um dem DI über die Schulter zu schauen. Es war eine zerrissene Goldkette mit zwei kleinen Anhängern – einer Sonne und einem Halbmond. Nicht sehr wertvoll, aber ungewöhnlich.

Kat hätte das Schmuckstück überall wiedererkannt.

Kapitel 2

«Kat, was zum Teufel ist mit Ihnen?»

Evas Gesicht verschwamm plötzlich vor Kats Augen, wie bei einem unscharfen Film. Sie versuchte krampfhaft, wieder normal sehen zu können. «Die Kette ... Sie gehört Sarah, meiner Freundin Sarah.» Ihre Worte überschlugen sich jetzt. «Wir wohnen zusammen. In einem Haus. Als ich heute Morgen aufgestanden bin, war sie nicht da.» Kat spürte einen Kloß im Hals. «O mein Gott, Sarah!»

«Miss Branks ...», begann der DI.

«Die Kette – kann ich sie nochmal sehen?»

Er nickte dem jungen Beamten zu, der noch immer den Plastikbeutel in seiner Hand hielt. Kat ergriff ihn mit Daumen und Zeigefinger. Sie biss sich fest auf die Lippen und schmeckte sogleich Blut. «Das ist Sarahs Kette», stellte sie fest. «Der Mondanhänger ist extra für sie angefertigt worden und hat eine kleine Kerbe an der linken Seite.»

«Wann haben Sie die Kette zuletzt gesehen?» Die Stimme des Inspectors war auf einmal sehr leise.

«Gestern, glaube ich. Aber sie hat sie nie abgenommen. Heißt das –»

«Es tut mir leid. Wir haben die Kette neben der Leiche gefunden.»

«Jemand könnte sie gestohlen haben. Die Leiche ... Vielleicht ist es gar nicht Sarah.» Kat drehte sich auf dem Absatz um und schritt erneut den Hügel hoch, hin zu dem weißen Zelt in der Nähe des Fundorts.

«Kat, kommen Sie zurück!», schrie Eva ihr hinterher.

Doch Kat überhörte die Rufe und begann zu rennen. Als sie den Gipfel des Hügels erreicht hatte, pulsierte das Blut in ihren Ohren, und sie spürte einen Stich in der Magengegend. Sie würde sich übergeben müssen.

«Es tut mir leid, Miss, aber ich kann Sie nicht durchlassen», sagte ein hochgewachsener Beamte der SOKO.

Kat wollte sich gerade an ihm vorbeidrängen, als sie eine Hand auf ihrer Schulter spürte. Es war Eva.

«Verdammt nochmal, Kat, was tun Sie da?»

«Ich muss sehen ... Ich muss wissen, ob sie es ist.»

«Ich habe sie gesehen Kat», erklärte Eva, nun etwas sanfter. «Glauben Sie mir: Das ist keine gute Idee!»

«Bitte», flehte Kat und wandte sich Myles Hunter zu, der inzwischen zu ihnen aufgeschlossen hatte.

«Nun ja, irgendjemand muss sie wohl identifizieren», sagte der Inspector vorsichtig.

«Ich werde es machen», insistierte Kat. «Wenn Sie glauben, es handle sich um Sarah, werden Sie ihre nächsten Verwandten benachrichtigen müssen, oder?»

Myles Hunter nickte.

«Sarahs Eltern sind schon alt. Sie wohnen in Kendal – das ist eine halbe Stunde von hier entfernt, selbst mit einem Polizeiwagen. Sie hat noch einen Bruder, aber der lebt in Australien.»

DI Hunter schaute Eva an. «So würden wir die Tote wirklich am schnellsten identifizieren.» Er hob das Absperrband an und führte Kat in das Zelt.

Sie starrte auf die in ein Bündel Kleidung gehüllte wächserne Figur auf der Plastikplane. Mit dem geschwollenen Gesicht und der heraushängenden Zunge wirkte sie mehr wie eine Schaufensterpuppe. Nicht wie ein Mensch. Nicht wie Sarah.

«Ist sie es?»

Kat nickte. Sie spürte, wie sich ihr Magen umdrehte und ein Würgereflex sie überkam. Eine Hand vor den Mund gepresst, wandte sie sich um und stolperte beinahe, als sie sich entfernte. Sie schaffte es gerade noch hinter die Absperrung, dann musste sie sich übergeben. Eva stand neben ihr und strich ihr sanft über den Rücken, während Kat würgte, bis ihre Speiseröhre brannte.

Myles Hunter stampfte mit dem Fuß auf den harten Boden. Seine Finger umschlossen krampfhaft sein Handy, während er auf die Tastatur einhackte. «Wir müssen uns auf den Weg machen. Die ersten vierundzwanzig Stunden sind bei einem Mordfall die ausschlaggebenden. Es tut mir wirklich leid, Miss Branks, aber ich benötige dringend einige nähere Informationen über Sarah – Adresse, Familie, Arbeitsplatz ... Wer waren ihre Freunde, wen mochte sie, wen nicht ... Je eher wir mit den Ermittlungen beginnen, desto größer ist die Chance, dass wir den Mistkerl kriegen.»

«Glauben Sie, Sarah hat ihn gekannt? Den, der ihr das angetan hat?»

«Möglich wäre es.» Hunter verkniff sich die Bemerkung, dass die meisten Frauen von jemandem umgebracht wurden, den sie kannten. Stattdessen notierte er die Informationen, die Kat ihm gab, und bellte dann wieder Anweisungen in sein Handy. «Wir schicken dann jemanden, um ihre Eltern zu informieren, und in die Gemeinschaftspraxis, wo sie arbeitete, wird auch jemand gehen.»

Kat nickte. Aus ihrem Gesicht war sämtliche Farbe gewichen, und er konnte blaue Adern unter der blassen Haut und um die Augen herum erkennen.

«Ich habe sie den ganzen Morgen verflucht, weil sie nicht mit dem Hund rausgegangen war, und die ganze Zeit über war sie hier.»

Myles schwieg einen Moment lang. Kat sah vollkommen verwirrt aus, aber er musste ihr noch weitere Fragen stellen. «Wann haben Sie sie zuletzt gesehen?»

«Gegen sechs gestern Abend, denke ich. Sie hatte ein paar späte Termine in der Praxis und wollte noch etwas Papierkram erledigen. Dann wollte sie, glaube ich, zu einem Treffen ihrer Wise Women gehen.»

«Wohin?»

«Es ist eine Gruppe von Heilpraktikerinnen. Alternative Medizin für Frauen. Das ist ihr Job.»

«Sie kam also gestern Abend nicht mehr nach Hause?»

Kat zuckte mit den Schultern. «Ich war selbst recht lange aus. Als ich zurückkam, nahm ich an, sie sei schon im Bett. Ich hätte heute Morgen nachsehen sollen. Ich hätte –»

«Es hätte keinen Unterschied gemacht», unterbrach Myles sie, so sanft er nur konnte. Er verstand sich nicht gut darauf, mit Frauen umzugehen, vor allem nicht, wenn sie hysterisch waren. Er wollte so schnell wie möglich eine Vielzahl von Informationen von ihr bekommen. Sie sah jedoch aus wie der Tod, und eine weitere Leiche konnte er wirklich nicht brauchen. «Könnten Sie noch einige Minuten mit meinem Kollegen sprechen?», fragte er und gab einem Sergeant, Dan Quale, ein Zeichen. «Wir benötigen noch ein paar Details mehr von Ihnen, aber ich glaube, wir sollten zusehen, dass wir Sie bald nach Hause bringen.»

«Ich fahre sie», bot Eva an. «Ich kann ja hier nichts mehr tun. Vielleicht könnte jemand Kats Auto später zurückbringen.»

«Kein Problem», meinte der Inspector.

Myles Hunter schaute Kat nach, als sie zu den geparkten Autos am Fuß des Hügels ging. Er misstraute Reportern im Allgemeinen – verdammte Blutsauger –, aber er hatte es ihr nicht gerade leichtgemacht. Sie war höchstens einen Meter fünfundsechzig groß, und neben dem bulligen Sergeant schien sie sogar noch geschrumpft zu sein. Ihr kurzes Haar stand in alle Richtungen ab und ließ sie beinahe zerbrechlich wirken.

Eva betrachtete genau den Gesichtsausdruck des Inspectors. Er blickte mit zusammengekniffenen Augen Kat hinterher und beobachtete, wie sie in einen der Polizeiwagen stieg.

«Was wissen Sie über sie?», fragte er grimmig.

«Ich habe sie vor ein paar Monaten das erste Mal getroffen, aber ihren Lebenslauf kenne ich ganz gut. Sie ist einunddreißig, ehemals Anwältin, inzwischen Kriminalreporterin, hat einige Preise für ihre Arbeit gewonnen. Ich habe zugestimmt, dass sie mich begleiten darf, um Material für ihr geplantes Buch über Profiling zu sammeln.»

«Sie sind ganz schön vertrauensselig, finden Sie nicht?»

«Ich glaube, ich verfüge über eine recht gute Menschenkenntnis ... berufsbedingt», antwortete Eva. «Sie haben wohl keine sehr hohe Meinung von Journalisten? Auch eine Berufskrankheit, vermute ich.»

«So was in der Art», gab er zurück und vergrub seine Hände noch tiefer in den großen Manteltaschen.

Seine Antwort machte Eva neugierig, doch seine gesamte Körpersprache war mehr als abweisend und schien ihr wie die Aufforderung: Kümmer dich gefälligst um deine eigenen Angelegenheiten! «Ich weiß, dass sie schon einige Jahre mit Sarah zusammengewohnt hat. Ihnen gehört ein Haus in Castle Hill, eines von den georgianischen Reihenhäusern. Kat hat mir erzählt, dass sie ein halbes Vermögen ausgegeben haben, um das Haus zu renovieren.»

«Also waren sie ... äh ... zusammen. Partnerinnen, meine ich ...»

«Sie hatten keine sexuelle Beziehung, wenn Sie das meinen», sagte Eva. Was war dieser Inspector nur für ein Typ? «Sie haben bloß gemeinsam eine Hypothek aufgenommen. Bei dem heutigen Immobilienmarkt machen das viele.»

«Entschuldigung, aber ich musste das fragen. Wenn sie ein Paar gewesen wären, hätte das womöglich etwas mit unserem Fall hier zu tun.»

«Sex ist in der Tat oft ein Motiv – und das Motiv ist der Schlüssel, ein Verbrechen zu verstehen», zitierte Eva eine ihrer alten Notizen.

«Was, glauben Sie, war hier das Motiv?» Er neigte den Kopf und schaute zu dem Wäldchen, wo die Leiche gefunden worden war.

«Solange ich nicht die Fotos gesehen und den Bericht der Gerichtsmedizin gelesen habe, kann ich dazu noch nichts sagen», erwiderte Eva. «Jeder Täter handelt in seiner ganz eigenen Weise, die von vielen verschiedenen Faktoren abhängt. Aber mit einer sehr hohen Wahrscheinlichkeit haben wir es bei diesem Mord mit einem sexuell motivierten Verbrechen zu tun.»

«Es gibt keinerlei Anzeichen von sexuellem Missbrauch, aber womöglich ist es der Akt des Tötens, der ihm den Kick gibt?»

Eva nickte. «Vielleicht ist er nicht in der Lage, seine Sexualität auszuleben. Er könnte ein einsamer Wolf sein, der Schwierigkeiten hat, Beziehungen zu Frauen aufzubauen.»

«Was Sie nicht sagen.»

Eva ignorierte den beißenden Spott. Das Bild der am Baum hängenden Leiche erschien vor ihren Augen.

«Was mich beschäftigt, ist die Tatsache, dass er die Mühe auf sich genommen hat, sie hier oben noch einmal aufzuhängen. Es war alles sorgfältig geplant. Er will, dass wir wissen, wie er sie getötet hat – als sei er stolz darauf.»

«Was ist mit dem Knoten, der am Kleid des Opfers befestigt war?»

«Er hat eindeutig eine Nachricht hinterlassen. Vielleicht für Sie und Ihre Männer.»

«Ich würde das hier jederzeit gegen eine schöne, saubere Messerstecherei eintauschen.» Der DI zuckte mit den Schultern. «Ich bin kein Psychologe, aber ich habe mit genügend Mördern zu tun gehabt, um über ihr Verhalten Bescheid zu wissen. Und ich glaube, wir haben es hier mit einem ziemlichen Scheißkerl zu tun. Der Typ scheint sich selbst als so was wie einen Künstler zu sehen.»

«Vielleicht.»

«Ich sage Ihnen, so sieht er sich, Doc. Was meiner Meinung nach bedeutet, dass er das hier mit sehr hoher Wahrscheinlichkeit nochmal tun wird, wenn wir ihn nicht aufhalten.»

Eva starrte an ihm vorbei zu dem Wäldchen. Ein kleiner Rest vom Strick hing noch an einem der Äste. Während sie dorthin blickte, erfasste ein leichter Windstoß die obere Schicht der am Boden liegenden Blätter, die am Fundort der Leiche aufstoben wie ein Schwarm ockerfarbener Vögel. Eva erschauerte und drehte sich wieder zu dem Inspector um.

Im Inneren des Polizeiwagens war es stickig; Heizung und Lüftung liefen auf Hochtouren. Kat hatte das Gefühl, als würde ihr ein Sandstrahler staubige Luft in die Kehle blasen, während sie versuchte, die Fragen des Beamten zu beantworten. Ihr Kopf schmerzte, gleichwohl bemühte sie sich, ihr Gedächtnis nach allen Details über Sarah zu durchforsten: ihre Arbeit, Freunde, Hobbys sowie die Orte, wo sie gegessen, gefeiert und geschlafen hatte – und mit wem. Als sie endlich aus dem Auto stieg, stolperte sie und war dankbar, als sie sah, dass Eva in der Zwischenzeit ihr Auto neben dem Polizeiwagen geparkt hatte und auf sie wartete.

«Kommen Sie», sagte die Profilerin und öffnete die Beifahrertür. «Bringen wir Sie erst mal nach Hause.»

Die Fahrt zurück in die Stadt verlief schweigsam. Kat warf einen Blick auf Eva, die starr geradeaus auf die Straße schaute und sehr nachdenklich wirkte. Die Hände, die das Lenkrad hielten, waren groß und zupackend. Kat ließ sich in ihren Sitz zurückfallen und schloss die Augen, doch das Bild des wächsernen Körpers im Zelt wollte ihr nicht aus dem Sinn gehen. Sarahs Gesichtsausdruck – die Art, wie ihre Freundin geschaut hatte – beunruhigte Kat, seit sie die Leiche identifiziert hatte. Jetzt wusste sie, was sie in dem Ausdruck gesehen hatte – nicht Schrecken oder gar Zorn, sondern nackte Verzweiflung.

«Bastard, Bastard, Bastard, Bastard.» Sie drückte ihre

Hände so fest zu Fäusten zusammen, dass sich ihre Fingernägel in die Handballen bohrten.

«Bleiben Sie wütend, wenn es hilft, Kat», riet Eva, als sie die verstopfte Verkehrsader erreichten, die in das Gewirr innerstädtischer Einbahnstraßen führte. «Versuchen Sie nur zu verhindern, dass der Zorn Sie auffrisst. Gebrauchen Sie die Wut, aber lassen Sie nicht zu, dass derjenige, der das getan hat, auch Sie erwischt.»

Heiße Tränen flossen ihr nun ungehindert die Wangen hinunter und verwandelten die restliche Wimperntusche in kleine, dunkle Rinnsale. Kat blinzelte und putzte sich die Nase mit einem zerknüllten Taschentuch, das sie aus den Tiefen ihrer Hosentasche hervorgekramt hatte. «Es fühlt sich an, als sei ich in einem Albtraum, aus dem ich jede Sekunde aufwachen würde. Seit der Studienzeit sind wir beste Freundinnen gewesen», sagte sie und rang nach Luft. «Sie hat mich durch alle Krisen begleitet. Ich habe keine Ahnung, wie ich ohne sie ...» Sie hielt inne und schluckte angestrengt. «Sie war doch gerade erst dreißig, verdammt nochmal.»

Jede Ampel auf der King Street schien rot zu sein, doch schließlich bogen sie an der Buchhandlung Waterstone links ab in die kopfsteingepflasterte Straße von Castle Hill. Die Flagge des Gefängnisdienstes Ihrer Majestät wehte über den Zinnen der Burg und erinnerte daran, dass ein Teil des historischen Gebäudes noch als Strafvollzugsanstalt und Gericht genutzt wurde. Eine lange Schlange Touristen wartete bei dem berühmten John-O'Gaunt-Torbogen mit seinen zwei Türmen. Normalerweise war der Anblick des Schlosses vor dem Hintergrund der weitläufigen Bucht und der Lakeland Hills wunderbar, doch heute wirkte die steinerne Fassade unfreundlich und düster – wie ein Monstrum.

«Immer wenn ich hier abbiege, habe ich das Gefühl, einen Zeitsprung ins Mittelalter zu machen», bemerkte Eva. Der Wagen ratterte über das Kopfsteinpflaster, das sich um die Schlossanlage schlängelte und schließlich an Reihenhäusern in georgianischem Stil vorbeiführte. Vor jedem Haus gab es eine kleine Treppe mit schmiedeeisernen Geländern, die zur Eingangstür führte. Der rote Backstein bildete einen auffallenden Kontrast zu den weißgestrichenen Holzrahmen der Schiebefenster.

«Das war es, was wir daran so geliebt haben – die Geschichte», erklärte Kat, als sie ausstiegen und auf das Gebäude mit der Hausnummer sieben zugingen.

«Sie müssen sehr gute Freundinnen gewesen sein.»

«Ja, waren wir», bestätigte Kat und steckte ihren Schlüssel in das Schloss der schweren Eingangstür. Es war alles so vertraut – der schmale Treppenvorsprung mit den kleinen Geländern, daneben der Lorbeerbaum in seinem großen Topf, die dunkelblaue Tür mit dem noch originalen, hüfthohen Türknauf. Und dennoch war alles anders. Für immer anders. Im Inneren des Hauses, in der gefliesten, hohen Eingangshalle, war es kühl wie in einem Kirchenschiff. Für einen kurzen Moment herrschte Stille, dann jedoch ertönte lautes Gebell. Aufgeregt kam Samson zu ihnen gelaufen und sprang immer wieder an Kat hoch, um seine Freude über ihre Rückkehr zu zeigen. Es dauerte eine Weile, den Hund zu beruhigen, doch sie schaffte es schließlich, ihn zurück in die Küche und in sein Körbchen zu führen. Sie kniete sich neben ihn, um ihn zu streicheln, dann verbarg sie das Gesicht in seinem Fell und sog seinen scharfen, stechenden Geruch ein.

Eva war ihr gefolgt. Kat fühlte den Blick der Profilerin auf sich ruhen, als sie den Wasserkocher anstellte. «Ich muss mich beschäftigt halten», erklärte sie. «Ich fürchte mich davor, was ich täte, wenn ich aufhören würde. Alles erscheint mir irgendwie unwirklich – als ob ich mich selbst in einem Film sehen würde.» Sie schluckte und versuchte, ruhig zu atmen. «Kaffee oder Tee?»

«Nichts, danke», antwortete Eva. «Ich muss nach Hause und zusehen, dass ich so schnell wie möglich mit meinem Bericht beginne. Mir ist klar, dass wir noch nicht viel wissen. Aber je eher ich anfange, mir Gedanken darüber zu machen, mit was für einem Typ von Verbrecher wir es hier zu tun haben, desto besser. Gibt es jemanden, den Sie anrufen können und der die Möglichkeit hat, herzukommen und Ihnen Gesellschaft zu leisten?»

«Ich will niemanden hier haben. Sobald die Polizei Sarahs Familie die Nachricht überbracht hat, werde ich ein paar von ihren Freundinnen anrufen.»

«Vielleicht sollten Sie das der Polizei überlassen –»

«Ich will helfen», fiel Kat ihr ins Wort. «Bitte, Eva. Ich muss etwas tun. Ich könnte recherchieren, Leute befragen ...»

«Kat, das ist die Aufgabe der Polizei», insistierte Eva. «Ohnehin wäre das viel zu gefährlich. Sie stehen noch unter Schock. Vielleicht können Sie einen Freund oder Verwandten anrufen ...»

«Darüber zu reden bringt Sarah auch nicht zurück», erwiderte Kat. «Ich muss etwas *tun.* Suchen, fragen – irgendetwas. Was weiß man über das Stück Seil, das man gefunden hat – vor allem über den Knoten darin? Ich könnte in die Bibliothek gehen oder im Internet recherchieren. Ich kann nicht einfach untätig hier sitzen, während derjenige, der Sarah das angetan hat, frei herumläuft.»

«Genau – er läuft frei herum und könnte jemand sein, den Sarah kannte.»

«Jemand, der mich auch kennt, meinen Sie?»

«Ich will Sie nicht beunruhigen, Kat. Aber es wäre möglich.»

Kat goss kochendes Wasser in eine Tasse und stocherte mit ihrem Löffel auf den Teebeutel ein. «Ich will herausfinden, wer das getan hat», erklärte sie und versuchte, ihre Stimme unter Kontrolle zu halten. «Mit oder ohne die Hilfe von anderen. Und machen Sie sich keine Sorgen. Ich werde nichts tun, was die Ermittlungen gefährdet. Der Inspector scheint keine sehr hohe Meinung von Journalisten zu haben.»

Eva wühlte in ihrer riesigen Schultertasche und zog eine Plastikmappe hervor. «Ich überlasse Ihnen eines der Polaroids, die ich von dem Knoten gemacht habe.»

Kat nahm das Foto entgegen. Das Bild war leicht verschwommen, aber klar genug, um die Einzelheiten des Knotens in dem Stück Seil zu erkennen. Es musste einen Grund geben, warum der Mörder es an Sarahs Kleid geheftet hatte.

«Kommen Sie zurecht?», fragte Eva.

«Ja», antwortete Kat. «Ich muss jetzt nur ein wenig allein sein.»

Ihre Blicke trafen sich. Zum zweiten Mal, seit sie in dem Haus angekommen waren, hatte Kat das Gefühl, die Profilerin hätte sie vollkommen durchschaut, könnte genau sehen, dass sie log, dass sie schreckliche Angst hatte, die Haustür hinter Eva zu schließen und allein in dem großen Haus zurückzubleiben.

«Vielleicht könnten Sie mir ebenfalls helfen. Ich meine, sicher gibt es viele Dinge über Sarah –»

«Alles, was Sie wollen. Fragen Sie nur.»

«Ich möchte noch eines tun, bevor ich gehe.» Eva legte den Kopf zur Seite und strich sich eine Haarsträhne hinter ihr Ohr.

«Ich würde mir gern Sarahs Zimmer ansehen. Natürlich werde ich nichts anfassen. Die SOKO wird Fingerabdrücke nehmen wollen.»

«Ich dachte, Sie analysieren den Täter, nicht das Opfer?»

«Tue ich auch. Aber manchmal hilft es, den Täter zu verstehen, wenn man das Opfer kennt. Genau so, wie mir die Besichtigung des Tat- oder Fundorts hilft.»

«Sie halten es nicht für einen Zufall, dass es Sarah getroffen hat, nicht wahr?»

Eva zuckte mit den Schultern. «Ich bemühe mich im Moment, offen für alle Möglichkeiten zu bleiben.»

Als Kat die Tür zu Sarahs Schlafzimmer öffnete, überkam sie für einen kurzen Augenblick ein Gefühl der Erwartung – dass ihre Freundin wie so oft auf dem Bett liegen und ein Buch lesen würde. Das Zimmer sah aus wie immer. Auf der polierten Frisierkommode aus Pinienholz, die ihre Hausgenossin vor dem Sperrmüll gerettet hatte, lagen noch Sarahs diverse Tiegel mit Kräutercremes verteilt; eine Sammlung von Kristallen und Kerzen reihte sich auf der Fensterbank auf, und die Bücher über Homöopathie und Naturheilkunde standen wie üblich ordentlich nebeneinander in den Regalen. Auf dem Nachttisch befand sich eine handbemalte Glaskaraffe, direkt daneben ein halbgefülltes Wasserglas. Die tiefblaue Tagesdecke war ordentlich über das Bett gebreitet; an einem der Bettpfosten hing allerdings noch Sarahs seidener Kimono – Kat empfand es wie eine Anklage. Sie streckte die Hand aus, um das Kleidungsstück zu berühren. *Warum nur habe ich nicht nachgesehen, ob sie nach Hause gekommen ist?* Als sie zum Fenster hinüberging, stolperte sie beinahe über einen bestickten Pantoffel, der aus dem hölzernen Regal gefallen war, in dem sich sein Gegenstück noch befand. Kat hob den Hausschuh auf und konnte an seiner

Innenseite genau sehen, wo er von einem Fuß abgetragen worden war – von Sarahs Fuß.

«Kat?» Eva legte ihr eine Hand auf die Schulter. Ihr Gesicht war so nah, dass Kat das feine Geflecht der Fältchen rund um die Augen der Profilerin erkennen konnte.

«Es geht mir gut», behauptete Kat. Sie schloss die Augen für einen Moment und atmete den leichten Duft von Muskat-, Lavendel- und Jasminkerzen ein, der noch in der Luft hing.

«Warum gehen Sie nicht wieder in die Küche und trinken in Ruhe Ihren Tee aus», schlug Eva vor. «Ich sehe mich nur noch kurz hier um.»

Eva hockte sich auf die Bettkante und versuchte, den Raum ganz in sich aufzunehmen. Er sagte viel über seine Bewohnerin aus – die Bücher, die Öle und die durchscheinenden Vorhänge; die Tagesdecke und die Kissen in allen Regenbogenfarben. Auf den Regalen befanden sich Bücher zu den unterschiedlichsten Themen – von einer Charles-Dickens-Gesamtausgabe bis zu einem umfangreichen Band mit dem Titel «Aromatherapie für Naturheilkundler». Sarah schien eine intelligente Frau gewesen zu sein. Zunächst hatte sie einen Abschluss in Biologie gemacht, sich danach dem Studium der Naturheilkunde zugewandt und schließlich als Aromatherapeutin und Homöopathin zu praktizieren begonnen. Laut Kat hatte sie eine oder zwei ernsthafte Beziehungen gehabt, jedoch keine Feinde oder erkennbaren Laster. Und dennoch hatte sich der Mörder von ihr angezogen gefühlt, etwas an ihr musste die dunkle Seite seiner Psyche angesprochen haben. Eva schloss die Augen und sog den Geruch von Patschuli und Räucherstäbchen ein. Er brannte in ihrem Hals.

«Was war an dir, Sarah, das den Mörder angelockt hat?

Warum hat er dich ausgesucht?», flüsterte Eva und öffnete wieder die Augen. Ihr Blick fiel auf ein Foto: Es zeigte eine kleine, leicht pummelige junge Frau mit blonden Locken, die vor einem Weihnachtsbaum posierte. War der Mörder auch in diesem Zimmer gewesen? Hatte er sich auch dieses Foto angeschaut? War er jemand, den Sarah gekannt hatte? Und wenn ja, würde er zurückkommen?

Es war so einfach gewesen, sie zu töten.

Hier in meiner Blutkammer lausche ich dem Echo des Windes, der über den Fluss weht und den letzten Dunst forttreibt. Durchlebe die Erinnerung immer und immer wieder.

Ich habe sie bei ihrer Arbeit beobachtet. Die schwere Decke aus Nebel dämpfte jedes Geräusch. Ein weiteres Zeichen. Ein schwaches Licht zeichnete seltsame Schattenrisse in dem Gebäude, und neben Kerzen und Kristallen konnte ich diverse Kräuterheilmittel erkennen.

Sie sollte meine Erste sein.

Die Straßen um das Schloss herum waren verlassen. Der Nebel umfing das Gelände wie Trockeneis und jagte auch die letzten Kinder nach Hause, die an Halloween noch unterwegs waren, um Süßigkeiten zu sammeln. Eine wunderbare Nacht für alte Geister.

Die Gemeinschaftspraxis befindet sich in der Tanner's Alley, einem dieser seltsamen, verschlungenen Durchgangswege im Fadenspiel der Straßen abseits von Castle Hill. Keine Straßenbeleuchtung. Perfekt.

Ich klopfte leise; noch ehe sie aufgeschaut hatte, war mein Fuß bereits auf der Schwelle. Ich erfand eine Geschichte über eine allergische Reaktion auf eines ihrer Präparate. Sie wehrte sich, als ich meine Hand auf ihren Mund legte, doch ich hielt die Spritze schon bereit. Alles, was ich danach noch tun musste, war, sie zu knebeln und ihre Hände und Füße zusammenzubinden.

Mein Strick war stark und wahrhaftig. Ich wusste, er würde mich nicht enttäuschen. Ich zählte die Drehungen der Knoten und empfand den Klang der Zahlen als sehr beruhigend. Ich wiederholte die Ziffern, während ich sie in die Toilettenräume brachte und dort einschloss.

Ihre Haut fühlte sich an wie rohe Leber, doch es ließ sich nicht vermeiden, sie zu berühren.

Nach einigen Minuten kam ich mit dem Auto zurück. Ich wuchtete meine Trophäe in den Kofferraum, und dann hieß es: Auf zu meiner Blutkammer. Auf zu Old Ned.

Ich war ein wenig enttäuscht, wie schnell sie ihre schwarze Magie gestand.

Sie wollte mich mit einer läppischen Geschichte abspeisen, behauptete, mit Hilfe von Kräutern heilende Medizin herzustellen, hielt jedoch inne, als ich die Feuerprobe vorschlug. Sie flehte mich an – doch vergeblich. Ich hatte bereits die schwarze Maske angelegt. Als ich sie unter den Galgen stellte und sie fesselte, versuchte sie, mir ihren Körper anzubieten. Der Geruch ihrer Angst, nach Schweiß und saurer Milch, verursachte mir Übelkeit. Sie jammerte und schluchzte. Ich musste meinen Brechreiz bekämpfen, ehe ich meinen Zorn unter Kontrolle bringen konnte. Kontrolle ist alles.

Einen Moment lang wollte ich diese Hure auf der Stelle töten – ihr quäkendes Gesicht einfach zerschmettern, bis sie keinen Laut mehr von sich geben würde. Aber ich gewann die Kontrolle über mich zurück.

Kontrolle und Präzision sind unerlässlich für die Kunst des Henkers.

Ich sah mich selbst vor der Menschenmenge im Innenhof des Schlosses. Ich verbeugte mich vor ihren Geistern.

Wie eine Marionette tanzte sie von Old Neds Balken, und ich war der bestmögliche Puppenspieler. Ich hätte gern mehr Zeit gehabt, um das exakte Verhältnis von Strick und Gewicht zu berechnen, doch mein Knoten hielt fest. Ich benutzte den Standardknoten mit acht Drehungen, wohl wissend, dass er sich geschmeidig nach oben ziehen und sich nicht eher lösen würde als nötig. Es ist ein kräftiger Knoten, der die zuckenden Bewegungen nach rechts und links unterstützt – eines der raffinierten Merkmale einer erfolgreichen Hinrichtung.

Ich legte die Leiche ins Auto, musste aber noch ein wenig warten, ehe ich es wagen konnte, die Stadt zu verlassen. Als ich langsam auf die Fell Road zufuhr, hing der Nebel immer noch dicht über der Straße.

Um sie zu präsentieren, gebrauchte ich die Schlinge. Sie baumelte und tanzte im Wind an dem Baum, an dem ich sie zurückließ. Ich hatte meine Hände bereits geschrubbt, doch ich tat es noch einmal. Dann saugte ich den Kofferraum des Wagens und warf meine Kleider ins Feuer. Zum Glück mussten die Reifen ohnehin gewechselt werden.

Jedes Verbrechen hinterlässt eine Spur – wenn man nicht vorbereitet ist. Wenn man sich nicht unter Kontrolle hat.

Der Tunnel – mein Tunnel – ist eine vergessene Abzweigung, die von den mittelalterlichen Gewölben von Gallows Gate abgeht.

Die Einheimischen behaupten, der Tunnel habe früher dazu gedient, die zum Tode verurteilten Gefangenen vom Dorf Galgate zum Schloss zu führen – der letzte Weg vor dem Galgen. Perfekt für meine Blutkammer. Von einer Öffnung im Keller von Golgotha House krieche ich durch die Eingeweide des Schlosses wie ein Maulwurf durch die Erde.

Hier angekommen, lausche ich den Geistern der Henker, die mir ihre Anerkennung aussprechen. Sie sind erfreut. Ich nehme mein Seil zur Hand und beginne zu knoten: den einfachen Knoten, den Bulinknoten, die Achterschlinge, den Chirurgenknoten – all meine alten Freunde. Ich zähle sie, wiederhole die Ziffern wie ein Mantra. Der Geruch von Öl und Erde, die Kraft des graubraunen Hanfs, der durch meine Finger gleitet, wirken beruhigend.

Ich erinnere mich an das Gefühl, als ich ihr die Schlinge umlegte, während sie dort stand, in der Umarmung von Old Ned. Nun stelle ich mir all die zukünftigen Geliebten vor, die ich ihm bringen werde.

Kapitel 3

«Warum, Sarah?» Kat starrte auf das Foto an der Küchenpinnwand. Sie hatten es an dem Tag aufgenommen, an dem sie hier eingezogen waren. Sarah trug einen überdimensionalen, regenbogenfarbenen Pullover und einen langen Rock, die blonden Locken von einem bunten Haarband zusammengehalten, und an den Ohren hingen große Ohrringe mit Amethysten. Sie lachte, während sie unter dem Gewicht eines Umzugskartons fast zusammenbrach. Von außen hatte das rote Backsteinhaus trotz der abblätternden Farbe an den Fensterrahmen nichts von seiner georgianischen Eleganz eingebüßt. Nur das Innere war schwer vernachlässigt worden. Doch sie machten sich nichts daraus, dass es keine Einbauküche und nur sehr alte Rohre gab, dass die alten Tapeten verblichen und fleckig waren. Sie hatten es bekommen – dieses Haus, in das sie sich beide sofort verliebt hatten und das sich keine von ihnen allein hätte leisten können.

Nachdem Eva gegangen war, hatte sich Kat auf den Weg zu

Sarahs Eltern gemacht. Ihre Scheibenwischer kamen kaum gegen den heftigen Regen an, trotzdem fuhr Kat die ganze Zeit auf der Überholspur. Als Sarahs Mutter ihr die Tür öffnete und dann stumm, mit ausgestreckten Armen im Eingang stehenblieb, bemerkte Kat, dass auch sie keine Worte fand. Sie stand nur da, Tränen rannen auf den Kragen ihrer Jacke, der vom Regen ohnehin schon ganz durchnässt war. Später vielleicht – viel später – würden sie dazu fähig sein, über Sarah zu sprechen, sich an sie zu erinnern und über ihre übertrieben romantische Ader und ihre preisverdächtige Schwäche für hoffnungslose Fälle zu lachen. Doch für den Moment beschäftigten sie sich mit praktischen Dingen, wie die Polizeiermittlungen oder die Beerdigung. Die Untersuchung würde beginnen und dann sofort verschoben werden, damit die Beerdigung stattfinden konnte. Sarahs Bruder war benachrichtigt worden, und er hatte sofort einen Flug nach England gebucht.

Erst nach ein paar Stunden hatte Kat das Gefühl, den überheizten Wohnraum mit seinen schweren Vorhängen und seiner physisch spürbaren Last der Trauer verlassen zu können.

«Glaubst du, sie werden ihn kriegen?» Andrew Morris, Sarahs Vater, hatte Kat zur Tür begleitet. Dieser große, schwere Mann schien in seinen Kleidern geschrumpft und zusammengesunken zu sein, sodass er sich an seine Frau lehnen musste, um nicht umzufallen.

«Ich werde dafür sorgen, dass sie ihn kriegen», versicherte Kat, während sie ihre Autotür öffnete. «Ich verspreche es Ihnen.»

Zurück daheim, fand sie vor ihrem Haus eine ganze Horde von Reportern und einen uniformierten Polizisten, der in dem kleinen Vorgarten stand und die Medienleute daran hinderte, zum

Haus vorzudringen. Das Fernsehteam eines Lokalsenders hatte mit seinem Sprinter Kats Stellplatz zugeparkt, und die Crew begab sich gerade in Position, als sie aus ihrem Beetle stieg.

«Kat, wie fühlen Sie sich nach dem, was mit Ihrer Freundin passiert ist?»

O Gott, Kat hasste dieses gespielte Mitgefühl.

«Haben Sie eine Ahnung, wer es gewesen sein könnte?»

«Was, glauben Sie, sollte die Polizei tun, um den Mörder zu überführen?»

Die Fragen trafen sie wie Kanonenfeuer. Sie versuchte, ihnen auszuweichen, doch immer mehr Fragen und Schreie prasselten auf sie ein, Kameras wurden ihr ins Gesicht gehalten, und Blitzlichter flackerten auf. Zwei weitere Polizisten schirmten Kat ab, während sie nach ihren Schlüsseln suchte, und begleiteten sie dann zur Tür. Samson tobte durch das Erdgeschoss, und nur mit Mühe gelang es ihr, den Hund zu beruhigen. Anschließend lehnte sie sich gegen die Innenseite der Haustür, atmete tief ein und fragte sich, ob der Mob da draußen wohl versuchen würde, an den Polizisten vorbeizukommen. Nein, das würden sie sicherlich nicht wagen. Sie machten ja nur ihre Arbeit und versuchten, die Story zu bekommen – so, wie sie selbst es unzählige Male getan hatte.

Kat warf ihren Mantel über das Treppengeländer und streifte im Haus umher. Sie wollte Sarah spüren. Kat hatte von Kulturen gelesen, die daran glaubten, dass eine Seele einen toten Körper nicht sofort verlässt. Jetzt fragte sie sich, ob Sarahs Seele wohl noch dort oben in dem Wäldchen umherstreifte, wo man ihre Leiche gefunden hatte. Kat erschauderte. Sie musste sich zusammenreißen, oder sie würde niemandem mehr nützen. Zwar konnte sie Sarah nicht zurückbringen, doch sie konnte, verdammt nochmal, das Versprechen halten, das sie den Eltern ihrer Freundin gegeben hatte. Koste es, was es wolle – sie würde den Mistkerl finden, der Sarah umgebracht hatte, egal, ob die Polizei ihr eigene Ermittlungen erlaubte oder nicht. Immerhin hatte sie ihr Referendariat als Anwältin absolviert, ehe sie der Juristerei zugunsten des Journalismus den Rücken gekehrt hatte. Sie hatte Talent darin, Dinge zu recherchieren und die Wahrheit herauszufinden – und auch die Gabe, Leute zum Reden zu bringen.

Eine Stunde oder länger telefonierte Kat mit Sarahs Freundinnen und Freunden, informierte sie über den Mord und fragte immer wieder nach, ob jemand ihr etwas über eventuelle Feinde ihrer Hausgenossin sagen konnte. Am Ende schlug sie resigniert mit der Faust gegen die Wand. Niemand hatte ihr auch nur das kleinste bisschen helfen können. Vielmehr hatten die anderen sie ausgefragt: Wer, wann und vor allem warum?

Schließlich wählte sie Evas Nummer. Nach ein paar Freizeichen meldete sich die Mailbox. «Hallo, Eva, hier ist Kat», sagte sie nach dem nervtötenden Piepton. «Ich arbeite mit dem Bild, das Sie mir überlassen haben. Aber ich frage mich, ob Sie eventuell bereit wären, auch Ihre anderen Unterlagen und Erkenntnisse mit mir zu teilen.» Sie hielt inne. Was sonst konnte sie zu einer Profilerin sagen, um sie zu überreden, vertrauliches Beweismaterial herauszugeben? Da ihr nichts einfiel, legte sie auf.

Einige Minuten später saß sie an ihrem Schreibtisch, ging ins Internet und gab bei Google den Suchbegriff «Knoten» ein. Dann scrollte sie die Ergebnisliste hinunter, klickte auf einige Links und verglich Abbildungen mit dem Foto des Knotens, den man bei Sarahs Leiche gefunden hatte.

Der Knoten musste doch etwas zu bedeuten haben. Sie ging die Liste durch: Kreuzknoten, Schauermannsknoten, Taljereepsknoten ... Und dann sah Kat ihn. Sie hielt das Foto neben den Bildschirm. Zweifelsohne hatte sie es hier mit einem Achterknoten zu tun. Sie las den Absatz neben dem Bild noch einmal: «... eine zusätzliche Drehung beim Überhandknoten erzeugt den Achter. Er wird meist von Seeleuten benutzt.»

Kat konnte weder mit der Zahl noch mit dem Wort «acht» etwas anfangen. Was zum Teufel wollte der Mörder ihnen mitteilen? Kat versuchte, ihn sich vorzustellen: War er jung? Dick oder dünn? Vielleicht hatte sie ihn sogar schon mal getroffen. Hatte er einen Bart, oder trug er eine Brille? War er einer der Männer, die in der Bibliothek arbeiteten, die Post zustellten oder einem Kaffee servierten? Sie verengte ihre Augen zu Schlitzen, doch sie konnte ihn nicht sehen. Alles, was sie sich vorzustellen vermochte, war eine dunkle Gestalt ohne Gesicht. Doch in dem Knoten, den er hinterlassen hatte, musste ein Hinweis auf ihn sein. Der Knoten selbst war nicht ungewöhnlich, vor allem nicht bei Seeleuten. Besaß dieser Kerl etwa ein Boot? Oder hatte die Acht etwas zu bedeuten? Lebte er in einem Haus oder einer Straße mit dieser Nummer? Oder spielte die Zahl auf ein Datum an?

Kat klickte weiter von einer Website zur anderen und fragte sich, ob der Mörder nur mit den Ermittlern spielte, indem er sie in die Irre führte. Er hatte Sarah an einem anderen Ort ermordet als dort, wo man ihre Leiche fand. Wie war er ihr begegnet, und warum hatte er sie da draußen in der Wildnis gelassen? Er hätte ihre Leiche überall abladen können. Risiko ... Vielleicht war es das.

Er hatte ihre Freundin dort oben hängen lassen wie Vieh in einem Schlachthof. Plötzlich erinnerte sich Kat an Ferien in ihrer Kindheit. Damals war sie auf dem Bauernhof ihres Onkels in Kent gewesen und hatte oftmals tote Maulwürfe an Stacheldrahtzäunen hängen gesehen. «Der Maulwurfmann hat sie dort gelassen», hatte ihr Onkel erklärt. «Wir Bauern bezahlen ihn dafür.» Beim Anblick des verschrumpelten, blutigen Körpers mit dem samtweichen Fell hatte Kat geweint und wochenlang geträumt, dass der Maulwurfmann sie holen würde: eine dunkle Schattengestalt in einem langen schwarzen Mantel, der selbst aus nächster Nähe keine Gesichtszüge erkennen ließ. Nur seinen sauren Atem konnte sie riechen. Und nun war er zurückgekehrt und hatte ihre Freundin getötet.

Ihr Kopf pochte, weil sie zu lange auf den Bildschirm gestarrt hatte. Kat entschied sich, eine Pause einzulegen, denn es war bereits früher Abend, und sie hatte heute noch nichts gegessen. Halbherzig knabberte sie an einem Toast mit Bohnen und brühte einen weiteren Kaffee auf. Wie automatisch schaltete sie das Radio ein.

> Nach der Entführung und Ermordung einer dreißigjährigen Frau aus Lancaster fahndet die Polizei nun nach einem sadistischen Killer. Die Leiche von Sarah Morris wurde heute Morgen ...

Kat riss den Stecker derart heftig aus der Wand, dass der Putz um die Steckdose herum bröckelte. Während ihrer Arbeit als Journalistin hatte sie selbst über unzählige Morde berichtet, doch dies war nicht einfach irgendeine Story. Es war die Geschichte ihrer Freundin – und ihre eigene. Mit dem Rücken gegen das kalte Spülbecken gelehnt, starrte sie auf die Anschlagtafel an der gegenüberliegenden Wand. Sie war übersät mit Haftnotizen und Nachrichten. Eine neue, in pinkfarbenen Buchstaben auf die Rückseite einer Telefonrechnung gekritzelte Notiz sprang ihr ins Auge: «Teebeutel!» stand dort in Sarahs schwungvoller Handschrift. Eigentlich sollte die Nachricht ihr sagen: «Denk dran, ökologischen Kräutertee zu kaufen – nicht das industrieverseuchte Koffeinzeug, das du immer trinkst.» Kat hatte es wie immer vergessen. Doch diesmal war es nicht wichtig, denn Sarah würde nicht mehr zurückkommen, um ihren Kräutertee zu trinken. Diese plötzliche Erkenntnis verursachte Kat körperliche Qualen; es war wie ein Dolchstoß in den Magen, und sie krümmte sich unter dem schneidenden Schmerz.

Erst einige Stunden später hatte Kat sich ein wenig beruhigt. Endlich hatte sie auch Samson gefüttert, der bereits zuvor, während der Recherche im Internet, ununterbrochen an ihrem Ärmel gezupft hatte. Sie hatte ihn anschließend sogar auf einen kurzen Spaziergang um das Kloster unterhalb des Schlosses mitgenommen. Nach der Rückkehr schenkte sie sich ein großes Glas Wodka ein, das sie zusammen mit einem Schluck Limonade hinunterstürzte, nahm dann ein paar von Sarahs pflanzlichen Beruhigungspillen aus dem Badezimmerschränkchen und legte sich schließlich halb angezogen ins Bett. Doch immer, wenn sie die Augen schloss, sah sie Sarahs Gesicht vor sich, der Blick verstört und ängstlich. Um zwei Uhr nachts gab Kat schließlich auf und hievte sich aus dem Bett. Sie streifte ihren Morgenmantel über, setzte einen starken Kaffee auf und nahm wieder vor dem Computer Platz. Den stechenden Schmerz zwischen ihren Augen ignorierte sie einfach. Sie musste objektiv bleiben – das war die erste Regel des Journalismus. Und das bedeutete: persönliche Gefühle außen vor lassen, sich von Affekten abkoppeln; sich auf das Ziel konzentrieren, die Wahrheit finden.

Sie klickte sich erneut durch verschiedene Websites und las schließlich: «Der Achterknoten ist ein Symbol für verwobene

Zuneigung. In der Heraldik steht er für treue Liebe.» Was hatte das zu bedeuten? Hatte der Mörder Sarah geliebt? Oder liebte er es einfach nur, sie zu töten? Kat rieb sich die Schläfen und spürte den Anflug einer Migräne.

«Knoten spielten in Religion und Volksglaube eine große Rolle. Ihnen wurde die magische Kraft nachgesagt, Menschen aneinander binden zu können. Oftmals brachte man sie mit dem Hexenkult in Verbindung.» Hexenkult? Sie hatte mitbekommen, wie DI Hunter die Tatsache, dass der Mord genau an Halloween geschehen war, als unwichtig abgetan hatte. Kat nahm einen Stift zur Hand und kritzelte die Worte «Hexenkult» und «Magie» in ihr Notizbuch. Dennoch wurde sie das Gefühl nicht los, etwas zu übersehen.

Also suchte sie trotz immer stärker werdender Kopfschmerzen weiter im Internet. Es musste eine Verbindung zu der Zahl Acht geben. Irgendetwas Konkreteres. Schließlich fand sie eine Seite, die sich mit der Geschichte besonderer Knoten beschäftigte. «Mit Hilfe eines Quipu (einer horizontal gespannten Hauptleine mit daran befestigten vertikalen kleineren Stricken, in denen Knoten waren) entwickelten die Inkas in Peru ein dezimales Zahlensystem. Die Knoten repräsentierten Zahlen, die Eins zum Beispiel war ein Strick mit acht Knoten.» Sie las den letzten Satz ein weiteres Mal, diesmal laut. Wenn der Knoten ein Hinweis sein sollte, dann hatte er vielleicht etwas mit einem Zahlensystem zu tun.

Als sie eine Weile später hörte, wie die Post durch den Briefschlitz auf den Fußboden im Flur fiel, konnte sie den Computerbildschirm schon nur noch verschwommen wahrnehmen. Sie wollte gerade zum Telefon greifen, als es klingelte.

Es war Eva. «Hallo, Kat. Ich habe Ihre Nachricht eben abgehört.»

Kat gab der Profilerin schnell eine Zusammenfassung des vergangenen Tages: die sprachlose Verzweiflung von Sarahs Eltern, der Bericht im Radio, ihre eigene Angst und schließlich die Ergebnisse ihrer Internetrecherche.

«Hört sich an, als könnten Sie da auf etwas gestoßen sein», sagte Eva. «Es könnte etwas mit einem Datum oder einer Hausnummer zu tun haben. Es ist allerdings nicht ungewöhnlich, dass sich Menschen auf Zahlen fixieren. Könnte auch das Anzeichen einer psychischen Störung sein. Ob es sich jetzt um die Zahl Acht oder eine andere handelt, müssten wir genauer untersuchen.» Sie hielt inne, und Kat konnte den schweren Atem am anderen Ende der Leitung fast spüren. «Wir müssen in Erwägung ziehen, dass die Zahl mit dem Mord in Zusammenhang steht.» Nach einer weiteren Pause sprach Eva mit bemüht fester Stimme weiter: «Der Mörder könnte uns mitteilen wollen, dass es acht Tote geben wird. Oder dass Sarah sein erstes Opfer war. So oder so bedeutet es nichts Gutes. Es bedeutet ...»

«Es bedeutet, dass er voraussichtlich wieder töten wird», fiel Kat ihr ins Wort.

Eva stand am Fenster ihres Arbeitszimmers und blickte hinaus auf den Fluss. Das schlammige Gewässer schlängelte sich unter den Streben der Millennium Bridge hindurch zu der älteren gotischen Brücke mit ihren vier Bogen. Sie musste dringend eine Runde joggen, um ihren Kopf frei zu bekommen.

Eva sorgte sich um Kat. Als sie die Journalistin am Vortag nach Hause gebracht hatte, schien sie am Boden zerstört zu sein. Doch jetzt war sie offenbar von dem Gedanken besessen, Sarahs Mörder zu finden. Es handelte sich um eine Form von Besessenheit, die Eva während ihrer Tätigkeit als Psychologin häufig erlebt hatte – und die verständlich, ja sogar in einem gewissen Sinne normal war, aber keinesfalls gesund.

Als Eva die Arbeit als psychologische Beraterin für die Polizei angenommen hatte, war sie überzeugt gewesen, sich emotional von den Fällen abgrenzen zu können, so wie sie es in der FBI-Akademie in Quantico gelernt hatte. Und jetzt – worüber machte sie sich Gedanken: über das Wohlergehen einer verdammten Journalistin.

Eva erwog, Ben Chandler anzurufen. Als Psychiater fände er den Fall sicher interessant, auch wenn es natürlich vollkommen unseriös wäre, einen so heiklen Fall abseits der Arbeit zu diskutieren. Als ihr Liebhaber würde er ihr sicher auch sagen, dass sie dabei war, sich persönlich zu stark in den Fall hineinziehen zu lassen. Sie rief sich den Fundort im Trough of Bowland noch einmal vor Augen und erinnerte sich an Kats Ausdruck, als sie den Leichnam ihrer Freundin identifizieren musste. Eva wurde bewusst, dass ihr Maß an Abstand, das sie einzuhalten vermochte, begrenzt war. Gleichzeitig war ihr klar, dass sie sich womöglich auf ein berufliches Minenfeld zubewegte, vor allem in Anbetracht der Tatsache, dass der Inspector offensichtlich eine starke Abneigung gegenüber Journalisten besaß.

Sie klickte auf dem Computerbildschirm ihren vorläufigen Bericht über den Fall an.

> ... Es sind offenbar rituelle Elemente in der Tat enthalten. Indizien hierfür sind die Hinrichtung durch den Strick und die Tatsache, dass der Mörder seine Tat zur Schau stellt, als betrachte er dies als seine Handwerkskunst. Ich arbeite an der These, dass es sich um einen männlichen Täter handelt – und zwar wegen der körperlichen Stärke, die für eine Entführung mit anschließendem Mord erforderlich ist,

und aufgrund der wahrscheinlich sexuellen Motivation der Tat.

Es ist außerdem wahrscheinlich, dass es sich um einen weißen Europäer handelt, der aus der Gegend von Lancaster stammt. Wie verschiedene Studien zeigen, agieren Täter meist innerhalb der ihnen bekannten Umgebung und der eigenen ethnischen Gruppe. Der Mörder fühlt sich sicherer, wenn er in einer vertrauten Gegend nach seinen Opfern sucht. Die Entführung sowie die Art und Weise der Hinrichtung lassen darauf schließen, dass der Täter über ein hohes Maß an Organisationstalent und Intelligenz verfügt, jedoch zumindest in seinen eigenen Augen ein Versager ist. Seine Taten zu verüben vermitteln ihm ein Gefühl von Kontrolle und Stärke.

Eva kniff die Augen zusammen und versuchte sich den Mann vorzustellen, der einen solchen Mord begangen haben konnte. War es denn überhaupt ein Mann? Doch, da war sie sich sicher. Was war seine Geschichte, und was hatte ihn dazu gebracht, so etwas zu tun? Im neunzehnten Jahrhundert hatte Cesare Lombroso geschrieben, dass Verbrecher ein Überbleibsel einer primitiveren Spezies seien; aber die Wahrheit war natürlich weitaus komplexer. In der Geschichte eines jeden Menschen kommt etwas vor, das ihn entweder zu einem nützlichen Mitglied der Gesellschaft oder aber zu einem Kriminellen werden lässt. Man musste diesen Teil seiner Geschichte nur finden. Eva las weiter, was sie geschrieben hatte.

Wer oder was ist der Schlüssel zu einer solchen kriminellen Tat? Wir müssen uns fragen, was für eine Art Leben ein solches Verbrechen ermöglicht. Vielleicht lebt der Täter bereits am Rande der Gesellschaft, oder aber er ist ein scheinbar normaler, gesetzestreuer Bürger, der ein Doppelleben führt – möglicherweise sogar jemand, der sein Opfer kannte. Höchstwahrscheinlich neigt er zur Obsession. Er ist besessen von Knoten und Henkersritualen, was eventuell durch das Konsumieren pornographischen Materials noch gesteigert wird. Rituelle Motive können nicht ausgeschlossen werden, da der Mord an Halloween stattfand.

Eva hielt einen Moment lang inne. Rituale und Hexenkult – Myles Hunter würde über ihre Ausführungen jubeln.

In Anbetracht des Tathergangs und der Zurschaustellung des Leichnams muss davon ausgegangen werden, dass der Täter sexuelle Probleme hat, die mit Macht zusammenhängen. Die meisten wissenschaftlichen Beschreibungen von Psychopathen verweisen auf deren Unfähigkeit, Beziehungen aufzubauen und / oder Mitgefühl, Liebe oder Schuld zu empfinden.

Mit anderen Worten – er ist das, was man gemeinhin als Monster bezeichnen würde, dachte Eva. Dann speicherte sie die Datei, schaltete den Computer aus und machte sich auf den Weg in die Küche. Plötzlich klingelte das Telefon, und so kehrte sie noch einmal an ihren Schreibtisch zurück. Es war Myles Hunter.

«Das Bericht der Gerichtsmedizin ist da», sagte er ohne jegliche Begrüßung. «Sieht so aus, als sei Sarah Morris in ihrer Praxis gekidnappt worden. Es gibt eindeutige Hinweise auf einen Kampf, und die Forensiker haben Teppichfasern an der Kleidung des Opfers gefunden, die mit denen in der Praxis übereinstimmen. An ihrem Oberarm gab es Einstiche, außerdem hatte sie eine größere Menge Sedative im Blut. Sie ist eindeutig gehenkt worden, allerdings bevor man sie raus in den Trough of Bowland gefahren hat. Die Pathologie vermutet den Todeszeitpunkt etwa zwischen zehn Uhr und Mitternacht.»

«Sie ist also nicht in der Gemeinschaftspraxis getötet worden?»

«Ihr Entführer hat sie möglicherweise woandershin gebracht.»

«Gibt es Hinweise auf einen sexuellen Übergriff?»

«Nein. Sieht nicht nach einem eindeutigen Sexualverbrechen aus.»

«Vielleicht nicht eindeutig. Aber es gab mit Sicherheit ein sexuelles Motiv. Der Charakter des Täters spiegelt sich immer auch in der Art der Tat wider – seine Pläne, die Risiken, die er eingeht, und so weiter. Wir müssen ein genaues Bild seiner Psyche entwerfen. Er will besitzen, aber auch zerstören. Zumindest im Fall von Sarah wollte er das.»

«Glauben Sie, er hat schon einmal getötet?»

«Sie werden ja zweifelsohne die nationalen Datenbanken auf ähnliche Fälle überprüft haben», erwiderte Eva. «Falls er bislang noch keine Frauen angegriffen hat, so ist jedoch klar, dass es ihn fasziniert. Ich denke nicht, dass wir einen weiteren Mord ausschließen können.» Eva stellte sich den Gesichtsausdruck des DI vor – vor allem, wie sich seine grauen Augen verdunkelten. Ob er ihr wohl glaubte? Sie hoffte inständig, dass sie diesmal nicht recht behalten würde.

Sie alle wissen von meiner Arbeit.

«Jagd auf wahnsinnigen Mörder» lautete die Schlagzeile der Morgenausgabe des *Evening Herald* – ein Zitat von einem dieser Polizei-Vollidioten, der die Ermittlung führt. Der Schwachkopf ist mittags auch in den Fernsehnachrichten zu sehen gewesen – einer dieser Affen in Uniform, die in der Schule zu oft übers Rugbyfeld gescheucht wurden.

Es ist beleidigend, gegen jemanden antreten zu müssen, der kaum einen höheren IQ als eine Amöbe hat. Der Kasper hat den Reportern kaum Details verraten ... meinen Knoten hat er nicht einmal erwähnt. Das hat mich am meisten aufgeregt.

Ich bin es auch schon leid, von dem armen Opfer zu hören. Ich weiß genau, was sie und ihre Wise Women getrieben haben. Nun habe ich ihr Notizbuch, habe Namen und Adressen – es sollte also keine Schwierigkeit sein, die anderen zu finden. Ich habe ihnen eine Kostprobe meines Handwerks hinterlassen. Es war ein Vergnügen, ein solches Werk zu schaffen. Ich liebe den Geruch des öligen Stricks und das Gefühl von rauen Fasern in meinen Händen – es ist wie eine zärtliche Berührung.

Schon als Kind wollte ich alles über Knoten lernen. Aber meine Mutter hatte etwas dagegen, dass ich mit Dan, dem Nachbarsjungen, zu den Pfadfindern ging.

«Mein Kleiner bleibt gern im Haus», hatte sie zu Dans Mutter gesagt. Ihr Kleiner, ihr Augenstern – ihr Scheißprinz! Die Sache mit den Pfadfindern wurde danach nie wieder erwähnt.

Außerhalb der Believers, unserer freievangelikalen Gemeinde, hatte ich keine Freunde. Es hätte keinen Sinn gehabt, irgendjemanden zu nah an uns heranzulassen – sie hätten nur komische Fragen gestellt. Ich wollte zur Schule gehen, aber die Behörden haben es meiner Mutter abgekauft, dass sie als Ärztin schon wüsste, was das Beste für ihren Sohn sei, und ihr den Hausunterricht gestattet. Es schien vollkommen in Ordnung – ein Ärztepaar mit chirurgischer Praxis im Haus, hingebungsvolle Eltern, die ihren Glauben und ihre Fähigkeiten mit Gleichgesinnten teilen wollten. Kein Fernseher, keine Comics, keine Popmusik. Nur die Bibel und Bücher, die von der Gemeinde befürwortet wurden. Die Kinder der Believers waren ihre originalgetreuen Abbilder – perfekte Züchtungen. Und niemand konnte den Erfolg der Zucht leugnen.

Ich versuche, so wenig wie möglich an meine Mutter zu denken. Doch wenn ich meine Augen schließe, kann ich ihren Atem auf meinem Gesicht fühlen, ihren scharfen Geruch wahrnehmen und ihre Geheimnisse spüren. Nun habe auch ich ein Geheimnis.

Tief sauge ich die friedliche, erdige Atmosphäre des Tunnels ein, der aus dem Keller führt. Einst ängstigte er mich; wie ein dunkler Schlund, der sich öffnete, um mich zu verschlingen. Doch ich habe ihn mir zurückerobert – ihn und meine Blutkammer. An der Falltür habe ich einige Veränderungen durchgeführt, aber die Galgen sind nun ganz nach meinem Geschmack. Mit der flachen Hand streife ich über die Holzfasern, zeichne mit den Fingerspitzen kleine Kreise um die Nuten. Ich kenne diese sorgfältig konstruierten Holzstreben von Old Ned besser als meine eigenen Gliedmaßen. Nun fühle ich die Geister der großen Henker Calcraft, Morwood und Berry. Sie flüstern mir ihre Anerkennung zu.

Wenn ich die Tür zu meiner Blutkammer hinter mir schließe, bin ich der Herr meiner eigenen Unterwelt. Meines eigenen Kerkers.

Das Haus steht an einem Abhang und ist schief wie der Rücken eines alten Weibes. Nur ein guter Architekt, der genauer hinsieht, würde gewisse Abweichungen und Asymmetrien entdecken – eine verzerrte Geometrie, die ihre weiteren Geheimnisse in den Kellern des Gebäudes sicher versteckt. In dem Tunnel ist genügend Platz für mein Lager an Seilen, dennoch bewahre ich immer einen kleinen Vorrat davon neben meinem Bett auf. Es beruhigt mich, wenn ich nicht schlafen kann ... und sich meine Träume wieder einmal vor meinem inneren Auge abspielen. Und wenn manchmal die Albträume auf meine Brust drücken, höre ich, wie von den Mauern des Schlosses Totenklagen erklingen. Dann knüpfe ich meine Knoten, schlinge das Seil und wiederhole die Zahlen ein ums andere Mal. Erst die Schlaufe, dann den Strick doppelt nehmen, eine Schlinge formen. Einmal, zweimal den Strick durch die Schlinge, dann festziehen.

Ich gehe oft zum Schloss, wenn die Gerichtssäle und das Museum geschlossen und die Touristen fort sind. Ich schlüpfe durch die kleine Öffnung am Ende des Tunnels in den schmutzigen Keller, der einst als Kerker im Witches' Tower gedient hat. Nur die Insassen des Gefängnisses im Schloss sind zu dieser Zeit noch anwesend. Ob sie ahnen, welch sündhafte Seelen dort mit ihnen die Zellen teilen?

Manchmal streife ich durch das Gelände, meide aber die Front des Schlosses; denn dort werden die Mauern von hellen Strahlern beleuchtet, deren Licht sich durch das Geäst der Bäume kaleidoskopartig verändert. Es ist besser, im Schatten der West- und Ostzinnen zu bleiben. Die Dunkelheit umfängt mich, während ich umherwandere. Ich atme den Staub der schon vor langer Zeit herausgebrochenen Steine ein und den Duft des Meeres, wenn der Wind von der Bucht her weht. Ich bin kein Dummkopf; ich habe meinen Stock immer als Waffe bei mir. Den Stock, den ich bei einer Auktion gekauft habe – und der aus einem Balken aus der Henkerskammer des Gefängnisses von Newgate geschnitzt worden ist.

Vielleicht gehe ich hinüber zum Kloster; zum Grab von Old Ned in der Hanging Corner. Zwiesprache mit meinem Mentor halten.

Kapitel 4

«Verdammt!»

Ben Chandler hüpfte auf einem Bein durchs Badezimmer und hielt sich den schmerzenden Zeh, den er sich gestoßen hatte, als er aus der Dusche gestiegen war. «Eva!», schrie er. Doch sie hatte bereits die Tür hinter sich zugezogen und nicht gewartet, bis sie eventuell eine Reaktion auf ihr «Ich ruf dich später an!» erhalten würde.

Sie war gestern erst weit nach Mitternacht aufgetaucht und völlig durch den Wind wegen des Falles, an dem sie gerade arbeitete. Eigentlich sprachen sie nie über ihre Arbeit. Teilweise wegen der Schweigepflicht, aber auch, um Arbeit und Beziehung voneinander getrennt zu halten. Doch Ben wusste, dass dieser Fall an Eva nagte wie kaum ein anderer zuvor. Und nach all dem, was er aus den Zeitungen erfahren hatte, wunderte ihn das auch nicht. Ebenso wenig, dass sie in dieser Nacht nur wenig schlafen konnte.

Sieben Stunden später – nachdem ihr nur sehr wenig Schlaf vergönnt gewesen war – hatte sie ihn im Bett zurückgelassen, um zur Arbeit zu eilen. Ben verwünschte sie, während er sich mit einem Handtuch den restlichen Schaum von seinem muskulösen schwarzen Bauch abrieb. Warum musste Eva nur so verdammt getrieben sein, und warum ließ er sich das immer noch gefallen? Während er zurück ins Schlafzimmer humpelte, schien ihn seine eigene innere Stimme mit der Antwort auf diese Fragen verspotten zu wollen: Weil du sie liebst, du Idiot; und weil du die Tatsache nicht akzeptieren kannst, dass sie dich möglicherweise nicht genauso liebt. Rasch zog er sich an: eine seiner elegant geschnittenen Hosen, ein Polohemd und ein Jackett. Dann schnappte er sich seine Sporttasche. Vielleicht brauchte er einfach nur Urlaub, um alles einmal zu überdenken.

Auch als er sein Mustang Coupé in Richtung City steuerte, fühlte er sich noch nicht besser. Er ließ das Fitnessstudio heute mal Fitnessstudio sein und fuhr stattdessen zum Café Mocha. Er brauchte jetzt einen großen Latte und mindestens drei Croissants. Als er das Café verließ, wurde der Verkehr in der Stadt allmählich stärker. Schließlich manövrierte er den Wagen langsam durch die schmale Straße hinter dem viktorianischen Gebäude, in dem sich sein Büro befand. Oft verglich er seine neue Arbeitsstätte mit der Praxis seines Vaters in New York, wo er ebenfalls lange gearbeitet hatte. Ihm gefiel der Gedanke, dass seine Patienten das Zimmer mit dem großen Fenster oberhalb der Bucht – mit den bequemen Sofas und alten Teppichen – als weniger furchteinflößend empfanden als die mit Glas und Chrom eingerichteten Räume seines Vaters. Eva bevorzugte natürlich Glas und Chrom. Wenn sie sich nicht über ernsthafte Dinge wie Ehe und Kinder stritten, diskutierten sie darüber.

Während er sein Auto neben dem Bürokomplex parkte, fragte er sich, ob sie einfach aufhören sollten, sich immer nur ein bisschen zu streiten, und es stattdessen nicht besser wäre, einen großen Knall zuzulassen. Aber irgendwie konnte er sich nicht vorstellen, dass Eva die Kontrolle verlieren würde. Und genau das war vermutlich das Problem.

«Morgen!»

Bens Sekretärin Carol musterte ihren Chef über den Rand ihrer Brille hinweg, während ihre Finger in Windeseile über die Tastatur des Computers flogen: Der ein Meter neunzig große Afroamerikaner besaß einen muskulösen, gut durchtrainierten Körper sowie ein umwerfendes Lächeln. Wahrscheinlich würde sie eher eine Gehaltskürzung in Kauf nehmen als ihren Job bei ihm aufgeben. Das jedoch hätte sie niemals offen zugegeben.

«Oh, danke. Mocha.» Sie lächelte und nahm den Becher entgegen, den er ihr anbot. «Kein Fitnessstudio heute?»

Er zog eine Augenbraue hoch.

«Ihre Haare sind trocken», meinte sie grinsend. «Ganz offensichtlich haben Sie zu Hause geduscht.»

«Alles klar, Sherlock Holmes.» Er lehnte sich gegen die Tür neben dem kleinen Empfangsbereich. «Wann kommt der erste Patient?»

«Halb zehn. Will Ellis», rief sie ihm hinterher, als er schon durch die Tür und auf dem Weg nach oben zu seinem Büro war. «Die Akte ist auf Ihrem Schreibtisch.»

Ben setzte sich an den schweren Eichenschreibtisch mit der zerkratzten Oberfläche. Er schlug die Akte auf und fegte Croissantkrümel zur Seite, die hinunterbröselten, während er frühstückte. Will Ellis – nicht gerade der ideale Start in den Tag. Da er aber nicht zum Sport gegangen war, hatte er zumindest eine gute Stunde Zeit, um die Akte erneut zu studieren. Er sah die letzten Notizen durch, die er sich zu seinem Patienten gemacht hatte. Die groben Fakten waren ihm bekannt: Zusammenbruch nach dem Tod des Vaters, Selbstmordversuch und danach ein monatelanger Aufenthalt in einer Privatklinik. Will hatte sich freiwillig einweisen lassen, doch er wäre vermutlich ohnehin unter das Gesetz für psychisch Kranke gefallen. Ben las eine seiner ersten Einträge in die Akte:

> Mit Ruth Morley, beratende Psychiaterin in der Klinik, gesprochen. Bei der Einweisung schien Will unter einer Art dissoziativer Störung zu leiden, vermutlich ausgelöst durch den Tod des Vaters. Er wies die klassischen Symptome auf: Abkopplung vom Bewusstsein über sich selbst und die äußeren Umstände. Er wurde Gerald Roberts und dessen Team übergeben.

Weiter unten in den Notizen fand Ben einen Absatz, den er mit einem Textmarker angestrichen hatte.

> Während der ersten Wochen gab es zahlreiche Anzeichen dafür, dass Will unter dem Zwang stand, sich von einem vergangenen Trauma abspalten zu müssen. Eventueller Auslöser war der Tod des Vaters, womöglich aber auch noch andere Ereignisse. Gelegentlich schien es ihm schwerzufallen, sich an grundlegende Fakten über sich selbst zu erinnern. Ihm schienen ganze Zeitabschnitte zu fehlen. Später wirkte er zwar insgesamt kohärenter und kontrollierter, weigerte sich jedoch, an den Gruppentherapiesitzungen teilzunehmen. Auch die Einzelgespräche besuchte er nur

unter Zwang. Über seinen verstorbenen Vater oder seine Mutter zu reden, lehnte er vehement ab. Besonders verzweifelt schien er, wenn es um seine Schwester Dee ging. Offenbar ist Dee als Teenager von zu Hause weggelaufen. Obgleich Will sich kaum an seine Schwester erinnert, scheint dieses Ereignis eines der Haupttraumata zu sein, das sein Erwachsenenleben stark beeinflusst.

Ben lehnte sich zurück und kaute an seinem Stift. Sowohl die Berichte der Kollegen in der Klinik als auch seine eigenen Beobachtungen ließen darauf schließen, dass Will überdurchschnittlich intelligent und kreativ war. Zu Beginn der Therapie wirkte er rational und ruhig. Es schien, als sei er durchaus in der Lage, sein Leben selbst zu regeln. Doch inzwischen strahlte er etwas Zwanghaftes und Unnatürliches aus, als ob er sich in den Sitzungen verstellte. Ben vermutete ein verdrängtes Erlebnis, etwas, das nur darauf wartete, endlich an die Oberfläche zu kommen und auszubrechen. Will hatte zugegeben, wiederkehrend unter Vergesslichkeit und temporärer Amnesie zu leiden. Zustände, die sich manchmal über mehrere Stunden hinzogen. Äußerlich war er jemand, dem es an nichts mangelte. Eine blendende Erscheinung, fast so groß wie Ben selbst, dunkle Haare und gut aussehend wie ein Model. Seine vollen Lippen und die hohen Wangenknochen verliehen ihm einen weichen, fast femininen Zug. Vielleicht war es das: unterdrückte Homosexualität? Was auch immer die Ursachen für seine Störung sein mochten – Ben war sich sicher, dass sie in Wills Vergangenheit lagen. Wenn er seinen Patienten nur zu einer Hypnosetherapie überreden könnte.

Das zaghafte Summen des Telefons riss den Psychiater aus seinen Gedanken.

«Will Ellis ist da.»

«Bringen Sie ihn bitte nach oben, Carol.»

Als Will Ellis in der offenen Tür stand, streifte sein Scheitel beinahe den Türrahmen. Er hatte die schlanke, muskulöse Figur eines Tänzers. Sein Oberkörper war leicht geneigt, mit einem Fuß stand er immer noch auf dem Treppenabsatz. Ben wurde den Eindruck nicht los, dass sein Patient sich jeden Moment umdrehen und wegrennen würde. Will trug eine schwarze Jeans, ein Sweatshirt und darüber eine Öljacke. Die tiefschwarzen Haare umspielten sein Gesicht, seine vollen Lippen öffneten sich zu einem Lächeln und gaben den Blick frei auf ebenmäßige weiße Zähne.

«Bitte.» Ben deutete auf die tiefe Couch vor seinem Schreibtisch. «Nehmen Sie Platz.»

Mit angezogenen Beinen setzte sich Will auf die Kante der Couch. Seine Finger trommelten einen stummen Rhythmus gegen seine Knie. Wieder einmal fragte sich Ben, ob sein Patient die verschriebenen Medikamente genommen hatte.

«Sie wirken ein wenig angespannt.» Ben ging um seinen Schreibtisch herum und zog einen Stuhl näher an die Couch heran. Er versuchte, sich nicht anmerken zu lassen, dass er bemerkt hatte, wie Will zusammengezuckt war.

«Mir geht's gut. Wirklich gut.» Will legte seine Hände aufeinander. Seine dunklen Augen fixierten Ben. «Ich fühle mich gut. Vermutlich verschwende ich sogar Ihre Zeit.»

Will bemühte sich sehr, Ben Chandler nicht merken zu lassen, dass er Angst hatte. Vor was oder wem – da war er sich selbst nicht sicher. Doch er hatte Angst. Vielleicht davor, zurück ins Krankenhaus zu müssen, oder vor einem erneuten Zusammenbruch. Dr. Chandler wollte etwas über Wills Leben wissen.

Doch was gab es da schon zu erzählen? Abgesehen vom Verlust seiner Schwester hatte er eine anständige, glückliche Kindheit gehabt. Dann Cambridge und seine schriftstellerischen Ambitionen. Mit nur achtundzwanzig Jahren stand er bereits vor seinem Durchbruch als Kinderbuchautor. Er war zufrieden mit seinem Leben. Er hatte einige Freundinnen gehabt, jedoch nie etwas Ernstes. Er bevorzugte es, allein zu leben und zu arbeiten. Er fühlte sich auch so wohl – und was war schon falsch daran? Im Krankenhaus hatte man ihm gesagt, dass er immer wieder nach seiner Schwester gerufen habe. Doch sie war tot. Sein Vater hatte es ihm bestätigt, bevor auch er gestorben war, und Will konnte sich nicht länger einreden, dass sie zurückkommen würde. Aber er kam damit zurecht.

Er schloss die Augen für einen Moment. «Es tut mir leid, aber ich denke, die Therapie bringt nichts. Nichts gegen Sie, Doktor, aber ich denke, ich möchte lieber allein weitermachen.»

Ben bemühte sich, Blickkontakt zu halten. Einen Moment lang war er sich sicher, Will würde noch etwas anderes sagen. «Was ist mit der temporären Amnesie, über die wir letztes Mal gesprochen haben? Haben Sie diese Aussetzer noch?»

«Nein ... Na ja, manchmal vergesse ich, wo ich meine Schlüssel hingelegt habe, aber so etwas passiert doch jedem von Zeit zu Zeit, oder?»

«Sie konnten sich nicht daran erinnern, bestimmte Dinge gekauft zu haben, die Sie in Ihrer Wohnung gefunden haben. Wenn Sie Menschen getroffen haben, die Sie kennen, konnten Sie sie nicht einordnen. Ist in letzter Zeit etwas in dieser Art vorgefallen?»

Will schaute dem Therapeuten in die Augen. Erst gestern war er am Fluss gewesen und hatte sich nicht erklären können, wie oder auch wann er dorthin gekommen war. Er blinzelte kurz, ehe er antwortete. «Nein, nichts in dieser Art.»

«Aber Sie wollen noch immer, dass ich es mit Hypnose bei Ihnen versuche?»

Wieder zögerte Will, bevor er eine Reaktion zeigte; diesmal zuckte er mit den Schultern. Er versuchte, so unbeteiligt wie möglich zu klingen. «Natürlich, wenn Sie es wollen. Auch wenn ich den Sinn darin nicht recht sehe.»

Ben brauchte fast zwanzig Minuten, um seinen Patienten dazu zu bringen, sich zu entspannen. Er versuchte es mit verschiedenen Visualisierungs- und Atemübungen. Doch als sich Will dann schließlich auf der Couch ausgestreckt hatte, war Ben überrascht, wie leicht sein Patient in den tranceartigen Zustand zwischen Schlafen und Wachen hinüberglitt. Seine Augen waren geschlossen, die Lider entspannt. In den dunklen Wimpern war die Reflexion der kleinen Tischlampe zu erkennen, die Ben anstelle des grellen Deckenlichts angemacht hatte.

Nachdem Ben das Aufnahmegerät angestellt hatte, begann er mit einigen einleitenden Fragen. «Wie geht es Ihnen, Will?» Seine Stimme war ruhig und leise.

«Gut. Ich fühle mich gut.»

«Wunderbar. Können wir über Ihre Zeit im Krankenhaus sprechen?»

«Ich war krank. Krank, durcheinander, konnte mich an vieles nicht erinnern. Ich war traurig.»

«Das stimmt, Will. Können Sie mir sagen, warum Sie traurig waren? Erinnern Sie sich an irgendetwas, was vor Ihrer Zeit im Krankenhaus passiert ist?»

Wills Kiefer verspannte sich, und einige Muskeln an seiner Schläfe zuckten.

«Er ist gestorben.»

«Ihr Vater? Das muss Sie sehr getroffen haben. Waren Sie sich sehr nah?»

Ein weiteres Zucken. Wills sinnlicher Mund verzerrte sich zu einem Lächeln, das seinem Gesicht beinahe etwas Abstoßendes verlieh. «Nicht sehr nah», antwortete er mit zusammengepressten Zähnen. Dann hatte er sich wieder unter Kontrolle. «Er war alt. Und seit einem Schlaganfall vor ein paar Jahren war er sehr krank. Sie sagten, es sei ein Segen.»

Ben beobachtete, wie Wills Lider zu flattern begannen. Die Wimpern warfen spinnwebartige Schatten auf die Wangen. Womöglich fühlte er sich schuldig, weil er den Tod des Vaters als Erleichterung empfand, oder er betrauerte die Beziehung, die sie nie gehabt hatten.

«Was haben Sie gefühlt, Will?», fragte er sanft.

«Nichts.»

«Warum waren Sie dann traurig?»

«Wegen Dee. Er hat es mir gesagt, bevor er gestorben ist.» Seine Hände, die auf den ausgestreckten Beinen gelegen hatten, waren nun rastlos. «Er sagte mir, dass sie niemals zurückkommen würde.»

Ben rief sich die Notizen in Erinnerung. Natürlich, die Schwester. «Erzählen Sie mir von Dee», forderte er Will auf.

«Sie war meine große Schwester. Sie hat auf mich aufgepasst. Ich habe sie mehr geliebt als sonst irgendwen.»

«Wissen Sie, warum sie fortgegangen ist? Und wohin?»

Ben war zwar darauf gefasst gewesen, dass seine Frage eine emotionale Reaktion hervorrufen würde, doch auf eine so plötzliche und dramatische Veränderung der Stimme und Körpersprache seines Patienten war er nicht vorbereitet: Es war wie der Knall bei einem Kurzschluss. Kehlig, fast knurrend antwortete Will: «Fragen Sie nicht nach ihr! Will möchte nicht über sie sprechen, also halten Sie sich verdammt nochmal da raus!»

Ben rang nach Luft. Was zum Teufel ging hier vor sich? «Okay, alles ist in Ordnung», sagte er. «Sie ... ich meine ... Will möchte nicht darüber sprechen.»

«Das ist das Problem. Der kleine Scheißkerl kann seine Klappe einfach nicht halten. Ständig jammert er und droht, alles zu verraten.»

Ben fühlte, wie sein Herz gegen seinen Brustkorb schlug. Plötzlich ergab alles einen Sinn: die temporäre Amnesie; die Blackouts; die Momente, in denen Will etwas fand, von dem er sich nicht erinnern konnte, es je gekauft zu haben – oder dass er sich irgendwo aufhielt, ohne zu wissen, wie er dorthin gelangt war. In der Klinik hatte man ihm ein Borderline-Syndrom attestiert. Doch nun wurde Ben klar, wie sehr sich seine Kollegen getäuscht hatten. «Mit wem spreche ich jetzt?», fragte er. «Sie sind nicht Will, oder?»

«Sie haben es erfasst, Doc.» Die Stimme schlug in ein raues Lachen um. «Ich gebe nur acht auf ihn.»

«Darf ich nach Ihrem Namen fragen?»

Ein hinterhältiges Lächeln umspielte die vollen Lippen. «Natürlich können Sie fragen.»

Ben hatte Mühe, seine Stimme unter Kontrolle zu halten. Die Zeichen waren alle vorhanden gewesen – er hatte es mit einer dissoziativen Identitätsstörung zu tun. Trotz der Sorge um Will konnte er eine gewisse gespannte Erregung nicht unterdrücken. «Ich freue mich, Sie kennenzulernen», sagte er schließlich. «Aber wenn ich verspreche, ihn nicht aufzuregen – meinen Sie, ich könnte dann noch einmal mit Will sprechen?»

Die Spannung im Körper des Patienten wich genauso schnell, wie sie sich aufgebaut hatte. «Will?», fragte Ben vorsichtig.

Will fühlte, wie eine Hitzewelle seinen Körper durchströmte. Er blinzelte und starrte Dr. Chandler an.

«Das war es für heute.»

«Aber ich bin doch eben erst gekommen.»

«Nein, Will.» Die Stimme des Psychiaters war leise, aber kontrolliert. «Sie waren eine Dreiviertelstunde hier. Erinnern Sie sich nicht?»

«Doch, ich hatte gerade darüber gesprochen, dass ich die Sitzungen nicht länger für nötig halte.»

«Sie haben eingewilligt, sich hypnotisieren zu lassen.»

«Ich muss eingeschlafen sein.»

Ben beugte sich nach vorn. «Im Gegenteil. Sie haben die Hypnose sehr gut angenommen. Viele Patienten erinnern sich hinterher überhaupt nicht, hypnotisiert worden zu sein.»

«Nun gut, Doktor Chandler, und was haben Sie mich tun lassen? Bin ich in Ihrem Zimmer umhergerannt und habe mit den Armen geflattert wie ein Huhn?» Seine Stimme war so hoch, dass sie fast brach. Sie klang vollkommen falsch, selbst in Wills eigenen Ohren.

Ben beschloss, gleich zum Punkt zu kommen. «Ich habe mit Ihnen gesprochen, Will, aber auch mit einer anderen Person.» Er hielt einen Moment inne. Dann fuhr er so sanft wie möglich fort: «Diese andere Person ist sehr wütend. Und sie ist in Ihnen drin.»

Will starrte ihn an. «Wie bitte?» Sein Gesicht verzog sich zu einer ungläubig dreinschauenden Fratze.

«Am besten spiele ich Ihnen die Aufnahme vor.» Ben streckte den Arm nach hinten zu seinem Schreibtisch aus, auf dem das Aufnahmegerät stand, und drückte auf die Abspieltaste.

Sie lauschten beide stumm, bis auf einmal die andere, tiefere Stimme auftauchte. Als Will ihr zuhörte, wich sämtliche Farbe aus seinem Gesicht. Sein Kiefer verkrampfte sich, und er sprang, wie von der Tarantel gestochen, von dem Sofa auf.

«Will, setzen Sie sich bitte noch einen Moment.» Beschwichtigend streckte Ben ihm die Hand entgegen, doch Will schlug sie zur Seite und stürmte auf die Tür zu. Schnell erhob sich Ben, um ihm nachzulaufen, doch es war zu spät. Will rannte bereits nach unten. Von der Rezeption war noch ein lauter Schrei zu hören, ehe die Tür dort mit einem lauten Knall ins Schloss fiel.

Bens Sprechstundenhilfe eilte herauf und blieb an der Schwelle stehen. «Also wirklich! Er hätte mich beinahe umgerannt.»

«Es tut mir sehr leid, Carol.» Ben fuhr sich mit der Hand durchs Haar. «Ich fürchte, er hat einen ziemlichen Schock erlitten.»

Ben blieb in seinem Sprechzimmer sitzen, selbst als seine Sekretärin schon lange nach Hause gegangen war, und hörte sich immer wieder das Band von Wills Hypnosesitzung an. Er machte sich stichpunktartige Notizen, blätterte die Akte durch und suchte nach Fachartikeln zur dissoziativen Identitätsstörung, die auch unter dem Begriff «multiple Persönlichkeitsstörung» bekannt war. Es war ein Thema, zu dem es eine Vielzahl kontroverser Ansichten gab. Einige Experten taten es als eine Art Gehirnwäsche von Psychiatern und Psychologen ab. Andere wiederum waren felsenfest davon überzeugt, dass es sich um eine klar diagnostizierbare psychische Krankheit handelte. In einem der letzten Artikel hatte Ben sich mehrere Passagen markiert.

> Hauptmerkmal einer dissoziativen Persönlichkeitsstörung ist das unvermittelte und unkontrollierte Auftauchen verschiedener Alter Ego. Als Ursache einer solchen Störung werden häufig verdrängte Traumata festgestellt. Eines der häufigsten Symptome einer dissoziativen Persönlichkeitsstörung ist wiederkehrende Amnesie.

Ben erinnerte sich an die Lektüre eines Buches über einen berühmten Wissenschaftler, der an einer multiplen Persönlichkeitsstörung litt. Der Mann besaß eine hochdotierte berufliche Stellung von internationalem Renommee und konnte auch die damit verbundenen Aufgaben wahrnehmen, war aber nicht in der Lage, die Ursachen für seine Erinnerungslücken zu erkennen. Diese Störung war nicht bloß ein Stoff für abgeschmackte Hollywoodfilme – sie stellte eine reale Krankheit dar.

In den Aufzeichnungen der Klinik war zu lesen, dass Will bei seiner Einweisung geradezu katatonisch gewesen sein sollte. Als er dann anfing, mit den Ärzten in Kontakt zu treten, blieb er zunächst abwesend, anschließend schien es so, als würde er bisweilen alles nur undeutlich wahrnehmen. Es gab Aussagen von Klinikmitarbeitern, nach denen Will vor sich hin murmelte oder mit sich selbst sprach, obwohl er vehement bestritt, Stimmen zu hören oder ihnen zu antworten. Ben hatte bereits versucht, den für Will verantwortlichen Therapeuten in der Klinik zu kontaktieren, hatte aber erfahren, dass dieser inzwischen bei einem anderen Krankenhaus beschäftigt und wegen einer Seminarreise nicht erreichbar war.

Ben schaltete nun seinen Computer wieder ein und klickte sich durch einige Seiten. Er brauchte mehr Informationen über dissoziative Persönlichkeitsstörungen, wenn er sich weiterhin mit dem Fall beschäftigen wollte. Außerdem brauchte Will dringend Hilfe.

Kapitel 5

Sie beobachtet sich selbst in dem Zug, und all die Gestalten um sie herum ... lange, dunkle Gewänder ... unscharfe Gesichter ... Der Maulwurfmann ... Sie muss Sarah finden, ehe sie den Tunnel erreichen ... Sie drehen sich alle nach ihr um ... Sie kommen näher und näher, bis sie den erdigen Geruch riechen kann ... und noch etwas anderes ... etwas Verfaultes ... Sie hört, wie ihr eigener Schrei in ein hysterisches Kreischen umschlägt, als sie die Mündung des Tunnels erreichen ...

Kat mühte sich aus dem Bett – die Decke hatte sich um ihre Beine verwickelt – und tastete nach ihrem ausgeblichenen Bademantel. Sie war vollkommen erschöpft: Gerade erst hatte sie einschlafen können, nachdem die SOKO gegangen war. Die Türklingel gab erneut einen erbärmlichen Klagelaut von sich – sie musste dringend die Batterie auswechseln. Samson bellte laut auf.

«Ich komme ja schon!», schrie sie und taumelte die Treppe hinunter. Sie konnte ihre Augen noch immer nicht richtig öffnen. Kaum hatte sie die Tür aufgeschlossen, bereute sie auch schon, aufgestanden zu sein. «Was zum Teufel willst du hier?»

«Hallo, Liebling.» Durch den schmalen Spalt, den die Sicherheitskette der Tür erlaubte, war Tonys Gesicht zu sehen – nur wenige Zentimeter von ihr entfernt.

Gott sei Dank hatte sie daran gedacht, die Kette an der Tür zu befestigen.

«Was willst du?»

«Das ist aber keine sehr nette Begrüßung, nachdem ich den ganzen Weg gefahren bin, um dich zu sehen.»

Kat entfernte die Kette und öffnete die Tür. Sie war erleichtert, als sie draußen keine Journalisten mehr sah. «Dann komm rein. Aber du kannst nicht lange bleiben. Ich habe sehr viel zu tun.»

Tony trat über die Schwelle. Er trug Jeans, einen grauen Kaschmirpullover, der die gleiche Farbe hatte wie die Strähnen an seinen Schläfen, und eine Lederjacke, die Kat vermutlich ein komplettes Monatsgehalt gekostet hätte.

«Da waren ein paar Reporter-Typen draußen. Hab sie weggeschickt.» Er hörte sich sehr selbstzufrieden an.

Kat ignorierte die Bemerkung. «Also, hattest du eine gute Fahrt? Siehst gut aus für jemanden, der um vier Uhr aufgestanden sein muss, um hierherzukommen.»

«Du siehst auch gut aus. Wie ich sehe, hast du dir die Haare schneiden lassen.»

Kat fuhr sich durch die dunklen, kurzen Fransen. «Wann bist du losgefahren?»

Er lächelte, und die feinen Linien um seine Augen verzogen sich. Er sah aus wie ein alternder Fernsehmoderator. Ihr

Schutzschild drohte zu bröckeln. «Ich habe die Nacht bei einem Klienten verbracht», gab er zu. «Na ja, nicht wirklich ein Klient. Einer unserer beratenden Anwälte. Großes Anwesen, oben in Cumbria.»

Typisch Tony. Er ließ sich keine Gelegenheit entgehen, eine Situation zu seinem Vorteil auszunutzen. Das machte ihn zu einem so erfolgreichen Anwalt. «Wie ich schon sagte, Tony, ich bin wirklich sehr beschäftigt, und die letzten Tage waren die reinste Hölle. Tausend Leute sind hier ein und aus gegangen; also wenn es dir nichts ausmacht ...»

«Genau deshalb bin ich ja hier.» Er trat näher an sie heran. Viel zu nah – er verletzte eindeutig ihren persönlichen Sicherheitsabstand. «Ich habe mir Sorgen um dich gemacht. Immerhin bin ich dein Ehemann.»

«*Noch*-Ehemann», hob Kat hervor und wich einen Schritt zurück. «Es ist seit zwei Jahren vorbei, Tony. Warum ein so plötzlicher Besuch?»

«Ich wollte herkommen, als ich das von Sarah erfahren habe. Ich war gerade auf dem Weg zur Arbeit. Fast hätte ich einen Unfall gebaut.»

Kat unterdrückte eine Antwort. Tony hatte die Gabe, unpersönliche, oberflächliche Kommunikationsebenen binnen Sekunden zu durchbrechen. Doch sie fühlte sich nicht in der Lage, sich jetzt mit ihm anzulegen. Stattdessen öffnete sie die Küchentür und ließ einen aufgeregten Samson hinaus. Er war eine Promenadenmischung, aber es steckte genug Bulldogge in ihm, um die Leute zunächst einmal abzuschrecken.

Tony allerdings beugte sich hinunter und kraulte den Hund hinter den Ohren. Der schloss genüsslich die Augen. «Was für ein lieber Kerl.»

Kat beobachtete die beiden. «Sarah hat ihn im Tierheim

gefunden.» Sie versuchte, den Kloß im Hals hinunterzuschlucken.

«Du hast Schreckliches durchgemacht», sagte Tony. «Du solltest jetzt nicht allein sein.» Er legte den Arm um sie, und eine Sekunde lang überlegte Kat, ob sie es ihm erlauben sollte, sie zu halten.

«Arme Sarah.» Er zog sie näher an sich heran. «Arme Kathy.»

Sie machte sich von ihm los. «Ich heiße Kat», blaffte sie ihn an. «Und du konntest Sarah nicht ausstehen. Bei eurem letzten Gespräch hast du ihr vorgeworfen, unsere Ehe kaputt gemacht zu haben.»

«Immerhin hat sie dich überredet, mich zu verlassen.»

«Nein, Tony! *Ich* habe mich entschieden, dich zu verlassen.»

«Ich habe dir doch gesagt, dass ich mir Hilfe gesucht habe. Du weißt doch, wie stressig mein Job ist, aber ich habe jetzt gelernt, meine Anspannung anders zu bewältigen.»

«Du warst herrschsüchtig ohne Ende.» Kat spürte, wie das letzte bisschen Selbstbeherrschung sich in Luft auflöste. «Wie gehen denn die anderen Anwälte in deiner Kanzlei mit einem schwierigen Fall um? Prügeln die ein paar Sekretärinnen durchs Büro?»

«Jetzt mach aber mal halblang, Kathy. Ich habe nie die Hand gegen dich erhoben.»

«Nein, du warst viel subtiler. Und hör endlich auf, mich Kathy zu nennen.»

Er warf ihr den gleichen Blick zu wie einem Zeugen, der im Gerichtssaal eine seiner Fragen falsch beantwortet hatte. «Du hast jedes Recht, wütend zu sein, Kleines. Aber eine Scheidung ist doch keine Lösung. Wir waren so ein gutes Team.»

«Gutes Team.» Das hatte ihr Vater gesagt, als Tony ihre Verlobung in der Kanzlei verkündet hatte. Eine der wenigen Fehleinschätzungen ihres Vaters.

«Deshalb bist du also gekommen. Von wegen – die arme Sarah. Du benutzt ihren Tod nur, um dich bei mir einzuschleimen. Sarah interessiert dich einen Scheißdreck.»

«Ich sorge mich um dich», erklärte er und ignorierte Samsons warnendes Knurren. «Komm mit mir zurück nach London. Weg von den Verbrechern und der Polizei, raus aus der Gefahrenzone.»

Kat streckte die Arme aus und stieß ihn weg. «Nein!», schrie sie. «Nein, nein, nein! Wann kriegst du es endlich in deinen Kopf rein? Ich werde nicht zurückkommen. Du hast mein Selbstbewusstsein, mein Vertrauen und meine Freundschaften zerstört. Wenn Sarah mich nicht aufgenommen hätte, wäre ich wahrscheinlich komplett zusammengebrochen.»

Seine Lippen verzogen sich zu einem breiten Grinsen und gaben den Blick auf perfekte, gebleichte Zähne frei. «Sie war schon immer eine eifersüchtige, intrigante Zicke. Würde mich nicht wundern, wenn sie selbst scharf auf dich gewesen wäre.»

«Hau ab!», brüllte Kat. Vorsicht und Angst waren von ihr abgefallen, blanker Hass wallte in ihr auf. Samson spürte ihre Wut und kläffte aus voller Kehle. Er duckte sich und stob auf Tony zu, der den Hund misstrauisch beäugte. Zum ersten Mal überhaupt erlebte Kat, dass ihr Mann Angst hatte. Es fühlte sich großartig an.

«Ich gehe ja schon», sagte er. «Ich wollte dich nur mit nach London nehmen, damit du in Sicherheit bist.»

«Mit dir?», zischte Kat und hielt Samson am Halsband fest.

«Besser als hier, wo irgend so ein Wahnsinniger frei rumläuft.» Er drehte sich um und öffnete die Haustür. «Pass lieber auf dich auf, wenn du das allein durchziehen willst.»

Kat schlug die Tür hinter ihm zu und hängte die Kette davor. Mit dem Rücken gegen die Tür gelehnt, versuchte sie, ihren Puls zu beruhigen. *Pass lieber auf dich auf, wenn du das allein durchziehen willst.* Was zum Teufel hatte Tony damit gemeint? War das nur wieder eine seiner kindischen Drohungen, ein läppischer Versuch, ihr Angst zu machen, weil sie nicht zu ihm zurückgekrochen kam – oder hatte das mehr zu bedeuten? Eines aber war nun klar: Er hatte Sarah nicht verziehen, dass sie ihr geholfen hatte.

Eva starrte Kat an, als diese die Tür öffnete. «Sie sehen furchtbar aus.» Sie biss sich auf die Lippe. «Entschuldigung. Sie wirken nicht gerade so, als hätten Sie viel geschlafen. Albträume?»

Kat nickte. «Lebendige noch dazu.» Sie bat Eva herein und schlug dem düsteren Novembermorgen die Tür vor der Nase zu. «Erst stürmen die Reporter meinen Vorgarten, und dann bekomme ich auch noch Besuch von meinem Exmann.»

«Vielleicht sollten Sie für uns etwas Wasser aufsetzen», schlug Eva vor. «Nach der Kantinenbrühe heute Morgen könnte ich einen anständigen Kaffee vertragen.» Eigentlich wollte sie gar nicht lange bleiben, doch Kat schien ziemlich durch den Wind zu sein. Eva folgte ihr in die Küche und sah ihr zu, wie sie Kaffeepulver in den Filter gab. Kats Finger waren dünn und die Nägel abgekaut; ihre Hand zitterte leicht, sodass sie etwas Pulver auf der Arbeitsplatte verstreute.

«Scheiße!»

«Setzen Sie sich, ich mache das.» Eva nahm ihr den Löffel aus der Hand. «Was wollte Ihr Ex denn?»

«Mich», antwortete Kat. «Zumindest hat er das gesagt. Seine letzte Freundin hat vermutlich eine Kostprobe seiner cholerischen Ader bekommen und ihn fallengelassen.»

Eva goss Wasser in den Filter und hörte sich Kats Schilderungen an. «Hat er Sie bedroht?», fragte sie schließlich.

«Mehr mit dem, was er nicht gesagt hat. Aber so war er schon immer. Deshalb ist er auch ein sehr guter Anwalt. Er macht den Zeugen so lange Angst, bis sie sagen, was er hören will.» Kat fuhr sich durch die Haare. «Er ist jetzt Kronanwalt. Niemand hätte gedacht, dass der charmante Anthony Blackstone so ein Arsch sein kann.»

«Ich schon.» Eva gab den Kaffee in zwei Becher. «Ich kenne ihn zwar nicht, aber mir sind schon einige seiner Sorte über den Weg gelaufen.» Sie stellte die Becher auf den Küchentisch und blickte Kat in die Augen. «Glauben Sie, er hat etwas mit Sarahs Tod zu tun?»

Als sie sah, wie Kat blass wurde, biss sich Eva erneut auf die Lippe. «Entschuldigung, ich hätte damit nicht einfach so herausplatzen dürfen.»

«Nein, ist schon in Ordnung. Das war typisch Tony. Das ganze Gerede, ich solle auf mich aufpassen.»

«Halten Sie ihn für fähig, einen Mord zu begehen?»

«Nein. Tony kann rasend werden, aber er hält den Zorn in sich zurück.»

«Trotzdem finde ich, Sie sollten Inspector Hunter von seinem Besuch erzählen.» Eva sah die Journalistin eindringlich an. «Kat, wenn Sie es nicht tun, mache ich es. Wir dürfen keine Möglichkeit außer Acht lassen.»

Sie saßen an dem zerkratzten Holztisch und tranken ihren Kaffee. Mittelpunkt der Küche war ein großer eiserner Herd. Ein schweres Bücherregal war überladen mit Papieren und Kochbüchern, die Regale des Vitrinenschranks vollgestopft mit Reis-, Pasta- und Müslipaketen sowie Postkarten und ungeöffneten Briefen. Eva wäre wahnsinnig geworden, hätte sie hier leben müssen. Schließlich erhob sie sich, ließ ein paar Tropfen Leitungswasser in ihren Kaffee laufen, trank ein paar Schlucke und schüttete das Getränk dann endgültig weg.

«Es tut mir wirklich leid, aber ich muss los. Heute Nachmittag habe ich ein Seminar an der Universität.» Sie griff nach ihrer Ledertasche und zog einige zusammengetackerte Blätter heraus. «Hier, das ist für Sie. Eine Kopie meines Berichts.» Sie zögerte. «Am besten sagen wir keinem, dass ich Ihnen das gegeben habe.»

«Danke», sagte Kat und nahm den Bericht entgegen. «Ich maile Ihnen die Unterlagen, die ich im Internet über Knoten gefunden habe; vorher möchte ich sie jedoch noch etwas ordnen. Außerdem muss ich Sarahs Sachen noch gründlich durchsehen, bevor ihre Eltern sie mitnehmen. Vielleicht hat die SOKO ja etwas übersehen. Ich habe auch einen Schlüssel für die Gemeinschaftspraxis.»

Eva öffnete den Mund, um einzuwenden, dass es die Polizei wohl nicht sehr gern sehen würde, wenn Kat in potenziellem Beweismaterial herumpfuschte. Doch sie schloss ihn gleich wieder. Kats Miene nach zu urteilen, waren solche Warnungen absolut zwecklos.

Der Himmel war düster, als Eva hinaus auf die gepflasterte Straße trat. Die Bäume, die den Weg zum Schloss säumten, waren nahezu kahl, und die dicken Steinwände und Türme schienen dunklere Schatten zu werfen als sonst. Plötzlich vernahm sie einen ohrenbetäubenden Knall, gefolgt von einem schrillen Zischen. Erschrocken sprang Eva zur Seite. Doch dann entdeckte sie die Quelle des Lärms – Kinder, die bereits mit Feuerwerkskörpern experimentierten. «So was Dummes», murmelte Eva und zog den Autoschlüssel hervor.

Die Fahrt von Castle Hill zu ihrer Wohnung am Ufer der Bucht war zwar kurz, aber lang genug, dass ihr Telefon zweimal klingeln und schließlich mit einem wütenden Piepen eine Nachricht auf der Mailbox ankündigen konnte. Eva parkte zunächst ihr Auto, ehe sie die Nachricht abhörte.

«Myles Hunter.» Die Stimme klang ungeduldig, als sei sie absichtlich nicht ans Telefon gegangen, um ihn zu ärgern. «Rufen Sie mich bitte zurück.»

Eva stieg aus dem Auto und knallte die Tür zu. Blödmann, wollte er etwa, dass sie vierundzwanzig Stunden abrufbereit war? Wahrscheinlich rief er an, weil ihm irgendetwas an ihrem Bericht nicht passte. Sie nahm mehrere Stufen auf einmal. Ihre Wohnung befand sich im obersten Stock, doch Eva fuhr nie mit dem Aufzug. Die Treppen waren ein guter sportlicher Ausgleich für den Fall, dass sie mal wieder nicht zum Joggen kam. Als sie ihre Wohnung betrat, sah sie das rote Lämpchen ihres Anrufbeantworters blinken. Eva hängte ihren Mantel auf und ließ den Blick durch den Raum schweifen. Ein angenehmer Hauch von Zitrusduft hing in der Luft, was bedeutete, dass die Putzfrau da gewesen war. Nach dem Chaos in Kats Haus war das ein beruhigender Gedanke. Eva mochte es sauber und ordentlich. Wenn sie von Unordnung umgeben war, konnte sie nicht denken, geschweige denn arbeiten. Sie schaute auf ihre Uhr. Eine Stunde hatte sie noch für sich, ehe sie sich auf den Weg zur Uni machen musste.

Das Telefon unterbrach den Moment der Ruhe. Seufzend hob Eva ab.

«Dr. Svenson?»

Schon wieder Myles Hunter. Sie atmete tief ein und wartete, dass er über ihren Bericht schimpfen würde. Stattdessen erwischte er sie kalt mit einer neuen Nachricht.

«Der gleiche Tathergang?», fragte sie nach, als er das Wichtigste berichtet hatte.

Er schnaufte. «Zumindest da können wir uns sicher sein. Sie wurde erhängt, und um ihr Handgelenk war ein Seil mit einem Knoten befestigt. Solange es keine drei Morde gibt, können wir es nicht als Serienmord klassifizieren, aber beim Gedanken an einen Serienmörder geht der Superintendent jetzt schon die Wände hoch. Ein paar Jugendliche haben sie heute Morgen auf einem verlassenen Stück Land hinter dem Kloster gefunden. Sie waren früh unterwegs, um die Lagerfeuer des Nachbargrundstücks aus der Bonfire Night zu überfallen.»

«Sie war in dem Feuer?»

«Eher obendrauf. Sie war mit ein paar Holzplanken zugedeckt, aber nicht schwer auszumachen, sobald man näher kam. Die Jungs dachten erst, es sei eine Guy-Fawkes-Puppe von anderen Kindern. Die haben sich zu Tode erschreckt.»

Eva realisierte allmählich, dass Myles Hunter nicht unbedingt der sensibelste Mann war. «Wollen Sie, dass ich mir das Ganze mal ansehe?»

«Am besten, so schnell Sie können, Doc. Ich sage den Kollegen, dass Sie unterwegs sind.»

Der Leichnam der Frau war gegen einen Stapel aus Holzbrettern, Planken und alten Türen gelehnt. Ihr Gesicht war mit Blut überzogen. Auf der fleckigen Haut ihres Halses befand sich ein verräterisches Brandmal, und ihr Körper war etwas zur Seite gekippt. Die Lippen waren blau angelaufen – so, wie es Eva schon bei Sarah beobachtet hatte.

«Wissen wir schon, wer sie ist?», erkundigte sich Eva, während ihre Digitalkamera die grausame Szene durch die kleine, kalte, unbeteiligte Linse aufnahm.

«Barbara Sanders, fünfundfünfzig, geschieden, keine Familie», antwortete Myles Hunter. «Sie war im Schloss angestellt und hat noch nie gefehlt. Bis heute. Meistens hat sie in dem Museum gearbeitet, dort, wo es diesen verrückten Stuhl und die ganzen Folterinstrumente gibt.»

«Kein Ort, an dem ich gerne viel Zeit verbringen würde. Gibt es eine Verbindung zwischen den Opfern?»

«Keine andere als Castle Hill. Sarah hat hier gelebt, Barbara hier gearbeitet. Aber womöglich ist das ein Zufall.»

«Daran glauben Sie aber nicht», vermutete Eva.

«Nein. Es muss einen Zusammenhang geben. Vielleicht lebt oder arbeitet der Mörder auch in Castle Hill oder in der Nähe. Einige meiner Leute befragen die Mitarbeiter im Schloss, und die anderen klappern die Nachbarschaft ab.»

«Selbst wenn er sich irgendwo auf dem Gelände befindet, gibt es unendlich viele Orte, wo er sein könnte. Es gibt doch allein drei Restaurants.»

«Vier, wenn man das Bistro im Old Cinema mitzählt», sagte Inspector Hunter. «Außerdem ein Café, acht Büros, zwei Läden und die ganzen Häuser und Wohnungen.»

«Womöglich hat er sich das Gelände nur als Jagdrevier ausgesucht», bemerkte Eva nachdenklich. «Aber ich wette, dass er nicht weit von Castle Hill entfernt wohnt. Erst entführt er Sarah aus der Praxis, dann bringt er sein zweites Opfer in unmittelbarer Nähe zum Schloss um. Wie gesagt, die meisten Täter agieren in ihrer bekannten Umgebung, weil ihnen das ein Gefühl von Kontrolle gibt.»

«Können Sie uns noch was mitteilen?», fragte er und wandte sich langsam von der Leiche ab.

Eva beobachtete ihn. Gott, er war wirklich pingelig. «Wie schon in meinem Bericht erwähnt, ist der Täter wahrscheinlich weiß. Die Art und Weise, wie er die Tote hinterlassen hat, deutet darauf hin, dass sein Opfer ihn nicht kannte.» Eva hielt einen Moment inne und sah, dass er eine Augenbraue hochzog. «Wenn eine Leiche abgedeckt oder zum Beispiel mit einem Laken eingewickelt wird, kann das bedeuten, dass der Täter womöglich ein Freund oder Verwandter ist, der sich auf eine gewisse Art um das Opfer kümmert.»

«Aber in Anbetracht der Tatsache, dass wir es hier wohl mit demselben Täter zu tun haben, heißt das ...» Er kämpfte mit den richtigen Worten. «Ich weiß auch nicht, wie ich es ausdrücken soll. Aber das Ganze erinnert mich an eine Katze, die wir mal hatten und die immer Mäuse mit nach Hause brachte.»

«Sie kommen dem Ganzen schon ziemlich nah, denke ich. Es gibt kaum verwendbare Spuren, was bedeutet, dass er hochorganisiert handelt. Außerdem scheint er seine Opfer auf eine geradezu symbolische Weise zur Schau zu stellen. Und bei alldem schwingt eine gewisse Verachtung mit.»

«Er hasst also seine Opfer und will der Welt zeigen, was er mit ihnen anstellt?»

«Könnte man so sagen», bestätigte Eva. «Es muss etwas geben, das die beiden Opfer verbindet, etwas, das nur der Mörder kennt oder fühlt. Ich muss noch eine genaue Anamnese schreiben, sobald ich weiß, was hier im Detail passiert ist. Aber zwei Hauptmerkmale kann man bereits festmachen: Der Täter empfindet weder Liebe noch Schuld.»

«Ein Blick auf den Tat- oder Fundort genügt Ihnen, um sein Motiv zu erkennen?»

Eva schüttelte den Kopf. «Tut mir leid, das Fernsehen hat da einiges gutzumachen, was Vorurteile über die Arbeit von Profilern angeht. In Wirklichkeit beruhen meine Beobachtungen auf verschiedenen Forschungsergebnissen von Experten. Ein Tat-

oder Fundort kann uns Auskunft darüber geben, was für eine Art Mensch der Täter ist, nicht aber, wer er ist und warum er einen Mord begeht. Es gibt keine einfache Antwort darauf, warum ein Mensch zum Verbrecher wird. Ein komplexes Zusammenspiel äußerer und innerer Faktoren ist da am Werk.»

Einen Moment lang musterte Myles Hunter sie mit seinen klaren grauen Augen. «Und an dem Punkt scheiden sich unsere Ansichten, Doc. Meiner Erfahrung nach gibt es am Ende nur zwei Antriebskräfte – entweder sind sie verrückt oder einfach böse.»

«Zumindest ist er gefährlich, so viel ist klar.» Eva beugte sich hinunter, um das letzte Bild vom Handgelenk der Frau zu machen. Wie ein Armband rankte sich das Stück Seil darum. «Was ist mit dem Knoten? Hat jemand schon etwas darüber herausgefunden?»

«O ja, einer unserer Männer ist ein kleiner Streber. Glauben Sie's oder nicht: Es handelt sich um einen echten Henkersknoten.»

Ein kleines Feuerchen, zu Ehren des Feiertags. Wirklich schade, dass ich es nicht selbst anstecken konnte. Wie gerne hätte ich die Hexe brennen sehen. Aber dank dieses Neandertalers von Arbeiter, der ausgerechnet dann mit seinem Wagen vorbeifahren musste, als ich dort war, konnte ich nicht mal mein erstes Streichholz entzünden. Wenigstens haben sie meinen Knoten gefunden. An ihr Handgelenk habe ich mein Souvenir gebunden. Mutter hätte die Akkuratesse bemerkt, sie mochte Symbole immer sehr.

Ich hatte mich gerade auf die Suche nach meiner nächsten Beute begeben, doch dann brachte ein Besuch im Schloss meine Pläne durcheinander. Ich befand mich in dem Raum mit den Folterinstrumenten und bewunderte die metallene Schandmaske. Eben stellte ich mir vor, wie es wohl sein mochte, die glänzende Mundsperre um eine weiche, rosafarbene Zunge zu schließen, als ich hinter mir eine Stimme hörte. Es war Barbara, die mir bei meinen Recherchen vermeintlich half.

«Sie habe ich ja schon eine ganze Weile nicht mehr hier gesehen», sagte sie und lächelte. Sie wurde flankiert von zwei weiteren Frauen, die eine war jünger, die andere etwa im gleichen Alter wie Barbara. Die Ältere trug eine Bluse, die sich unansehnlich über ihre Speckrollen spannte. Der Ansatz ihrer schlecht gefärbten Haare war fettig und ungepflegt. Die Jüngere war klein und ein richtiges Mauerblümchen; sie versteckte sich hinter einer Brille, die viel zu groß war für ihr Gesicht.

«Dein Freund, Babs?» Die Stimme war tief und rau von zu vielen Zigaretten.

Das Mauerblümchen begann zu kichern und errötete. «Schschhh, Doreen.»

«Red keinen Blödsinn, Doreen.» Barbara klang bestimmt, aber ein Unterton in ihrer Stimme verriet eine gewisse Koketterie. Obszön.

Doreen gackerte. Zwar stand ich einige Meter von ihr entfernt, konnte aber trotzdem ihr billiges Parfüm riechen. Ich ging davon aus, dass Barbara ihr den Mund verbieten würde. Doch sie lächelte mich nur weiter an, als wartete sie darauf, dass ich mit ihnen scherzte.

Entsetzt murmelte ich einen Gruß und stolperte hinaus. Ich hatte ihr vertraut, aber sie hatte mich in Wirklichkeit nur getäuscht mit ihrer aufgesetzten Enthaltsamkeit. Die ganze Zeit über hatte sie ihre Lust verborgen wie ein schmutziges Geheimnis.

Die Wahrheit traf mich wie ein Schlag. Sie hatte mich so unsagbar betrogen – konnte sie etwas anderes sein als eine von denen? Genau da entschied ich, dass sie die nächste Besucherin von Old Ned sein würde.

Es war einfacher als beim ersten Mal. Es brauchte kaum Überredungskunst, um sie dazu zu bringen, nach der Arbeit vorbeizukommen, um mir bei der Recherche zu helfen.

«Es ist mir eine Ehre, zu helfen», hatte sie gezwitschert.

«Am besten reden Sie mit niemandem bei der Arbeit darüber», schlug ich vor. «Womöglich stellen sie mir die Zeit in Rechnung.»

Natürlich stimmte sie sofort zu. Zweifelsohne war sie erregt vor Lust bei dem Gedanken, allein mit mir in meinem Haus zu sein. Die Vorstellung, meine Privatsphäre verletzen zu müssen, war mir widerwärtig, doch es ließ sich nicht vermeiden.

Ich bat sie, die Hintertür zu benutzen. Auf diese Weise würde sie nur die Küche verpesten. Der Tee stand schon bereit, gut angereichert, aber stark genug, um jeden Beigeschmack zu unterdrücken. Meine Eltern haben mir eine wahre Schatzkammer voller Medikamente hinterlassen. Vermutlich könnte ich die halbe Stadt damit betäuben.

Als sie wieder zu sich kam, hatte ich sie bereits gefesselt, geknebelt und sie zunächst in den Keller und dann durch die Tür zu meiner Blutkammer gebracht. Sie war schwerer als die Erste, und ich musste sie die letzten Stufen hinunterstoßen.

Sie wachte auf und fand sich neben Old Ned wieder. Der Strick baumelte wie eine schlafende Schlange an dem Querbalken. Ich konnte sehen, dass sie die Szene einen Moment lang für einen Albtraum hielt. Doch der Ausdruck auf ihrem Gesicht, als sie mich erblickte, war die ganze Mühe wert gewesen. Dem Anlass angemessen, trug ich meine Robe, die ich mir aus dem Ankleidezimmer der Anwälte im Gerichtssaal des Schlosses genommen hatte. Während ich an die Arbeit ging, summte ich eine Zeile aus einem längst vergessenen Lied ... *Hanging from the gallows pole.* Sie strampelte so stark, dass ich die Fallhöhe nur erraten konnte. Sie hing bereits am Galgen, als ich ihr die weiße Haube überstreifte – sie sollte nichts vermissen. In Anbetracht ihrer Liebe zur Geschichte und ihres umfangreichen Wissens über Folter hatte ich gedacht, dass sie mehr Interesse an Old Ned zeigen würde. Ich erklärte ihr sogar die Funktion des Schließbolzens, aber sie war zu beschäftigt, um mir zuzuhören.

Es dauert ungefähr neunundzwanzig Sekunden, eine Hinrichtung durchzuführen. Bei Barbara dauerte es etwas länger. Ich hatte den Knoten nicht korrekt – also knapp unter ihrem linken Ohr – platziert, aber mit ihrem Zappeln und Strampeln hatte sie mich schon vollkommen ausgelaugt. Die Gnade eines schnellen Zugs an ihren Beinen, um ein rasches Ende herbeizuführen, wollte ich ihr nicht gewähren. Das war der Preis, den sie für ihren Betrug zahlen musste.

Kapitel 6

Kat rutschte von ihrem Sofa herunter. Ihre linke Wade war völlig verkrampft, nachdem sie den ganzen Nachmittag ihren Laptop auf dem Schoß balanciert hatte. Sie humpelte in die Küche und schaltete das Radio ein. Soeben erklangen die letzten Takte eines alten Motown-Songs. Kat gab Kaffeepulver in den Filter und lauschte dann den Nachrichten von Bay Radio.

> Die Polizei fürchtet, ein Serienmörder könnte am Werk sein, nachdem eine zweite Tote – vermutlich ein weiteres Opfer des Henkers – in der Stadt gefunden wurde.
>
> Die Leiche der fünfundfünfzigjährigen Barbara Sanders wurde keine fünfhundert Meter von ihrem Arbeitsplatz im Schlossmuseum entfernt gefunden. Offenbar ist die Frau erhängt und dann auf einen Holzstapel gelegt worden, den einige Jugendliche für ein Lagerfeuer aufgeschichtet hatten ...

«Mist, Mist, Mist.» Die Milch, die sie in ihre Tasse gegeben hatte, lief über den Rand. Kat hörte sich den Rest des Berichts an und wühlte dann in der übervollen Vitrine nach einem Päckchen Silk-Cut-Zigaretten, das sie nicht hatte wegwerfen können, als sie das Rauchen aufgegeben hatte. Sie hatte schon am Abend zuvor zwei Zigaretten geraucht.

Das Nikotin schoss ihr sofort durch die Blutbahnen und in den Kopf. Sie nahm noch ein paar Züge und griff dann zu ihrem Handy.

«Eva, Kat hier», meldete sie sich. «Ich habe eben die Nachrichten gehört.»

«Und ich bin gerade erst vom Fundort zurück. Irgend so ein blöder Fotograf hatte mein Auto zugeparkt. Tausende Leute vom Fernsehen, Radio und von der Zeitung, die alle nur einen Blick hinter die Polizeiabsperrung werfen wollten. Sie nennen den Mörder den ‹Henker›. Die tun so, als sei das ein verdammter Fernsehthriller. Ist mir ein Rätsel, wie die so schnell dahin gekommen sind.»

«Reporter sind wahre Aasgeier», sagte Kat zynisch.

«'tschuldigung, ich wollte damit nicht –»

«Schon okay, Eva», unterbrach Kat sie. «Alles eine Frage der Perspektive.»

«Wissen Sie, ob Sarah diese Barbara Sanders gekannt hat?»

«Soweit ich mich erinnere, hat sie sie nie erwähnt. Aber vielleicht war sie eine Patientin von ihr. Die Polizei hat Sarahs Aufzeichnungen und ihren Terminkalender mitgenommen, aber vielleicht könnten Sie einen Blick hineinwerfen.»

«Ich schaue, was ich tun kann», versprach Eva. «Waren Sie schon in der Gemeinschaftspraxis?»

«Heute Nachmittag, nachdem ich mich nochmal in Sarahs Zimmer umgesehen habe. Die Polizei und die Spurensicherung sind fertig, und ich habe ihren Eltern versprochen, ihre Sachen in Ordnung zu bringen.»

«Kann ich Ihnen vielleicht helfen? Beim Ordnen, meine ich? Kann nicht schaden, wenn ich mir noch weitere Eindrücke verschaffe. Vielleicht lässt sich ja eine Verbindung zwischen Sarah und Barbara Sanders herstellen. Es kann allerdings etwas später werden; ich habe Myles Hunter versprochen, ihm meinen Zwischenbericht zu faxen, sobald er fertig ist.»

«Gut», sagte Kat und bemerkte, wie erleichtert sie war, nicht einen weiteren Abend allein in dem Haus verbringen zu müssen. «Ich habe Ihnen schon die Mail mit Informationen zu den Knoten geschickt. War dieses Mal wieder einer an dem Opfer befestigt?»

«Ein Henkersknoten.»

«In den Nachrichten hieß es, die Leiche sei in der Hanging Corner am Kloster gefunden worden. Scheint mir ein ziemlich krankes Muster zu sein.»

«Womöglich glaubt der Mörder, er sei auf einer Art Mission», mutmaßte Eva. «Aber vielleicht greift er auch einfach nur wahllos Frauen hier in der Umgebung an. Ich vermute, er lebt oder arbeitet in der Gegend. Es ist ein typisches Vorgehen. Die meisten Täter agieren in bekannter Umgebung und innerhalb der eigenen ethnischen Gruppe.»

«Wir suchen also nach einem weißen Mann aus der Gegend?»

«Es ist natürlich kein Gesetz, aber ich denke, wir haben damit zumindest einen Ausgangspunkt. Allerdings muss ich auch hinzufügen, dass manche Täter laut Studien ihren Aktionskreis erweitern, wenn sie sich selbstsicherer fühlen. Unser Kandidat könnte das durchaus tun.»

«Sie meinen also, er wird nochmal töten?»

«Ich halte das für sehr wahrscheinlich. Wir müssen uns fragen, warum er so plötzlich zu dieser Mordserie ansetzt. Was ist der Auslöser? Daher ist eine psychologische Spurensuche ebenso wichtig wie eine forensische. Wenn es uns gelingt, sein Handlungsmuster zu entschlüsseln, können wir auf seine Persönlichkeit schließen. Und das wird uns helfen, ihn zu finden.»

«Vielleicht noch, bevor er ein weiteres Mal zuschlägt», sagte Kat. «Ich überlasse Sie jetzt Ihrem Bericht und versuche, noch mehr über diese Knoten herauszufinden.» Sie hielt einen Moment inne und fragte sich, ob sie Eva von ihrem Plan berichten sollte. «Vielleicht gehe ich auch hoch zum Schloss, um mit ein paar von Barbara Sanders' Kollegen zu sprechen.»

«Kat.» In Evas Stimme klang ein warnender Unterton mit. «Ich weiß, Sarah war Ihre Freundin, aber wenn Sie in den Ermittlungen der Polizei herumpfuschen und Zeugen bedrängen ...»

«Ich werde die Diskretion selbst sein», versprach Kat und beendete das Gespräch, ehe Eva ihr widersprechen konnte.

So ganz konnte Eva nicht glauben, dass Kat ihr Versprechen halten würde. Sie war eine zu erfahrene Journalistin, als dass es ihr etwas ausgemacht hätte, sich mit der Polizei anzulegen. Zudem war sie persönlich viel zu sehr betroffen, um sich von Vorsicht leiten zu lassen. Eva seufzte. Sie würde später mit Kat reden müssen und in der Zwischenzeit hoffen, dass sie nichts Unüberlegtes tat oder die Ermittlungen behinderte. Die persönliche Ebene machte die ganze Geschichte unberechenbar – und Eva konnte Unberechenbarkeit nicht leiden. Sie mochte es vielmehr, wenn sie genau wusste, wie es um alles stand, und wenn nichts Unvorhergesehenes passierte.

Sie rieb sich die Schläfen und wartete darauf, dass ihr Laptop hochfuhr. Schließlich öffnete sie ein neues Word-Dokument und begann mit ihrem Bericht.

Der Leichnam der fünfundfünfzigjährigen Barbara Sanders wurde in der Bonfire Night auf einem Holzstapel gefunden, den Jugendliche für ein Lagerfeuer aufgeschichtet hatten. Ort des Geschehens war ein verlassenes Stück Land in der Nähe des Schlosses, in direkter Nachbarschaft zu der sogenannten Hanging Corner. Ersten Untersuchungen zufolge ist das Opfer durch den Strang umgekommen und zu einem späteren Zeitpunkt an den Fundort gebracht worden. Die Todesursache sowie der Knoten, der bei dem Opfer gefunden wurde, legen den Verdacht nahe, dass es sich um den gleichen Täter wie im Fall Morris handelt.

Noch gibt es keine weiteren Hinweise auf eine Verbindung zwischen den zwei Opfern, die Ermittlungen dauern jedoch an. Für diesen vorläufigen Bericht nehme ich zunächst an, dass die Opfer nur die Tatsache verbindet, dass es sich um alleinstehende Frauen handelt, die in der Gegend von Castle Hill gekidnappt wurden (Miss Morris an ihrem Arbeitsplatz in der Gemeinschaftspraxis, Miss Sanders auf ihrem Heimweg vom Museum). Dieser Umstand weist darauf hin, dass der Täter ebenfalls aus dieser Gegend stammt beziehungsweise ortskundig ist und sich hier sicher fühlt. Die Art und Weise, wie die Leichen zur Schau gestellt wurden, legt die Vermutung nahe, dass der Täter ein hohes Maß an Verachtung für seine Opfer empfindet. Außerdem scheint er eine große Lust dabei zu verspüren, die Polizei irrezuleiten. Einen Hinweis dafür stellen die Knoten dar, die man bei den Opfern gefunden hat ...

Eva rieb sich die Augen und versuchte, sich die Szene hinter dem mittelalterlichen Kloster – im Schatten der Türme und Burgmauern des Schlosses – bildlich vorzustellen. Abgesehen von dem Hosenanzug mit Hahnentrittmuster hätte Barbara Sanders ebenso gut eine Frau aus dem siebzehnten Jahrhundert sein können, die wegen Hexerei auf einem Scheiterhaufen verbrannt werden sollte. War es das? Das erste Opfer war an Halloween getötet worden, das zweite in der Nähe des Schlosses, das wegen des berühmten Prozesses gegen die Hexen von Lancaster auch als Hexenschloss bekannt war. Nein, das war zu weit hergeholt. Andererseits konnte es – wie die Knoten – ein kleiner privater Scherz des Mörders sein, ein Rätsel also, um die Polizei zu verwirren und zu zeigen, wie clever er war. Doch irgendetwas an diesen Frauen hatte ihn sehr wütend gemacht. Wenn sie davon ausging, dass er seine Pubertät relativ normal durchlebt hatte, musste sie herausfinden, was ihn zum Mörder hatte werden lassen. In früheren Zeiten hätte man womöglich gesagt, er sei von einem bösen Geist besessen. Doch Eva wusste, die Ursache war irgendwo in seiner Biographie zu finden. Und sie musste dem auf den Grund gehen. Ehe seine Wut immer mehr außer Kontrolle geriet.

Als Kat das Schloss erreichte, war es bereits nach drei. Der schmale Weg, der das Hauptgebäude von den Burgmauern trennte, war unbeleuchtet; und Kat wäre um ein Haar mehrmals auf dem Kopfsteinpflaster ausgerutscht, das vom nachmittäglichen Nieselregen feucht war. Der Besuchereingang befand sich an der Burgseite – eine schwere Eichentür am Fuße eines der Türme. Der Innenraum war hell und vollgestopft mit Bücherregalen, Ständern mit Broschüren und den üblichen Souvenirs für Touristen. Das Angebot reichte von grauenvoll bemalten Porzellantassen bis hin zu kleinen Hexen aus Plastik, die auf Besen aus Zweigen ritten. Die junge Frau hinter dem Tresen schaute von ihrem Buch auf. Sie hatte pinkfarbene Strähnen im Haar und trug eine Brille mit rundem Metallgestell.

«Eine Karte für das Museum, bitte.»

Sie schüttelte den Kopf. «Es tut mir leid; das ist heute geschlossen.» Sie zeigte auf ein Schild neben ihr. Es wies die Besucher darauf hin, dass das Museum aufgrund eines Todesfalls im Mitarbeiterkreis heute geschlossen blieb.

Was bist du nur für eine großartige Journalistin, dachte Kat.

«Eigentlich wollte ich über Barbara Sanders sprechen. Mein Name ist Kat Branks.» Unauffällig versuchte sie, einen Blick auf das Namensschild des Mädchens zu erhaschen. «Ich brauche ein paar Informationen ... äh ... Kelsey.»

Die pinkfarbenen Haare wurden noch heftiger geschüttelt. «Man hat uns streng verboten, mit irgendjemandem zu reden. Den ganzen Tag schon rufen hier Reporter an.»

Kat lehnte sich über den Tresen und senkte die Stimme. Sie bemühte sich, so vernünftig wie möglich zu klingen. «Die erste Frau, die getötet wurde – ich nehme an, Sie wissen davon?»

«Ja, das ist schrecklich. Ich wohne drüben im Studentenwohnheim. Man hat extra Sicherheitskräfte geordert.»

«Sarah – so hieß die Frau, die getötet wurde – war meine beste Freundin.» Zum ersten Mal in ihrem Leben war Kat froh darüber, dass ihr spontan die Tränen kamen. Sie musste jede Möglichkeit nutzen, das Mädchen weichzuklopfen. «Ich versuche zu helfen, Sarahs Mörder zu finden. Ich muss mit Barbaras Kollegen und Freunden sprechen, um herauszufinden, ob es eine Verbindung zwischen den beiden Morden gibt.»

«Die meisten sind früh nach Hause gegangen. Die waren zu

verstört, um zu arbeiten. Deshalb hat Mrs. Oxford mich gebeten, herzukommen. Normalerweise arbeite ich nur am Wochenende und an Feiertagen, aber ich dachte, ich sollte helfen.»

«Haben Sie Miss Sanders gekannt?»

«Nicht gut. Sie war sehr zurückhaltend. Meistens sprachen wir über Geschichte. Ich studiere frühe und mittelalterliche Geschichte, und sie war eine wahre Quelle an Informationen. Über das Schloss und die Hexen von Lancaster wusste sie fast alles. Sie hatte keinen richtigen Abschluss oder so, sie hatte sich einfach dafür interessiert und viel gelesen. Egal ob Schüler, Studenten oder Lehrer, sie hat immer allen geholfen, wenn jemand mehr über das Schloss und seine Geschichte wissen wollte.»

«Hatte sie Familie?»

«Nicht dass ich wüsste. Sie lebte irgendwo im Stadtzentrum und hat immer gesagt, der Spaziergang zum Schloss hoch wäre ihr Ausgleichssport ...» Kelsey hielt plötzlich inne und sah zu einer Tür mit der Aufschrift *Personal* am Rande des Souvenirshops.

Eine Frau stand im Türrahmen und schaute skeptisch zum Tresen hinüber. Auf dem Schildchen an ihrem marineblauen Blazer war *Mrs. D. Oxford – Kuratorin* zu lesen. «Ich werde das übernehmen, Kelsey», erklärte die Dame und ging auf Kat zu.

Einen Moment lang befürchtete Kat, man würde sie rauswerfen. Schließlich gelang es ihr aber doch, Doris Oxford davon zu überzeugen, dass sie tatsächlich mit den Ermittlungen zu tun hatte. Umso enttäuschter war sie, als sie schon bald feststellen musste, dass die Früchte ihrer Bemühungen eher spärlich ausfielen. Doch sie war sich sicher, dass die Kuratorin keine Informationen zurückhielt.

«Ich habe Barbara Sanders seit zwanzig Jahren gekannt.

Trotzdem kann ich Ihnen über ihr Privatleben nicht mehr sagen als zu Beginn unserer Bekanntschaft.»

«Seit wann hat sie hier gearbeitet?»

«Seit etwa dreißig Jahren. Ich glaube, sie hat sehr jung geheiratet, doch die Ehe scheiterte. Sie hatte keine Kinder, nur ein paar Hunde. Zur Mittagszeit ist sie immer heimgegangen, um mit ihnen spazieren zu gehen.»

«Hatte sie keinen Partner?»

Mrs. Oxford gab ein trockenes Lachen von sich. «Ich glaube, ihr erster Versuch hat ihr den Gedanken an die Ehe endgültig verdorben. Sie hatte den einen oder anderen Freund, aber ich glaube, sie liebte ihre Unabhängigkeit. Soweit ich weiß, hat ihr Mann sie finanziell nicht sonderlich gut versorgt, aber da fragen Sie mich wirklich zu viel.»

«Gibt es jemanden unter den Kollegen, dem sie sich vielleicht anvertraut hat? Jemanden, mit dem sie über ihr Privatleben gesprochen haben könnte?»

«Sie hat sich immer gut mit Pat verstanden. Pat ist eine unserer Fremdenführerinnen und verwitwet. Ich glaube, die zwei haben sich auch außerhalb der Arbeit ab und an getroffen, um ins Theater oder spazieren zu gehen.»

«Könnte ich mit Pat sprechen?» Kat versuchte, nicht allzu verzweifelt zu klingen.

«Wenn sie heute hier wäre, könnten Sie natürlich mit ihr reden. Aus Datenschutzgründen darf ich allerdings ihre Nummer und Adresse nicht rausgeben.»

Beinahe hätte Kat trotzig mit dem Fuß aufgestampft. Jede vergeudete Sekunde entfernte sie mehr davon, Sarahs und Barbaras Mörder zu finden. Hastig kritzelte sie ihren Namen und ihre Nummer auf ein Stückchen Papier. Sie wollte ihren Presseausweis lieber nicht zeigen. «Könnten Sie ihr das hier geben?»

Doris zögerte. «Nun, ich weiß nicht ...»

«Bitte», flehte Kat. Mittlerweile war es ihr gleichgültig, wie verzweifelt sie klang. «Sarah war meine beste Freundin und Barbara Ihre Kollegin.»

«Sollten wir den Fall nicht lieber der Polizei überlassen?»

«Haben Sie in letzter Zeit mal in die Zeitung geschaut? Ich bin mir sicher, man räumt den Ermittlungen absolute Priorität ein, aber auch die Polizei hat nur begrenzte Mittel zur Verfügung. Und was kann es schon schaden, ein bisschen zu helfen? Schließlich kannte ich Sarah viel besser als die Beamten. Und wenn ich mit einer von Barbaras Freundinnen sprechen könnte ...»

«Okay.» Doris nahm den Zettel zwischen Daumen und Zeigefinger, als sei die Notiz giftig. «Ich richte es ihr aus, aber ich kann nichts versprechen. Es ist schließlich Pats Entscheidung, ob sie mit Ihnen sprechen will oder nicht.»

Der Frust nagte immer noch an Kat, als sie sich auf den Nachhauseweg machte. Ein dichter Schleier aus Nieselregen hatte sich über die Häuser und Läden rund um das Schloss gelegt. Sie war heilfroh, dass sie ihre geliebte rote Wolljacke trug, schlug den Kragen hoch und ging mit schnellen Schritten nach Hause. Vor ihrer Tür lagen jedoch erneut ein paar Reporter auf der Lauer, die Kameras bereit zum Abschuss. Kat bahnte sich einen Weg durch die Journalisten, deren Rufe sie einfach ignorierte. Sie rammte den Schlüssel ins Schloss und schlüpfte ins Haus, als sie dicht hinter sich eine aufgedrehte Frauenstimme hörte: «Nur einen Moment!» Kat schlug die Tür zu und hörte erfreut die Stimme draußen fluchen. «Die verdammte Schlampe hat mir den Nagel abgebrochen!»

In der Wohnung rannte Samson laut bellend durch den Flur, als wollte er Kat daran erinnern, dass er sein Abendessen noch nicht bekommen hatte. Auch Kat spürte nun ein großes Loch im Magen und erinnerte sich daran, dass sie heute nur ein paar Äpfel gegessen hatte. Gleichwohl musste sie feststellen, dass sie einfach nichts mehr zu sich nehmen konnte. Wie in Trance fütterte sie Samson, schnappte sich dann seine Leine und schlüpfte zusammen mit dem Hund durch die Hintertür. Samson bahnte sich seinen Weg durch die wenigen Journalisten, die am Garteneingang gewartet hatten. Kat ignorierte erneut die Appelle ihrer Berufskollegen und ließ sich von ihrem Hund zum Klostergelände ziehen.

Als sie später nach Hause zurückgekehrt war, bemerkte Kat, dass sie wieder einmal die Zeit völlig vergessen hatte. Eva würde jeden Moment hier sein und dann mit ihr gemeinsam Sarahs Zimmer durchsuchen. Es war gut, Unterstützung zu haben, sowohl moralisch als auch praktisch, doch Kat wollte zuerst lieber allein einen Blick in den Raum werfen. Die Polizei hatte einige persönliche Gegenstände mitgenommen, einschließlich ihrer schmutzigen Wäsche, um nach DNA-Spuren zu suchen, doch etliche Dinge waren noch da. Eva und Sarah hatten sich nicht gekannt, und irgendwie schien es nicht richtig, eine Fremde in den Sachen ihrer Freundin herumschnüffeln zu lassen.

Die Scharniere quietschten, als Kat das Zimmer betrat. Einen Augenblick lang blieb sie im Dunkeln stehen und starrte auf die Umrisse des Bettes und die Schatten, die es an die Wand warf. Sie schaltete das Deckenlicht an, schloss die schweren Samtvorhänge und drehte die Heizung auf. Sie spürte einen Kloß in ihrem Hals.

«Reiß dich zusammen», murmelte sie und begann, wie ein Einbrecher die Schubladen zu öffnen. Sie arbeitete schnell, sortierte Sarahs Kleider und stapelte sie. Vielleicht hätte sie Eva doch nicht erlauben sollen, zu helfen und Sarahs Sachen zu durchwühlen. Andererseits hatte die Polizei das ja auch schon getan. Sie hatten nichts unberührt gelassen, alles hatten sie geprüft, durchsucht und abgetastet. Aus dem Kleiderschrank drang ein leichter Duft von Sandelholz und würzigem Parfüm, und der Ärmel einer violetten Strickjacke baumelte heraus.

Als Kat die oberste Schublade der Kommode herauszog, entdeckte sie weiche Seide und Satin. Sarah hatte ihre Kleider zwar meistens auf Flohmärkten oder in Secondhandshops gekauft, aber sie hatte eine große Schwäche für teure Unterwäsche gehabt. Vorsichtig nahm Kat die Stapel von Slips und BHs heraus. Als sie einen brandneuen silberfarbenen Slip ausschüttelte, fiel ein Stück Karton zu Boden. Kat hob es auf. Es war eine Visitenkarte: *Madeline Leigh – Anwältin.* Kat kannte die Adresse. Aber warum hatte Sarah die Visitenkarte einer Anwältin in ihrer Wäscheschublade versteckt? Wenn Madeline Leigh eine von Sarahs Patientinnen gewesen wäre, hätte ihre Freundin die Karte in ihrem Adressbuch aufbewahrt. Sie war so verdammt gut organisiert gewesen.

Die Türklingel jaulte kläglich, bevor Kat die Chance hatte, weiter über die Karte nachzudenken. Mist, das war sicher Eva. Eine Sekunde lang überlegte Kat, ob sie der Profilerin von der Visitenkarte erzählen sollte. Aber kannte sie Eva gut genug, um ihr womöglich vertrauliche Informationen zu überlassen? Wenn Sarah etwas in ihrer Wäscheschublade versteckt hatte, war es sicherlich nicht ihre Absicht gewesen, dass eine Fremde es finden sollte. Kat zögerte noch einen Moment, doch dann steckte sie die Karte in ihre Hosentasche.

Dunkelheit. Ich lehne mich an Old Ned und fahre mit den Fingern an den polierten Holzbalken entlang. Ich fühle nichts – nur die schwache Erinnerung an Angst und unfassbare Wut. Es ist Zeit, einen weiteren Gast heim nach Golgotha zu bringen. Ich zünde die Kerzen in den Haltern an der Wand an und beobachte die Schatten, die an den Mauern meiner Blutkammer auf und ab hüpfen. Ich bin der Herr über Licht und Schatten, wie der große Caravaggio. Er malte sein Bild «Die Geburt Christi», nachdem er einen Mann getötet hatte, und alle Welt fragte sich, wie jemand, der ein solches Kunstwerk voller Güte und Zärtlichkeit vollbracht hatte, ein Mörder sein konnte. Sie haben es nicht verstanden – Kunst ist Tod, Tod ist Kunst. Ich werde sie genau davon überzeugen.

Ich kann sehr überzeugend sein, genau wie Mutter. Immer wieder ertappe ich mich dabei, wie ich laut auflache, wenn ich an ihre Asche in dieser billigen Urne denke. Wo auch immer deine

Seele jetzt ist, Mutter, ich hoffe, sie erleidet Höllenqualen. Du kennst nun mein Geheimnis, liebste Mutter, doch niemand anders darf es je erfahren – nicht einmal Will. Wenigstens nicht, bis ich die Stadt gesäubert habe.

Meine nächste Besucherin ist schon ausgewählt. Sie ist eine dieser widerwärtigen Frauen, die ihre Achseln nicht rasieren. Ihr Geruch wird schlimmer sein als bei allen anderen – eine Mischung aus faulen Früchten und saurer Milch. Ich muss mich allerdings in Acht nehmen; in den Zeitungen steht, dass eine Profilerin der Polizei bei den Ermittlungen hilft. Doch Old Ned ist geduldig, und ich werde Zeit haben, mit der Falltechnik zu experimentieren. Die Nächste wird eine sehr präzise Handhabung und eine kürzere Fallhöhe erfordern. Wenn der Henker sich verschätzt, kann der Kopf durch den Ruck abgetrennt werden ...

Wie schade, dass ich Mutter nicht mit Old Ned bekannt machen kann. Doch ich fühle, wie ihr Geist über uns schwebt, wenn ihre Schwestern die Stufen zum Galgen erklimmen. Ich ahne, dass die Nächste meine Beste werden könnte. Vielleicht sollte ich der Polizei oder dieser Möchtegernpsychologin ein paar Hinweise geben ... sie ein bisschen reizen.

Kapitel 7

Die Kleider einer Toten ergaben ein Sammelalbum ihres Lebens. Eva erinnerte sich, wie sie den Schrank ihrer verstorbenen Mutter ausgeräumt hatte: die Kleider, die ihr so vertraut vorkamen, als seien es eigenständige Persönlichkeiten, die Blusen, die noch den Geruch von Estée Lauders *Youth Dew* trugen.

Sarahs Zimmer war größer als in Evas Erinnerung. Das Bett war übersät mit unbenutzten blauen Müllsäcken, und auf dem Boden und gegen die Wände gelehnt standen andere, die bereits gefüllt waren.

«Wie ich sehe, haben Sie schon angefangen», sagte sie zu Kat.

«Ich wollte nur einige der persönlichsten Sachen wegräumen. Es ist so –»

«Schon in Ordnung», unterbrach Eva sie und sah zu, wie Kat eine Schachtel von einem der Bücherregale nahm. Einige

Sekunden lang hatte Eva das Gefühl, die Körperhaltung der Journalistin würde irgendwie defensiv wirken. Doch dann war dieser Eindruck auch schon wieder vorbei.

Ein paar Stunden später hatten sie die Arbeit beendet. Das Bett war abgezogen, und die Regale und Oberflächen waren leer und von den letzten Überresten der Spurensicherung befreit und sauber gewischt. Eva saß auf der Bettkante und hielt ein gerahmtes Foto in der Hand, das hier vor dem Haus aufgenommen worden war: zwei Frauen, die eine so hell, wie die andere dunkel war, streckten die Arme triumphierend in die Höhe; und auf der kleinen Treppe neben ihnen stand eine Flasche Champagner.

«Der Tag der Hausübergabe», erklärte Kat. Ihr Körper schien in sich zusammenzufallen, als sie sich auf das Bett niederließ. «Wir hatten gerade die Schlüssel bekommen.»

Eva stellte das Foto zurück und rückte näher an Kat heran. Die schmalen Schultern der jungen Frau zuckten, als sie in heftiges Schluchzen ausbrach. Eva legte den Arm um sie. Es fühlte sich eigenartig und unangebracht an, die körperliche Distanz zwischen ihnen aufzugeben, und Eva war nicht sicher, was sie als Nächstes tun sollte. Sie tätschelte Kat den Rücken und konnte die Knochen ihrer Wirbelsäule durch das dünne T-Shirt fühlen.

«Es tut mir leid. Es ist nur ... All die Sachen ... Es fühlt sich an, als würden wir sie bestatten, noch ehe die Beerdigung stattgefunden hat. Das hätte nicht passieren dürfen ...»

«Kopf hoch.» Eva zog sie enger an sich heran, während Kats Körper immer mehr in sich zusammensackte. Scheiß auf die professionelle Distanz, dachte die Profilerin und flüsterte: «Sie haben recht. Aber wir werden ihn kriegen.»

Unter weiteren Schluchzern nickte Kat. «Danke. Ich werde wohl kaum nützlich sein, wenn ich ständig zusammenbreche.»

«Ich glaube, wir haben genug getan für heute. Wir brauchen jetzt etwas zu trinken. Haben Sie etwas im Haus?»

Kat wischte sich das Gesicht mit dem Pullover ab, den sie um ihre Hüfte geknotet hatte. Ihr immer noch tränennasses Gesicht verzog sich zu einem Grinsen. «Ich bin Journalistin, verdammt!»

Sie verließen Sarahs Raum und setzten sich zusammen auf das ausladende Sofa im Wohnzimmer, direkt vor den offenen, holzgerahmten Kamin, in dem noch die Asche glühte. Kat schenkte Eva Wein ein, ließ aber das Glas etwas überlaufen. Die Tropfen auf der Tischplatte sahen wie Tränen aus. «Entschuldigung», murmelte sie. «Ich fürchte, ich bin immer noch etwas durch den Wind.»

«Nehmen Sie das mal.» Eva schob das volle Glas zu Kat hinüber. Anschließend schenkte sie sich selbst ein halbes Glas ein und sagte kurz und bündig: «Muss noch fahren.»

Kat beobachtete die Profilerin. Eva war so achtsam, so kontrolliert und sah so verdammt akkurat aus, angefangen vom exakt geschnittenen blonden Bob bis hin zu den klaren Linien ihrer Hose und Jacke. Kat griff nach ihrem Glas und nahm einen großen Schluck. Der Wein brannte in ihrer Kehle, die schon vom Rauchen angegriffen war, trotzdem hätte sie am liebsten noch eine Zigarette angesteckt.

«Warum machen Sie das? Ihren Job, meine ich?»

Eva zuckte mit den Schultern. «Menschen – und was sie antreibt. Das hat mich schon immer interessiert. Mein Vater war Psychiater. Letztes Jahr ist er in den Ruhestand gegangen. Liegt vermutlich in den Genen.»

«Wie sind Sie Profilerin geworden?» Die Journalistin in Kat verselbständigte sich.

«Zunächst studierte ich ein Jahr lang Medizin, ehe ich zur Psychologie wechselte. Ich habe dann in Kliniken gearbeitet und anschließend in der Forensik. Sie wissen ja, dass ich einige Zeit beim FBI in Quantico verbracht habe. Die Analyse von Tatorten und von psychologischen Hinweisen bei Kriminalfällen hat mich einfach fasziniert.»

«Die englische Polizei hat doch so eine Art Institut dafür in Hampshire, oder?»

«Bramshill – die National Crime Faculty.»

«Ich nehme an, die arbeiten auch mit Ihnen zusammen?»

«Ja.»

«Entschuldigung, ich wollte Ihre Qualifikationen nicht in Frage stellen», sagte Kat. «Ich möchte einfach nur gern jede Möglichkeit ausschöpfen, um herauszufinden, was mit Sarah passiert ist.» Sie stand auf und ging zum Fenster; dabei ballte sie eine Faust und schlug sie gegen ihre andere Hand. Kat war todmüde, dennoch fühlte sie sich rastlos und aufgekratzt. Der Drang, unbedingt etwas tun zu wollen, war stärker als die Müdigkeit.

«Tolle Aussicht.» Eva hatte sich neben sie ans Fenster gestellt. Draußen tauchten die Straßenlaternen und Flutlichter das Schloss in ein unwirkliches Licht. Die blattlosen Zweige der Kastanien warfen seltsame Schatten auf das alte Gemäuer – wie von spindeldürren, überlangen Fingern.

«Deshalb lieben wir das Haus», merkte Kat an, und im selben Moment versteifte sich ihr Körper. «Liebten, meine ich. Verdammt, ich kann einfach nicht damit aufhören. Wie bei allem, was mit Sarah vergangen ist. Alles, was sie gernhatte oder nicht mochte, was ihr auf die Nerven ging ... Das alles gehört nun der Vergangenheit an.» Sie warf Eva einen Blick zu.

«Sie könnten mit jemandem darüber sprechen. Vielleicht hilft Ihnen das.»

«Mit einem Therapeuten, meinen Sie?»

«Ja, wenn Sie wollen.»

Kat schnaufte. «Nein danke. Das letzte Mal, dass ich mit einem Therapeuten – oder, genauer gesagt, einer Therapeutin – gesprochen habe, war wegen meiner Ehe.» Sie hielt inne, rief sich jenen engen, muffigen Raum in Erinnerung und musste an den widerlich süßen Duft des Parfüms denken, der sich mit dem Körpergeruch der Frau vermischte.

«Was ist damals passiert?»

«Tony hatte mich betrogen. Und ich habe es rausgefunden.» Kat musste schlucken. Noch immer konnte sie sein Gesicht vor sich sehen – wie ihm die Adern an Schläfen und Stirn hervortraten und seine Züge völlig außer Kontrolle gerieten. «Er hatte so eine Art an sich, mir zu vermitteln, dass seine Fehler meine Schuld waren.» Sie zuckte mit den Schultern. «Ich war so naiv. Aber ich habe ihn geliebt und geglaubt, er würde sich ändern. Ich wette, Sie hören so eine Geschichte jetzt zum ersten Mal.» Sie schenkte sich Wein nach. «Das Problem ist, dass Tony niemals aufgibt.»

«Er will Sie also zurück?»

«Es ist ein wenig komplizierter. Er kann den Gedanken einfach nicht ertragen, dass ich unsere Ehe beendet habe – und nicht er.» In den nächsten zwanzig Minuten sprudelte die ganze Geschichte aus ihr heraus wie ein Film im Rücklauf: wie Sarah nach London kam, um ihr zu helfen, ihre Sachen zu packen, der große Krach mit Tony, als er sie beinahe geschlagen hätte, die Hochzeit im Standesamt von Chelsea, ihr Vater, der ihnen über seine Kamera hinweg selig zugelächelt hatte, ihr erster Tag als Studentin, an dem sie Tony in der Kanzlei kennenlernte ...

«Haben Sie der Polizei von seinem letzten Besuch erzählt?» Eva zögerte einen Moment. «Ich meine, dass er Sarah für Ihre Trennung verantwortlich macht?»

«Ich glaube einfach nicht, dass Tony etwas mit Sarahs Tod zu tun hat. Er war ja auch nie hier gewesen, bevor Sarah gestorben ist.» Tonys Gesicht, zornig und eifersüchtig, erschien wieder vor ihrem inneren Auge. Eine «eifersüchtige, intrigante Zicke» hatte er Sarah genannt. Vielleicht war er doch früher aus London nach Lancashire gefahren? Nein. Tony konnte gemein sein, sogar rachsüchtig, aber um Sarah etwas derart Grausames anzutun, musste man schon zutiefst böse sein. Dennoch: «Pass lieber auf dich auf, wenn du das allein durchziehen willst», hatte er ihr zuletzt drohend zugerufen ...

Der kurze Moment des Zögerns, ehe Kat die Vorhänge schloss, war Eva nicht entgangen. Nach dem, was sie heute Abend erfahren hatte, mochte Tony vielleicht ein Topanwalt sein, aber er war auch ein Mistkerl. Außerdem wusste sie, dass manipulative Menschen wie er oft dazu fähig waren, gewalttätig zu werden, wenn ihnen jemand in die Quere kam. Ganz egal, was Kat dachte, Eva würde mit Myles Hunter darüber sprechen müssen.

«Ich werde dann mal aufbrechen», sagte Eva. «Ich weiß, es ist schwer, aber versuchen Sie, etwas Schlaf zu bekommen. Sie sehen ziemlich müde aus.»

Kat rang sich ein Lächeln ab. «Ich gebe mir Mühe.»

«Bleiben Sie sitzen, ich finde die Tür auch alleine. Vergessen Sie aber nicht, alles gut abzuriegeln.»

«Versprochen», erklärte Kat. «Glauben Sie, der Mörder könnte hierherkommen?»

«Eigentlich nicht.» Eva bemühte sich, möglichst gelassen zu klingen, merkte aber, dass ihre Zuversicht allzu aufgesetzt wirkte. «Wir sollten nur kein unnötiges Risiko eingehen. Inspector Hunter hat angeordnet, dass ein Streifenwagen immer in der Nähe des Hauses postiert ist.»

Kat trank ihr Glas leer – war es das fünfte oder sechste? «Ich fühle mich schon viel sicherer, seit ich weiß, dass die Jungs in Blau mich beschützen.» Sie lallte schon ein wenig.

Auf dem Heimweg fragte sich Eva, was genau Kat so wütend auf die Polizei gemacht hatte. Vielleicht einfach das generelle Misstrauen von Journalisten gegenüber Staatsorganen. Als sie ihre Wohnungstür öffnete, fühlte sie im selben Moment, wie ihre Knie vor lauter Müdigkeit fast einknickten. Durch die Balkontüren konnte sie die Lichter sehen, die sich im Fluss spiegelten. Schnell zog sie die Vorhänge zu, stellte den Wecker und machte sich rasch bereit, um ins Bett gehen zu können.

«Mist.» Eva schlug die Decke zurück und stand auf. Sie hatte ihren Traum schon fast vergessen, wollte aber nicht zu ihm zurückkehren. Die Heizung hatte sich soeben erst eingeschaltet, und daher begann Eva zu frieren, als der Schweiß auf ihren Armen langsam abkühlte. Es wurde Zeit, sich auf die Arbeit vorzubereiten.

Eine Stunde später war Eva vom Joggen zurückgekehrt, hatte geduscht und sich eine Jeans und ihr Lieblings-T-Shirt angezogen. Ihre Arbeitskleidung außerhalb der eigenen vier Wände war immer gleich: Hosenanzug und Bluse in dezenten, gedeckten Farben. Ben nannte es ihre Uniform. Sie war gern makellos gekleidet, wenn sie arbeitete oder ausging, aber sie genoss auch die lässigen Outfits, die sie zu Hause trug. Der Kaffee war recht bald fertig und ihr Computer hochgefahren. Eva setzte sich mit einer Tasse an den Schreibtisch und öffnete die Dokumente zu dem Fall. Sie überflog ihre Notizen über

Barbara Sanders und versuchte verzweifelt, eine Verbindung zwischen den Opfern zu finden und so einen Rückschluss auf die Persönlichkeit des Täters zu ziehen. Warum hatte er ausgerechnet diese beiden Frauen ausgesucht? War es purer Zufall? Außerdem gab es da die Spuren von Beruhigungsmitteln im Blut der Frauen. Sarah hatte mehrere Injektionen verpasst bekommen, und die Pathologie gab an, dass Barbara vor ihrem Tod ein Beruhigungsmittel oral eingenommen haben musste, vielleicht in einem Tee oder Kaffee. Womöglich hatte der Täter Barbara gekannt. Er war überzeugt, dass sie eine Einladung zu ihm nach Hause und ein Getränk nicht ablehnen würde. Folglich müsste er ein Freund oder zumindest ein Bekannter des Opfers gewesen sein. Des Weiteren waren beide Frauen in unmittelbarer Nähe des Schlosses getötet worden. Ein Zufall? Auch nachdem Eva ihren Bericht ein weiteres Mal durchgelesen hatte, war sie der Lösung kein Stück näher gekommen. Als ihr gerade diese Einsicht gekommen war, rief Myles Hunter an.

«Und, schon eine Spur, Doc?», wollte er wissen. «Der Chef sitzt mir im Nacken. Wir haben mit sämtlichen Freunden, Kollegen und Familienmitgliedern der Opfer gesprochen, konnten aber immer noch keine Verbindung zwischen den Frauen finden.»

«Meines Erachtens sollten wir in Betracht ziehen, dass der Mörder diese Knoten sehr ernst nimmt, womöglich als Teil des Tötungsrituals. Es kann sein, dass er sich selbst auf einer Art Exekutionsmission sieht.»

«Großartig. Und ich dachte, Sie könnten mir helfen.»

«Mein Bericht ist fast fertig, aber ich kann Ihnen schon einmal den Kern verraten. Ich vermute, wir suchen nach einem weißen Mann zwischen achtzehn und vierzig, der wahrscheinlich in einem Umkreis von zehn Meilen oder weniger von den Fundorten entfernt lebt.» Eva atmete tief durch.

«Weiter?»

«Da er es penibel vermeidet, Spuren zu hinterlassen, und auch nicht von Waffen Gebrauch macht, müssen wir davon ausgehen, dass er sehr organisiert arbeitet und die Angriffe sorgfältig geplant hat. Möglicherweise kennt er sich mit der Arbeit von Polizei und Spurensicherung gut aus.»

«Wollen Sie andeuten, er könnte Polizist sein?»

«Unwahrscheinlich, aber auszuschließen ist es nicht. Er könnte Laborant sein oder Gerichtsangestellter, vielleicht sogar Anwalt. Eindeutig ist nur, dass der Täter hochintelligent ist und über eine gewisse soziale Kompetenz verfügt; er könnte also zumindest nach außen hin recht normal wirken.»

«Sie meinen, er wusste wahrscheinlich, wie er Barbara den mit einem Betäubungsmittel versetzten Tee formvollendet servieren musste?», fragte Hunter.

«Genau», antwortete Eva. «Doch diese vermeintlich normale Maske verdeckt wohl eine soziophobe oder psychopathische Persönlichkeit. Sehr wahrscheinlich eine mit schwerer sexueller Störung.»

«Hört sich nach einem Charmebolzen an. Meinen Sie, Sie könnten mein Team über Ihre Theorien informieren? Wir treffen uns um zehn zu einer Besprechung.»

«Ich werde da sein.»

Eva brauchte geschlagene zehn Minuten, um einen Parkplatz vor der Polizeidienststelle zu finden. Der Konferenzraum befand sich in der obersten Etage. Von dort aus überblickte man den Platz vor dem von Bäumen gesäumten Gerichtsgebäude. Dort unten sah man Kinder, die eigentlich in der Schule sein sollten, nun aber ihre Skateboards zwischen nervös aussehenden Anzugträgern hin und her lenkten. Der Raum war eng und stickig. Vor den Fenstern hingen die Überbleibsel einer ergrauten Netzgardine, und auf einer Reihe nicht zueinander passender Tische standen Computer und Telefone. An einer Wand hing eine Landkarte, auf der die Fundorte der beiden Leichen markiert waren. Daneben befand sich eine Tafel, auf der Details der Morde und der Opfer vermerkt waren. Soeben referierte Sergeant Dan Quale die Ergebnisse seiner Befragungen, Recherchen und der Spurensicherung. Anschließend stellte Myles Hunter als Leiter der Ermittlungen Eva seinem Team vor. Ein Gemurmel entstand, das erst verstummte, als der Inspector seine Beamten zur Ordnung rief.

«Jetzt hören Sie mir alle mal zu. Wir haben großes Glück, dass Doktor Svenson unserem Team zugeteilt wurde, und sie wird mit uns zusammenarbeiten.»

«Werden Sie den Killer auf die Couch schicken, Doc?» Die Frage kam von einem stämmigen Mann mit Mittelscheitel. Er lehnte sich an einen Aktenschrank in der Ecke, und neben ihm stand ein Beamter, der ihm seltsamerweise zum Verwechseln ähnlich war und dessen Hemd sich über den Bauch spannte. Die beiden Männer erinnerten Eva frappierend an Tweedledum und Tweedledee aus «Alice hinter den Spiegeln».

«Detective Constable Martin Lewis», stellte Myles Hunter den Mann vor, ehe er dazu ansetzte, die Anwesenden über den neuesten Stand der Ermittlungen zu informieren. Schließlich wandte er sich an Eva. «Ich habe meinen Kollegen bereits eine grobe Zusammenfassung Ihres Berichts gegeben, Doktor Svenson. Möchten Sie noch etwas hinzufügen?»

Rasch ließ sie ihren Blick durch den Raum wandern. «Sie haben hier eine Karte von unserer Region aufgehängt und darauf die Fundorte markiert.» Sie zeigte auf die Landkarte, in die man bunte Fähnchen gesteckt hatte. «Doch wir müssen auch versuchen, uns die geistige Umgebungskarte des Täters vorzustellen.»

«Sie meinen, wir sollten die Dinge durch seine Augen betrachten?», fragte jemand.

«Gewissermaßen. Wir alle haben verschiedene Sichtweisen auf eine Umgebung, eine einzigartige individuelle geistige Landkarte, die eine Art innere Repräsentation der äußeren Welt darstellt. Selbst wenn wir im selben Gebiet leben, haben wir unterschiedliche geistige Landkarten von unserer Umgebung. Manchmal hat diese Karte mit der Arbeit eines Menschen zu tun; ein Taxifahrer zum Beispiel wird die Umgebung ganz anders erleben als jemand, der niemals Auto fährt. Doch diese Karten können sich auch voneinander unterscheiden, weil wir eine Gegend verschiedenartig wahrnehmen. Der Täter hat seine eigene Landkarte im Kopf, einige Orte, an denen er sich bewegt, werden ihm wichtig sein oder sicher vorkommen. Womöglich bewegt er sich innerhalb bestimmter Grenzen, selbst wenn er es selbst nicht bewusst merkt. Oftmals wählt ein Mörder einen Ort für seine Tat, an dem er sich sicher fühlt und wo er keinen Verdacht erregen wird.»

«Werden Sie uns nun endlich sagen, wer es war, Doc, damit wir alle nach Hause gehen können?», rief eine Stimme aus den hinteren Reihen. Tweedledum, sein Partner und einige andere brachen in schallendes Gelächter aus.

«Nein, leider nicht. Aber das Muster der beiden Morde weist auf einen rituellen Akt.»

Myles Hunter übernahm wieder das Wort. «Wir wissen, es gab kein offensichtliches Motiv, keinen Raub, keine sexuellen Übergriffe. Was können Sie uns dazu sagen, Doktor Svenson?»

«Die Art und Weise, wie Arme und Beine der Opfer gefesselt wurden, deutet auf ein sexuelles Verlangen hin, gepaart mit dem Wunsch, zu beherrschen.» Eva schluckte. «Dieser Mann ist sehr, sehr wütend auf diese Frauen. Womöglich ist er nur auf einen bestimmten Typ Frau wütend. Doch auf den ersten Blick lassen sich bei den beiden Opfern keine offensichtlichen Gemeinsamkeiten feststellen. Höchstwahrscheinlich hatte er die Morde schon mehrmals in seinem Kopf durchgespielt, vielleicht sogar geprobt, ehe er sie in die Tat umsetzte. Er könnte mit kleineren Übergriffen angefangen haben, wie Exhibitionismus oder anonymen Anrufen, und nun ist er einen Schritt weiter gegangen.»

«Sie meinen, es versetzt ihm einen Kick, Frauen umzubringen? Sie zu hängen?», fragte eine Beamtin mit kurzen mausgrauen Haaren, die sich ganz vorne aufhielt.

«Ja», antwortete Eva. «Das Schlüsselwort ist meiner Ansicht nach Kontrolle. Die Kontrolle, die er über seine Opfer hat, verschafft ihm Befriedigung. Vielleicht lebt er Phantasien aus. Das Ausüben dieser Verbrechen vermittelt ihm ein Gefühl der Stärke. Wir müssen davon ausgehen, dass er erneut und vielleicht sogar noch schlimmer als zuvor zuschlagen wird.»

«Sie meinen, er sucht sich da draußen schon ein neues Opfer?»

Eva sah der Frau direkt in die Augen. «Ich fürchte, ja. Sein Verhalten muss uns einen Hinweis auf seine Identität geben, und wir müssen diesen Hinweis finden. Sein Verhalten, als er die beiden Frauen tötete, muss sich in der einen oder anderen Weise in seinem Alltagsverhalten widerspiegeln.»

«Also, Leute!», rief Myles Hunter. «Ihr wisst, was ihr zu tun habt. Geht die Archive durch und überprüft die Profile der uns bekannten Sexualstraftäter. Womöglich finden wir einen, der unserem Kandidaten ähnelt. Sprecht noch einmal mit den Kollegen und Freunden der Opfer. Ich will, dass wir selbst die entferntesten Bekannten dieser Frauen finden und befragen.»

Die Spannung im Raum war deutlich spürbar. Nach und nach gingen die Beamten der Mordkommission hinaus oder – sofern sich ihre Arbeitsplätze hier im Raum befanden – setzten sich an ihre Tische.

«Wir kriegen dieses Monster, Doc», versicherte Hunter der Profilerin. «Und zwar bevor er eine weitere unschuldige Frau aufknüpft.»

Eva beobachtete ihn, wie er sich den Weg durch sein Team bahnte und Anweisungen in alle Richtungen brüllte, als sei er besessen. Sie hoffte, er würde recht behalten.

Ich habe über Will nachgedacht und mich gefragt, was er wohl sagen würde, wenn er alles wüsste. Er würde es nicht verstehen. Er war schon immer der Schwächere, hat sich immer versteckt, versucht, sich unsichtbar zu machen, damit ihn niemand bemerkt. Liam war der Ausgeglichene, der Charmante, aber Dee würde verstehen, was es bedeutet, Vergeltung zu üben.

Es ist durchaus interessant, das Gesprächsthema der Stadt, ja des ganzen Landes zu sein. Ich kann die Angst in den Straßen, in den Gesichtern der schwatzenden Fußgänger beinahe schmecken. *Ist das nicht schrecklich? Ja, grausam. Hast du gelesen, was er mit ihnen gemacht hat ...?* Sie lieben es!

Die *Sun* hatte einen Riesenspaß an dem Motiv des Henkers. Ich sollte die Zeitungsausschnitte sammeln. Ich liebe es auch, diese Huren von den Fernsehnachrichten zu beobachten, wie sie um jede neue Meldung wetteifern. Sie haben noch nichts über meine Knoten herausgefunden. Arme Trottel. Natürlich kann ich von diesen Philistern nicht erwarten, dass sie die Feinheiten meiner Kunst verstehen – aber es macht Spaß, mit ihnen zu spielen.

Der *Evening Herald* nannte Old Neds letzte Besucherin «einen großen Verlust für Lancaster und das Museum». Als ob sie eine Expertin oder so etwas gewesen wäre! Als ich sie gefesselt hatte und sie dem Ende entgegensah, wirkte sie überhaupt nicht mehr gebildet ... Schade, dass ich sie nicht noch ein bisschen schmoren lassen konnte. Sie hat mich dazu gebracht, mich dumm zu fühlen, und das mag ich gar nicht. All diese oberschlaue Begeisterung und das Interesse. Sie hat Will getäuscht, aber mich konnte sie nicht hinters Licht führen. Nachdem ich von ihren dunklen Träumen erfahren hatte, war es keine Überraschung mehr, das Zeichen an ihr zu finden: ein riesiges, hässliches Muttermal am Oberschenkel. Das Mal der Hexen.

Auch die Fette wird das Zeichen tragen, da bin ich mir sicher; aber ich muss noch warten, bis ich es selbst überprüfen kann. Zu riskant wäre es im Moment, auch wenn es nur intellektuell Zurückgebliebene sind, die mich zu finden versuchen. Ich kann meine Falle schon vorbereiten, doch ich werde warten müssen, bis ich sie zuschnappen lasse. Ich weiß, wo sie wohnt, und habe den perfekten Ort ganz in der Nähe gefunden.

Meine Blutkammer ist nun wieder leer. Nur Old Ned wartet dort auf seine nächste Besucherin. Das Radio läuft im Hintergrund, und ich übe meine Knoten. Der Nachrichtensprecher schweigt, und eine andere Stimme redet über Untersuchungen am Fundort oder anderen Quatsch.

Die Sünden der Väter ... und der Mütter. Ich balle die Fäuste so fest, dass meine Fingernägel sich in mein Fleisch bohren. Der Schmerz fühlt sich himmlisch an, und ich strecke die Zunge heraus, um das Blut auf meiner weichen Haut zu schmecken.

Kapitel 8

Will starrte das Hemd an, das er eben vom Fußboden aufgehoben hatte. Es war grell gemustert, aber teuer. Die Verarbeitung war perfekt und der Designername auf dem Label ihm vollkommen unbekannt. Er drückte sein Gesicht in das Kleidungsstück und roch Bergamotte und Patschuli. Und eine scharfe Note, gemischt mit Schweiß. Es gehörte nicht ihm. Was zum Teufel war hier los? Hatte er gestern Nacht jemanden mit nach Hause gebracht? Aus dem Spiegel auf der Schlafzimmerkommode blickte ihm sein Gesicht entgegen. Beim Anblick der fahlen, eingefallenen Haut schreckte Will zurück. Verzweifelt versuchte er, sich an die letzte Nacht zu erinnern. War er ausgegangen? Nichts. Vielleicht war er betrunken gewesen ...? Nein, das sah ihm nicht ähnlich. Er verlor nie die Kontrolle. Blitzartig überkam ihn eine Erinnerung. Cambridge. Sie hatten einen Joint geraucht und einen Stechkahn gestohlen, dann waren sie alle zusammen den Fluss hinuntergefahren. Später war er in einem fremden Bett aufgewacht, und ein muskulöser Schenkel drückte gegen seinen. Nein, das war nur ein einziges Mal passiert. Seither hatte er mit mehreren Frauen geschlafen. Will erschauderte. War er kurz vor einem erneuten Zusammenbruch? Oder schlimmer noch – vielleicht Epilepsie oder ein Hirntumor?

Unter der Dusche prasselte das kalte Wasser wie Nadeln auf ihn ein. Erinnere dich!

Dann plötzlich eine Stimme, die Aufnahme der letzten Stunde bei seinem Therapeuten: Wut, endloser Zorn. Anschließend Zusammenstoß mit dem Walross von Sekretärin – und raus aus dem Gebäude.

Er trocknete sich ab, rasierte sich und zog ein frisches Hemd und eine dunkle Hose an. Dann nahm er seine Jacke, griff in die Innentasche und zog ein leicht zerknittertes, etwas unscharfes Foto heraus. Es zeigte ein Mädchen von etwa zehn Jahren mit schlaksigen Beinen. Die Kleine trug ein altmodisches, viel zu kleines Baumwollkleid und einen gelben Sonnenhut; sie hatte die Arme um ein pummeliges Baby geschlungen. Er hatte das Bild in einer Kiste im Golgotha House gefunden, als er das Hab und Gut seiner Eltern ausräumte. War das Dee auf dem Foto? Er konnte sich kaum noch an ihr Gesicht erinnern, aber er entschied, dass es wohl Dee sein musste. Er hatte nur diese eine verschwommene Erinnerung und das verblassende Gefühl der Arme, die ihn umschlangen und beschützten. Seit er das Bild gefunden hatte, trug er es immer bei sich. Wo war Dee jetzt, warum konnte er sich nicht an sie erinnern? Vielleicht war sie ja wirklich tot, doch nun, wo er über die Zeit und die Mittel verfügte, würde er herausfinden, was wirklich mit seiner Schwester passiert war. Warum sie nie zu ihm zurückgekehrt war. Geld spielte keine Rolle. Es war egal, wie weit Madeline Leigh gehen musste, um sie zu finden, und wie viel Hilfe sie für die Suche benötigte.

Sorgfältig knotete Will seine Krawatte und betrachtete sich ein letztes Mal im Spiegel, ehe er zu seinem Mantel griff. Heute wollte er, nein, musste er Respekt einflößen und ernst genommen werden. Nichts anderes war wichtig – nicht seine Arbeit, nicht seine Expertise, die er der Gesellschaft für Geschichte für heute versprochen hatte. Wichtig war nur, Dee zu finden. Einen Moment lang fühlte er sich schuldig. Graham und die anderen waren auf ihn und seinen Text angewiesen, um das Buch der Gesellschaft für Geschichte voranzubringen. Aber er konnte nicht anders. Die Suche war jetzt wichtiger. Er entschied sich gegen ein Taxi und für einen Spaziergang durch die Stadt. Es würde ihm guttun, zu laufen und einen klaren Kopf zu bekommen, ehe er sich mit der Anwältin traf. Sie war absolut professionell. Sein Vertrauen in sie irritierte ihn ein wenig. Normalerweise vertraute er Menschen nicht so leicht, doch ihr traute er. Er mochte sie sogar.

Kat fühlte sich zittrig und erschöpft infolge des Schlafmangels. Dennoch stand sie mit dem festen Vorsatz auf, mit ihren Recherchen voranzukommen. Morgen würde die Beerdigung stattfinden, und sie musste sich bis dahin jede Sekunde beschäftigt halten, um nicht daran zu denken. Außerdem wollte Inspector Hunter im Laufe des Tages noch einmal vorbeischauen. Offenbar war ihre erste Aussage nicht ausreichend gewesen. Nicht dass sich der DI die Mühe gemacht hätte, einen Termin mit ihr zu vereinbaren. Er hatte einfach eine Nachricht auf ihrem Anrufbeantworter hinterlassen und ihr mitgeteilt, dass er «irgendwann reinschneien» wollte. Vollidiot.

Kat stopfte dreckige Wäsche in den ohnehin schon überfüllten Wäschekorb, fütterte Samson und machte sich den dritten Kaffee an diesem Morgen. Die Visitenkarte von Madeline Leigh befand sich noch immer in ihrer Hosentasche. Kat holte sie heraus und drehte sie um. Keine Notiz auf der Rückseite. Ihr erster Anlaufpunkt heute würde Madeline Leigh sein.

Das Büro der Anwältin nahm den zweiten Stock eines schmalen Altbaus ein, der sich in einer der vielen engen, verwinkelten Straßen im Stadtkern befand. Die Stufen waren hoch, und als Kat an der Eingangstür ankam, wünschte sie sich, sie hätte trotz ihrer Abneigung gegen geschlossene Räume den Aufzug genommen. Rasch musterte sie sich in dem großen Spiegel im Treppenhaus. Sie war es nicht gewohnt, sich selbst in einem langen schwarzen Rock und in Stiefeln zu sehen. Sie fuhr zunächst mit der Hand über die Ärmel ihres Blazers, dann durch die Haare und verfluchte sich, weil sie keinen Lippenstift aufgetragen hatte. Zu spät, dachte sie und öffnete die Tür zum Empfangsbereich der Kanzlei. Hinter dem wuchtigen Tresen aus dunklem Eichenholz saß eine Frau mittleren Alters mit grauem Haar und schaute sie über den goldenen Rand ihrer Brille hinweg an.

«Kann ich Ihnen helfen?»

Kat entschied sich, nicht lange um den heißen Brei herumzureden. «Kat Branks», stellte sie sich vor und bemühte sich, ihre Stimme so selbstbewusst wie möglich klingen zu lassen. «Ich möchte gern zu Miss Leigh.»

Die plumpen Finger der Frau flogen über die Computertastatur, dann schaute sie auf den Bildschirm. «Da scheint ein Irrtum vorzuliegen», sagte sie und zog ihre dunklen Augen zusammen. «Ich habe hier keinen Termin vermerkt.»

«Ich bin sicher, sie wird mit mir sprechen.» Energisch

schritt Kat auf eine Tür mit einem kleinen bronzenen Schild zu, auf dem *Miss M. Leigh* zu lesen war. «Es ist sehr wichtig.»

«Sie sollten lieber hier stehenbleiben, Miss Branks!» Alle vorgetäuschte Höflichkeit war nun verflogen.

Die Bürotür öffnete sich, noch ehe Kat der Empfangsdame antworten konnte.

«Schon in Ordnung, Edith. Ich kümmere mich darum.»

Eine ausgesprochen attraktive Frau um die dreißig schaute Kat an. Sie hatte ein hübsches, blasses Gesicht und schulterlange rote Locken; ihre Augen waren grün mit goldenen Sprenkeln. Der elegant geschnittene dunkelblaue Hosenanzug betonte ihr Dekolleté und ihre wohlgeformten Hüften. Durch den Türspalt konnte Kat die Umrisse einer anderen Person wahrnehmen.

«Madeline Leigh», sagte sie und streckte Kat ihre lange, schmale Hand entgegen. Die roten Fingernägel waren frisch manikürt. Während sich die beiden Frauen die Hand gaben, lächelte die Anwältin. Eine Reihe sehr gerader weißer Zähne kam zum Vorschein. «Und Sie sind?»

«Kat Branks. Ich wollte mit Ihnen über Sarah Morris sprechen.»

«Ja, die Arme.» Die Stimme von Madeline Leigh hatte einen seltsamen Unterton, den Kat nicht recht einzuordnen wusste. «Doch leider bin ich gerade in einem Gespräch. Außerdem kann ich nicht mit Außenstehenden über meine Klienten reden. Das sind vertrauliche Informationen.»

«Selbst, wenn sie tot sind?»

Die Anwältin zögerte einen Moment.

«Warten Sie nebenan», schlug sie vor und wies auf eine weitere Tür, ehe sie sich wieder ihrem Büro zuwandte. «Ich bin gleich bei Ihnen.»

Der Raum war klein, und die schmale Gasse vor dem Fenster ließ kaum Tageslicht herein. Doch die Wände waren hell gestrichen, und für ein Anwaltsbüro war der Raum überraschend leer, abgesehen von den Reihen großer Bücher auf den Wandregalen. Das Bild vom Büro ihres Vaters tauchte vor Kats innerem Auge auf: schwere Eichenmöbel, Ledersessel und vom Zigarrenrauch vergilbte Wände; die Tische schienen unter der Last der Akten und Papiere beinahe zusammenzubrechen.

«Habe ich Sie nicht schon einmal gesehen?» Madeline Leigh war urplötzlich hinter ihr aufgetaucht und schaute sie nun aus ihren wachen grünen Augen an. «Ja, Sie waren in dieser Reportage auf *Channel Four* über ungelöste Verbrechen zu sehen. Sie sind Journalistin.»

Einen Moment lang wollte Kat dies leugnen, entschied sich dann aber dagegen. «Richtig. Aber deshalb bin ich nicht hier. Sarah Morris war meine beste Freundin, fast meine Schwester. Wir haben auch zusammengewohnt. Ich will ihren Mörder finden.»

«Ich kann mich nicht erinnern, dass Sarah Sie erwähnt hätte», gab die Anwältin kühl zurück. Mit einer Handbewegung bot sie Kat einen Stuhl an. «Setzen Sie sich doch», fügte sie hinzu und nahm dann hinter dem breiten Schreibtisch Platz. Ihr Stuhl war größer als der von Kat, sodass sie eine etwas erhöhte Sitzposition einnahm. «Was genau wollen Sie von mir?»

Diese Frage hatte Kat bei Hunderten von Interviews gehört. Übersetzt hieß das so viel wie: «Sie erzählen mir alles, und im Gegenzug bekommen Sie von mir nichts Brauchbares.»

«Wie ich schon sagte, standen Sarah und ich uns sehr nah. Als ich gestern ihre Kleidung aussortiert habe, ist mir Ihre Visitenkarte in die Hände gefallen; und ich fand es merkwürdig, dass Sarah Sie nie erwähnt hat.»

«Sie war eine Klientin. Daran ist nun wirklich nichts Merkwürdiges. Ich kann nicht den ganzen Fall darlegen, aber sie hat mich beauftragt, sie bei einer neuen Entwicklung ihrer Gemeinschaftspraxis zu unterstützen.»

«Ich weiß von den Expansionsplänen», behauptete Kat und hoffte, man würde ihr nicht anmerken, wie schlecht informiert sie in Wirklichkeit war.

«Da haben Sie es.» Die Stimme der Anwältin war langsam und kontrolliert.

«Warum hat Sarah dann Ihre Karte in ihrer Wäscheschublade versteckt?» Kat spürte, wie sich allmählich Ungeduld in ihr breitmachte. Madeline Leigh würde sie am ausgestreckten Arm verhungern lassen, und sie konnte nichts dagegen tun.

«Miss Branks, ich habe wirklich keine Ahnung. Sarah war meine Klientin. Ich selbst war auch ein paarmal bei ihr in der Praxis als Patientin. Sie war eine großartige Masseurin, doch dieser Job ist wirklich nicht ohne Spannungen und Probleme.»

Kat blieb die Anspielung in dieser Bemerkung nicht verborgen. «Hätte sie mir nicht von diesen Spannungen erzählen können – und welche Rolle Sie dabei spielen?»

«Vielleicht dachte sie einfach, es ginge Sie nichts an. Die Nachricht von ihrem Tod hat mich wirklich betroffen gemacht, und ich wollte, ich könnte Ihnen irgendwie helfen. Doch ich fürchte, ich kann Ihnen nichts anderes sagen. Wenn Sie nichts dagegen haben, würde ich mich jetzt gern wieder um meinen Klienten kümmern.»

Als Kat hinausging, bemühte sie sich, die Tür nicht allzu wütend hinter sich zuzuschlagen. Die Empfangsdame hatte den Kopf gesenkt, doch Kat war sich sicher, ein hämisches Grinsen auf dem Gesicht gesehen zu haben. Dennoch war ihr Besuch in der Kanzlei nicht völlig nutzlos gewesen. Ihr Instinkt sagte ihr, dass Madeline Leigh etwas wusste. Kat verfügte über genügend Kontakte zur Polizei, zu den Gerichten und Anwälten der Stadt und nahm sich vor, ein bisschen in Miss Leighs Biographie zu stöbern.

Myles Hunter trommelte mit den Händen auf das Lenkrad und starrte auf Kats Haustür, als könne er sie mittels Telepathie öffnen. Sein Klopfen war nur mit wütendem Hundegebell aus dem Innern des Hauses quittiert worden. Bislang hatten die Ermittlungen keinerlei Verbindung zwischen den beiden Opfern aufgedeckt, und Hunter wollte mit Kat über ein paar Details aus dem Leben von Sarah Morris sprechen. Das Klingeln seines Handys riss ihn aus seinen Gedanken.

Es war Constable Cora von der Untersuchungskommission.

«Tut mir leid, dass ich Sie belästige, Chef, aber ich hatte eben einen Anruf von einer Frau. Sie heißt Madeline Leigh und behauptet, sie sei Sarah Morris' Anwältin gewesen.»

«Hatte sie was Interessantes zu sagen?»

«Nicht wirklich. Sie war ziemlich nervig und hat sich über Kat Branks beschwert. Offenbar ist unsere Journalistin bei ihr gewesen und hat ein paar Fragen über Sarah Morris gestellt.»

«Ich dachte, das sei unser Job.»

«Witzigerweise hat die Anwältin das auch gesagt, Chef. Ich musste ihr versprechen, dass wir uns darum kümmern.»

«Danke.» Myles Hunter schob das Telefon zurück in seine Jackentasche. Er wollte gerade eine weitere Nachricht auf Kats Mailbox hinterlassen, als er eine Gestalt in schwarzem Rock und Blazer die Straße hochkommen sah. Mit gesenktem Kopf lief Kat auf ihr Haus zu. Ihr dicker hellblauer Schal stand in auffallendem Kontrast zu den eleganten dunklen Kleidern. Sie nahm Hunter erst wahr, als sie schon fast die Tür erreicht hatte.

«Inspector Hunter, was tun Sie denn hier? Doch nicht etwa noch ein ...?»

Myles Hunter streckte eine Hand aus, um sie zu beruhigen. Sie sah blass aus, die Haut war fast durchsichtig, abgesehen von den dunkelgrauen Schatten unter ihren Augen. «Ich wollte mit Ihnen noch einmal über Sarah sprechen. Vielleicht haben wir etwas übersehen.»

«Zum Beispiel?»

«Freunde, Hobbys, vergangene Urlaube, irgendetwas Ungewöhnliches, das Sarah erwähnt hat, neue Kollegen, Veränderungen im Bekanntenkreis ...»

«Ich wüsste nichts», sagte Kat. «Ich habe Ihnen schon eine Liste mit den Namen ihrer Freundinnen und Freunde gegeben, Sie haben zudem Sarahs Terminkalender und ihr Notizbuch. Ihr letzter Urlaub war zusammen mit mir, ein Kurztrip nach Rom. Sie hatte einige Beziehungen, aber in letzter Zeit nichts Ernsthaftes.»

«Sie sind sich also sicher, dass Sarah Ihnen nichts verheimlicht hat?»

Ein leichtes Flackern huschte über Kats Augen, die, wie Myles Hunter erst jetzt feststellte, beinahe türkisfarben waren.

«Nun, wir alle haben ja ein Recht auf Privatsphäre, oder?», sagte sie schließlich.

«Gilt das auch für Madeline Leigh?»

«Sie hat Sie also schon benachrichtigt.»

«Sie war nicht gerade glücklich über Ihren Besuch.»

«Blödsinn. Ich war nur bei ihr, um sie nach etwas Geschäftlichem zu fragen, das sie für Sarah geregelt hat. Ich hatte ihre Visitenkarte in Sarahs Schublade gefunden. Wenn Madeline Leigh nichts zu verheimlichen hat, warum dreht sie dann sofort durch?»

«Journalisten haben so eine bestimmte Wirkung auf einige Menschen.» Myles Hunter beobachtete, wie sie sich wand.

«Offensichtlich haben sie diese Wirkung auf Sie, Inspector. Was haben meine Geier-Kollegen Ihnen denn angetan?»

Er würde es ihr nicht sagen. «Ich habe einfach nur keine Zeit, auch noch Skandale auszubügeln», sagte er. «Ich kann Sie nicht davon abhalten, mit Miss Leigh zu sprechen. Aber Sie sollten am besten wissen, dass es sich nie auszahlt, einen Anwalt zu belästigen.»

«Verstanden!», erklärte Kat und deutete einen Salut an.

«Können wir also noch einmal über Sarah sprechen und sehen, ob uns nicht doch etwas entgangen ist?»

«Kommen Sie rein.» Kat zog einen großen Schlüsselbund hervor, und Myles Hunter folgte ihr in den hohen Flur.

«Ich halte Sie auch nicht lange auf.» Er musste nun laut sprechen, um trotz des wilden Gebells aus der Küche gehört zu werden.

«Ruhig, Samson!», brüllte Kat. «Eigentlich ist er ein ganz Lieber, aber er hat es nicht so mit Fremden.»

Myles Hunter beobachtete sie aus den Augenwinkeln. Ob sie sich über ihn lustig machte? «Ich brauche nur zehn Minuten», versprach er und zog einen Notizblock aus der Tasche, während Kat ihn ins Wohnzimmer führte. Er sah sich in dem Raum um. An den hohen Decken waren noch die originalen Stuckverzierungen, und an den großen Fenstern, die den Blick auf das Schloss freigaben, hingen schwere Gardinen. Die Mischung aus antiken Möbeln und Flohmarktschnäppchen war zwar nett anzusehen, doch insgesamt wirkte der Raum ziemlich vernachlässigt. Hunter registrierte auf dem Couchtisch mehrere Becher mit Resten von Tee und Kaffee, die schon einige Tage alt sein mussten.

«Setzen Sie sich», sagte Kat und schob einen Stapel Papiere und Zeitschriften zur Seite.

Es war schwer zu sagen, ob sie die Unordnung nicht wahrnahm oder ob es ihr einfach egal war.

«Was wollten Sie noch wissen?», fragte Kat.

Eine gute Viertelstunde lang beantwortete sie seine Fragen.

«Sie haben uns ja schon einiges über Sarahs Job, ihre Interessen und Eigenschaften erzählt. Hatte sie sich in letzter Zeit vielleicht verändert? Hat sie womöglich einen neuen Mann kennengelernt? Gab es da etwas, worüber sie plötzlich nicht mehr so auskunftsbereit war?»

«Nein ... Na ja ...»

Dieser Moment des Zögerns genügte Myles Hunter. «Was war passiert?»

«Sie hatte darüber nachgedacht, die Gemeinschaftspraxis zusammen mit einer ihrer Freundinnen aus der Gruppe zu vergrößern. Davon hatte sie erzählt.»

«Aber?»

«Die Visitenkarte von Madeline Leigh.»

«Nicht weiter ungewöhnlich, oder?»

«Bis auf die Tatsache, dass sie in der Wäscheschublade versteckt war.»

«Vielleicht hat sie die Karte nur versehentlich mit in die Schublade gelegt?»

Kat warf ihm ein schwaches Lächeln zu. Trotz der tiefen Augenringe erhellte es ihr Gesicht, und Myles Hunter fiel der strahlende Glanz ihrer blauen Augen auf.

«Nein, nicht Sarah. Sie sah zwar aus wie ein Hippie, aber was ihre Arbeit anging, war sie geradezu peinlich genau. Sie hat immer alles geordnet und abgeheftet. Meine Unordnung hat sie in den Wahnsinn getrieben.»

«Also haben Sie sich gedacht, Miss Leigh auf eigene Faust einen Besuch abzustatten?»

«Ich wollte sie mir nur mal anschauen, sehen, wie sie reagiert. Sie hat zugegeben, dass sie geschäftlich mit Sarah zu tun hatte, aber mehr wollte sie nicht sagen. Hat ziemlich wortkarg reagiert.»

«Vielleicht wollte sie einfach nur nicht vor einer Wildfremden Details über ihre Klientin ausbreiten. Berufsethos nennt man so was.»

«Das hat sie auch behauptet, aber ich habe es ihr nicht abgekauft. Und ich bezweifle, dass Sie ihr das abgekauft hätten.»

«Vielleicht nicht. Aber ist Ihnen klar, dass Sie die Ermittlungen erheblich beeinträchtigt haben könnten? Die Frau ist jetzt wachsam und wird – wenn sie wirklich etwas weiß – ab sofort umso vorsichtiger sein.» Hunter bemühte sich, nicht allzu genervt zu klingen.

Kat sah aus, als würde sie jeden Moment zusammenbrechen. Er lächelte sie aufmunternd an. «Überlassen Sie Madeline Leigh einfach uns, in Ordnung?»

Kat nickte. «Ich kann aber nicht versprechen, dass ich mich nicht weiter in der Gegend umsehen werde. Ich möchte einfach nur helfen, den Mörder zu finden.»

«Und der Polizei trauen Sie das nicht zu?»

«Na ja, wenn Sie ehrlich sind, hatten Sie bislang nicht besonders viel Glück bei Ihrer Suche.»

Myles Hunter spürte seine Sympathie für Kat rapide schwinden. «Wir haben verschiedene Ermittlungsansätze, aber die kann ich jetzt nicht mit Ihnen besprechen. Ich habe Ihnen bisher eine Menge zugestanden, Miss Branks. Aber wenn Sie meine Ermittlungen behindern, kann sich das ganz schnell ändern.»

«Drohen Sie mir etwa?»

Er stand auf. Das Gespräch entglitt ihm. «Keine Drohung. Nur ein Ratschlag.»

«Nun, wenn das alles ist, würde ich gern weitermachen.» Sie erhob sich von der Couch. «Ich muss morgen auf eine Beerdigung gehen.»

Sie waren schon fast an der Tür, als sich Hunter noch einmal umdrehte. «Noch eine Sache, Miss Branks. Ich habe gehört, Ihr Ehemann mochte Sarah nicht besonders?»

«Mein Exmann», blaffte Kat. «Zumindest ist er das, sobald die Scheidung endlich durch ist. Ich nehme an, Eva hat Sie informiert. Das hätte sie nicht tun dürfen, er hat nichts mit dem Fall zu tun.»

«Nicht einmal, wenn er Sarah hasste?»

Einen Moment lang befürchtete er, zu weit gegangen zu sein. Aus Kats Gesicht war jegliche Farbe gewichen.

«Tony hat Sarah Vorwürfe gemacht. Aber er hat auch vielen anderen Leuten Vorwürfe gemacht, die sich um mich gekümmert haben, nachdem ich mich von ihm getrennt hatte», sagte Kat. «Tony ist ein Tyrann, aber kein Mörder. Wie die meisten Männer hätte er nicht den Mut dazu.»

Myles Hunter zuckte mit den Schultern. «Ich musste zumindest nachfragen. Und wenn er Sie nochmal belästigt, rufen Sie mich an.»

«Ich denke, er hat es jetzt kapiert. Und wenn nicht, bekomme ich das auch alleine hin.»

Als der Polizist wieder in sein Auto stieg, fluchte er in sich hinein. Natürlich konnte er Kats Wut und Trauer verstehen. Aber warum musste die Frau so verdammt scharfzüngig sein?

Während er den Wagen startete und losfuhr, beobachtete er sie im Rückspiegel. Sie blieb in der Tür stehen, zog ein zerknittertes Päckchen Zigaretten aus der Tasche und zündete sich einen Glimmstängel an. Dann lehnte sie sich gegen den Türrahmen, stemmte eine Hand in die Hüfte und sah ihm nach. Myles Hunter ahnte, dass Kat Branks ihn noch einige Nerven kosten würde.

Kapitel 9

Das Krematorium war bis zum letzten Platz gefüllt. Sarahs Bruder, der trotz seiner sonnengebräunten Haut blass war, hielt die gesamte Andacht über die Hand seiner Mutter. Er sah aus, als habe er seit seiner Ankunft aus Sydney nicht mehr geschlafen. Die Familie hatte darauf bestanden, dass Kat zusammen mit einigen Tanten und Cousins in einer der schwarzen Limousinen mitfuhr. Doch in der Kapelle konnte sie sich davonstehlen und ein abgelegenes Plätzchen in den hinteren Reihen finden. Nach der Andacht und der Grabrede sagte der Pfarrer noch ein paar letzte Worte, ehe er den mit Lilien geschmückten Sarg durch die schweren roten Vorhänge in das Krematorium schieben ließ. Einen Moment lang dachte Kat, sie könnte das Feuer riechen. Nein, tu das nicht, rief sie sich selbst zur Ordnung. Denk nicht daran.

Angeführt von der Familie der Toten, schritten die Trauernden schließlich nach draußen. Ein CD-Player spielte währenddessen Norah Jones' *Sunrise,* Sarahs Lieblingslied, und dabei wurden noch mehr Tränen vergossen. Kat erblickte Sarahs Freundin und Geschäftspartnerin Xanthe und noch einige andere Frauen aus der Gruppe der Naturheilkundlerinnen. In ihrem bodenlangen Samtmantel sah Xanthe einfach umwerfend aus. Ihre wilden, rotgefärbten Locken hatte sie mit Hilfe eines passenden Haarbandes gebändigt, und wie üblich trug sie jede Menge Schmuck: einen goldenen Nasenring, einen schweren Anhänger aus Bernstein und einen Satz klirrender Armreifen. Und Kat war sich mutig vorgekommen, weil sie zu ihrem dunklen Hosenanzug den hellen Schal trug, den Sarah ihr zu Weihnachten geschenkt hatte.

«Kat!» Ehe sie ihr ausweichen konnte, hatte Xanthe ihre fleischigen Arme um Kat geworfen und drückte sie an ihre ausladende Brust. Sie roch nach Patschuli und etwas nach Marihuana.

«Unsere Schwester ist nun in der wahren Vereinigung mit dem Göttlichen», flüsterte Xanthe und lockerte ihre Umarmung ein wenig.

Kat löste sich von Xanthe. Sie meinte es gut, aber Kat war heute nicht in der Stimmung, diesen New-Age-Schwachsinn zu ertragen. Als sie sich umdrehte, erkannte sie eine schlanke Gestalt in einem langen grauen Wollkleid mit Pelzkragen. Was zum Teufel machte Madeline Leigh hier?

«Ist was, Kat?», fragte Xanthe.

«Die Frau da drüben.»

«Oh, das ist Madeline. Eine Freundin von Sarah; sie hat uns bei den Plänen mit der Praxis geholfen.»

«Eine gute Freundin?»

«So könnte man es sagen. Ich hatte angenommen, ihr kennt euch.»

Kat wandte sich von Xanthe ab, um zu der Anwältin hinüberzugehen, konnte aber nur noch beobachten, wie Madeline Leigh in Richtung Parkplatz marschierte. Einen Moment lang wollte Kat ihr nachlaufen, hielt sich dann aber zurück. Sie beobachtete, wie die Anwältin in ein blaues Audi Cabrio stieg und davonfuhr.

Als Kat nach Hause kam, war es bereits nach sieben. Sarahs Verwandten beim Smalltalk über das Wetter und die Immobilienpreise zuzuhören und immer wieder Bemerkungen wie «Ist es nicht schrecklich?» oder «Wie soll die Familie jemals darüber hinwegkommen?» aufzuschnappen hatte Kat unerträgliche Kopfschmerzen verursacht. Ihre Augen juckten und waren gerötet von der Heizungsluft und den Tränen. Der Wind war schneidend, und sie konnte Schnee in der Luft riechen, als sie nun nach ihrem Schlüssel kramte. Nach der saunaartigen Hitze im Haus von Sarahs Eltern fühlte sich ihre eigene Wohnung eiskalt an. Kat war froh, von einem energischen Fellknäuel begrüßt zu werden, als sie die Küchentür öffnete.

«Runter mit dir!», rief sie, als Samson immer wieder an ihr hochsprang. Doch sie war froh über das weiche, warme Fell des Hundes – und darüber, dass es ein lebendiges Wesen gab, an dem sie sich festhalten konnte. Sie beugte sich hinunter und verbarg ihr Gesicht in Samsons Fell.

«Jetzt ist sie weg», flüsterte sie.

Eva überlegte, ob sie Kat anrufen sollte. Sie hatte das Gefühl, am Tag der Beerdigung zumindest ein paar nette Worte sagen zu müssen. «Du steigerst dich da zu sehr rein», ermahnte sie sich selbst. Doch sie konnte es nicht ändern. Sie mochte die Journalistin, auch wenn sie vollkommen verschieden waren und Kats Angewohnheit, sich kopfüber in Probleme zu stürzen, jedem von Evas Grundsätzen widersprach. Sie sah auf ihre Uhr. Halb acht. Das Taxi würde jeden Moment da sein. Sie würde Kat morgen anrufen.

Ben Chandler schaute aus seinem Fenster hinaus in die Dunkelheit über dem Williamson Park. Die Kuppel des verspielten Ashton Memorial aus Viktorianischer Zeit war mit Flutlicht angestrahlt und wirkte in dem surrealen Licht wie eine überdimensionale Grabstätte. Er zog die Vorhänge zu und sperrte die Dunkelheit aus. Was sollte er nur mit Eva machen? Wie auf Kommando läutete es an der Tür. Er ließ sie herein und bot ihr gleich ein Glas Wein an.

«Pünktlich wie immer», sagte er, hakte sich bei ihr unter und küsste sie.

«Hier riecht es aber wunderbar», bemerkte Eva und gab ihm eine Flasche Châteauneuf-du-Pape. «Ich dachte, ich verwöhne dich mal.»

Ben rollte mit den Augen. «Jetzt mache ich mir aber Sorgen. Entweder verzehrst du dich nach meinem Körper, oder du willst dir Geld leihen.»

«Weder noch», meinte Eva lachend. «Ich wollte nur schnell weg von der Arbeit.»

Er zog eine Augenbraue hoch. Die Erwiderung «Das wäre eine Premiere» hing unausgesprochen in der Luft.

Sie aßen Lamm-Tagine, spülten das Fleisch mit einer Menge Wein hinunter und redeten über Familie, Freunde, Bücher und Filme. Über alles, außer über Evas Sorge um Kat und deren wachsender Besessenheit von der Jagd nach Sarahs Mörder. Oder über ihren eigenen Frust, dass die Ermittlungen nicht richtig vorankamen. Aus der Presse wusste Ben, dass die Polizei unter großem Druck stand – und damit auch Eva. Aber sie wollte nicht darüber reden. Beide redeten nie über ihre Arbeit. Sie rechtfertigten das durch ihr Arbeitsethos und ihre moralischen Bedenken, was teilweise auch stimmte. Doch teilweise wollten sie beide nicht zugeben, dass es ihre Jobs waren, die ihrer Beziehung so oft Steine in den Weg legten. Ben wusste, wie sehr Eva ihren Job liebte. Inzwischen hatte er jedoch auch begriffen, dass er nicht wusste, ob sie ihn ebenso sehr liebte.

Nachdem sie eine große Portion von Evas Lieblingsdessert – Obstsalat mit Grand Marnier – verspeist hatten, lehnte Ben sich zurück und verschränkte die Hände hinter dem Kopf. «Erinnerst du dich noch an die Vorlesungen von Professor Bakerman?»

Eva stöhnte. «Wie könnte ich die jemals vergessen. Lang genug waren sie ja.»

«Erinnerst du dich auch, was er immer sagte? Darüber, dass man seinen Job und sein Privatleben trennen sollte?»

«Er war ja auch mit seinem Beruf verheiratet. Keine Ahnung, ob was dran war an den Gerüchten, dass seine Frau ihn verlassen und die Kinder mitgenommen hatte.»

«O ja, das stimmte. Er war mein Betreuer bei der Examensarbeit und hat mir davon erzählt.» Ben hielt einen Moment lang inne. «Er liebte seine Arbeit, aber sie hat auch sein Privatleben zerstört. Ich glaube, er wollte verhindern, dass seine Studenten den gleichen Fehler machen.»

Eva trank ihr Glas aus und hielt die Augen gesenkt. Sie wollte jetzt keine Arbeit-versus-Beziehung-Diskussion führen. Vielleicht war es ein Fehler gewesen, herzukommen. Sie rang sich ein Lächeln ab und versuchte, das Thema zu wechseln. «Wie kommst du mit deinem Vortrag für die Konferenz in Kalifornien voran?»

«Ich werde mich auf das Thema ‹Wiedergefundene Erinnerungen› konzentrieren. Es ist sehr kontrovers, aber es sollte die Teilnehmer zumindest wach halten.»

«Es ist wirklich sehr verzwickt», pflichtete Eva ihm bei. «Zugegebenermaßen bin ich da sehr skeptisch. Ich meine, man kann doch nie sicher sein, ob sich jemand tatsächlich an etwas erinnert oder nur glaubt, sich zu erinnern.»

«Nein, da liegst du falsch. In den meisten Fällen liegt das klar auf der Hand», entgegnete Ben. «Erinnerungen werden nur verdrängt.»

«Bis die Aussicht auf eine fette Abfindung plötzlich alles wiederauftauchen lässt. Ben, das ist nicht dein Ernst.»

Seine Stimme war leise, aber kontrolliert. «Das sind die typischen Ansichten eines Laien. Eva, ich dachte wirklich, gerade du wärst offen für diese Problematik. Viele Patienten sind verstört und traumatisiert. Einige Erinnerungen sind so schmerzhaft, dass es eines enormen physischen oder psychischen Auslösers bedarf, um sie wieder bewusstzumachen.»

Eva konnte sehen, wie das Blut in der Ader an seiner Schläfe pulsierte. Sie war einfach unmöglich: Sie kam hierher, ließ sich von ihm ein herrliches Essen servieren und machte dann seine Arbeit schlecht. Sie setzte erneut an. «Kannst du so etwas? Ich meine, was kann man tun, um einem so traumatisierten Menschen seine Erinnerungen wiederzugeben?»

«Es gibt da verschiedene Techniken. Hypnose kann sehr effektiv sein. Ich arbeite zurzeit mit einem Patienten, der im letzten Jahr einen kompletten Zusammenbruch hatte, und ich glaube, die Hypnose hilft ihm, sich zu erinnern.»

«O Gott, das ist wirklich schrecklich.» Eva fröstelte trotz der gut geheizten Wohnung. «Ich bin wirklich froh, dass ich mich dagegen entschieden habe, als Psychiaterin zu arbeiten.»

«Ich auch. Sonst wärst du vielleicht nie in die USA gekommen, um zu studieren.» Er griff über den Tisch hinweg nach ihrer Hand.

Sie blickte versonnen auf sein breites Handgelenk; seine ebenholzfarbene Haut und ihre weiße bildeten einen auffallenden Kontrast. Er streichelte sanft ihre langen Finger.

«Ich muss gleich ein Taxi bestellen», sagte sie unvermittelt.

Sogleich ließ er ihre Hand los. «Ich mache Kaffee.» Er erhob sich und ging in die Küche.

«Ben?»

«Ja?»

Die Stimme klang unbeschwert, trotzdem konnte Eva die Anspannung darin spüren. Wenn er wütend war, sprach Ben mit einem stärkeren amerikanischen Akzent als sonst. Sie folgte ihm in die Küche, lehnte sich gegen den Türrahmen und beobachtete, wie er die Kaffeemaschine einschaltete. «Ben, es ist nicht so, dass ich nicht bleiben möchte. Ich muss nur morgen wirklich früh aufstehen ...»

«Kein Problem», sagte er und drehte ihr den breiten Rücken zu. Seine Schultern waren steif, die Muskeln angespannt, als er nach den Kaffeetassen griff. «Meinst du, du wirst ab jetzt fest für die Polizei arbeiten?»

Eva hasste es, wenn er mit ihr redete, als wäre sie nicht mehr als eine flüchtige Bekannte – und nicht seine ... Ja, was eigentlich? Freundin? Geliebte? Partnerin? Jedenfalls nicht das, was er gern in ihr sehen würde. «Nein, ich sehe mich nicht als festangestellte Profilerin», antwortete sie und verzog das Gesicht, denn sie musste an die Meetings im Polizeirevier, an das frauenfeindliche Verhalten vieler der Beamten und deren Misstrauen gegenüber allem Neuen denken.

«Komischer Zufall, dass das erste Opfer ausgerechnet eine Freundin von dieser Journalistin war», meinte Ben.

«Kat Branks.»

«Wie ist sie so?»

«Sie schreibt für die großen überregionalen Zeitungen und macht ab und zu eine Dokumentation.»

«Aber was ist sie für ein Typ?», fragte er nachdrücklich. «Ich meine, sie wird doch nicht anfangen, den Boulevardblättern irgendwelchen Mist über dich zu erzählen, oder?»

Eva lachte. Er hörte sich an wie ihr Vater. Vielleicht war das der Grund, warum ihr Vater ihn so sehr mochte und ihn gern als Schwiegersohn hätte. «Nein, Kat ist etwas ganz Besonderes – eine Reporterin mit Moral. Sie ist ein bisschen chaotisch, aber sie ist klug und hat Humor. Und sie ist mit diesem Fall auf eine sehr enge Weise verbunden – vielleicht zu eng.»

«Du glaubst doch nicht, dass sie was mit dem ersten Mord zu tun hatte? In den Zeitungen steht, sie sei ihre beste Freundin gewesen.»

«Nein, ausgeschlossen. Aber sie hat einen Exmann, bei dem ich mir nicht so sicher bin.»

Ben zog eine Augenbraue hoch. «Gewalttätig?»

«Nicht körperlich. Sagt Kat zumindest. Aber ein Tyrann, der ganz auf Psychoterror setzt. Er ist wohl eine Art Staranwalt in London. Ich vermute, Kat ist bei ihm geblieben, um ihren Vater nicht zu enttäuschen. Der Ehemann hat Sarah gehasst, weil sie Kat geholfen hat, ihn zu verlassen.»

Ben trug die Kaffeetassen ins Wohnzimmer, und Eva folgte ihm.

«Hat er sie genug gehasst, um sie zu töten? Pass auf, Eva, du könntest dich wirklich in Gefahr bringen.»

«Kat meint, er hätte nicht den Mut, einen Mord zu begehen.»

«Und du glaubst ihr nicht?»

«Ich denke, sie hat noch Scheuklappen auf. Du hast doch auch schon mit Frauen gearbeitet, die mit einem gewalttätigen Partner gelebt haben. Du weißt, wie kompliziert die Abhängigkeit zwischen Opfer und Täter oftmals ist.»

«Hast du der Polizei davon erzählt?»

«Ich hatte keine andere Wahl. Kat wird nicht gerade erfreut sein, aber ich kann ihre Sicherheit nicht aufs Spiel setzen. Ich hoffe nur, Inspector Hunter fällt nicht gleich mit der Tür ins Haus, wenn er sie darauf anspricht.» Eva gähnte. «Ich bin völlig fertig. Wir sollten besser ein Taxi rufen.»

Ben streckte den Arm aus und tastete nach ihren Fingern. «Du kannst deine Meinung immer noch ändern», sagte er ruhig. Sein unausgesprochener Vorwurf blieb ihr nicht verborgen: *Ich habe mein Leben in New York für dich aufgegeben – meine Praxis, meine Familie, meine Freunde ... Aber du bist nicht bereit, etwas für mich aufzugeben.*

Eva überkam ein Anflug von Panik. Sie wollte bleiben. Aber die Sache zwischen ihr und Ben war kompliziert. Er hatte ihr deutlich zu verstehen gegeben, dass er mehr wollte. Das ganze Paket: Kinder, eine Hypothek, einen Golden Retriever. Sie fühlte sich nicht in der Lage, diese Auseinandersetzung jetzt auszutragen. Nicht jetzt. «Es tut mir leid, aber ich brauche unbedingt etwas Schlaf, wenn ich morgen fit sein will.»

Ben lächelte. «Es ist spät, Aschenputtel. Trink deinen Kaffee aus, wir sollten deine Kutsche rufen.»

Eine Stunde später, nachdem sie sich mühevoll die Zähne geputzt und sich abgeschminkt hatte, schlüpfte Eva unter ihre Decke. Sie war unendlich müde.

Doch sobald sie im Bett lag, konnte sie nicht einschlafen. Sie beobachtete die digitale Anzeige auf ihrem Wecker und versuchte, die Frage nach ihrer Beziehung zu Ben – vor allem, wohin sie führen sollte – von sich zu schieben. Es war seine Entscheidung gewesen, die Staaten zu verlassen und in England zu arbeiten – nicht ihre. Außerdem wollte sie nicht in eine überstürzte Entscheidung gedrängt werden und von heute auf morgen mit ihm zusammenziehen. Eine gemeinsame Wohnung könnte der erste Schritt zu einer festen Beziehung sein. Aber sie musste sich im Moment voll und ganz auf ihre Arbeit konzentrieren. Über diesen Gedanken glitt sie langsam in einen erlösenden, traumlosen Schlaf.

Kat warf sich von einer Seite auf die andere. Immer wieder drehte sie ihr Kissen um und legte dann ihren Kopf auf die kühlere Seite, in der Hoffnung, auf diese Weise endlich Ruhe zu finden, doch die quälenden Gedanken ließen sie nicht los. Es musste einfach eine Verbindung zwischen Barbara Sanders und Sarah geben. Vielleicht war es eine Verbindung, die nur in den Augen des Mörders einen Sinn hatte – aber es musste eine geben. Hatte es etwas mit dem Schloss zu tun? Mit den Hexen? Der Mörder lebte vielleicht ganz in ihrer Nähe. Möglicherweise lag er in diesem Moment ebenfalls in seinem Bett und starrte wie sie auf die Umrisse des Schlosses mit seinen Türmen und Zinnen.

Als ihr dieser Gedanke durch den Kopf fuhr, war es mit der Nachtruhe endgültig vorbei. Kat stand auf und machte sich einen Drink. Dann griff sie nach einem Notizblock und einem Stift und kroch zurück unter die wärmende Decke. Sie stützte ihren Rücken mit ein paar Kissen, sodass sie bequem sitzen konnte, und begann, eine Liste zu schreiben.

Sarah:

Dreißig, Akademikerin, Homöopathin, möglicherweise Geldprobleme im Zusammenhang mit der Praxis ... andere unbekannte juristische Probleme, die eine Anwältin erfordern (Dinge, über die sie nicht sprechen konnte)

Privatanschrift und Arbeitsplatz: Castle Hill

An Halloween getötet

Bei ihr wurde ein Achterknoten gefunden – Zahl von Bedeutung?

Barbara Sanders:

Fünfundfünfzig, Amateurhistorikerin, Fremdenführerin, Expertin für das Schloss

Privatanschrift: Stadtzentrum, etwa zehn Minuten vom Schloss entfernt

Arbeitsplatz: Castle Hill

Hat oft Besucher und Studenten beraten und ihnen spezielle Kenntnisse vermittelt

Am 5. November, der Bonfire Night, getötet

Henkersknoten

Beide Frauen waren zuvor betäubt worden

Ihr fiel noch ein wichtiger Gesichtspunkt ein, und sie schrieb eine weitere Liste.

Verbindungen:

Lancaster Castle

Geschichte

Castle Hill

Henker

Eventuell Hexen oder Magie?

Konnte es möglich sein, dass der Mörder sich für eine Art Zauberer hielt? Hatte er zu viele Mystery- oder Horrorfilme gesehen? Oder war er besessen von *Der Herr der Ringe* und hielt sich für Gandalf, der zur dunklen Seite wechselte? Nein, das war lächerlich. Trotzdem: Beide Frauen hatten in der Nähe des Schlosses gearbeitet, interessierten sich für dessen Geschichte und wurden dort getötet. Und das Schloss war Schauplatz des Prozesses gegen die Hexen von Lancaster gewesen.

Kat machte sich ein paar weitere Notizen:

Nach Vereinen und Gruppen im Ort suchen, die sich für Magie etc. interessieren; über Hexen generell recherchieren; Kollegen von B. Sanders nach männlichen Freunden und Bekannten fragen

Sie legte den Block zur Seite und schaltete das Licht aus. Ihre letzten Gedanken, ehe ihr Körper der großen Erschöpfung nachgab, galten Eva und Myles Hunter. Was würde die Profilerin wohl dazu sagen, wenn Kat ihr mitteilte, dass der Mörder sich für eine Art Zauberer halten könnte? Der Inspector würde sie vermutlich einweisen lassen, so viel stand fest.

Kapitel 10

Schon wieder der gleiche Traum: Er liegt an einem dunklen Ort und wartet ... und wartet ... will das Licht anschalten und die bedrohliche Dunkelheit besiegen. Da kommt etwas ... ein Geräusch draußen vor dem Eingang ... Das leise Klicken der Tür und eine Gestalt in dem Raum ... Quietschende Bodendielen ... Er kommt näher ... atmet langsam und gleichmäßig ... näher. Er verbirgt den Kopf unter der Decke, spürt die harten, sauer riechenden Fasern an seinem Gesicht, sein Herz schlägt schneller. Dann zieht jemand seine Decke weg ...

Will mühte sich aus dem Bett, griff nach seinem Bademantel und schlurfte in Richtung Badezimmer. Sein Mund war trocken, und in seinem Kopf hämmerte es, als hätte er zu viel getrunken. Hatte er aber nicht, oder? Zurzeit konnte er sich selten an etwas erinnern, das er am Tag zuvor getan hatte. Er erinnerte sich an seinen Termin mit Madeline Leigh und dass er ihr einen Blankoscheck angeboten hatte, damit sie seine Schwester fand. Doch die Details des Gesprächs wollten sich einfach nicht rekonstruieren lassen. Vielleicht verlor er den Verstand? Gestern hatte er vergessen, seinen Agenten anzurufen; seinen Aufsatz für die Gesellschaft für Geschichte hatte er auch noch nicht abgeschickt, obwohl er wusste, dass Graham Benson darauf wartete. Und er hatte schon wieder seine Schlüssel verloren. Er hatte ununterbrochen an «The Castle» gearbeitet – vielleicht stand er ja kurz vor einem Burn-out? Möglicherweise würde ein Urlaub helfen, um wieder klare Gedanken fassen zu können. Eine Woche Wandern oder Klettern im Lake District – oder ein Trip mit seinem Boot, das in Windermere vor Anker lag. Und dann musste er wieder zu Dr. Chandler.

Will war gern allein. Er mochte keine großen Gruppen, auch wenn er wusste, dass sie ein notwendiges Übel waren. Die Schriftstellergruppe war eine Tortur gewesen, doch er hatte sie gebraucht, bis er endlich sicher gewesen war, allein an seinen Texten arbeiten zu können. Und die Gesellschaft für Geschichte hatte seine Recherchen stark vorangebracht. Doch obwohl er seit Jahren Mitglied in beiden Gruppen war, hatte er nie das Angebot der anderen Teilnehmer angenommen, sich privat zu verabreden. Der große Nachteil daran, dass sein Buch nun veröffentlicht wurde, war die anstehende Vortragsreise. Er würde mit Menschen zusammentreffen, die mit ihm reden und ihm die Hand schütteln wollten. Er hasste es, angefasst zu werden.

Wie konnte Eva nur ihre Arbeit erledigen, ohne sich davon emotional stark berühren zu lassen?, dachte Kat. Sie rührte in ihrem Cappuccino und starrte aus dem Fenster des Cafés vor dem Eingang des Schlosses. Wie konnte die Profilerin ihre Objektivität bewahren angesichts all der Gewalt und Grausamkeit, mit der sie täglich zu tun hatte? Kat überlegte, ob es wohl auch Fälle gab, die Eva einfach ablehnte. Sie würde sie danach fragen.

Um jedoch den Mörder zu finden, musste Kat nun erst einmal selbst eine gewisse Distanz zu ihren Empfindungen aufbauen und sich auf ihr methodisches Rüstzeug besinnen. Dazu zählten vor allem die fünf journalistischen Grundfragen: Wer, wo, warum, wann und wie. Auch durfte sie sich bei ihren Recherchen nicht von persönlichen Gefühlen leiten oder gar beherrschen lassen: Dies könnte dazu führen, dass ihr wertvolle Informationen entgingen. Und die Gefahr war groß, wie sie selbst bemerkt hatte. Als Barbara Sanders' Freundin Pat Green sie angerufen hatte, war sie plötzlich in Tränen ausgebrochen. Allerdings hatte der Ausbruch auch geholfen, Pat zu einem Treffen zu überreden.

Das Café war ein wenig schmuddelig, wirkte aber auf seine Art gemütlich. Die Tische und Stühle passten nicht zueinander, und an den Wänden hingen Bilder und Fotos lokaler Künstler. Der Wirt schaute unbeteiligt von seiner Zeitung auf, als eine kleine runde Frau in einem schweren Mantel und dicken Winterschuhen hereinkam. Sie war Ende fünfzig und hatte den rosigen Teint einer leidenschaftlichen Spaziergängerin. Mit dunklen, wachen Augen schaute sie sich um und ging schließlich auf Kat zu.

«Pat Green», sagte die kleine Frau, streckte ihre Hand zur Begrüßung aus und setzte sich Kat gegenüber. «Ich hoffe, Sie sind Miss Branks. Sonst habe ich mich hier eben ziemlich lächerlich gemacht.»

Kat schüttelte die Hand und dachte, dass Pat alles andere als lächerlich war. Etwas an ihr erinnerte Kat an eine Redakteurin, mit der sie früher zusammengearbeitet hatte.

«Nennen Sie mich einfach Kat», meinte sie und lächelte. «Möchten Sie einen Kaffee?»

«Tee bitte», antwortete Pat. «Nur einen Spritzer Milch, keinen Zucker.»

Sie warteten, bis ihre Getränke gebracht wurden.

«Danke, dass Sie gekommen sind», sagte Kat schließlich.

«Sie wollen herausfinden, wer Babs und Ihre Freundin getötet hat, nicht wahr?»

Kat nickte. «Ich will es zumindest versuchen. Eine Profilerin arbeitet auch an dem Fall, und natürlich tut die Polizei ihr Bestes.»

Pat räusperte sich übertrieben stark. «Ehrlich gesagt, habe ich da mehr Vertrauen zu Ihnen, meine Liebe. Sie sind Journalistin, wenn ich mich nicht irre?»

«Sarah war meine beste Freundin.» Sie hielt inne und verfluchte sich innerlich, weil sie nicht in der Lage war, den Kloß in ihrem Hals herunterzuschlucken.

«Schon in Ordnung.» Sanft legte Pat ihre Hand auf die von Kat. «Babs und ich standen uns auch sehr nahe.»

Kat holte ihren Block und einen Kugelschreiber aus der Tasche. «Könnten Sie mir ein wenig über Barbara erzählen? Soweit ich es beurteilen kann, standen Sie ihr am nächsten. Zumindest unter den Kollegen.»

«Sie arbeitete seit etwa dreißig Jahren im Schloss. Ich habe sie kennengelernt, als ich vor fünfzehn Jahren dort anfing, nachdem mein Mann gestorben war. Wir hatten viele gemeinsame Interessen – Theater, Kino, Wandern und Reisen.» Sie hielt inne und sah Kat mit einem schwachen Lächeln an. «Für Frauen in unserem Alter ist es nicht leicht, alleine auszugehen.»

«Barbara war auch einmal verheiratet, nicht wahr?»

«Sehr kurz, vor langer Zeit. Die beiden hatten nicht sehr

viel gemeinsam. Wenn Sie glauben, ihr Exmann habe etwas mit dem Mord zu tun, liegen Sie falsch. Er war ein ziemlicher Waschlappen, soweit ich weiß.»

«War?»

«Vor einigen Jahren ist er verstorben. Herzinfarkt.»

«Hatte Barbara Familie oder andere Freunde?»

«Sie hat eine Schwester in Bath und ein paar Cousins. Ansonsten war Babs zwar sehr beliebt, lebte aber eher zurückgezogen. Ihren Job hat sie geliebt, geradezu dafür gelebt – sie wusste alles über die Geschichte des Schlosses. Deshalb hat man sie auch oft um Rat gebeten. Manchmal hat sie Vorträge an Schulen und in Heimatvereinen gehalten. Den Besuchern im Schloss hat sie auch immer viel erzählt.»

«Erinnern Sie sich, ob vielleicht jemand besonders häufig um Hilfe gebeten hat? Oder gab es jemanden, mit dem sie eine Auseinandersetzung hatte?»

«Nein. Barbara war die Sanftmut und Gutherzigkeit in Person, besonders, wenn es um das Schloss ging. Oft hat sie ihre Mittagspause ausfallen lassen oder ist länger geblieben, um jemandem bei Recherchen zu helfen. Einige Studenten und sogar ein Schriftsteller aus dem Ort waren oft da, um mit ihr zu reden. Die Kollegen haben sie immer mit ihrem Fanclub aufgezogen.»

«Wer ist der Schriftsteller?»

Pat stützte die Ellbogen auf den Tisch und legte eine Hand an die Stirn. «Irgendjemand, der historische Werke schreibt. Babs hat ihn eigentlich gehasst.»

«Erinnern Sie sich an seinen Namen?»

Pat zuckte mit den Schultern. «Tut mir leid, keine Ahnung. Ich glaube, er hat Kinderbücher mit historischem Hintergrund geschrieben. Abenteuer, die in dem Schloss spielen. Deshalb hat er oft mit ihr zu tun gehabt. Aber wenn Sie glauben, dass er etwas mit den Morden zu tun haben könnte, setzen Sie auf das falsche Pferd. Ich habe ihn nur ein paarmal gesehen, aber ich denke, er wird eher Frauen verjagen als sie entführen müssen.»

«Ein attraktiver Mann?»

«Geradezu eine Schönheit, wenn das nicht zu lächerlich klingt, um einen Mann von fast zwei Metern zu beschreiben. Er ist etwa Ende zwanzig, dunkelhaarig und sieht manchmal ein wenig mürrisch aus. Nein, ich glaube nicht, dass er als Verdächtiger in Frage kommt.»

«Fällt Ihnen sonst noch jemand ein?»

«Einer der Studenten war ein komischer Kauz.»

«Wissen Sie, wie er heißt?» Kat bemühte sich, nicht zu sehr zu drängen.

«Graham Benson ... Benson, ja, da bin ich mir sicher. Er ist Doktorand an der Uni, schon ein älteres Semester. Babs sagte immer, er sei ihr etwas unheimlich; er war ständig im Schloss und hat sie um Hilfe gebeten. Ich glaube, er wohnt irgendwo in Galgate, in der Nähe der Universität.»

«Wann haben Sie ihn zuletzt gesehen?»

Pat schloss die Augen und überlegte. «Einige Tage bevor Barbara getötet wurde. Er hatte Kopien von irgendeinem alten Manuskript dabei, die er ihr zeigen wollte. Glauben Sie etwa –»

«Ich weiß es nicht», unterbrach Kat sie. «Aber ich denke, es kann nicht schaden, sich einmal an der Uni umzuhören.» Sie dachte an Eva. Die Profilerin arbeitete schließlich ab und zu dort. «Ich werde mit einer Bekannten sprechen, die dort tätig ist.»

Als Kat das Café verließ, musste sie immer wieder an einige Worte von Pat denken: *ein Doktorand … ein komischer Kauz.*

Sie stieg in ihr Auto und fuhr unmittelbar zu Evas Wohnung. Wenn die Profilerin nicht zu Hause war, würde sie eben allein zur Universität fahren. Aber eines war klar: Sie musste mit Graham Benson sprechen, und zwar so bald wie möglich.

Trotz dieser Entscheidung war Kat froh, Evas Stimme aus der Gegensprechanlage erklingen zu hören, als sie am Eingang des Wohnhauses klingelte.

«Kommen Sie rauf, Kat», sagte Eva. Sie hörte sich ein wenig gestresst an, und Kat fragte sich, ob sie die Profilerin bei der Arbeit unterbrochen hatte.

Die Wohnung war selbst für Kats Begriffe unordentlich. Bei ihrem ersten Besuch war ihr die geradezu zwanghafte Ordnung und Klarheit der Einrichtung aufgefallen. Das helle Sofa sah unglaublich teuer aus, und Kat hatte sich nicht getraut, sich darauf zu setzen. Nun waren der Holzboden und das Sofa nahezu unsichtbar unter Bergen von Fotografien, Fotoalben und deren Verpackungen.

Eva schien Kats Gedanken zu lesen und lächelte. «Ich will schon seit Ewigkeiten etwas Ordnung in das Zeug bekommen.»

«Entschuldigen Sie, offenbar bin ich in Ihren freien Tag geplatzt. Eigentlich wollte ich Sie um einen Gefallen bitten.» Kat fasste ihr Gespräch mit Pat Green zusammen und meinte zum Schluss: «Ich denke, wir sollten unbedingt mit diesem Graham Benson sprechen.»

«Ich kenne einen der Professoren aus dem historischen Seminar, Morton Allen. Er ist ein bisschen verrückt, aber ein aufrichtiger Mensch. Er hat mir geholfen, den Fonds für die Doktorandenbibliothek aus der Taufe zu heben.»

«Meinen Sie, er würde mit mir sprechen?»

«Ich rede mit ihm. Aber vergessen Sie nicht, wir müssen äußerst diskret vorgehen, Kat.»

«Ich lasse mein Journalistenkostüm zu Hause – versprochen.»

«In Ordnung, aber erst muss ich hier aufräumen.» Eva schob einige Fotos, die sie in der Hand gehalten hatte, in eines der Alben und begann danach, die restlichen Bilder aufzusammeln.

«Warten Sie, ich helfe Ihnen.» Kat griff nach ein paar Fotos und legte sie zu einem Stapel zusammen. Zuoberst lag eines, das eine etwas jüngere Eva zeigte, mit kürzeren Haaren, weniger Fältchen und mit Shorts und T-Shirt. Ein gutaussehender, sportlicher farbiger Mann hatte den Arm um sie gelegt.

«Hübsch.»

«Das ist Ben.» Eva errötete leicht. «Unser erster gemeinsamer Urlaub. Er wollte mir die Westküste zeigen.»

«Aktuell oder Ex?»

«Aktuell», antwortete Eva. Doch die Veränderung ihres Gesichtsausdrucks entging Kat nicht. «Ich wollte nachher ohnehin zur Universität fahren und einen meiner Doktoranden treffen.»

«Prima. Wollen wir los?»

«Gut, aber bedenken Sie eines: Wir können nicht einfach ins historische Seminar reinplatzen und einen Studenten des Mordes verdächtigen.»

«Ich wollte doch gar nicht –»

«Lassen Sie mich erst mit Professor Allen allein sprechen», meinte Eva. «Anschließend können Sie ja mit ihm und vielleicht auch mit Benson reden.»

Sie bogen von der A6 ab und in die Allee ein, die hinauf zur Universität führte. Nur wenige Sonnenstrahlen durchbrachen die Wolken. Eine dünne Eisschicht lag auf dem Teich vor dem Hauptgebäude, und die meisten Vögel waren bereits gen Süden geflogen.

Eva stellte den Wagen auf dem Mitarbeiterparkplatz ab. Die beiden Frauen stiegen aus und gingen an der Ruskin-Bibliothek vorbei in Richtung des historischen Seminars. Einen Großteil der Universität hatte man im nüchternen Stil der siebziger Jahre gebaut, doch in den letzten Jahren waren einige sehenswerte Erweiterungen und ein großer Zierteich hinzugekommen. Abgesehen von den Postern und Flyern an den Wänden wirkten die Studentenwohnheime eher wie Hotelgebäude.

«Hat sich die Uni sehr verändert, seit Sie hier studiert haben?», wollte Kat wissen.

Eva lachte. «Sie ist nicht mehr ganz so marode und etwa doppelt so groß wie früher.»

Das historische Seminar befand sich im Gebäude der Geisteswissenschaften, ein älterer, plumper Betonbau, dessen schäbige Mauern voller Efeu waren. Im Inneren gab es eine Wand mit Anschlagbrettern voller Zettel und überlaufenden Postfächern, und davor stand ein Getränkeautomat. Kat entschied sich für einen Becher wässrigen Kaffee, als sie auf Eva wartete, die mit Professor Allen sprach. Nach zehn Minuten hatte sie die Ankündigungen über anstehende Kolloquien, die Stundenpläne und Werbeplakate zum großen Teil gelesen.

«Sie trinken diese Brühe doch nicht etwa, oder?» Ein kleiner Mann, fast so breit wie hoch, blickte zu ihr auf. Er hatte einen rotbraunen Vollbart und sah aus wie eine Mischung aus Heinrich VIII. und einem der sieben Zwerge.

Eva, die hinter dem Mann auftauchte, stellte die beiden einander vor. «Professor Morton Allen – Kat Branks.»

Kat hörte ihre Hand unter dem kräftigen Händedruck von Professor Allen leicht knacken.

«Eva erzählte mir, Sie haben einige Fragen zu einem meiner Studenten.» Er wies in Richtung einer der Korridore. «Gehen wir doch in mein Büro», schlug er vor. «Dort kann ich Ihnen wenigstens einen anständigen Kaffee anbieten.»

Kat nahm das Angebot dankend an. Eva, die wie geplant ihren Doktoranden treffen wollte, verabschiedete sich von ihr.

Das Büro des Professors hätte durchaus auch ein Antiquariat sein können. Die Regale reichten vom Boden bis zur Decke und waren vollgestopft mit Büchern und Aktenmappen. Der Schreibtisch vor dem großen Fenster war unter den Bergen von Papier kaum auszumachen. Am äußersten Rand des Tisches war ein voller Aschenbecher, der sicherlich bei der geringsten Erschütterung herunterfallen würde. Allen bot Kat einen Stuhl an und wandte sich dann einer Espressomaschine zu, die auf dem Fensterbrett stand. Er reichte Kat einen Kaffee und setzte sich in seinen Sessel.

«Selbstverständlich ist alles, was wir hier besprechen, streng vertraulich», sagte er und faltete die Hände vor seinem Bauch zusammen. «Bei ausgeschalteten Aufnahmegeräten, oder wie Ihre Journalistenkollegen das nennen.»

Kat nippte an ihrem dampfenden Kaffee. Er war stark, mit einem leicht bitteren Nachgeschmack. «Ich bin nur daran interessiert, die Wahrheit herauszufinden, Professor. Eva hat Ihnen sicher erzählt, dass meine beste Freundin das erste Mordopfer war.»

Der Professor kratzte sich am Bart. «Sie möchten also etwas

über die Studenten wissen, die regelmäßig das Schloss besuchen?»

«Soweit ich weiß, hat das zweite Opfer, Barbara Sanders, den Studenten zuweilen bei Recherchen geholfen.» Kat zögerte einen Moment. «Der Name Graham Benson wurde genannt.»

«Er ist ein netter Typ. Seniorstudent, eine Art Althippie. Der Letzte, dem man einen Mord zutrauen würde, wenn es das ist, worauf Sie hinauswollen. Ich bin einer der Betreuer seiner Doktorarbeit, kenne ihn also ganz gut. Er ist Veganer, gegen Krieg und Gewalt – ein echter Hippie eben. Er gehört der Gesellschaft für Geschichte in Galgate an; sie versuchen zurzeit, eine Förderung für ihr Buchprojekt zu bekommen.»

«Worüber genau forscht er?»

«Die Geschichte des Schlosses und seine Gerichtsverhandlungen. Besonders über den Prozess gegen die Hexen von Pendle Hill, die sogenannten Pendle Witches. Ich nehme an, Sie haben schon von den Hexen von Lancaster gehört?»

«Ich lebe in Castle Hill. Da kommt man nicht umhin, etwas darüber zu wissen.»

«Ah, Castle Hill. Wunderbarer Ort, finden Sie nicht? Wordsworth hat ihn in einem seiner Gedichte über Strafe erwähnt. Den ‹Trauernden Hügel› nannte er ihn. Wegen der vielen Hinrichtungen.»

Einen schrecklichen Moment lang befürchtete Kat, der Professor würde mit einer Rezitation beginnen. «Meinen Sie, ich könnte mit Graham sprechen?», fragte sie schnell. «Es wäre eine große Hilfe, um mehr über das Schloss und über Barbara zu erfahren. Womöglich weiß er etwas, das auf eine Verbindung zwischen den beiden Opfern hinweist.»

Der Professor kratzte sich erneut am Bart. «Ich habe ihn heute früh gesehen», sagte er. «Vielleicht ist er in der Bibliothek. Ich gehe gleich nachsehen.» Er stand auf. «Nehmen Sie sich doch in der Zwischenzeit noch einen Kaffee.»

Kat stellte ihre Tasse auf dem Schreibtisch ab. Der Kaffee hatte einen metallischen Nachgeschmack in ihrem Mund hinterlassen, und sie befürchtete ernsthafte Folgen für ihren Zahnschmelz, wenn sie noch einen trank. Unruhig schritt sie in dem Raum umher.

Graham Benson war dünn wie eine Bohnenstange und hatte seine dunkelblonden Dreadlocks zu einem Pferdeschwanz zusammengebunden. Er trug eine zerschlissene Jeans und ein weites schwarzes Sweatshirt. Der Professor schob ihn vor sich in das Büro. Kat streckte Graham ihre Hand entgegen. Sein Händedruck war weich und warm. Zwischen Daumen und Zeigefinger war das Bild eines kleinen Vogels tätowiert.

«Danke, dass Sie sich die Zeit nehmen», erklärte sie und fragte sich, was sie wohl als Nächstes sagen sollte.

«Nun, ich lasse Sie zwei jetzt am besten allein.» Professor Allen lächelte, als sei er Gastgeber eines Kaffeekränzchens. «Ich muss noch ein paar Kopien machen. Bis später.»

«Wir können uns gern setzen», schlug Kat lächelnd vor und versuchte so, dem jungen Doktoranden Vertrauen zu ihr einzuflößen. «Es gibt auch Kaffee. Ich bin mir sicher, der Professor hat nichts dagegen –»

«Nein danke», unterbrach er sie. Seine Stimme war weich, und er sprach mit dem typischen Akzent von Lancaster. «Ich trinke das Zeug nicht.» Er setzte sich in einen der tiefen Sessel vor dem Schreibtisch und schlug die langen Beine übereinander. «Wie kann ich Ihnen helfen?»

Kat sah ihm direkt in die Augen und fühlte, wie sein Blick aus den blassblauen Augen sie durchbohrte. Sie entschied sich, direkt auf den Punkt zu kommen. «Ich möchte herausfinden, wer Sarah Morris und Barbara Sanders getötet hat.»

«Sie sind eine Freundin des ersten Opfers, nicht wahr?»

Kat neigte den Kopf zur Seite. «Ich nehme an, der Professor hat Ihnen gesagt, dass ich außerdem Journalistin bin. Aber deshalb bin ich nicht hier.»

Er beobachtete sie eine Weile und schob sein Lippenpiercing hin und her. «Ich habe sie nicht umgebracht.»

«Wenn ich das glauben würde, wäre ich nicht hier», erklärte Kat. Natürlich war das eine Lüge, und sie nahm an, dass auch er das wusste. «Ich möchte mit Ihnen über Barbara Sanders sprechen.»

Graham sah zu einem Loch in seinem Hosenbein hinunter. «Sie war brillant. Eine wahre Inspirationsquelle für meine Arbeit», lobte er die Tote. «Ich bin Vorsitzender der Gesellschaft für Geschichte in Galgate, und sie half mir bei einem Buchprojekt, an dem wir arbeiten. Es gab kaum etwas, das sie nicht über das Schloss wusste. Und was sie nicht wusste, fand sie schnell heraus. Ich glaube, sie wäre eine hervorragende Akademikerin gewesen.»

«Warum hat sie es nicht versucht? Ich meine, sie war erst fünfundfünfzig.»

Er zuckte mit den Schultern. «Keine Ahnung. Zu wenig Selbstvertrauen vielleicht. Sie war beinahe dreißig Jahre in dem Schloss beschäftigt, und ich kannte sie seit drei Jahren. Sie hat mir bei meiner Diplomarbeit geholfen und auch beim Exposé für meine Dissertation. Ohne sie hätte ich mein Stipendium nie bekommen. Sie sehen also, ich hatte wirklich keinen Grund, sie umzubringen.»

«Kennen Sie noch andere, denen sie geholfen hat?»

«Ja, einigen von der Gesellschaft für Geschichte, ein oder

zwei Autoren und einem Typen von der Preston University, der irgendetwas Kunsthistorisches recherchiert hat.» Er seufzte und spielte erneut mit seinem Lippenpiercing. «Es waren ständig Studenten, Autoren und Fotografen im Schloss. Oh, und einmal kam auch ein Filmstudent, der Recherchen zum Thema ‹Horror› durchführte.»

Kat schaute von ihren Notizen auf. «Kennen Sie seinen Namen?»

Graham schüttelte seinen Kopf. «Tut mir leid.»

«Was ist mit Ihrer Arbeit? Schreiben Sie nicht über die Hexen von Lancaster?»

«Das Thema ist ein bisschen umfassender – aber ja, mein Projekt befasst sich auch mit den Hexen. Ich will Sie nicht mit meinen Thesen langweilen, aber im Kern untersuche ich die Historie von Verbrechen und Hinrichtungen auf dem Schloss.»

«Es gab ein paar sehr berühmte Prozesse da oben», merkte Kat an.

«Angefangen bei den Chartisten bis zu den Birmingham Six. Und es dient schon seit der Zeit von Heinrich VIII. als Gefängnis.» Grahams Augen leuchteten auf, als er von seinem Spezialgebiet sprach. «Das Schloss war ein bedeutender Ort für Hinrichtungen. Zwischen 1799 und 1887 wurden dort nicht weniger als zweihundertachtundzwanzig Verurteilte gehängt.»

Kat sah ihn an. «Und das ist gut?»

«Natürlich nicht, es ist barbarisch. Doch es hat Wordsworth zu seinem Gedicht ‹Über die Strafe› inspiriert. Der Zyklus beginnt sogar mit einem Gedicht über Lancaster Castle. ‹Warum also trägt er auch den Namen Trauernder Hügel?›»

Es war Zeit zu gehen. Kat hörte Graham noch einen Moment lang zu, wie er über seine Recherche sprach und über Barbara Sanders' Hilfe. Doch es war eindeutig, dass er keine persönliche Beziehung zu der getöteten Frau hatte. Und wenn, gab er es nicht zu.

«Ich muss mich auf den Weg machen», sagte sie, als der junge Doktorand kurz Luft holte. «Ich erwarte noch einen Anruf.»

«Natürlich», meinte Graham. «Ich habe auch noch zu arbeiten.» Er öffnete die Bürotür und trat zur Seite, um Kat den Vortritt zu lassen. Im Vorbeigehen nahm sie den Geruch von Schweiß und Nikotin wahr. Wohl doch kein kompletter Gesundheitsapostel, dachte sie.

«Danke für Ihre Zeit», sagte sie. «Ich würde Ihre Arbeit gerne lesen. Die Pendle Witches haben mich schon immer interessiert. Meines Erachtens waren sie die Opfer von paranoiden Anklägern.»

Graham zog eine Augenbraue hoch. «Ich denke, es war Auden, der sagte: ‹Denjenigen, denen Übel zugefügt, füge Übel zu.›»

«Sie halten doch all diese Frauen sicherlich auch für unschuldig?», erkundigte sich Kat im Gehen.

«Oh, im Gegenteil.» Graham lächelte. «Ich denke, die meisten von ihnen waren schuldig.»

Der Witches' Tower ist feucht bis in die letzte Fuge. Jahrhundertealter Staub kratzt in meinem Rachen, doch hier bin ich sicher. Heute keine geführte Tour. Ich streife sowieso lieber allein durch die Räume des Schlosses mit ihren dunklen Ecken und winzigen, hohen Fenstern. Im Museum betrachte ich eine Schandmaske mit einem Stahlbolzen für die Zunge des Trägers. Ich lasse meine Hand in die Hosentasche gleiten und umschließe mit den Fingern das kalte Metall der Museumsschlüssel, die ich aus Barbaras Tasche genommen habe. Der scharfe, zwanzig Zentimeter lange Stift, der für die Hexenprobe benutzt wurde, übt ebenfalls großen Reiz auf mich aus. Aber ich darf nicht zu gierig sein.

Ich will das Schloss nicht verlassen, aber ich muss nachdenken, muss planen. In den Gerichten laufen öffentliche Verhandlungen, also schleiche ich mich in die Zuschauergalerie von Gerichtssaal eins und beobachte den Prozess eine Weile. So kann ich mich besser konzentrieren. Unter den wachsamen Augen des Gerichtsdieners suche ich mir leise einen Platz.

Mit Perücke und in scharlachroter Robe thront Seine Lordschaft über dem Geschehen, wie der Heilige Geist selbst. Ein Richter in Scharlachrot! Es muss sich um eine wichtige Angelegenheit handeln, wenn ein Richter des Obersten Königlichen Gerichtshofes den Vorsitz innehat. Ich lasse den Blick über die Anwesenden schweifen, die sich in den alten Mahagonibänken niedergelassen haben. Eine bunt zusammengewürfelte Menge Menschlichkeit, die als Geschworene eingesetzt worden ist. Die Anwälte sind kaum sichtbar, denn sie sitzen hinter aufgetürmten Gesetzesbüchern und Akten. Auf der Anklagebank, flankiert von Sicherheitsmännern, sitzt ein spitzgesichtiger Mann. Er muss um die sechzig sein, ist dünn und hat fettiges Haar. Unruhig verfolgt er das Plädoyer seiner Anwältin.

Die Verteidigerin ist eine pferdegesichtige Frau mit einer krummen Nase und einem Mund voll teurer Kronen. Mit ihrem krallenartigen Fingernagel blättert sie durch eines der Bücher vor sich. «Wenn Euer Ehren den Fall ‹Die Krone gegen Cannon› in Betracht ziehen würden ...» Und: «Ich beziehe mich insbesondere auf den Fall ‹Die Krone gegen Newman›.»

Es geht einige Male hin und her, doch es braucht nicht lange, um den Kern der Verhandlung zu erfassen: sexuelle Nötigung, zwei Jungen, sechs und zehn, keine tatkräftigen Beweise, kindliche Phantasterei, auf «nicht schuldig» plädieren, Angebot zur Einigung. Alles, was die Schlampe sagt, führt zu einem einzigen Ziel. Die Kreatur auf der Anklagebank wird davonkommen. Unschuldig, keine Berufung, kein Gefängnis.

Ich beobachte, wie das Pferdegesicht ein breites Lächeln aufsetzt, als ein anderer Anwalt ihr die Hand schüttelt. Dann höre ich Old Ned flüstern. «Sie ist eine von ihnen, siehst du es nicht?»

Der Gerichtssaal ist heiß und stickig. Die Ölgemälde von Richtern, die schon seit Jahrzehnten tot sind, starren auf mich herab, und einen fürchterlichen Moment lang ist mir speiübel. Ich muss raus an die Luft. Eilig stürme ich die steinernen Treppen hinunter, stoße die schwere Tür auf und lehne mich gegen die hohe Mauer, die das Schloss umgibt. Die Luft ist kalt und schneidend, aber gleichzeitig rein und erfrischend. Ich atme ein paarmal tief ein. Ich werde nicht weglaufen. Ich werde auf sie warten.

Es dauert nicht lange. Die Tür öffnet sich erneut, und eine Schar dringt ins Freie.

Sie hat ihre Perücke abgenommen, trägt aber noch ihre Robe. Sie sieht aus wie eine überdimensionale Krähe.

«Miss Johnston?» Ein Reporter nähert sich ihr mit gezücktem Notizblock.

Doch sie stößt ihn nur zur Seite und murmelt etwas vor sich hin. Dann steigt sie in einen kleinen Sportwagen auf ihrem persönlichen Parkplatz und fährt davon. Der andere Anwalt, der ihr die Hand geschüttelt hat, geht zu seinem Auto. Ein kleiner, kahlköpfiger Mann mit rotem Gesicht. Zu viel Alkohol, zu wenig Sport. Ich laufe dicht an ihm vorbei und gebe vor, meine Mailbox abzuhören. Er faselt etwas von Feierabendbier in den Judges' Lodgings. Nun weiß ich, wo ich sie finden werde.

Ihr Auto steht vor den Lodgings, einem Privatclub für Juristen. Nun muss ich nur noch warten. So lange es eben dauert.

Kapitel 11

«Verdammt.» Junioranwältin Suzanne Johnston warf die Tasche, in der sich ihre Robe befand, auf das Bett zu ihrer Perücke. Die Tasche war aus rotem Damast, bestickt mit ihren Initialen. Ein Geschenk, das ein Kronanwalt nur einem Schützling überreichte, mit dessen Arbeit er zufrieden war. Und Anthony war ausgesprochen zufrieden mit ihr. Der Gedanke an ihn verschlechterte ihre Stimmung noch mehr. Unter sämtlichen denkbaren Scheißtagen war dies so ziemlich der schlimmste gewesen. Sie öffnete die Minibar und mixte sich einen großen Wodka Tonic. Da saß sie nun hier in der verfluchten nördlichen Provinz fest, es war eiskalt, die Menschen merkwürdig, und sie verstand den Dialekt nicht. Zudem war ihr Schreibtisch in London so voll mit Arbeit, dass er unter der Last der Akten zusammenzubrechen drohte. Sie hatte diesen verdammten Fall gar nicht übernehmen wollen. Als Charles ihr die Akte mit einer ganzen Sammlung heuchlerischer Komplimente überreicht hatte – brillanteste Junioranwältin der Kanzlei, scharfsinnige Juristin, Ass vor Gericht –, hätte sie am liebsten sofort abgelehnt. Suzie war stolz auf ihren Ruf, gefährliche Sexualstraftäter hinter Gitter zu bringen – nicht aber, sie zu verteidigen. Doch man lehnte einfach kein so wichtiges Mandat ab. Außerdem tat sie einem ihrer liebsten Kollegen einen Gefallen. Brian Maitland, der den Fall hätte bearbeiten sollen, war mit einer Blinddarmentzündung ins Krankenhaus eingeliefert worden. Sie konnte unmöglich nein sagen. Vor allem nicht, wenn sie eines Tages Anwältin der Krone werden wollte.

Der Angeklagte war ein schleimiger kleiner Mann, der beschuldigt wurde, seine Stiefsöhne missbraucht zu haben. Ein klassischer Fall mit Anschuldigungen, die Jahre zurückgingen. Ein Fall, den sie normalerweise von der Anklageseite aus gewann. Auf Antrag der zuständigen Behörden war der Fall nach Lancaster verlegt worden, wo die Opfer heute lebten. Mit der Beweislage war alles in Ordnung, und als Anklägerin hätte sie den Fall wegen der intellektuellen Herausforderung genossen. Die Opfer hatten vollständig ausgesagt, doch die Polizei hatte alles vermasselt. Wichtige Dokumente waren der Verteidigung vorenthalten worden, und der Fall kippte mehr und mehr.

Das Klingeln ihres Handys riss sie aus ihren Gedanken. Sobald sie den Anruf entgegennahm, wusste sie, dass es ein Fehler gewesen war.

«Gut gemacht, Darling. Wie ich höre, haben Sie der Gegenseite ganz schön eins auf den Deckel gegeben. Ich wusste, Sie schaffen es. Cleveres Mädchen.»

«Danke, Charles.» Genervt biss sich Suzie auf die Lippe. Ihr Chef hatte die unangenehme Angewohnheit, alle Frauen über sechzehn Jahre als «Mädchen» zu bezeichnen – egal, ob sie Studentinnen oder Richterinnen am Obersten Gerichtshof waren. Sie ging im Zimmer auf und ab und hielt das Telefon von ihrem Ohr weg, während Charles unaufhörlich weiterredete.

«Ich musste kaum etwas tun», sagte sie schließlich. «Die Polizei war selbst schuld, sie haben Beweismittel nicht offengelegt. Nichts Großes, aber doch genug, um die Arbeit der Verteidigung zu behindern. Das – und die Tatsache, dass man schlampig mit den Aussagen der Opfer umgegangen ist – hat dem Richter genügt. Er hat nicht einmal die Geschworenen herangezogen.»

«Keine Berufung – großartige Arbeit, meine Liebe. Das Urteil wird Ihrem Lebenslauf sicher nicht schaden, wenn Sie sich um eine Stelle als Kronanwältin bewerben.»

Suzie spürte, wie sich ihre Kehle zusammenzog. «Charles, ich muss jetzt gehen, da wartet jemand an der Tür», log sie. Sie konnte einfach nicht weiter mit ihm sprechen.

Sie schlüpfte aus ihren Kleidern und stellte bereits die Dusche an, während sie sich die Zähne putzte. Der Blick in den Spiegel zeigte, dass ihre Augen leicht gerötet und die Fältchen um die Lider ein bisschen tiefer waren als noch am Morgen. Zwanzig Minuten später hatte sie eine Jeans und ein feines Seidentop übergestreift. Zwar waren diese Jeans und auch ihre Jacke teuer, entsprachen jedoch nicht dem Dresscode in den Judges' Lodgings. Plötzlich konnte Suzie den Gedanken an ein Abendessen mit einer Gruppe von Anwälten nicht ertragen. Auf der anderen Straßenseite erblickte sie einen Pub, wo sie sicher ein Sandwich und genug Wodka Tonic bekommen würde, um den schalen Geschmack des Tages runterzuspülen. Sie fuhr sich ein letztes Mal durch die kurzen dunklen Haare, trug einen Hauch Lippenstift auf, legte ihre Lieblingsohrringe an und griff nach ihrem Mantel.

Der Pub war alt, ein bisschen heruntergekommen und roch nach dem rauchigen Feuer in der Kaminecke. Die Wände waren vergilbt vom Zigarettenqualm. Suzie bestellte einen doppelten Wodka Tonic und ein getoastetes Sandwich, dann suchte sie sich einen Platz in der Kaminecke. Die nächste Stunde trank sie beständig und fühlte, wie der Alkohol sie von innen wärmte, während sie entspannt in die Flammen schaute.

«Darf ich mich zu Ihnen setzen?»

Suzie sah auf – und blickte geradewegs in Augen, die so dunkelblau waren, dass sie nicht genau ausmachen konnte, wo die Pupille aufhörte und die Iris begann. Sonja, ihre Sekretärin und außerdem bekennende Klatschbase, bezeichnete attraktive Männer gelegentlich als «zum Sterben schön». Nun konnte Suzie nachvollziehen, was sie meinte. Er war groß, fast zwei Meter, mit pechschwarzem, dichtem Haar. Auch die Form seines Gesichts war dank der hohen Wangenknochen perfekt. Seine edlen und geraden Züge verliehen ihm etwas Aristokratisches. Er hatte seinen Mantel um die Schultern gelegt; darunter war eine Armschlinge zu sehen, die ihm eine verletzliche Aura gab und ihn nur noch anziehender wirken ließ.

«Entschuldigen Sie, kennen wir uns?» Sie wusste, dass sie ihn schon einmal gesehen hatte. Vielleicht war er Schauspieler oder Model.

«Ich würde mich mit Sicherheit erinnern, wenn das der Fall wäre», antwortete er mit einem feinen irischen Akzent. «Aber um ehrlich zu sein, verfolge ich rein egoistische Motive. Ich möchte nur ein bisschen näher ans Feuer rücken.» Er legte den dunklen Mohairmantel ab und verzog vor Schmerz leicht das Gesicht, als er sich in den Sessel ihr gegenüber setzte.

«Sieht aus, als wären Sie in den Krieg gezogen», sagte Suzie.

«Kleiner Unfall im Sportstudio.» Er lachte, als könnte er

ihre Gedanken lesen. «Ich bin über eine Hantel gestolpert; ich gebe es zu.»

Auch Suzie lachte. War der Typ echt? Sexbombe mit Sinn für Humor? Entweder war er verheiratet oder schwul. «Tut mir leid, wenn ich vorhin unfreundlich klang. Ich hatte einen schlechten Tag.» Sie fuhr sich mit der Hand durchs Haar und wünschte, sie hätte sich anständig gestylt. Chancen wie diese bekam man nicht oft – und so entschied sie sich, zuzugreifen. «Darf ich Ihnen als Wiedergutmachung einen Drink spendieren?»

Ein strahlendes Lächeln mit geraden weißen Zähnen blitzte ihr entgegen. Nur seine Schneidezähne waren ein bisschen zu groß geraten. «Das übernehme ich», erklärte er. «Mein Name ist Liam.» Er hielt ihr seine Hand entgegen.

Suzie ergriff sie und spürte einen überraschend festen Händedruck.

Einige Stunden und mehrere Wodka später wurde sich Suzie nach und nach bewusst, dass sie Liam einen kompletten Überblick über das Leben von Suzanne Johnston, Tochter eines Richters und Möchtegernkronanwältin, gegeben hatte, aber immer noch wenig von ihm wusste. Es überraschte sie nicht, dass er Schriftsteller war. Ihn umgab diese gewisse Aura des traurigen Poeten aus dem Lakeland. Ihrer Sekretärin würde er gefallen. Die Hitze des Feuers und der Alkohol zauberten wohlige Wärme herbei, und Suzie spürte, wie ihre Glieder immer schwerer wurden. Im Hintergrund hatte jemand einen alten Soulklassiker in der Jukebox gewählt. Liam beugte sich vor und stützte sein Kinn mit der Hand ab. Seine Augen beobachteten sie.

«Ich glaube, Sie brauchen einen Kaffee», sagte er und lächelte verschmitzt.

Auch Suzie lächelte. «Vermutlich haben Sie recht.»

«Meine Wohnung liegt nur fünf Minuten von hier entfernt», fügte er hinzu. «Falls Sie mir vertrauen, dass ich Sie nicht belästigen werde.»

Suzie sah ihm in die Augen und spürte, wie ein Schauer der Erregung sie überkam. «Sie sehen nicht aus, als würden Sie jemanden belästigen», gab sie zurück und hoffte, dass sie sich nicht irrte.

Castle Hill und seine Umgebung waren wirklich beeindruckend. Während sie über das Kopfsteinpflaster gingen, musste Suzie sich Mühe geben, mit Liam Schritt zu halten. Ihr Atem formte kleine Wölkchen, Schnee lag in der Luft. Die Straße um die alten grauen Mauern des Schlosses wurde immer noch mit Gaslampen beleuchtet, die verschwommene Schatten an die Wände warfen.

«Da sind wir.»

Suzie war froh, als Liam anhielt, seine Schlüssel aus der Tasche zog und sie in den dunklen Vorgarten eines Doppelhauses führte. Eine Eibe stand stolz vor dem Gebäude, das in einem gotischen Stil erbaut schien und sogar ein Erkertürmchen besaß. Sie kicherte, während sie auf unsicheren Beinen zur Tür ging und sich dabei unbeholfen an Liam festhielt. Sie betraten einen hohen Flur mit beeindruckenden Torbögen und einem schweren Eichenschrank in der Ecke. Doch in dem Raum hing ein Geruch, der Suzie an tote Mäuse erinnerte.

«In der Küche ist es wärmer», meinte Liam und ging voraus.

Den Anblick, der sich ihr dort bot, hatte sie nicht erwartet. Die Einbauküche wirkte billig und wie eigenhändig zusammengebaut, statt eines eleganten Ceranherdes gab es nur zwei einzelne Kochplatten. Das Durcheinander in dem hohen Raum ließ ihn karg und unbewohnt wirken. Doch das Aroma von frisch geröstetem Kaffee in der Luft war wunderbar.

«Sie müssen verzeihen; ich koche nicht sehr häufig, aber Kaffee habe ich immer», sagte er und bot ihr einen Stuhl an. «Wie nehmen Sie Ihren Kaffee?»

Suzie zog ihren Mantel aus und hängte ihn über die Stuhllehne. «Nur schwarz bitte, kein Zucker.» Sie beugte sich vor und blätterte in den Zeitschriften auf dem Tisch. Hinter sich hörte sie das Geklapper von Tassen. Sie räumte die Magazine zur Seite, damit Liam sein Tablett abstellen konnte. Aus den Augenwinkeln konnte sie einen Schatten sehen.

«Sie haben gar nicht erwähnt, dass Sie Besuch –»

Die Worte blieben ihr im Hals stecken, als sie erkannte, dass Liam das Tablett mit beiden Händen trug. Keine Armschlinge. Sie versuchte noch zu begreifen, was geschah, als ihr etwas gegen Mund und Nase gepresst wurde, das nach Chemikalien stank. Verzweifelt bemühte sie sich, Luft zu holen. Im gleichen Moment spürte sie, wie ihr Ärmel hochgezogen und etwas Spitzes in ihren Arm gerammt wurde. Dann – nichts.

Als sie zu sich kam, war ihr schwindlig und übel. Ihr Blick war verschwommen, verzweifelt versuchte sie zu erkennen, wo sie sich befand. Ihr war kalt, und es roch nach feuchter Erde. Vermutlich war sie in einem Keller oder einem Schuppen. Wie war sie hierhergekommen? Dann fiel es ihr wieder ein: der Mann, den sie in dem Pub kennengelernt hatte. Liam. Er hatte sie auf einen Kaffee zu sich nach Hause eingeladen. Urplötzlich war sie wieder bei vollem Bewusstsein und spürte, wie Angst in ihr hochstieg. Wie oft hatte sie mit Fällen von Vergewaltigung zu tun, bei denen Frauen mit völlig fremden Männern mitgegangen waren? O Gott, warum musste ausgerechnet sie so unendlich dumm sein? Was zur Hölle hatte er ihr verabreicht? Eine dieser Vergewaltigungsdrogen? Und was hatte er mit ihr vor? Oder was hatte er ihr vielleicht schon angetan?

«Bleib ruhig. Du musst ruhig bleiben», sagte sie zu sich selbst. Gleichzeitig spürte sie, wie ihr Tränen in die Augen schossen. Man hatte sie auf einen niedrigen Holzstuhl gesetzt und ihr die Hände hinter den Rücken gebunden. An den Handgelenken fühlte sie die Schnur, die ihr in die Haut schnitt. Die Fesseln um ihre Knöchel waren noch fester gebunden, und sie hatte kaum noch Gefühl in den Füßen. Der Raum war nur schwach beleuchtet, doch sie konnte die gewölbten Wände und die Decke ausmachen. Ein Vorhang war über einen waagerecht angebrachten Balken gelegt worden und erinnerte sie an eine dieser Trennwände in Krankenhäusern. Liam stand daneben und trug augenscheinlich eine Anwaltsrobe. Sie reckte den Hals und versuchte, den Ausdruck auf seinem Gesicht zu lesen. Im selben Moment wünschte sie, dass sie es nicht getan hätte. Sein Gesicht war dasselbe, doch die Schönheit und Lebendigkeit darin waren einer eiskalten Maske gewichen. Suzie hatte in ihrem Job schon mit vielen Psychopathen zu tun gehabt und wusste daher nun, dass diesem Mann jegliche Form menschlichen Mitgefühls fehlte. Sie musste versuchen, mit ihm zu reden – musste irgendwie seine verdrehte Art zu denken durchschauen und auf ihn einwirken.

«Wo sind wir?» Sie bemühte sich um eine ruhige Stimme. Bloß keine Angst zeigen. Dem Täter nur nicht die Kontrolle überlassen. «Was wollen Sie von mir?»

Die vollen Lippen, die sie vor kurzem noch so sinnlich gefunden hatte, öffneten sich, und er bleckte die großen Schneidezähne. «So viele Fragen. Wir sind in meiner Blutkammer.» Er legte eine Hand auf seinen Mund, als müsse er sich selbst davon abhalten, vor Freude aufzulachen. «Und nun werde ich mit meinem Kreuzverhör beginnen.»

Suzie wollte antworten, brachte aber nur ein trockenes Krächzen heraus. Entsetzt starrte sie das angelaufene metallene Objekt in seiner Hand an. Es war eine Art Maske. Nur der Spalt für den Mund war mit einem Bolzen verschlossen.

«Die Schandmaske», sagte er grinsend. «Ich dachte mir, ich helfe Ihrem Gedächtnis auf die Sprünge.»

Suzie sagte nichts. Sie nahm nur noch die brennende Angst in ihrer Magengegend und das warme Rinnsal zwischen ihren Beinen wahr.

Kat hatte einige Mühe, mit der neben ihr marschierenden Eva Schritt zu halten. Ihre Finger schmerzten in der schneidenden Dezemberluft, und sie wechselte ihren Handschuh von einer Hand zur anderen. Wo war bloß der zweite? Die Sonne hatte an diesem Morgen die Treppe des Klosters noch nicht erreicht, und die Stufen waren vereist. Die beiden Frauen gingen vorsichtig hoch.

«Warten Sie doch mal 'ne Minute», bat Kat und keuchte hörbar.

«Zu viele Kippen», kommentierte Eva trocken, als sie den Vorhof des mittelalterlichen Klosters neben dem Schloss erreichten.

Unter ihnen belebte der Freitagsverkehr die Schnellstraßen. Hier oben schien der Wind noch schneidender zu sein und unmittelbar von den weißen Gipfeln der Cumbrian Mountains zu kommen. Kat wickelte sich den Schal um den Kopf; ihre Ohren schmerzten von dem kalten Wind.

«Es war Ihre Idee», meinte Eva und starrte auf das Schloss.

«Ich dachte, wenn wir uns noch einmal genau umsehen, finden wir vielleicht endlich eine Verbindung zwischen den beiden Fällen. Vielleicht ist uns etwas entgangen. Sarah hat hier gelebt und gearbeitet, Barbara war im Schloss angestellt. Zudem dient das Schloss auch heute noch als Gerichtsgebäude und Gefängnis.»

«Und beide Frauen wurden von einem psychopathischen Sexualtäter erhängt, der womöglich hier in der Gegend lebt», fügte Eva hinzu. «Vielleicht ist er irgendwie auf das Schloss und die Geschichte der Hinrichtungen fixiert.»

«Und was ist mit der Verbindung zur Zauberei und zu den Hexen von Lancaster?»

«Durchaus möglich», antwortete Eva und strich sich eine Strähne aus der Stirn. Ihre Augen tränten vom Wind. «Und dann gibt es noch die Knoten. Doch ich denke, dass der Mörder versucht, uns eine Botschaft zu übermitteln. Es ist raffinierter als ein billiger Zaubertrick.»

Kat folgte Eva über den Innenhof zum Friedhof hinter dem Kloster. Langsam schlenderten sie zwischen den von Pflanzen überdeckten Gräbern. Kat beugte sich hinunter, um die Inschrift auf einem Grabstein zu lesen. «‹In Gedenken an die verstorbenen Schornsteinfeger›», las sie laut vor. «Es erschüttert mich jedes Mal aufs Neue. Es waren noch Kinder, die damals so hart arbeiten mussten. Unmenschlich war das.»

Eva blieb stehen und blickte hinauf zur Shire Hall der Burg. «Apropos unmenschlich. Stellen Sie sich diesen Hof vor, gerammelt voll mit Menschen, die meilenweit gereist sind, nur um öffentliche Hinrichtungen zu sehen. Barbarisch. Wie die Arbeit der blutjungen Schornsteinfeger.»

«Ein echter Freizeitausflug.» Kat schauderte. «Ein paar der Henker waren richtige Lokalmatadore. Vor einiger Zeit habe ich mal darüber eine Reportage für die Zeitschrift *Crime and Punishment* geschrieben. Einer von Lancasters berühmtesten Henkern ist sogar hier begraben.» Sie ließ den Blick über den Friedhof schweifen. «Das Grab ist irgendwo dahinten, in einer abgelegenen Ecke. Edward Barlow, genannt Old Ned. Er wurde sogar selbst zum Tode verurteilt – wegen Pferdediebstahls –, hat aber noch Hinrichtungen durchgeführt, während er hier in Haft saß. Er muss ein großer Entertainer gewesen sein.»

Eva starrte Kat an. Vielleicht war es ja das? «Ich denke, genau so sieht sich auch unser Mörder. Die Hinrichtungen mögen ihn sexuell erregen, aber eines ist klar: Er fühlt sich als eine Art Unterhaltungskünstler, als ein Schausteller. Ein Entertainer, der uns seine kleinen Trophäen hinterlässt.»

«Sie halten ihn also für einen intelligenten Mann?»

Eva lächelte schwach. «Er ist mit Sicherheit nicht dumm, und er will, dass wir das alle zur Kenntnis nehmen. Und er will etwas beweisen.»

«Dass er Rache üben kann?»

«Vielleicht. Er ist natürlich gestört. Entweder durch eine frühere Beziehung oder ein anderes Trauma. Womöglich sexuell besessen, verbittert und zornig. Schlimmstenfalls sieht er sich selbst auf einer Art Mission.»

«Sie meinen, er will die Welt von bösen Frauen befreien?» Kat lachte trocken. «Phantastisch, ich fühle mich schon viel besser.»

Eva drehte sich um und berührte Kat an der Schulter. «Keine von uns wird sich gut fühlen, solange wir ihn nicht gefunden haben.»

«Wir beide werden also gemeinsam an diesen Fällen arbeiten?»

«In erster Linie stehe ich natürlich im Dienst der Polizei», entgegnete Eva. «Aber ja, wir werden zusammenarbeiten. Wir müssen diesen Typen kriegen, mit vereinten Kräften. Und ich finde, es ist es an der Zeit, dass wir uns duzen.»

«Gern.» Kat lächelte und ihre Augen blitzten.

«Kat, aber auch wenn wir zusammenarbeiten – du musst dich in Acht nehmen.»

Als Kat diesen wohlgemeinten Ratschlag hörte, kamen ihr die warnenden Worte von Tony wieder in den Sinn. «Was meinst du damit? Dass er hinter mir her ist?»

«Nun ja, es gibt keinen Grund, warum er eher hinter dir her sein sollte als hinter anderen Frauen aus der Gegend. Aber du bist Sarahs Mitbewohnerin, und du lebst immer noch in seinem Jagdrevier.» Eva fühlte sich schuldig, als sie Kat blass werden sah. Sie hatte sie zu Tode geängstigt. Aber vielleicht würde das ihr Leben retten.

Suzie erwachte von einem heftigen Schmerz. Der Geschmack des Metallbolzens verursachte ihr Übelkeit, und sie versuchte verzweifelt, zu schlucken. Blutiger Speichel rann ihr das Kinn hinunter und tropfte auf die Brust.

«Wieder wach, wie ich sehe.» Liam, oder wer auch immer er war, kauerte vor ihr und hatte seine Schlangenaugen auf sie gerichtet – kleine dunkle Seen aus Quecksilber, ohne Wärme oder Mitgefühl. Seine Hände steckten in Latexhandschuhen, und während er weitersprach, streichelte er ihr sanft über die Knie. Hinter seiner ruhigen Stimme verbarg sich etwas Wölfisches, Böses. Nun war sie dankbar für das Betäubungsmittel, das er ihr gegeben hatte. So nahm sie alles wie durch einen Schleier wahr.

Als er ihren Kopf zwischen seine Hände nahm, zuckte sie zusammen. Die Schandmaske schien ihren Schädel zu zerquetschen. Schließlich löste er den Bolzen, der ihre Zunge einklemmte.

«Ich denke, du bist bereit», sagte er mit einem trägen Lächeln.

Suzie bemühte sich verzweifelt, zu sprechen, doch ihre Lippen waren trocken, ihre Zunge geschwollen. Dann zog er an der Maske, zwei Haken schnappten in ihre Mundwinkel, und sie spürte, wie sie weiter und weiter auseinandergezogen wurden. Blut rann ihr das Gesicht und den Hals hinunter. Die Haken verschwanden wieder aus ihrem Mund, und sie schluckte das Wasser, das er ihr an die Lippen hielt. Doch es brannte in ihrem Mund und in ihren offenen Wunden, als hätte er ihr Essig gegeben.

«Bist du bereit?»

«Bereit?», brachte sie leise hervor. Was meinte er?

«Bereit zu gestehen, natürlich. Ich weiß, dass du eine von ihnen bist. Ich habe dich im Gericht beobachtet. Keine normale Frau hätte diese Kreatur jemals verteidigt.»

Sie wollte ihm sagen, dass man ihr den Fall aufgedrängt hatte, befürchtete aber, er würde ihr nicht glauben. «Es ist nur ein Job», murmelte sie und kämpfte gegen den Schmerz ihrer Wunden im Mund an. «Es ist eine Regel ... kann kein Mandat ablehnen.»

«Hexe!», schrie Liam.

Suzies Herz hämmerte heftig gegen ihren Brustkorb. Sie starrte die pulsierende Ader auf seiner Stirn an. «Nein!», rief sie schluchzend. «Nein!»

«Gestehe!» Liam durchquerte mit großen Schritten den Raum, seine Hände ballten sich zu Fäusten. «Du bist eine von ihnen. Genau wie sie!»

Suzie wusste nicht, wovon oder von wem er sprach, aber ihr

war klar, dass er sie mit jemandem verglich, den er hasste. Dann hörte sie gequälte Schreie – es waren ihre eigenen.

Er band sie von dem Stuhl los und zog sie hoch. Ihre Beine waren noch zusammengeschnürt, und sie fiel beinahe vornüber, als er sie am Arm griff und schüttelte. «Sag es! Sag es!», brüllte er. Speicheltropfen flogen ihr ins Gesicht.

Suzie fühlte, wie sich Gallenflüssigkeit durch ihre Speiseröhre nach oben drückte. Er würde sie totprügeln, sie wusste es. «Ja, was immer Sie wollen, ich werde es zugeben!» Ihre Stimme überschlug sich. «Ich bin eine von ihnen. Genau wie Sie sagen. Bitte, lassen Sie mich gehen. Bitte!» Ihr war alles gleichgültig, sie würde flehen, betteln, auf die Knie fallen, egal was – sie wollte nur am Leben bleiben. «Bitte», schluchzte sie. «Bitte, hören Sie auf.»

Sein Gesicht war vollkommen ausdruckslos, nicht einmal sein kaltes Lächeln umspielte die Lippen. «Das kann ich nicht tun, fürchte ich.»

Er hielt sie noch fester und drehte sie um, sodass ihr Rücken seine Brust berührte. Sie wartete darauf, seine Hände um ihren Hals zu spüren – doch nichts passierte. Aus den Augenwinkeln konnte sie sehen, wie er ein weißes Stück Stoff aus der Hosentasche nahm. Grob zog er ihr den Stoff über den Kopf. Er fühlte sich heiß auf ihrer Haut an und stellte eine Art Kapuze mit Schlitzen für die Augen dar; dennoch war ihr Sichtfeld nun sehr eingegrenzt. Anschließend wurde sie erneut umgedreht und dann vorwärts gestoßen. Nochmal umgedreht, nochmal nach vorn gestoßen. War das ein zweites Paar Hände, das sie an ihrer Schulter spürte?

Halb gezerrt und halb gestoßen, stolperte Suzie über den unebenen Boden und wurde schließlich ein paar Treppen hinaufgeführt. Eine vage Hoffnung, sie könne doch noch entkommen, keimte in ihr auf. Würde er sie irgendwohin fahren und liegenlassen? Dann spürte sie, wie sich ein Strick um ihren Hals legte. Durch die schmalen Schlitze versuchte sie, nach oben zu schauen. Was sie sah, ließ sie beinahe in Ohnmacht fallen. Das Seil um ihren Hals war an einem Balken über ihrem Kopf befestigt. Ein selbstgemachter Galgen! Langsam glitt ihr Blick nach unten. Sie stand auf einer Art Plattform mit einer Falltür. Liam stand zu ihren Füßen und schaute zu ihr hoch. Seine Hand ruhte auf einem Hebel.

Dann fiel es ihr wieder ein. Die Geschichte aus den Nachrichten – zwei Frauen, die im Norden Englands erhängt aufgefunden worden waren. Normalerweise nahm sie selten Notiz von Zeitungsschlagzeilen, die nichts mit London zu tun hatten, doch nun konnte sie schon die nächsten vor sich sehen. Und sie wusste, dass es keinerlei Hoffnung mehr gab.

Kapitel 12

Viertel nach zwei am Nachmittag. Ben zerknüllte das Blatt, das er gerade beschrieben hatte, und warf es in den Papierkorb. Will war bereits eine Viertelstunde zu spät, und wenn er seinen Termin auch dieses Mal verpasste, würde Ben sich mit den zuständigen Betreuern in Lucas Park in Verbindung setzen müssen. Eine der Bedingungen für Wills Entlassung aus der Klinik waren die regelmäßigen Therapiesitzungen.

Er nahm Wills Akte erneut zur Hand und blätterte sie durch. Sein Patient hatte sich zwar freiwillig in die Psychiatrie überweisen lassen, doch dem Bericht des zuständigen Arztes zufolge war klar, dass er sonst unter das Gesetz für psychisch Kranke gefallen und ohnehin in eine Klinik eingewiesen worden wäre. Der Tod seines Vaters war der Auslöser für Wills Zusammenbruch gewesen. Unwillkürlich betrachtete Ben das gerahmte Foto auf seinem Schreibtisch. Es war am Tag seines Examens aufgenommen worden. Seine Züge spiegelten sich in denen des älteren Mannes neben ihm, der stolz einen Arm um ihn gelegt und in die Kamera gelacht hatte.

Mit einem Bleistift kritzelte Ben weitere Notizen auf den Block vor ihm. «Partieller Gedächtnisverlust – Patient scheint mitunter abwesend und von seiner Umwelt abgekoppelt – Ansatz: unterdrücktes Trauma möglicher Auslöser für Abspaltung?» Eine dissoziative Identitätsstörung konnte eine Überlebenstechnik traumatisierter Patienten sein. Oftmals bildete sich diese Störung schon in früher Kindheit aus. Die Abspaltung diente als Flucht oder Bewältigungsmaßnahme für erlebte Traumata. Will hatte wahrscheinlich sehr viele Jahre mit dieser Krankheit gelebt, ohne sie jemals wahrgenommen zu haben, selbst wenn ihm zuweilen einige der Symptome bewusst geworden waren. Verbarg Will etwas? Vielleicht sogar vor sich selbst? War seine zweite Persönlichkeit deshalb ausgebrochen? Ben hatte Will dazu gebracht, über seinen Zusammenbruch zu sprechen, auch über die Zeit in Lucas Park. Aber wenn es um seine Kindheit oder sein jetziges Privatleben ging, reagierte sein Patient abwehrend bis aggressiv, baute geradezu eine Mauer um sich auf. Ben trommelte mit seinem Stift auf die Schreibtischplatte und las weiter in der Akte.

> Der Patient wurde als Notfall in die Klinik gebracht, nachdem man ihn vor dem Oakwood-Seniorenheim gefunden hatte. Mr. Ellis senior, der verstorbene Vater des Patienten, hatte nach einem Schlaganfall einige Jahre dort gelebt. Sehr wahrscheinlich war der Tod des Vaters Auslöser für den Zusammenbruch des Patienten. Dennoch ist nicht auszuschließen, dass noch andere Faktoren zu dem Zustand von Mr. Ellis geführt haben.

Nach Bens Erfahrung waren es oft die intelligentesten Menschen, die nach einem Trauma oder schmerzlichen Verlust einen kompletten Zusammenbruch erlitten. Will Ellis war ein sehr intelligenter Mann mit einer außergewöhnlichen Geschichte. Er war von seinen Eltern und gelegentlich auch von außenstehenden Lehrern zu Hause unterrichtet worden. Später schienen die Eltern ihre Ansichten über Erziehung aber geändert zu haben und schickten Will im Alter von siebzehn Jahren auf die Universität. Vielleicht hatte Will darauf bestanden, sein Diplom auf normalem Wege zu bekommen, vielleicht war auch die Aussicht auf einen Studienplatz in Cambridge zu verlockend, um sie abzulehnen. Will war ein brillanter Student gewesen und hatte summa cum laude abgeschlossen; eine große akademische Karriere in seinem Spezialgebiet, der mittelalterlichen Geschichte, war ihm vorhergesagt worden. Doch die Erfolge seiner universitären Ausbildung waren gepaart mit persönlichen Tragödien. Bereits in seinem ersten Semester war seine Mutter an einer Gehirnblutung gestorben. Nach außen hin hatte ihr Tod kaum Auswirkungen auf Will gehabt, doch Ben wusste sehr wohl, dass äußere Eindrücke täuschen konnten. Vielleicht hatte der Tod des Vaters dieses frühere Trauma nur neu aufgewühlt. Eine nicht unwesentliche Erbschaft sowie Lebensversicherungen hatten Will finanzielle Sicherheit beschert, und nachdem er seine akademische Karriere aufgegeben hatte, schien er sich nun einen Namen als Kinderbuchautor zu machen. Doch auch über seinen Beruf wollte Will nicht mit Ben sprechen. Der Psychiater hatte sich einige Passagen in den Berichten farbig unterstrichen und las diese nun erneut durch.

Die Mitarbeiter des Seniorenheims hatten Mr. Ellis aufgefunden und die Polizei benachrichtigt. Obwohl die Schwestern und später die Beamten versucht hatten, mit ihm zu reden, schien Mr. Ellis sie nicht wahrzunehmen. Er schien einem hohen Grad von Stress ausgesetzt, der an Hysterie grenzte, und die einzigen Worte, die er laut dem Heimpersonal von sich gegeben hatte, waren: «Sie ist fort.» Und: «Sie kommt nicht zurück.» In späteren Therapiesitzungen konnte erarbeitet werden, dass er sich mit diesen Äußerungen offenbar auf seine verstorbene Mutter bezogen und er wohl einen verspäteten Trauerprozess durchlebt hatte.

Will Ellis führte ein einsames Leben als Schriftsteller. Er arbeitete zurückgezogen in seiner Wohnung und hatte weder Familie noch enge Freunde – zumindest hatte ihn niemand im Krankenhaus besucht. Auf die Frage der Krankenschwestern, wen seiner Angehörigen man benachrichtigen sollte, hatte er nur seine Anwältin genannt. Es war schwer zu glauben, dass ein so attraktiver Mann wie Will keine Partnerin oder Freundin hatte. Doch außer seiner Anwältin hatte er all die Monate in Lucas Park weder Besuche noch Anrufe bekommen.

Nachdem Mr. Ellis wieder zu sich gekommen war und man ihm verständlich gemacht hatte, wo er sich befand, verlangte er nach seiner Anwältin, Miss Madeline Leigh. Auf ihre Anweisung hin hatte man Mr. Ellis dann auf die Privatstation der Klinik verlegt.

Zunächst schien Will schnelle Fortschritte zu machen. Doch im Verlauf der intensiven Therapiegespräche erfuhr er immer wieder Rückschläge.

Der Patient lehnte es ab, über Details seiner Kindheit zu sprechen, und wurde sogar aggressiv, wenn man ihn dazu drängte. Auch sonst teilte er nur sehr wenige Informationen über sein Privatleben mit. Er zeigte zahlreiche Symptome eines in der Vergangenheit – möglicherweise schon in der Kindheit – schwer Traumatisierten. Im Verlauf seiner Behandlung schien er ruhiger und gelassener zu werden, litt aber weiter unter Albträumen und halluzinierte zuweilen. Bei seiner Entlassung stimmte er der Vereinbarung zu, wöchentliche Gespräche mit einem Psychiater zu führen und regelmäßig die Dosis seiner Medikation überprüfen zu lassen.

Wöchentliche Gespräche – was für ein Witz. Zwar war Will in den ersten Monaten regelmäßig bei ihm gewesen, doch inzwischen verpasste er seine Termine immer häufiger. Ben war frustriert; schließlich wusste er, dass Will wirklich Hilfe benötigte, sich aber weigerte, mehr als eine oberflächliche Behandlung zuzulassen. Der Psychiater schaute erneut auf die Uhr. Er nahm den Hörer ab und wählte Wills Nummer. Der Anrufbeantworter meldete sich. Verdammt, wollte der Mann denn in der geschlossenen Psychiatrie enden? Ben atmete tief durch und hinterließ schließlich eine Nachricht auf dem Band.

Eva starrte auf den Text auf ihrem Bildschirm. Warum hatte sie ihre Mails nicht schon heute Morgen durchgesehen, ehe sie zu ihrer Vorlesung an der Universität gefahren war? Sollte das ein Scherz sein? Sie las die Sätze wieder und wieder, ihre Lippen formten stumm die Worte.

Hat sie Ihnen gefallen? Wirklich schade, dass ich keine Zeit hatte, die Schlampe zu verbrennen, aber wenigstens haben Sie mein kleines Geschenk an ihrem Handgelenk gefunden. Ich muss gestehen, ich bin etwas enttäuscht, dass Ihre kläglichen Versuche, mich ausfindig zu machen, nicht mehr zutage gefördert haben als jede Menge Mist. Vielleicht braucht Ihr alle nur ein bisschen neue Motivation.

Sie werden bald von mir hören,

Jack Ketch

Ein Schauer lief Eva über den Rücken. Der Text konnte wirklich vom Täter stammen und ernst gemeint sein. Dennoch versuchte sie sich an den Gedanken zu klammern, dass es sich bei der Mail nur um einen dummen Streich einer ihrer Studenten handelte. Doch ihre Nachfrage beim Studentensekretariat blieb ergebnislos; es gab keinen Jack Ketch an der Uni. Sie nahm erneut das Telefon zur Hand und rief Myles Hunter an. Auch dieser Anruf endete frustrierend; der Inspector ging nicht ans Handy. Eva hinterließ eine Nachricht auf der Mailbox und dachte an den letzten Satz der E-Mail: Sie werden bald von mir hören …

Kat wickelte die Schnur um den Staubsauger und verstaute ihn in der Abstellkammer im ersten Stock. Angesichts ihrer unerledigten Redaktionsaufträge und der bohrenden Nachfragen ihrer Agentin, die endlich Fortschritte beim neuen Buchprojekt sehen wollte, hatte sie für Hausarbeit eigentlich überhaupt keine Zeit. Aber Sarah hatte die Wohnung immer ordentlich gehalten, und Kat war in den letzten Tagen einfach alles entglitten. *Kümmere dich besser um die Bude,* flüsterte ihr eine Stimme in ihrem

Kopf zu. *Womöglich musst du das Haus bald verkaufen.* Sie beide hatten für den Kauf dieses Haus gemeinsam eine Hypothek aufgenommen. Und laut Vertrag müsste Kat von nun an auch noch Sarahs Raten zahlen. Ein Teil von Kat wollte einfach so schnell wie möglich raus aus dem Haus. Doch ein anderer Teil wollte bleiben, auch wenn sie es sich nicht leisten konnte, Sarahs Anteil an der Hypothek zu übernehmen. Dies war ihr gemeinsames Zuhause gewesen, sie beide hatten so viel Zeit und Liebe in die Renovierung gesteckt. Aus vollkommen irrationalen Gründen kam es Kat so vor, als würde sie mit einem Hausverkauf Sarahs Mörder noch einmal einen Triumph gönnen.

Im Wohnzimmer klingelte das Telefon. Verdammt, wo war bloß der Hörer? Sarah hatte sie immer aufgezogen, weil Kat das Telefon nie zurück auf die Basisstation stellte. *Was willst du denn tun, wenn es brennt und du das Telefon nicht findest?* Kat warf sämtliche Kissen vom Sofa herunter und fand endlich den Hörer.

«Kat.» Evas Worte ratterten wie Maschinengewehrfeuer durch die Leitung. «Ich habe eben meine E-Mails durchgesehen, und ich glaube, ich habe eine Nachricht von dem Mörder erhalten.»

Während Eva die Mail vorlas, fühlte Kat, wie die Angst in ihr aufstieg. «Glaubst du, die ist echt?»

«Wie sonst sollte er von dem Knoten an Barbara Sanders' Handgelenk wissen?»

«Diese Dinge dringen schon mal nach außen», antwortete Kat. Sie wusste, wie wichtig gute Kontakte zur Polizei waren – und dass eine Kiste Scotch zu Weihnachten die Mitteilungsbereitschaft eines Beamten erheblich steigern konnte. «Was ist mit dem Namen? Kennst du einen Jack Ketch? Irgendwie kommt mir der Name bekannt vor, aber ich weiß nicht, woher.»

«Nein, ich habe keine Ahnung, und ich vermute, die Polizei ist auch nicht klüger.»

«Wer kennt deine E-Mail-Adresse? Vielleicht war es einer deiner Studenten?»

«Ich weiß schon, worauf du hinauswillst. Graham Benson.»

«Na ja, immerhin kannte er Barbara Sanders. Und er schreibt an einer Doktorarbeit über Hexen.»

«Nicht nur über Hexen», hob Eva hervor.

«Und er ist mehr als nur ein bisschen merkwürdig», sagte Kat.

«Ich kann die Polizei nicht bitten, ihn allein auf dieser Grundlage festzunehmen.»

«Aber du hast der Polizei von der Mail erzählt?»

Eine kurze Pause. «Ich habe Inspector Hunter angerufen, musste aber eine Nachricht auf seiner Mailbox hinterlassen. Ich habe auch schon mit einem der Jungs aus dem Ermittlerteam telefoniert. Er will mit einem der Computerfreaks versuchen, die Daten des Absenders zu ermitteln.»

«Aber was ist mit Benson?» Kat fühlte, wie ihr Mund immer trockener wurde. «Sollte nicht jemand zu ihm fahren und ihn befragen ...?»

«Kat, lass es gut sein. Die Ermittler sind auf der Suche nach Myles Hunter. Wir sollten warten, bis er sich dazu geäußert hat.»

Verärgert biss sich Kat auf die Lippen. Und wenn es nun doch Benson war? Wenn sie einfach nur herumsaßen, attackierte er womöglich noch mehr Frauen.

«Kat, versprich mir, dass du nichts Unüberlegtes tust», bat Eva eindringlich, als könnte sie Kats Gedanken lesen.

«Versprochen. Aber du denkst doch auch, dass die Nachricht von Benson sein könnte?»

«Ja, aber genauso gut könnten hundert andere sie geschickt haben. Du solltest dich nicht noch mehr in Gefahr begeben.»

«Du glaubst also doch, dass der Mörder hierher zurückkehren könnte?»

Eva seufzte. «Ich weiß es nicht. Aber wir sollten einfach nichts riskieren. Ich denke, du solltest die Polizei einen Alarmknopf in deiner Wohnung einbauen lassen.»

Kat vermutete, dass Samson die beste Alarmanlage überhaupt war, sagte aber nichts. Eva war ohnehin schon außer sich. «Versprochen», erklärte Kat noch einmal.

Um neun Uhr am Abend hatte Kat zwei Artikel fertiggeschrieben, die auf ihrem «Zu erledigen»-Stapel ganz oben gelegen hatten. Das zusätzliche Einkommen konnte sie gut brauchen, auch wenn die eher kleinen Beträge den Schwall von Rechnungen nicht decken würden. Und wenn sie nun auch noch die Hypothekenraten ihrer toten Freundin übernehmen musste, war sie völlig ruiniert. Zwar hatten Sarahs Eltern ihr versichert, dass sie in dem Haus wohnen bleiben könnte, doch sie wollte diese Großzügigkeit nicht auf ewig ausnutzen.

Es führte wohl kein Weg an einem Verkauf vorbei. In Anbetracht von Evas Befürchtungen, dass der Mörder womöglich zurückkommen würde, war ein Umzug vielleicht auch keine schlechte Idee.

Nach einer heißen Dusche und einem schnellen Abendessen hörte Ben seine Nachrichten auf der Mailbox ab. Will hatte eine wortkarge Antwort auf Bens Anruf hinterlassen und versprochen, seinen Termin in der kommenden Woche einzuhalten. Doch nach den Erkenntnissen der letzten Sitzungen war eine Woche zu lang – das wusste Ben. Will war nicht weit von einem erneuten Zusammenbruch entfernt, und so griff Ben zum Telefon und rief seinen Patienten an.

«Hallo, Will, hier ist Ben Chandler. Ich rufe wegen Ihres Termins an.»

«Oh, äh, ja. Nächste Woche, richtig?»

«Nein, erinnern Sie sich nicht? Wir hatten heute einen Termin.»

«Oh, entschuldigen Sie. Das muss mir entfallen sein.» Seine Stimme hörte sich distanziert, fast teilnahmslos an. Wieder einmal fragte sich Ben, ob Will seine Medikamente regelmäßig einnahm.

«Will, ich denke, Sie sollten morgen zu mir in die Praxis kommen. Wir hatten ja gute Fortschritte erzielt, und ich würde gern mit der Hypnose fortfahren.» Er hielt einen Moment inne. «Sie wollen doch nicht wieder zurück in die Klinik, oder?» Es war ein Schlag unter die Gürtellinie, aber nur das schien hier zu helfen.

«Nein. Nein, natürlich nicht.» Die Stimme am anderen Ende der Leitung klang nun wachsam, fast ängstlich.

«Passt Ihnen morgen früh um zehn?»

Graham Benson fühlte das Seil an seiner Hand entlanggleiten. Es spannte sich unter dem Gewicht, das es zu halten hatte. Er hörte, wie sein Partner unter ihm eine Sicherungsanweisung nach oben rief. Graham kletterte langsam und vorsichtig den Felsen hinauf. Die Raven's Wing Passage war besonders schwierig und erforderte hohe Konzentration.

Plötzlich spürte er den Vibrationsalarm seines Handys in der Tasche. Er sicherte sich an der Wand und griff nach dem Telefon. Dieser verdammte Will. Graham überflog die SMS. *Sorry, schaffe es nicht zum Gesch.-Gesell.-Meeting heute. Kannst du rüberkommen?* Nur dieser Mistkerl brachte es fertig, ihm einen Text zuzuschicken, während er an einer Felswand hochkletterte. Er fluchte, löste dann einen Sicherheitshaken und stieg weiter nach oben. Doch die Ruhe und die Gelassenheit, die er sonst beim Klettern empfand, waren mit einem Mal fort. Wenn Will seinen Aufsatz über das Schloss immer noch nicht fertiggestellt hatte, würden sie die Förderung für das Buch niemals bekommen. Warum hatte man ihn bloß in die Gesellschaft für Geschichte aufgenommen? Doch Graham kannte die Antwort. Weil Will Ellis der beste Historiker war, den es in der Gegend gab, und ohne seinen Namen und seinen Ruf als Autor lag die Wahrscheinlichkeit für eine Förderung fast bei null.

Doch Graham sorgte sich nicht nur um die Gesellschaft. Die Veröffentlichung dieses Buchs würde auch seinen eigenen Publikationen helfen und seine Chancen auf die Dozentenstelle, die im nächsten Jahr zu besetzen war, immens erhöhen. Ein Jahr noch, und er könnte das tun, was er am liebsten machte, und man würde ihn dafür sogar noch bezahlen. Nie wieder würde er sich bei idiotischen Professoren wie Allen einschmeicheln müssen. Nie wieder eine Auseinandersetzung mit so hoffnungslosen Fällen wie Will führen, die ihr Talent und ihre Chancen einfach vergeudeten. Nur ein Jahr noch – außer, jemand würde in seiner Vergangenheit wühlen. Vielleicht diese Journalistin, Kat Branks. Er tastete nach einem Vorsprung, um sich nach oben zu ziehen, und fluchte, als er sich verschätzte und mit einem heftigen Tritt ein paar Kiesel nach unten schickte. Nein, sie würde nichts herausfinden. Sie wollte den Mörder ihrer Freundin finden und hatte keinerlei Interesse an ihm. Er musste sich nur ruhig verhalten, und alles würde gut werden.

Das schrille Klingeln des Telefons riss Eva, die gerade die Morgenzeitung las, aus ihrer Konzentration. Aufgrund einer Nachricht von Myles Hunter hatte sie nicht besonders gut geschlafen. Offenbar war Graham Benson zum Klettern in den Lake District gefahren. Doch keiner seiner Kommilitonen oder Mitbewohner konnte sagen, wo genau er sich aufhielt. Zu allem Übel war die E-Mail zur Stadtbücherei zurückverfolgt worden. Jeder Bibliotheksbesucher hätte sie also abschicken können.

«Tut mir leid, dass ich Sie schon so früh störe. Aber es gibt Neuigkeiten», sagte Myles Hunter.

«Sie haben Graham Benson gefunden?»

«Nein, noch nicht. Aber eine weitere Leiche.»

«Nein!» Eva schnappte nach Luft. «Wer ist es?»

«Wir sind ziemlich sicher, dass es sich um eine Anwältin aus London handelt. Suzanne Johnston. Offenbar hat sie einen Fall hier in Lancaster verhandelt. Sie war in den Judges' Lodgings untergebracht.»

«Wie ist sie umgekommen? Wo hat man sie gefunden?»

«In der Nähe des Steinbruchs am Williamson Park. Dieselbe Todesursache wie bei den zwei anderen Opfern, zunächst erhängt, dann an den Fundort gebracht. Mein Team ist schon dort, vielleicht könnten Sie dazukommen?»

«Ich komme so schnell wie möglich. Sind Sie sicher, dass es derselbe Täter war?»

«Wir haben wieder einen Knoten gefunden, ihn aber noch nicht identifiziert.» Der Polizist hielt kurz inne. «Da ist noch etwas. Der Steinbruch, wo man sie gefunden hat, ist auch als ‹Die Schlinge› bekannt.»

Ich bin auserwählt. Nach der letzten Nacht werde ich es nie wieder bezweifeln. Es war ein Geschenk derjenigen, die mir vorangegangen sind. Ab dem Moment, wo ich sie auf den Pub zugehen sah, wusste ich es. Sie wurde mir geschickt.

Eine ganze Stunde lang beobachtete ich sie von der Bar aus, ehe ich sie ansprach. Die Armschlinge war ein gutes Requisit, wenn auch nicht sehr originell. Frauen mögen eine gewisse Hilflosigkeit bei Männern. Sie glauben dann, die Kontrolle zu haben. Ich habe meinen Charme für sie spielen lassen, habe mir das Haar in die Stirn fallen lassen. Es war so leicht. Eine Frau wie sie ist doch immer auch eine Hure.

Hinterher war es zu spät, um ihre Leiche richtig zu präsentieren, also musste ich sie zu dem gefluteten Steinbruch am Williamson Park bringen. Die Schlampe sollte schwimmen in der «Schlinge». Ich ließ ihren Wagen geradewegs in das schwarze Nichts hineinrollen. Man würde sie sehr bald finden.

Vielleicht würde der Presse ja dieses Mal etwas Originelleres einfallen.

Ich hinterließ einen Kreuzknoten – oder auch Herkulesknoten – bei der Hexe. Mit dem silbernen Mondlicht über mir und dem Nordwind, der mir ins Gesicht blies, fühlte ich die Kräfte des gesamten Universums auf meiner Seite. Hexen kannten die magische Kraft der Knoten. Sie benutzten sie, um ebendiese Winde zu fesseln. Ich aber werde die Schlingen benutzen, um die Hexen einzufangen. Sie alle.

Nachdem ich die Leiche beseitigt und meine Blutkammer sorgfältig aufgeräumt hatte, war ich sehr müde. Ich benutzte wieder Latexhandschuhe aus dem Vorrat, den mir meine Eltern in ihrer Praxis hinterlassen haben. Wenn ich eines von meiner Mutter gelernt habe, dann ist es das, immer schön meine Unordnung zu beseitigen. Doch obwohl ich sehr müde war, konnte ich nicht schlafen. Also arbeitete ich an meinem Strick. Ich drehe und biege das Seil, erschaffe unterschiedlichste Formen und wäge ab, welchen Knoten ich als nächsten verwenden soll. Meine Vorräte neigen sich dem Ende zu, und ich werde mich nach einer neuen Quelle umsehen müssen. Es ist zu riskant geworden, immer am selben Ort zu suchen.

Ich habe ein paar Souvenirs von Suzie aufbewahrt. Den Kragen und die Schärpe ihrer Robe. Es ging alles so reibungslos vonstatten. Einzig Will könnte zum Problem werden. Dieser Psychiater will ihn schon wieder sehen. Ich werde ihn wohl oder übel gehen lassen und darauf achten müssen, dass er seinen Mund hält. Doch ich kann ihn kontrollieren. Will ist kein Problem. Kontrolle ist kein Problem für den HENKER.

Kapitel 13

«Es hat einen neuen Mord gegeben.»

Evas Worte hallten in dem unterkühlten Schlafzimmer wider, als Kat die wärmsten Kleider anzog, die sie finden konnte: eine wasserabweisende Leggins, ein T-Shirt, ein dickes Sweatshirt, Wandersocken und Stiefel. Kat stürmte im selben Moment die Treppe hinunter, als Evas Auto vor ihrem Haus hielt. Draußen war es stockduster. Kat stieg in den Wagen und blickte in das fahle Gesicht der Profilerin, das im Licht der Innenbeleuchtung nur noch gespenstischer wirkte.

Rasch gab Eva ihr Telefonat mit Myles Hunter wieder.

«Die Schlinge», murmelte Kat, während Eva den Wagen in Richtung Williamson Park steuerte. «Ich vermute, sie ist auf dieselbe Art und Weise ums Leben gekommen wie die anderen?»

«Man hat sie im Wasser gefunden, aber auch sie wurde zuvor erhängt.»

Die Bäume am Rand des Steinbruchs hatten ihr Blätterkleid vollständig verloren, und der kalte Wind tobte ungehindert. Der angekündigte Schnee hatte sich in Hagel verwandelt, war dann als Regen niedergegangen und über Nacht von einem orkanartigen Sturm fortgeweht worden. Nun war die Luft feucht, und in Kat sprudelten die Erinnerungen hoch an den Tag, an dem sie schon einmal Zeugin einer ähnlichen Szene geworden war. Um den abgesperrten Fundort herum waren Flutlichter und ein mobiler Generator aufgestellt worden. Am Rande der Grube waren tiefe Rillen sichtbar. Offenbar hatte man dort die Leiche aus dem Wasser gezogen. Eine Gruppe von Polizisten und von Beamten der Sonderkommission war am Fundort versammelt. Kat versuchte, mit Eva Schritt zu halten, und ärgerte sich, dass sie nicht an ihre Taschenlampe gedacht hatte.

«Morgen, die Damen.» Myles Hunter kam ihnen entgegen. Er hatte seine Hände tief in die Taschen einer abgetragenen Lammfelljacke gesteckt. «Ein Albtraum. Selbst mit den Flutlichtern kann man kaum etwas erkennen, und wir stecken knietief im Schlamm.» Er nickte Eva zu. «Der Pathologe ist eben fertig geworden, Doc. Wollen Sie sich die Leiche mal –»

Eva drehte sich zu Kat um. «Willst du mitkommen?»

Kat schüttelte den Kopf. Nachdem sie Sarah hatte identifizieren müssen, wollte sie nie mehr in die Nähe eines Mordopfers kommen. Sie wollte sich gar nicht vorstellen, wie die Leiche der Frau aussah, die die ganze Nacht im Wasser des Steinbruchs gelegen hatte. «Ich denke, hier vorne bin ich besser aufgehoben.» Sie wühlte in ihrer Tasche, zog ihr Aufnahmegerät heraus und beobachtete die Polizeifotografen, die akribisch ihre Aufnahmen machten.

Der Anblick der neuen Leiche war sogar noch schlimmer als der der ersten beiden. Ihre Lippen waren bleich, und zwei Einschnitte an den Mundwinkeln ließen ihr Gesicht wie eine groteske Clownsmaske erscheinen. Aber trotz ihrer aufgeblähten Züge und der fast obszön heraushängenden Zunge vermutete Eva, dass es sich um eine sehr attraktive Frau gehandelt haben musste.

«Suzanne Johnston», sagte Myles Hunter. «Anwältin aus London, hat hier einen Fall vor dem Strafgerichtshof verhandelt.»

«Oben im Schloss?»

Er nickte. «Scheinbar hat sie den Fall kurzfristig übernommen, weil einer ihrer Kollegen erkrankt ist. Sie war in den Judges' Lodgings einquartiert, und nachdem sie zwei Nächte nicht zurückgekehrt war, haben die uns angerufen.»

«Sind Sie sicher, dass es Miss Johnston ist?»

«So sicher, wie wir zum jetzigen Zeitpunkt sein können. Sie hatte eine dieser SOS-Notfallkapseln mit ihren Krankendaten um den Hals. Die Kette war abgerissen, aber die Kapsel hatte sich in ihrem Pullover verfangen. Das Ding war leicht angerostet nach zwei Tagen im Wasser, aber wir konnten es irgendwie öffnen. Sie war Diabetikerin und allergisch auf Nüsse. Jemand wird die formelle Identifizierung übernehmen müssen, doch wir sind ziemlich sicher, dass es Miss Johnston ist. Einer der Taucher hat sie aus einem Auto am Grund des gefluteten Steinbruchs gezogen. Ob es ihr Wagen ist, können wir erst bestätigen, wenn wir ihn aus dem Wasser geholt haben.»

Vorsichtig ging Eva mit ihrer Kamera um die Frau herum und hielt von Zeit zu Zeit inne, um Anmerkungen in ihr Diktaphon zu sprechen. Ihre Finger waren schon taub, und der Geruch der Toten mischte sich mit dem fauligen Gestank des

Wassers und verursachte ihr Schwindel. Die tote Frau trug keine Schuhe oder Strümpfe, der rosafarbene Nagellack an ihren Zehen war abgesplittert. Um ihr linkes Fußgelenk war ein Stück Seil geschlungen.

«Noch ein Knoten», erklärte der Inspector. «Wir lassen ihn da, wo er ist, bis wir sie in die Leichenhalle gebracht haben.»

Eva bückte sich und fotografierte das Seilstück.

«Fertig?»

Ganz offensichtlich wollte Myles Hunter so schnell wie möglich weg vom Fundort. Eva nickte. «Der Bericht der Gerichtsmedizin wird wohl Aufschluss darüber geben, wie lange sie im Wasser gelegen hat. Gibt es schon eine andere Verbindung zu Lancaster? Außer der Gerichtsverhandlung, meine ich.»

Hunter schüttelte den Kopf. «Bisher nicht. Scheint durch und durch eine Südengländerin zu sein. Ich vermute, dass sie noch nie in ihrem Leben so weit im Norden war.»

«Was war das für ein Fall, den sie verhandelt hat?»

«Soweit wir wissen, ein Sexualverbrechen. Sobald wir sie hundertprozentig identifiziert haben, schicken wir ein Team zum Gericht und befragen ihre Kollegen in London.»

«Warum hat man sie erst nach zwei Nächten als vermisst gemeldet?»

«Ich bin noch nicht sicher. Der Typ, der sie als vermisst gemeldet hat – einer der Anwälte, die sie bei dem Fall unterstützt haben –, hat ausgesagt, sie habe ihre Assistentin angerufen und erklärt, sie sei noch unterwegs. Als sie nicht zurückkam, haben sie sich Sorgen gemacht.»

Kat beobachtete, wie Myles Hunter und Eva langsam in ihre Richtung schlenderten. Im Flutlicht konnte Kat das Gesicht der Profilerin für einen Moment sehen. Sie war kreidebleich. Kat wollte sich gar nicht vorstellen, was Eva sich dort hatte anschauen müssen.

«Gehen wir», sagte Eva. «Ich habe genug gesehen.»

Kat war vollkommen durchgefroren und hatte daher keinerlei Einwände.

Auf dem Weg zurück tauschten die beiden Frauen ihre Informationen aus. Eva berichtete von den Details des Leichenfunds, und Kat teilte ihr mit, was sie von den Beamten der SOKO hatte erfahren können.

«Offenbar ist man sicher, dass es sich um eine Anwältin namens Suzanne Johnston handelt.»

«Die Beschreibung der Vermisstenmeldung trifft auf die Leiche zu, soweit man es noch erkennen kann. Außerdem trug sie eine dieser Notfallkapseln.»

«Keine Verbindung mit Lancaster?»

«Sieht nicht so aus. Hunter glaubt, sie sei vorher noch nie hier oben gewesen.»

«Also ist das Schloss das einzige Verbindungsglied zwischen den drei Morden?»

«Scheint so.»

Es war bereits hell, als sie in Evas Wohnung ankamen. Das Wohnzimmer sah nun wieder ganz so aus wie in *Schöner Wohnen.* Kat folgte Eva in die Küche, wo die Profilerin Kaffee aufsetzte und im Schrank nach zwei Tassen suchte.

«Frühstück?»

Kat schüttelte den Kopf. «Ich schätze, dir ist auch nicht recht nach Essen zumute, nach dem, was du heute Morgen schon sehen musstest.»

Eva nahm zwei Tassen und dazu passende Unterteller aus dem Schrank. Sie sahen aus, als stammten sie aus einem der teuren Designerläden in der Stadt.

«Gehen wir ins Wohnzimmer?»

Kat dachte kurz an Evas cremefarbenes Sofa und zog dann einen Hocker von der Frühstücksbar zu sich heran, um sich daraufzusetzen. «Küche ist schon in Ordnung», meinte sie. «Und was nun? Warten wir auf Inspector Hunters Anruf?»

«Ich versuche, ihn in einer halben Stunde noch einmal zu erreichen», antwortete Eva. «Der Anwalt, der Suzanne Johnston als vermisst gemeldet hatte, war auf dem Weg, die Leiche zu identifizieren, als wir gerade aufbrachen.»

Armer Kerl, dachte Kat und erinnerte sich für einen Moment wieder daran, wie sie Sarah identifizieren musste.

«Kat?»

«Entschuldigung. Ich musste nur gerade an Sarah denken.»

Eva stellte eine Tasse Kaffee vor ihr hin. «Das ist völlig normal», sagte sie. «Und am besten können wir ihr helfen, indem wir ihren Mörder finden.» Eva öffnete eine schwarze Tasche und holte ihren Laptop heraus. «Lass uns einmal durchgehen, was wir bisher haben.»

Kat nippte an ihrem Kaffee. «Drei Opfer, alles Frauen; alle haben in der Nähe des Schlosses gelebt oder gearbeitet.»

«Sarah und Barbara Sanders haben in Lancaster gelebt, aber Suzanne Johnston hatte die Stadt zuvor noch nie betreten.»

«Also muss die Verbindung das Schloss oder irgendetwas in Castle Hill sein.»

«Oder irgendjemand», ergänzte Eva. «Was hast du von den Beamten erfahren können?»

«Nur, dass sie von zwei Polizisten gefunden wurde, die dort draußen nach einem Einbrecher gesucht haben. Die Sekretärin hat ausgesagt, dass Miss Johnston sie angerufen und gesagt habe, sie sei noch unterwegs. Sie hatte einen Mann getroffen und wollte sich flachlegen lassen, wie es die Sekretärin ausdrückte.»

«Davon hat Inspector Hunter gar nichts erwähnt.»

«Der Anruf kam, während ihr beide bei der Leiche wart. Ich glaube auch nicht, dass ich etwas davon mitbekommen hätte, wenn er in der Nähe gewesen wäre. Journalisten im Allgemeinen und ich im Besonderen gehen ihm wohl gehörig auf die Nerven. Ich habe mich bei einigen Kollegen der Lokalpresse mal umgehört. Unser Inspector ist vor einigen Jahren wohl nur um Haaresbreite an einer Anklage wegen Körperverletzung an einem Zeitungsfotografen vorbeigeschlittert.»

Die Geschichte ihres alten Freundes Ray Sinclair hatte Kat nicht wirklich überrascht. «Es ist schon Jahre her», hatte er ihr erzählt. «Hunters jüngerer Bruder war ein echtes Arschloch. Ist er auch immer noch, soweit ich weiß, nur lebt er nicht mehr hier in der Gegend. Jedenfalls hat er sich damals mit einer recht üblen Gang eingelassen. Die haben Autos geknackt und noch anderen ähnlichen Mist gebaut. Einmal haben sie dann ein Polizeiauto geklaut und die Polizei ziemlich dumm dastehen lassen. War 'ne gute Geschichte. Myles Hunter fand das Ganze weniger lustig. Er hat einen Reporter erwischt, der vor der Wohnung seiner Mutter lauerte, und dann völlig die Nerven verloren. Das hat ihn fast seinen Job gekostet.»

Eva stimmte nun Kats Bemerkung zu. «Inspector Hunter ist wirklich nicht besonders gut auf die Presse zu sprechen.» Sie zögerte einen Moment, ehe sie fortfuhr. «Aber er ist ein guter Polizist. Lass dich von seinem Machogehabe nicht täuschen. Er hat ziemlich was auf dem Kasten.»

«Hoffen wir nur, dass es ausreicht, um diesen Verrückten

festzunehmen, ehe er noch einmal zuschlägt», merkte Kat an. Sie starrte in ihre Kaffeetasse.

«Los, komm», versuchte Eva, Kat anzuspornen. «Zusammen können wir das schaffen. Wir müssen nur lernen, die Handschrift des Mörders zu entziffern.»

«Du meinst, seine Motivation?»

Eva schüttelte den Kopf. «Es steckt mehr dahinter. Es geht um die psychologische Visitenkarte, die der Täter hinterlässt. Selbst wenn sich die Motive ändern, bleibt diese Visitenkarte dieselbe.»

«Also müssen wir uns die Knoten und die Art der Hinrichtung genauer ansehen», folgerte Kat.

«Richtig. Und vergiss nicht die Tatsache, dass er offenbar gezwungen ist, seine Opfer zur Schau zu stellen.» Eva zog ihre Digitalkamera aus der Tasche und ging die Bilder durch. «Hier, schau dir das mal an.»

Vorsichtig griff Kat nach der Kamera. Das Bild war gestochen scharf, der Schmerz und die Angst der Frau fast zum Greifen nah. Ihre Zunge schaute zwischen zwei geschwollenen Lippen hervor, und an den Mundwinkeln waren tiefe Einschnitte zu sehen. «Was zum ...»

«Ich weiß. Es sieht so aus, als habe er sie am Mund geradezu aufgeschlitzt, ehe er sie umgebracht hat. Diese Wunden sind definitiv nicht post mortem. Sieh dir mal das Seil um ihr Fußgelenk und den Knoten dort an.»

Kat sah angestrengt in das kleine Display der Kamera. «Wir müssen herausfinden, was für ein Knoten das ist. Darf ich deinen Computer benutzen?»

«Sicher, nur zu», antwortete Eva. «Ich fange mit meinem Bericht an, und du kannst ein bisschen im Internet recherchieren.»

Kat übertrug die Bilder von der Kamera auf den Computer und rief die ihr bereits bekannten Websites auf, um den Knoten zu identifizieren. Eine Viertelstunde später hatte sie ihn gefunden. «Eva», rief sie. «Eva, ich habe ihn.»

Eva streckte den Kopf aus der Tür des Arbeitszimmers. «Und?»

«Ein sogenannter Kreuz- oder Herkulesknoten. Hier heißt es außerdem, dass dem Knoten früher magische Kräfte nachgesagt wurden. Im Volksglauben und in Naturreligionen haben sie immer eine große Rolle gespielt.» Sie klickte sich weiter durch die Seite. «Das lateinische Wort ‹religio› stammt von ‹religare›, was binden oder schlingen heißt.»

Eva war näher gekommen und sah Kat über die Schulter. «Da steht was über Zaubersprüche. Lass uns das mal anschauen.»

Kat klickte und scrollte erneut zurück. «‹Hexen glaubten, mit Hilfe von verzauberten Knoten den Wind fesseln zu können›», las Kat laut vor. «Die verdammten Hexen schon wieder.»

«Wie bei Odysseus», merkte Eva an. «Er bekam den Wind, eingebunden in einen Beutel, von Aiolos, dem Gott des Windes.»

«Scheiße, Eva», fluchte Kat. «Komm mir jetzt nicht so intellektuell daher. Die Verbindung zwischen den Knoten und schwarzer Magie könnte wirklich zu etwas führen.» Sie wandte sich wieder dem Bildschirm zu. «Hör dir das an: ‹Naturvölker glauben, dass Knoten Unglück und Krankheiten bringen. Es soll möglich sein, einen Menschen nur durch das Knoten eines Stricks und das Murmeln von Zaubersprüchen zu töten.› Meinst du, der Täter glaubt das auch? Will er sichergehen, dass die Frauen wirklich tot sind, indem er Seile mit Knoten an ihnen befestigt? Ist das seine Logik?»

«Das genau ist unser Problem, Kat. Wir haben es hier nicht mit Logik zu tun. Auch wenn dem Täter sein Handeln völlig rational erscheint. Vermutlich hat er sehr viel Zeit, Überlegung und Planung in diese Morde investiert. Vielleicht hat er Angst vor den Frauen und bindet ihnen die Stricke um, damit er sie überhaupt erst töten kann – als eine Art Lähmungszauber. Sicher ist, dass wir es mit jemandem zu tun haben, der in der Vergangenheit von Frauen schwer traumatisiert worden ist. Was wissen wir noch über diesen letzten Knoten?»

Kat blickte wieder auf die Website. «Kreuzknoten, von den Römern bereits ‹nodus Herkulaneus›, also Herkulesknoten, genannt. Dem Knoten wurden magische Kräfte nachgesagt.»

«Was also versucht uns der Mörder zu sagen, wenn wir recht behalten sollten und diese Knoten eine Bedeutung haben?»

Entnervt schlug Kat mit der Faust auf den Tisch. «Weiß der Teufel, was in seinem Kopf vorgeht. Genauso gut könnte man eine Nadel im Heuhaufen suchen.»

«Aber genau so müssen wir vorgehen. Wir müssen versuchen, uns in seine Gefühls- und Gedankenwelt hineinzuversetzen, und den Hinweisen folgen, die er uns hinterlässt. Der Henkersknoten war ziemlich eindeutig. Entweder wollte er damit zeigen, wer er ist, oder aber sich einen Scherz mit der Polizei und der Presse erlauben; vielleicht auch beides.»

Kat stöhnte. «Ich kann mir schon vorstellen, was Inspector Hunter von unseren Erkenntnissen hält.»

«Ich schlage vor, dass wir ihm erst mal nichts davon erzählen. Ich habe ein paar Hinweise in meinen Bericht einfließen lassen, aber ich glaube, er hätte Schwierigkeiten, das Ganze zu begreifen. Zumindest im Moment.»

«Du willst ihm die Idee also häppchenweise verkaufen. Verstehe. Was also bedeutet der Herkulesknoten?»

Eva hielt einen Moment lang inne. «Es ist nur ein Gedanke, aber ich glaube, er will uns zeigen, wie stark er sich fühlt. Diese Morde sind ein Zeichen von Macht. Er ist Herkules, der starke, allmächtige Held.»

«Vielleicht fühlt er sich jetzt sogar selbst als ein Gott?»

Eva biss sich auf die Lippe. «Wenn das stimmt, fühlt er sich womöglich unverletzbar. Das heißt, Normalsterbliche können ihn nicht aufhalten. Und das heißt auch, dass er sehr, sehr gefährlich ist.»

Den Rest des Vormittags arbeitete Eva an den Hintergrundinformationen und erstellte eine Übersichtskarte mit den Fundorten der drei Leichen. Der Täter musste ein Einheimischer sein, so viel war ihr inzwischen klar. Er fühlte sich sicher in der Umgebung und vertraute darauf, wegen seiner hervorragenden Ortskenntnis nicht geschnappt werden zu können. Die Hinrichtungen und die symbolischen Knoten wiesen auf ein eindeutiges Muster hin. Er wollte mit seinen Häschern in einen Dialog treten. Wollte er jedoch auf diese Weise nur zeigen, wie clever er war? Oder hatte er gar auf einer ihm unbewussten Ebene den Wunsch, gefasst zu werden?

Das Klingeln ihres Telefons riss sie aus ihrer Konzentration. Inspector Hunter war wortkarg wie immer, doch diesmal schwang noch eine gewisse Spannung in seiner Stimme mit.

«Wir sind jetzt sicher, dass es sich um Suzanne Johnston handelt», sagte er. «Einer meiner Jungs hat ihre Assistentin Sonja Beddows ausfindig gemacht. Sie ist vermutlich die Letzte, mit der Miss Johnston gesprochen hat. Offenbar hat sie Miss Beddows von einem Pub in der Stadt aus angerufen. Sie hörte sich wohl leicht betrunken an, schien sich aber bestens zu amüsieren. Sonja sagt, Suzanne habe in dem Pub einen Mann kennengelernt, den sie sehr attraktiv fand. Außerdem hat sie meinem Kollegen erzählt, dass Suzanne ziemlich sauer war, weil sie nach Lancaster kommen musste, und anscheinend hatte sie keinen wirklich guten Tag gehabt. In dem Pub wollte sie wohl ihren Frust ertränken. Dann kam der Mann dazu.»

«Dieser Mann könnte also der Mörder sein?»

«Sicher können wir uns da natürlich nicht sein, aber bislang ist das unser bester Hinweis. Viel ist es ohnehin nicht, wir wissen ja nicht einmal, in welchem Pub sie sich getroffen haben. Wir sehen sämtliche Bänder der Überwachungskameras aus der Stadt durch, aber es ist die sprichwörtliche Nadel im Heuhaufen. Einige meiner Leute laufen mit Fotos des Opfers durch die Straßen und befragen Passanten.» Er grunzte missmutig.

«Was ist mit dem Fall vor Gericht? Gibt es da eine Verbindung?»

«Kindesmissbrauch, die Anschuldigungen liegen zwanzig Jahre zurück, die Opfer waren damals fünf und acht. Der Angeklagte war der Freund der Mutter. Ihr Chef in der Kanzlei sagte, Miss Johnston habe den Fall in letzter Minute übernommen, weil ein anderer Kollege krank geworden war.»

«Warum hat man eine Kanzlei in London damit beauftragt?»

«Der Angeklagte lebt inzwischen in London, damals aber haben die Opfer und er hier in der Stadt gewohnt.»

«Wie ging die Verhandlung aus?»

«Sie hat gewonnen. Die Geschworenen wurden nicht einmal herangezogen. Das Ganze ist aufgrund von Verfahrensfehlern im Sande verlaufen. Beweismittel, die nicht offengelegt wurden, und so weiter. Wir befragen alle Beteiligten so bald wie möglich. Außerdem werden wir uns auch die Mitarbeiter im Schloss noch einmal vornehmen.»

Eva kritzelte auf einem Block herum, der vor ihr lag. «Könnte einer derjenigen, die in den Fall verwickelt waren, der Mörder sein?»

«Könnte sein. Aber er ist jedenfalls kein Nachahmungstäter. Die Sache mit den Knoten ist bislang nicht an die Öffentlichkeit gegangen, und ich habe meinen Männern gedroht, jedem, der etwas darüber nach außen dringen lässt, die Beine zu brechen.»

Eva hatte keinen Zweifel, dass er die Drohung wahr machen würde. «Gibt es sonst noch Unterschiede zu den anderen beiden Fällen? Was ist mit den Schnittwunden im Gesicht?»

«Die Pathologie glaubt, sie sei gezwungen worden, eine Art metallene Maske oder Mundsperre zu tragen. Ihre Zunge ist von Metallspitzen perforiert. Was Sie außerdem wissen sollten, Doc – sie muss etwa vierundzwanzig Stunden tot gewesen sein, ehe er sie in das Wasserloch geworfen hat. Das heißt, sie ist erst am Tag nach ihrer Entführung getötet worden.»

«Wenn es also derselbe Mörder ist, dann wird er nun gewalttätiger. Und er verfügt über einen Ort, wo er seine Opfer quälen kann, ehe er sie umbringt.» Eva erschauderte.

«Er schaltet also einen Gang hoch.»

«So kann man es auch ausdrücken», sagte Eva. Dann las sie ihm ihre Notizen vor, auch ihre Überlegungen zum Herkulesknoten.

Seine Reaktion war in etwa so, wie sie es erwartet hatte – ungläubig. Doch gleichzeitig schien er zu befürchten, dass sie recht haben könnte. «Mit anderen Worten, dieser Wahnsinnige hält sich also für unsterblich – und für eine Art Herrscher über das Universum?»

«Schlimmer noch. Er hält sich vielleicht für einen Gott.»

Kapitel 14

Kat starrte auf den Brief vor ihr auf dem Küchentisch. Es war nur ein lebloses Stück Papier, ein Computerausdruck mit einem unleserlichen Haken über der getippten Signatur. Und dennoch bedeutete es unendlich viel. Es bedeutete Freiheit. Sie war nicht länger Tonys Ehefrau. Sarah und Kat hatten oft über diesen Augenblick gesprochen und Pläne gemacht, wie sie die offizielle Ehescheidung feiern wollten. Sie hatten sich überlegt, groß auszugehen, und Kat würde dann hemmungslos einen Typen in einem Club aufreißen, einfach nur, um zu sehen, ob sie es noch konnte. Sie wollten sich ein Wochenende in einem Wellnesshotel gönnen, Bungee-Jumping versuchen ... Egal, was sie täten, es sollte eine Belohnung sein.

Auf einmal gab der Toaster ein seltsames Geräusch von sich, und eine kleine Rauchwolke stieg aus dem Gerät auf. Eine Sekunde später hüpften zwei verkohlte Scheiben Toast nach oben. Kat schluckte, um den Kloß in ihrem Hals loszuwerden, doch dann rannen ihr heiße Tränen über die Wangen und tropften auf das Dokument ihrer Freiheit.

«Reiß dich mal zusammen», schalt sie sich selbst und wischte sich mit dem Ärmel ihres Pullovers die Tränen aus dem Gesicht. Was machte es schon, wenn sie allein war und das Haus verkaufen musste? Ihre Karriere lief gut, sie hatte einen Buchvertrag und ein paar Ersparnisse. Außerdem hatte sie ein Leben, eine Zukunft. Sie würde überleben, wenigstens das schuldete sie Sarah. Doch es war unmöglich, nach vorn zu blicken, solange der Mörder ihrer Freundin noch frei herumlief. Vielleicht plante er ja schon den nächsten Mord und hatte sich bereits ein Opfer ausgesucht.

Kat stand auf und lief in der Küche auf und ab. Das tat sie immer, wenn sie nach dem richtigen Anfang für einen Artikel suchte. Nun setzte sie im Geiste noch einmal alle Informationen zusammen, die sie bislang über den Mörder hatten. Sie mussten etwas übersehen haben. Irgendetwas. Die Knoten stellten etwas dar, das Eva als Totem bezeichnete. Eine Art Souvenir, das der Täter hinterließ, um seine Macht und seine Cleverness zu demonstrieren. Zweifellos würde er von Mal zu Mal hochmütiger werden. Erst schickte er diese höhnische E-Mail, und nun inszenierte er sich als Gott. Noch anmaßender konnte man kaum sein. Kat schleuderte die verbrannten Toastscheiben in den Mülleimer und schaltete ihren Laptop ein. Sie kochte sich einen Kaffee und setzte sich zu Samson auf die Couch. Die E-Mail an Eva ging ihr einfach nicht aus dem Kopf. Wenn der Mörder ihre E-Mail-Adresse ausfindig gemacht hatte, verfolgte er sie vielleicht auch. Hatte er Eva als sein nächstes Opfer im Visier? Vielleicht sollte sie Eva anbieten, eine Weile bei ihr zu wohnen. Kat setzte ihre Recherchen über Knoten und Hexenzauber fort. Sie brauchte dringend mehr Information.

Eva brachte den Besucherausweis an dem Revers ihres Blazers an. Constable Gregson führte sie anschließend durch den Rezeptionsbereich und die Treppen hoch in die Abteilung der Sonderkommission. Die Luft im Raum war heiß und stickig. Evas Blick fiel zunächst auf die Beamten, die konzentriert an ihren Computern arbeiteten.

«Schön, Sie zu sehen, Doc!», rief Myles Hunter und bahnte sich den Weg durch eine Gruppe von Männern, die vor einer Tafel mit Charts standen. Seine Augen waren gerötet, und auf seinem Hemd zeichnete sich ein Schweißrand unter den Achseln ab.

«Ich hoffe, ich komme nicht zu spät zum Briefing», sagte Eva. «Gibt es schon etwas Neues?»

«Ein paar Kleinigkeiten», erwiderte Hunter. «Wir warten nur noch auf Hill und Lawson. Ah, da kommen sie schon.» Er blickte zur Tür, wo sich ein rotgesichtiger junger Mann und eine kleine, untersetzte Frau in den Raum schlichen. «Waren Sie wieder shoppen, Constable Lawson?»

Die Frau errötete. «'tschuldigung, Chef», antwortete sie.

Der Inspector ging wieder zur Tafel. «Gut, wenn wir es uns dann alle gemütlich gemacht haben, fasse ich den Stand der Dinge noch einmal zusammen. Das letzte Opfer wurde auf dieselbe Weise erhängt wie die anderen beiden. Nur hat der Täter sie diesmal offensichtlich erst nach vierundzwanzig Stunden getötet.» Mit einem Stift wies er auf einen vergrößerten Abzug eines Fotos von Suzanne Johnstons Leiche, der hinter ihm auf der Tafel befestigt war. «Wie Sie sehen können, sind hier tiefe Schnitte in ihrem Gesicht. Außerdem hatte sie Verletzungen auf der Zunge und im Mund.»

«Sie wurde also gequält?», fragte Constable Hill.

Hunter nickte. «Das scheint ziemlich eindeutig zu sein.

Und ich denke, wir wissen auch, womit. Im Museum des Schlosses gibt es eine Sammlung von Schandmasken. Eines der Ausstellungsstücke fehlt.»

«Wie zum Teufel ist er denn daran gekommen?»

«Es gibt keinerlei Anzeichen eines Einbruchs. Er hat einen Schlüssel benutzt. Vermutlich den von Barbara Sanders.»

«Er treibt also seine kranken Späße mit den Frauen, ehe er sie umbringt?» Ein älterer Beamter in der hinteren Reihe meldete sich zu Wort. «Was halten Sie denn davon, Doc?»

Eva holte tief Luft. Das Team wirkte schon völlig ausgelaugt, und sie wollte den Beamten mit ihren Ausführungen nicht noch die letzte Hoffnung rauben. «Ich denke, er fühlt sich von Mal zu Mal sicherer dabei, seine Phantasien auszuleben.» Die unausgesprochenen Kommentare der Polizisten – *Erzählen Sie uns etwas, das wir noch nicht wissen, Doc!* – konnte sie von den Gesichtern ablesen. «Zweifelsohne wird der Täter von Hass angetrieben. Doch wir müssen darüber nachdenken, ob er sich nur amüsieren wollte oder ob er sein letztes Opfer aus einem bestimmten Grund so sehr gehasst hat, dass er es foltern musste. Offenbar wollte er sie zum Schweigen bringen und ihr Gesicht entstellen.»

«Ich muss Ihnen wohl nicht sagen, dass diese Information keinesfalls an die Presse gelangen darf», unterbrach Hunter sie und schaute eindringlich in die Gesichter seines Teams. «Soweit wir es sagen können, gibt es keinerlei Verbindung zwischen irgendjemandem in Lancaster und Miss Johnston. Wir haben uns außerdem mit dem Fall beschäftigt, wegen dem sie hier war.» Er hielt kurz inne. «Es ging um Kindesmissbrauch. Sie hat schon in der Vergangenheit an solchen Fällen gearbeitet, allerdings hat sie dieses Mal den mutmaßlichen Täter verteidigt und nicht wie sonst die Opfer vertreten. Diesen Fall hat sie in letzter Minute von einem Kollegen übernommen. Wir haben mit den Opfern und den Zeugen gesprochen, und alle sind ziemlich entsetzt über den Ausgang des Prozesses. Doch sie alle besitzen Alibis und haben sicherlich nichts mit der Ermordung von Miss Johnston zu tun.»

«Vielleicht hasst er einfach nur Anwälte!», rief eine Stimme aus dem Hintergrund. «Teufel, da wird es eine Menge Leute geben.»

Eva hob die Hand, um das Gemurmel und Gekicher im Raum zu beenden. «Vielleicht haben Sie recht. Andererseits könnte es auch purer Zufall sein, weil der Täter nach weiblichen Opfern im Bereich des Schlosses sucht.»

Constable Hill meldete sich nun zu Wort. «Wir haben die Herkunft des Stricks ermittelt, den er für seine Knoten und den ersten Mord gebraucht hat; deshalb sind wir auch etwas zu spät gekommen. Das Seil stammt von einem Bootsausstatter in Bowness, dort haben wir alle Kunden, die mit Kreditkarte oder Scheck gezahlt haben, ausfindig gemacht und überprüft. An die Kunden, die bar bezahlt haben, konnten sich die Verkäufer nicht mehr erinnern. Die Reifenspuren am letzten Fundort stammen vom Wagen des Opfers. Sie muss ihre Schlüssel in der Tasche gehabt haben.»

«Was ist mit der E-Mail, die ich bekommen habe?», fragte Eva.

Hunter blätterte in einem Stapel Papiere, der vor ihm lag. «Da hatten wir mehr Glück. Hier sehen wir, wann und von wo genau die Nachricht aus der Stadtbücherei geschickt worden ist.»

«Welcher Name ist als Kontoinhaber angegeben? Es gibt doch einen Namen, oder? Man muss sich schließlich registrieren, nicht wahr?»

«Er hat sich ordnungsgemäß registriert. Als Jack Ketch.»

«Der gleiche Name wie in der Nachricht», stellte Eva resigniert fest.

«Wir haben im Internet nach Jack Ketch gesucht. Es ist – oder besser, war – der Name eines berühmten Henkers. Der Name wurde dann zu einem geflügelten Begriff für jeden guten Henker.»

Während Eva von der Polizeidienststelle nach Castle Hill fuhr, dachte sie über den «Henker» nach. Sie stellte sich vor, wie er in der Stadtbücherei an einem Computer saß und in sich hineingrinste, während er seine Nachricht schrieb. Hatte Suzie Johnstons Mörder auch gelacht, als er ihr und damit auch ihrer Familie diese unendlichen Schmerzen zugefügt hatte?

Als Eva vor Kats Haus bremste, war sie erschrocken darüber, wie wenig sie von der Fahrt mitbekommen hatte. Kat schien ihre Zerstreutheit jedoch nicht weiter aufzufallen, und die nächste Stunde verbrachten beide damit, ihre Notizen miteinander zu vergleichen und über die Ergebnisse der Polizeiermittlungen zu sprechen.

Kat lehnte sich in ihrem Stuhl zurück. «Wo hat man diese Schandmaske denn aufbewahrt?»

«In einem verschlossenen Schrank.»

«Wenn es also kein Einbruch war ...»

«Der Schrank wurde definitiv mit einem Schlüssel geöffnet, und Barbara Sanders Schlüsselbund ist verschwunden.»

«Gibt es da kein Alarmsystem?»

Eva lächelte grimmig. «Offenbar hat man es nicht für möglich gehalten, dass jemand rostige Folterinstrumente stehlen würde.»

«Deshalb jagt einem dieser Kerl so große Angst ein», sagte

Kat. «Er tut das Unvorstellbare. Eva, ich mache mir Sorgen wegen der Nachricht, die er dir geschickt hat. Wir wissen, dass er auf Frauen fixiert ist, die hier in der Gegend leben.» Sie holte tief Luft. «Und wir wissen auch, dass er immer gefährlicher wird.»

«Keine Sorge, ich passe auf.»

«Du kannst eine Weile hierbleiben. Ich meine, zu zweit ist man immer sicherer als allein, und außerdem bewachen Samson und die Streife das Haus.»

«Danke für das Angebot, Kat. Aber ich werde mich nicht aus meiner Wohnung vergraulen lassen.»

Kat wusste, dass Eva Angst hatte. Auch wenn sie sich nach außen hin stark gab, so war die Profilerin doch tief erschüttert, wollte es aber nicht zeigen. Sie durften nicht aufgeben, sie beide nicht.

Nachdem sie eine weitere halbe Stunde vor sich hin gebrütet hatte, schnappte Kat sich ihren Mantel und Samsons Leine. «Komm, alter Junge», rief sie dem Hund zu, der sogleich angerannt kam und aufgeregt mit dem Schwanz wedelte.

Der eisige Nordwind wehte erbarmungslos um Castle Hill, und die schneebedeckten Felder leuchteten in der Ferne. Mit seinen weihnachtlich geschmückten Häusern und beleuchteten Tannenbäumen erinnerte die Szenerie an das Motiv einer kitschigen Ansichtskarte. Der Anblick deprimierte Kat nur noch mehr. Jedes Mal, wenn sie aus ihrer Tür trat, überkam sie eine Flut von Erinnerungen. Vielleicht war es wirklich das Beste, von hier wegzuziehen. Kat zog sich den Schal hoch bis zu den Ohren, die schon jetzt von der kalten Luft schmerzten, und schlenderte neben Samson den Gehsteig entlang.

Zunächst erkannte sie ihn gar nicht. Es lag an seiner Kopfbedeckung, einer grob gestrickten peruanischen Mütze mit Ohrenklappen. Er kam den Hügel hinunter, die Hände tief in den Jackentaschen vergraben. Beinahe wäre er an ihr vorbeigelaufen, doch in diesem Augenblick erkannte sie ihn.

«Graham?»

Benson starrte sie an, entfernte dann aber seine Kopfhörer unter der Mütze. Einige seiner Dreadlocks lugten wie kleine Schlangen hervor.

«'tschuldigung.» Er hielt seinen iPod hoch. «Wie geht es Ihnen? Ich habe im Radio von dem dritten Mord gehört. Schrecklich!»

Bildete sie sich das nur ein, oder wirkte er seltsam, fast nervös? «Mir geht es ganz gut», antwortete sie und zog den aufgeregten Samson an seinem Halsband zurück.

Benson beugte sich hinunter und streichelte den Kopf des Hundes. Prompt reagierte dieser mit ausführlichem Schnüffeln und Schwanzwedeln. Verräter, dachte Kat.

«Kleiner Abendspaziergang?», fragte sie möglichst lässig.

Er schaute ihr direkt in die Augen. Sein Blick hatte etwas Kaltes, Fischartiges an sich. «Ich war bei einem Freund. Er hilft mir bei meinen Recherchen.»

Kat rang sich ein Lächeln ab. «Oben im Schloss?»

«Wie bitte?»

«Ihr Freund ... Arbeitet er auch im Schloss?»

«Nein.» Er presste die Lippen zusammen und versuchte, ebenfalls zu lächeln. «Helfen Sie der Polizei immer noch bei der Jagd nach dem Mörder?»

«Ich will herausfinden, wer meine beste Freundin getötet hat.» Kat zog an Samsons Leine. Endlich machte er Platz und sah Benson aus seinen braunen Augen an.

«Es scheint ja immer derselbe Täter zu sein. In den Nachrichten hört man stets von diesem Typen, den sie den ‹Henker› nennen.»

«Sie kennen ja die Presse», meinte Kat. «Die haben nicht immer recht. Es könnte mehr als nur einen Mörder geben.»

Seine Fischaugen fixierten sie. Er öffnete den Mund, um zu antworten, schloss ihn aber gleich wieder und zuckte mit den Schultern. «Sie sollten sich in Acht nehmen», sagte er schließlich und steckte sich die Kopfhörer wieder in die Ohren. «Tschüs.»

Graham zwang sich, möglichst langsam und gelassen zu gehen. Er unterdrückte den Impuls, sich umzudrehen, auch wenn er den Blick dieser Frau im Rücken spüren konnte. Ahnte sie etwas von seiner Vergangenheit? Wusste sie vielleicht sogar etwas? Journalisten hatten ihre Methoden, solche Dinge herauszufinden. Vielleicht hatte sie vor, Professor Allen oder gar den Dekan zu informieren. Er würde sein Stipendium und seinen Studienplatz verlieren, seine ganze akademische Karriere wäre ruiniert. Er konnte den Gedanken kaum ertragen. Er war so kurz davor, Dozent zu werden.

Kat kniff die Augen zusammen, blickte Graham Benson hinterher und beobachtete, wie er den Hügel hinunterschlenderte. Sie wollte ihm hinterherlaufen, ihn provozieren. Aber was sollte sie zu ihm sagen? Seufzend drehte sie sich um und setzte ihren Spaziergang fort.

Eine Stunde später, die Wangen gerötet und den Arm von Samsons Ziehen fast ausgekugelt, ging Kat langsam am Kloster entlang. An der Hanging Corner, wo man Barbara Sanders' Leiche gefunden hatte, überkam sie ein Schauer. Sie drehte sich um und ging über den Friedhof. Dann erinnerte sie sich daran, dass sie erst vor kurzem Eva hier auf das Grab von Old Ned Barlow aufmerksam gemacht hatte. Kat blickte zur letzten Ruhestätte des Henkers und hatte den Eindruck, dass irgendetwas dort anders zu sein schien als zuvor. Kat ging auf das Grab zu. Samson jaulte auf und versuchte, sie in eine andere Richtung zu ziehen.

«Jetzt komm schon, es dauert nur eine Minute.»

Auf dem Grabstein des Henkers schien etwas zu liegen, das im Wind flatterte. Wer legte denn Blumen auf das Grab eines Henkers? Als sie sich näherte, erkannte Kat, dass es sich nicht um Blumen handelte, sondern um ein weißes Stück Stoff, das mit einem kleinen Stein beschwert worden war. Sie bückte sich, um es aufzuheben. Es waren Manschetten und eine Art Kragen. Kats Gedanken rasten. Verdammt! Natürlich hatte sie so etwas schon oft genug gesehen. Und mit einem Mal wusste sie genau, wem diese Dinge gehört hatten. Sie griff nach ihrem Handy und rief die Polizei.

Kapitel 15

«Verlassen Sie sofort den Friedhof, Kat.» Myles Hunters Stimme war zwar leise, aber klang so besorgt, dass Kat Angst bekam.

«Ich meine es ernst, Kat. Hauen Sie da ab, gehen Sie nach Hause. Ich bin gleich da. Und egal, was Sie tun – passen Sie verdammt gut auf.»

Panisch blickte sich Kat auf dem Friedhof um. Abgesehen von einer Gruppe asiatischer Studenten mit Collegeschals und einer alten Frau, die in Zeitungspapier eingewickelte Blumen unter dem Arm trug, war niemand dort. Ihr Blick glitt über den Pfad, der den Hügel hinunterführte. Kein Zeichen von Graham Benson. Wenn der Mörder den Kragen und die Manschetten der Anwältin hier hinterlassen hatte, konnte er immer noch in der Nähe sein und das Grab beobachten. Vielleicht wartete er sogar.

War es Benson? Hatte er den Kragen und die Manschetten

hierher gebracht? Sie stopfte die Kleidungsstücke eilig in einen ihrer Plastikbeutel, die sie stets bei sich trug, wenn sie mit dem Hund unterwegs war, und begann zu laufen. Samson rannte neben ihr her und bellte. Als sie vor ihrem Haus ankam, hatte sie heftige Seitenstiche. Sie lehnte sich nach vorn und versuchte, Atem zu schöpfen.

«Kat.»

Erschrocken zuckte sie zusammen. Einen Moment lang versuchte sie vergeblich, dem Gesicht, das vor ihr aufgetaucht war und das sie eindeutig kannte, einen Namen zuzuordnen. Inspector Hunter lehnte an einem makellos weißen Cabrio am Straßenrand. Er trug Jeans und eine braune Lederjacke anstatt seines üblichen Anzugs.

«Hab den Kragen und Manschetten ... am Grab ... gefunden ... Benson kam den Hügel ... runter ... Müssen ihn finden ... War bestimmt am Schloss.»

«Beruhigen Sie sich erst mal, Kat. Tief einatmen. Ich habe schon jemanden losgeschickt, um ihn zu finden. Gehen wir rein, damit ich Ihre Aussage aufnehmen kann, okay?»

«Danke, dass Sie so schnell gekommen sind.»

«Ich habe heute frei, hatte also ohnehin nichts zu tun.»

«Tut mir leid», sagte Kat.

«Kein Problem. Dafür habe ich Ihnen ja meine Handynummer gegeben.»

Samson stürzte sich auf Hunter und wedelte wild mit dem Schwanz, während sie den Flur betraten.

«Aus, du blöder Köter», zischte Kat.

«Haben Sie den Kragen – oder was immer Sie da gefunden haben – mitgebracht?», fragte der Inspector und beugte sich hinunter, um Samson zu streicheln.

Kat zog den Plastikbeutel aus ihrer Tasche und reichte ihn

dem Polizisten. «Ich habe immer welche dabei für Samson», erklärte sie. «Ich habe nichts mit den bloßen Fingern angefasst.»

«Sehr gut», lobte Hunter und öffnete die Tüte.

«Es sind Kragen und Manschetten einer Anwaltsrobe», beeilte sich Kat zu erklären. «Sehen Sie, der Bundbolzen ist noch dran. Und hier ist ein Namensschild in den Kragen eingenäht. Er gehörte Suzanne Johnston.»

«Und Sie haben das auf einem Grabstein gefunden?» Hunters Ton klang misstrauisch.

«Ich bin mit Samson auf dem Friedhof spazieren gegangen. Und es war nicht einfach irgendein Grab, es war Ned Barlows Grab.»

Er schaute sie verständnislos an. «Wessen Grab?»

«Das von Ned Barlow, einem berühmten Henker aus Lancaster.»

Myles sah sie eindringlich an. «Sie haben aber niemanden in der Nähe des Grabes entdeckt?»

«Nein, nur ein paar Studenten und eine ältere Dame, aber die waren alle weiter weg. Ich habe Ihnen ja schon gesagt, ich habe kurz zuvor Benson getroffen, als er gerade den Hügel herunterkam. Er wusste schon von dem dritten Mord und hat mich danach gefragt. Hat mir gesagt, ich solle mich in Acht nehmen. Sie müssen ihn finden und festnehmen.»

«Ich muss gestehen, dass mir das Ganze nicht gefällt. An Zufälle bin ich ja gewohnt, aber diese Geschichte scheint mir doch etwas merkwürdig. Ich bringe das Zeug in die Gerichtsmedizin.» Er hielt den Beutel mit dem Kragen und den Manschetten hoch. «Außerdem halte ich es für sinnvoll, wenn Sie hier einen Alarmknopf und vielleicht sogar eine Überwachungskamera einbauen lassen.»

«Glauben Sie, ich bin in Gefahr? Werden Sie Benson verhaften?»

Myles legte ihr eine Hand auf die Schulter. «Ich werde auf jeden Fall mit ihm reden. Aber wenn wir davon ausgehen, dass es sich hier nicht um einen kranken Scherz handelt und der Mörder diese Dinge auf dem Friedhof hinterlassen hat, wollte er vielleicht, dass Sie sie finden. Womöglich hat er Sie sogar beobachtet.»

Kat sah zu ihm auf. Er stand jetzt dicht vor ihr. Seine Hand berührte ihren Arm ganz leicht, und für einen kurzen Moment dachte sie, er würde den Arm um sie legen. Sie fühlte, wie sie errötete, trat einen Schritt zurück und versuchte, Samson am Halsband zu packen, da dieser immer noch aufgeregt um sie beide herumsprang. «Ich bringe ihn besser hoch in mein Zimmer, ehe er noch etwas kaputt macht.»

«Gut, ich mache mich dann auf den Weg zum Revier», sagte Myles. «Ich schicke jemanden wegen des Alarmknopfes vorbei, und wir werden wieder eine Streife herschicken.» Er öffnete die Haustür, hielt dann aber einen Moment inne. «Ich versuche später noch einmal, Sie anzurufen. Und vergessen Sie nicht: Sie können mich jederzeit erreichen.»

Myles wartete, bis Kat die Tür geschlossen hatte. Dann blickte er über die Kopfsteinpflasterstraße, die zum Schloss führte. Einige Autos mit Anwohnerausweisen standen am Straßenrand, und ein Lieferwagen brachte Kisten voll Brot zu einem Restaurant in der Nähe. Vor dem Schloss versammelte sich eine Menschentraube, die auf die nächste Führung wartete. Nichts Ungewöhnliches. Dennoch konnte der Mörder irgendwo lauern. Zumindest würde er bemerken, dass jemand auf Kat achtgab. Auch der Polizeiwagen, der auf der Straße zu sehen sein würde, wenn die Kollegen den Alarmknopf installierten, konnte nicht schaden.

Als er Kat zum ersten Mal gesehen hatte, wirkte sie wie eine dieser typischen, ruppigen Journalistinnen. Doch heute hatte er sie von einer anderen Seite kennengelernt. Ihre Verletzlichkeit hatte sich in ihren blauen Augen widergespiegelt. Eva hatte ihm erzählt, dass Kat erst vor kurzem geschieden worden war; das würde jeden anderen auch mitnehmen. Er wusste das nur zu genau. Aber da war noch etwas anderes. Eva hatte behauptet, dass Kats Exmann extrem brutal wäre und dass er Sarah gehasst hatte.

Zwar hatte er seine Kollegen in London gebeten, Anthony Blackstone zu befragen, doch Myles hielt ihn nicht wirklich für einen Verdächtigen. Er musste kein Psychologe sein, um zu erkennen, dass der Henker von einem entsetzlichen, brodelnden Zorn angetrieben wurde und durch Morde einen unstillbaren Rachedurst zu löschen versuchte. Aber mit diesem Benson würde er sprechen müssen, sobald er die Sicherheitsvorkehrungen für Kats Haus in die Wege geleitet hatte. Auf seinem Weg ins Stadtzentrum versuchte Hunter, das Bild des letzten Opfers aus seinem Kopf zu vertreiben; die Leiche war weiß und aufgequollen gewesen, der Mund aufgerissen von einem bestialischen Folterwerkzeug. Sein Magen drehte sich um, als er plötzlich Kats Gesicht sah, wo eigentlich das von Suzanne Johnston sein sollte. Ja, er würde mit Benson sprechen müssen. Heftig trat er auf das Gaspedal, und der Motor des Cabrios heulte auf.

Der Konferenzraum war überheizt und stickig, und jemand hatte die Reste einer Pizza auf einem der Tische liegengelassen. Einige Polizisten waren noch immer damit beschäftigt, an ihren Computern die Kartei mit den Sexualstraftätern durchzuarbeiten. Andere telefonierten, die meisten waren jedoch unterwegs, um Zeugenaussagen zu sammeln. Die Atmosphäre in der SOKO-Abteilung war angespannt; ein Zeichen, dass sich das Team mit einem wichtigen Fall befasste. Myles beeilte sich, an die Arbeit zu gehen. Mehr denn je wurde ihm bewusst, dass er einen Kampf gegen die Zeit führte. Er schickte Constable Edge mit dem Kragen und den Manschetten in die Gerichtsmedizin und beauftragte Constable Parker mit der Installation des Alarmknopfes bei Kat.

«Glauben Sie wirklich, dass sie in Gefahr ist, Chef?», fragte Sergeant Quale und sah von seinem Schreibtisch auf.

«Was glauben Sie denn? Meinen Sie etwa, es sei ein Zufall, dass das erste Opfer ihre beste Freundin gewesen ist und sie nun einfach so Kleidungsstücke des dritten Opfers findet?»

«Kragen und Manschetten gehören zur Anwaltsrobe, Chef.»

«Verdammt, Quale, das weiß ich auch!», blaffte Myles ihn an. «Was ich wissen will, ist, was sie in der Nacht, in der sie getötet wurde, damit gemacht hat und wie das Zeug auf das Grab gekommen ist!» Er hielt inne, als er bemerkte, dass alle seinen Ausbruch mitbekommen hatten, und wandte sich schnell an Constable Sharon Keppel. «Sprechen Sie noch einmal mit Suzanne Johnstons Vorgesetztem in London und finden Sie so viel wie möglich über schwierige Fälle oder schwierige Mandanten heraus, mit denen Miss Johnston zu tun hatte. Quale, schicken Sie jemanden zu den Judges' Lodgings, und dann machen Sie sich auf die Suche nach diesem Benson. Ich spreche mit den Kollegen in London. Mal sehen, ob die etwas aus Miss Branks' Exmann herausbekommen haben.»

Hunter verließ den Raum, und Quale grinste Sharon Keppel an. «Scheinbar sitzt ihm der Druck im Nacken. Aber warum macht er sich plötzlich so große Sorgen um Kat Branks? Ich dachte, er hasst Reporter.»

Sharon Keppel schaute ihn mitleidig an. Der Blick ihres Chefs, wenn er über Kat Branks sprach, war ihr nicht entgangen. «Und du fragst dich, warum wir mehr Frauen bei den Spezialeinheiten brauchen.»

Nach der Rückkehr in sein Büro rief Myles Hunter die Polizeidienststelle in London an, um endlich mit dem Kollegen sprechen zu können, der Anthony Blackstone befragt hatte. Zunächst blieb er in der dortigen Telefonzentrale hängen. Ungeduldig trommelte er mit den Fingern auf den Schreibtisch. Man hatte ihm gesagt, Ian Carefoot sei ein guter Polizist mit einem exzellenten Gespür für Hochstapler und Lügner. «Er erkennt einen Betrüger auf eine Meile Entfernung und legt ihm sofort das Handwerk», hatte man ihm gesagt. Genau so einen Mann brauchte Myles Hunter.

Es dauerte eine ganze Weile, doch dann hatte er endlich Carefoot am Apparat.

«Entschuldigen Sie, Sir, ich bin eben erst ins Büro gekommen. Sie rufen wegen Anthony Blackstone an?»

«Haben Sie ihn schon getroffen?»

«Ja, drüben in seiner Wohnung in den Docklands. Der war alles andere als erfreut, als ein schmuddeliger Bulle über seinen Flokati marschiert ist.»

Myles musste unwillkürlich lachen. «Was halten Sie von ihm?»

«Arroganter Exprivatschüler. Auf eine schleimige Art gutaussehend, solariumgebräunt, teure Dentalkosmetik, aber ein bisschen kurz angebunden, als ich ihm Fragen über seine Ehe gestellt habe.»

«Wirkt er gewalttätig?»

«Nicht der Typ für Kneipenschlägereien, aber ich könnte mir vorstellen, dass er eine Frau ohrfeigen würde», antwortete Carefoot. Blackstone schien einen bleibenden Eindruck bei ihm hinterlassen zu haben. «Eine Sache ist uns allerdings aufgefallen, Sir. Blackstone hat zusammen mit Ihrem letzten Opfer an einem Fall gearbeitet.»

«Mit Suzanne Johnston? Wann? Was für ein Fall?»

«Drogen im Straßenverkehr, Strafgericht, letztes Jahr. Er war ihr Mentor, das heißt ...»

«Ich weiß, was das heißt. Sie hat die ganze Arbeit gemacht, und er hat die Lorbeeren geerntet», sagte Myles. «Hatte er persönliche Verbindungen mit ihr? Sie wissen schon ...»

«Konnte ich nicht herausfinden, aber ihre Arbeit hat ihn offenbar sehr beeindruckt. Er hat übrigens ein wasserdichtes Alibi für den Zeitpunkt der Entführung und die folgenden zwei Tage.»

«Er mochte Sarah Morris, das erste Opfer, nicht besonders. Hat er sich dazu geäußert?»

«Er macht sie – zum Teil zumindest – für das Scheitern seiner Ehe verantwortlich. Allerdings gilt das nicht nur für Sarah Morris, sondern auch für sämtliche Freunde und Familienmitglieder seiner Exfrau. Der gute Tony Blackstone gibt wohl nicht gern eigene Fehler zu. Wenn Sie mich aber fragen, ob ich ihn für fähig halte, einen Mord zu begehen, dann muss ich ganz klar nein sagen, Sir. Zeugen vor Gericht unter Druck setzen ist das Höchste, was man ihm zutrauen kann. Außerdem hat er auch ein Alibi für den Tag, an dem Sarah Morris getötet wurde.»

«Was noch?» Myles selbst hörte die Enttäuschung in seiner Stimme. Er hatte Anthony Blackstone noch nie gesehen, aber nach all dem, was er inzwischen von ihm wusste, hätte er dem Anwalt aus London gern eine ordentliche Tracht Prügel verpasst.

«An dem Abend, als Sarah getötet wurde, war er bei einem Empfang seiner Kanzlei. Ich habe die Aussagen anderer Gäste überprüft; er war bis weit nach Mitternacht dort und am nächsten Morgen um halb acht bei der Arbeit.»

Myles Hunter dankte dem Beamten und knallte den Hörer auf. Sarah Morris war gegen Mitternacht getötet worden. Wenn Anthony Blackstone also nicht durch die Zeit reisen konnte, war es absolut ausgeschlossen, dass er der Mörder war. Auch Suzanne Johnston konnte er nicht umgebracht haben. Zumindest hatte Hunter damit einen Verdächtigen weniger auf seiner Liste. Warum aber fühlte er sich so schlecht? Das Telefon klingelte erneut. Myles nahm den Hörer ab, und nur Sekunden später begann er zu lächeln. Man hatte Benson gefunden und aufs Revier gebracht.

«Ich komme sofort», sagte Hunter.

Detective Sergeant Quale warf Myles einen warnenden Blick zu, als dieser die Tür des Verhörraumes hinter sich zuzog. Benson saß an einem kleinen Tisch mitten im Raum und trommelte mit den Fingern nervös auf die Tischplatte. Unter seinen langen Fingernägeln zeichneten sich schwarze Ränder ab, und das kleine Vogel-Tattoo an seiner Hand schien sich im Takt des Trommelns zu bewegen.

«Mr. Benson wollte mir eben erklären, warum er heute Morgen in Castle Hill unterwegs war», informierte Quale seinen Chef.

«Ach ja?» Myles zog einen Stuhl heran und setzte sich. Er starrte Benson an und versuchte, den Ausdruck der blassen, wässrigen Augen zu deuten, die den Inspector an die von Gollum aus Tolkiens *Der Herr der Ringe* erinnerten. Benson verzog keine Miene. Er schüttelte seine schulterlangen Dreadlocks zurück, wobei ein Ohrring mit einer Feder zum Vorschein kam. Ein verkniffenes Lächeln umspielte seinen schmalen Mund.

«Es ist, wie ich gesagt habe, Officer. Ich war bei einem Freund, und wir haben gemeinsam an der Recherche für unser Buch gearbeitet.»

«Wir haben die Aussage des Freundes ebenfalls aufgenommen, Chef», erklärte Quale. «Ein Mr. Ellis. Er hat bestätigt, dass er und Mr. Benson sich heute Morgen in einem Café in Castle Hill getroffen haben und dann gemeinsam zu Mr. Ellis nach Hause gegangen sind. Mr. Benson ist dann einige Stunden später gegangen, um sich mit anderen Mitgliedern der Gesellschaft für Geschichte im Marine Pub zu treffen.»

Das bedeutete, Benson hätte keine Zeit gehabt, den Kragen und die Manschetten auf das Grab zu legen. Natürlich konnte er auch vor dem Besuch bei seinem Freund auf dem Friedhof gewesen sein. Myles wollte gerade eine weitere Frage stellen, als Quale erneut das Wort ergriff. «Könnte ich Sie kurz draußen sprechen, Chef?»

Die beiden gingen hinaus.

«Was zum Teufel ist denn los, Quale?», zischte Hunter, als sie vor dem Zimmer standen.

«Benson hat ein Alibi für die Tatzeit des dritten Mordes. Er war auf einer Historikerkonferenz in Manchester.»

«Er könnte sich davongeschlichen –»

«Tut mir leid, Chef, aber es sieht nicht danach aus. Wir werden alles genau überprüfen, aber wir haben nicht genug Beweise, um ihn länger hier festzuhalten.»

«Haben Sie sein Vorstrafenregister geprüft?»

Quale zuckte mit den Schultern. «Seine Weste ist weiß wie Schnee.»

«Scheiße.» Erst Blackstone, jetzt Benson. Warum schien jeder Hinweis in einer Sackgasse zu enden?

Eva stand am Fenster und starrte in den dämmrigen Himmel. Gott, wie sie die englischen Winter hasste. Sie zwang sich, zurück an den Schreibtisch zu gehen und die letzten Absätze ihres Vorlesungsskripts für ihr Uni-Seminar über Serienmörder und Profiling erneut zu lesen.

> Täter, die aus Zorn und Vergeltungszwängen heraus morden, suchen sich häufig weibliche Opfer, die repräsentativ für Frauenfiguren stehen, die das Leben des Täters negativ beeinflusst haben: dominante Mütter, promiskuitive oder gewalttätige Partnerinnen, untreue Ehefrauen oder weibliche Vorgesetzte, die dem Täter ein Gefühl von Wertlosigkeit vermittelt haben. Ein solcher Täter hält seine Handlungen nicht für kriminell, sondern für Racheakte, um die Welt von der Frau zu erlösen, die ihm Leid zugefügt hat. Der Mörder wird diese Frau selbst nicht töten, sondern sich mit Substituten behelfen. Aus diesem Grund wird er immer weiter töten, denn sein Rachedurst kann nur zeitweise besänftigt, aber nie endgültig gestillt werden.

Eva dachte an den Henker – und daran, wie ihm jeder weitere Mord ein neues Triumphgefühl gab. Doch sie wusste, dass sich dieses Gefühl sehr bald in nur noch größere Wut und Frustration umkehren würde. Gegen wen richtete sich dieser Zorn? Gegen die Mutter, die Partnerin oder Vorgesetzte? Sie dachte an Myles Hunter und sein Team. Der Druck durch die Öffentlichkeit und die Politik wurde immer größer, man wollte endlich Ergebnisse sehen. Seufzend druckte Eva ihr Manuskript aus und wandte sich ihren E-Mails zu.

Newsletters, Einladungen zu Konferenzen, Anfragen von Studenten, die eine Verlängerung für ihre Hausarbeiten erbaten. Doch dann schoss Eva das Adrenalin ins Blut, als sie die ersten Worte einer neuen E-Mail las ...

Sie halten sich für so wahnsinnig clever. Dabei haben Sie nicht die leiseste Ahnung. Ich habe in der Zeitung etwas über Sie gelesen. Über Sie und diese Schlampe von Journalistin. Sie sollten besser auf sich achtgeben, oder Sie sind als Nächste dran ... Aber noch nicht. Es gibt so viele von Ihnen, und ich beginne gerade erst, Gefallen an meiner Aufgabe zu finden. Doch wenn Sie sich weiter zu sehr einmischen, könnte es sein, dass ich mich zunächst mit Ihnen beschäftigen muss. Ich kann meine Pläne jederzeit ändern. Denken Sie daran. Ich bin der Rauch, den man nicht sieht, bis man daran erstickt, die Hand, die immer hinter Ihnen lauert. Ich hoffe, mein kleines Geschenk hat Ihrer Freundin gefallen. Ich konnte einfach nicht widerstehen.

Ich sehe alles und beobachte Sie beide. Ich bin das Auge Gottes. Meine Arbeit ist noch nicht getan, und ich werde weitermachen. Muss weitermachen. Was diejenigen angeht, die ich bereits abgefertigt habe – nichts in ihrem Leben ist ihnen so gut bekommen, wie selbiges zu verlieren. Machen Sie sich keine Sorgen, ich habe bereits eine neue Aufgabe für Sie vorbereitet.

Ketch

Eva las die Nachricht noch einmal. Was zum Teufel meinte er mit dem Geschenk für ihre Freundin? Hatte er Kat etwas angetan? Sie griff nach dem Telefon und wählte mit zitternden Fingern Kats Nummer. Sie versuchte, sich zu beruhigen und tief zu atmen. Schließlich wollte sie Kat nicht zu Tode erschrecken.

«Ist alles in Ordnung?», fragte sie, als Kat sich meldete.

«Nicht wirklich. Es war ein seltsamer Tag. Heute Morgen habe ich Benson getroffen. Ich denke, er war oben am Schloss. Bei meinem Gang über den Friedhof habe ich dann am Grab von Ned Barlow etwas gefunden. Den Kragen und die Manschetten einer Anwaltsrobe.»

«Gehörten die Sachen Suzanne Johnston?»

«Ja, aber woher weißt du –»

«Ich habe schon wieder eine Mail bekommen», unterbrach Eva sie. «Von dem Mörder. Deshalb rufe ich auch an, Kat. Erschrick jetzt nicht, aber er schrieb, dass er etwas für dich zurückgelassen hat. Ein kleines Geschenk nannte er es. Ich vermute, er beobachtet dich. Hast du mit Benson gesprochen, als du ihn getroffen hast?»

«Er fragte mich, ob ich immer noch helfe, den Mörder zu jagen. Mistkerl. Ich bin froh, wenn die Polizei ihn endlich festnimmt. Was stand noch in der Mail?»

Eva las sie ihr vor. «‹... nichts in ihrem Leben ist ihnen so gut bekommen, wie selbiges zu verlieren.› ... Das erinnert mich an etwas.»

«Ich glaube, ich weiß, woher das stammt. Eine Sekunde.» Eva hörte, wie Kat den Hörer hinlegte, vernahm dann Schritte und das Rascheln von Papier. «Genau, das ist es. Es ist ein Zitat aus *Macbeth*; ich hatte es als Abitur-Stoff. Verdammt, Eva, schon wieder Hexen.»

«Ich rufe Myles Hunter an», erklärte Eva. «Hast du der Polizei von deinem Fund erzählt?»

«Ich habe Myles angerufen, und er kam sofort vorbei.»

Eva bemerkte, dass Kat den Vornamen des Inspectors gebrauchte. Anscheinend änderte Kat gerade ihre Meinung über den unausstehlichen Myles Hunter. «Was hat er gesagt?»

«Er hat Kragen und Manschetten mitgenommen, um sie untersuchen zu lassen. Es scheint aber relativ sicher, dass die Sachen Suzanne Johnston gehört haben. Ihr Name war in den Kragen eingestickt. Er hat übrigens auch dafür gesorgt, dass ein Alarmknopf in meinem Haus installiert wurde.»

«Kat, du kannst auch eine Weile bei mir einziehen.»

«Und was soll ich mit Samson machen? Er würde in kürzester Zeit deine wunderbare Designereinrichtung verwüsten. Mach dir keine Sorgen um mich, mir geht es gut. In meiner Umgebung ist immer eine Polizeistreife unterwegs, und jeder, der hier einzubrechen versucht, wird Samson sein bestes Stück überlassen müssen.»

Eva war hin und her gerissen zwischen ihrem Wunsch, Kat in Sicherheit zu bringen, und dem Wissen, dass sie die Journalistin nicht zu Tode ängstigen durfte. «Er hat geschrieben, dass er seine Pläne jederzeit ändern und eine von uns zu seinem nächsten Opfer machen kann.»

«Glaubst du, er verfolgt uns?»

«Ich weiß es nicht. Vielleicht spielt er nur, weil es ihm Spaß macht, Angst zu verbreiten. Er liest Zeitung und sieht fern, da ist es nicht schwierig, uns zu finden.»

«Jeder, der ein Telefonbuch lesen kann, ist in der Lage, uns zu finden. Dieser Scheißkerl! Ich wünschte, er *würde* es bei mir versuchen. Wie gerne wäre ich diejenige, die ihm ein Messer in die Brust rammt.»

«Ehrlich gesagt, ich auch. Aber vergiss nicht, wie gefährlich er ist, Kat. Er ist uns immer einen Schritt voraus und hat eine Art universellen Plan. Angenommen, es handelt sich bei der Mail und dem Kragen auf dem Grab nicht um einen kranken Scherz – dann würde ich sagen, er ist dabei, den Einsatz zu erhöhen.»

«Eva», bat Kat eindringlich, «Du musst deinen Ratschlag selbst beherzigen. Er hat auch dich gewarnt. Du solltest Myles anrufen, damit er die Nachricht zurückverfolgen und auch bei dir einen Alarmknopf installieren lassen kann.»

Myles. Kats Tonfall hatte sich verändert. Sie sagte nicht länger «Inspector Hunter» oder «die Polizei». Eva fühlte ein seltsames Ziehen in der Magengegend, ein Gefühl, das sie nicht recht einordnen konnte. Sie wusste, sie musste so schnell wie möglich die Polizei über die E-Mail in Kenntnis setzen. Aber vorher musste sie dringend Ben anrufen.

Die Freundin der Hexe auf dem Friedhof zu sehen war eine Überraschung. Vielleicht auch Zufall oder Schicksal. Aber ich sehe es als Zeichen, dass meine Arbeit gewürdigt wird. Kat Branks, Journalistin. Ihr Name stand in der Zeitung. Sie hat rumgetönt, dass sie den Mörder ihrer Freundin finden würde. Ich hatte nicht geglaubt, dass sie eine von ihnen ist, aber vielleicht habe ich mich geirrt. Vielleicht trägt auch sie das Mal.

Ich hatte meine Opfergabe schon am Grab von Old Ned niedergelegt, als ich sie über das Feld laufen sah. Gern wäre ich näher herangetreten, um ihre Reaktion zu sehen, tat es aber nicht. Im Gegensatz zu Will verfüge ich über absolute Selbstbeherrschung.

Nun haben alle beide eine Nachricht des Henkers erhalten – die beschränkte Profilerin und die dumme Reporterin. Es macht große Freude, ihnen bei ihren kläglichen Ermittlungsversuchen zuzusehen. Sie haben einfach keine Chance. Ich bin das Auge Gottes, der Herr der Blutkammer, der Henker.

Aber das Problem mit Will besteht noch. Ich muss ihm gestatten, zu seinem Termin mit dem Therapeuten zu gehen. Ben – was für ein passender Name für diesen feinfühligen, rückgratlosen Dummkopf. Vielleicht kann er Will täuschen – aber mich täuscht niemand.

Kapitel 16

Es war blödes, langweiliges Geschwafel. Will las den letzten Absatz wieder und wieder und drückte dann die *Delete*-Taste. Vielleicht brauchte er einfach eine Pause, vielleicht litt er unter einer Schreibblockade. Sein Agent drängte. Er wollte die ersten Kapitel von Wills neuem Buch endlich lesen. Normalerweise beflügelte Will der Druck eines Abgabetermins. Er liebte den Rausch, sich dann vor seinen Laptop zu setzen, in seine Phantasiewelt einzutauchen und zu wissen, dass er am Ende des Tages mindestens dreitausend Wörter geschrieben haben würde. Auch jetzt war er durchaus in der Lage, diese Menge zu produzieren. Doch seinem Text fehlte die Qualität. Er schloss die Augen und versuchte, sich zu konzentrieren. Der Regen war in Hagel übergegangen, und der Nordwind blies so stark, dass die Körner gegen das Fenster prasselten. Will schaute wieder auf den Bildschirm. Er verschränkte die Arme und kniff sich mit den Fingern so fest ins eigene Fleisch, dass er spürte, wie sich Blutergüsse bildeten. Er konnte nicht einmal genug Motivation aufbringen, den Aufsatz für die Gesellschaft für Geschichte fertigzustellen, obwohl er wusste, dass Graham und die anderen sich auf ihn verließen. Er konnte einfach nicht mehr schreiben. Er war dumm ... nutzlos.

Ben lehnte sich in seinem Stuhl zurück und kaute an seinem Kugelschreiber. Egal, welche Faktoren sonst noch eine Rolle spielen mochten, Ben war sicher, dass die psychische Störung seines Patienten in dessen Kindheit verursacht worden war. Er hoffte, Will würde einer erneuten Hypnosebehandlung zustimmen. Das Brummen seines Telefons riss ihn aus seinen Gedanken. Carol hatte gerade Will aufgefordert, ins Behandlungszimmer zu gehen.

«Bitte.» Ben lächelte Will an und deutete auf die Couch. «Setzen Sie sich.»

Will setzte sich auf den Rand des kleinen Sofas, seine Beine angezogen, und seine bleichen Finger umschlossen seine Knie. Erneut fragte sich Ben, ob Will seine Tabletten regelmäßig einnahm. Er brauchte diese Medikamente, um die Symptome einzudämmen und Erfolge bei der Therapie zu erzielen.

«Ich bin froh, dass Sie sich entschieden haben, zurückzukommen», sagte Ben und zog seinen Stuhl näher an die Couch heran.

Die dunklen Augen seines Klienten sahen ihn eindringlich an, und einen Augenblick lang glaubte Ben, einen Anflug von Zorn darin zu erkennen. Will sah zu Boden. «Ich möchte nicht wieder im Krankenhaus enden. Sie haben es ja selbst gesagt.»

«Wollen wir es noch einmal mit Hypnose versuchen?»

Will zögerte einige Sekunden, zuckte dann aber scheinbar

gleichgültig mit den Schultern. Er stand auf und legte sich auf die Couch.

Es dauerte eine Weile, bis Will sich vollends entspannte. Doch nachdem Ben verschiedene Visualisierungstechniken angewandt hatte, war er überrascht, wie leicht sich sein Klient in den tranceartigen Zustand versetzen ließ. Ben schaltete das Deckenlicht aus und eine Stehlampe an.

«Spreche ich mit Will?», fragte Ben sanft.

«Natürlich, mit wem denn sonst?» Die Stimme klang verwirrt, beinahe belustigt.

«Ich möchte, dass Sie ein paar Jahre in der Zeit zurückgehen und sich erinnern, Will.» Ben bemühte sich, seine Stimme leise und ruhig zu halten. «Erzählen Sie mir von Ihrer Studienzeit.»

Einen Moment lang schwieg Will, dann nickte er. «Ich bin sehr gern an der Uni.»

«Haben Sie dort viele Freunde?» Ben versuchte sich vorzustellen, wie es einem siebzehnjährigen Jungen wohl ergangen sein mochte, der nach jahrelangem Hausunterricht plötzlich in die Welt der Universität geworfen wurde.

«Ich habe keine Zeit, mich mit anderen zu treffen.» Wills Stimme war klar, seine Augen offen. Er fixierte einen Punkt in der Ferne, sah etwas an, das nur er sehen konnte. Seine Finger blätterten in einem imaginären Buch.

«Das ist schon in Ordnung, Will», flüsterte Ben. «Wie ich sehe, sind Sie sehr beschäftigt. Was tun Sie gerade?»

«Ich muss mein Seminar zu Ende vorbereiten», antwortete Will, nahm einen imaginären Stift auf und schrieb auf ein imaginäres Blatt Papier. Seine ganze Aufmerksamkeit galt nun seiner Hausarbeit.

Will war also schon immer ein Einzelgänger gewesen. Ben konnte sich ihn gut in Cambridge vorstellen. Sein Erscheinungsbild, das an den Dichter Byron erinnerte, hatte sicher Aufmerksamkeit erregt und sowohl Männer wie Frauen in den Bann gezogen. Seine intellektuellen Fähigkeiten hatten ihm vermutlich gleichermaßen Feinde wie Bewunderer eingebracht. Ben vermutete, dass Will weder mit den einen noch den anderen etwas zu tun haben wollte. Das Bild eines jüngeren Will schoss Ben durch den Kopf. Ein Junge, der konzentriert und versunken an seinem Schreibtisch saß. Besessen. Doch wovon? War er besessen vom Lernen und Studieren – oder davon, etwas zu verdrängen?

«Schließen Sie die Augen und entspannen Sie sich.» Ben sah die Wimpern seines Patienten flattern. «Sie machen das sehr gut. Nun möchte ich, dass Sie sich an die Zeit vorher erinnern. Etwa, als Sie sechzehn waren.»

Schweigen, dann erneutes Nicken.

«Können Sie mir sagen, wo Sie gerade sind und was Sie tun?»

«Ich lerne für mein Abitur.»

«Macht es Ihnen Spaß?»

Ein Schulterzucken. «Es ist ziemlich einfach, und man sagt mir, ich könne ein Jahr früher als üblich in Cambridge aufgenommen werden.»

Ben beugte sich vor. «Ich verstehe das nicht ganz, Will. Warum gehen Sie nicht zur Schule? Sie sind eindeutig ein sehr intelligenter Junge.»

Ein Lächeln. «Das sagen alle.»

«Sie werden also zu Hause unterrichtet? Warum, Will? Halten Ihre Eltern nichts von Schulen?»

Wills Körper verkrampfte sich, der junge Mann riss seine Augen weit auf und starrte ins Leere. «Schule ist für die da draußen. Wir regeln das anders. Ich – will – nicht – darüber – reden.» Er spuckte die Worte geradezu aus.

Ben atmete tief durch. Es gab eindeutig etwas in Wills Kindheit, das er verdrängen wollte. Er war ganz offensichtlich ein bildschönes Kind gewesen, und Ben fragte sich, ob er wohl missbraucht worden war. Hatten seine Eltern ihn deshalb ans Haus gefesselt? Er wollte Will nicht noch mehr aufregen, doch gleichzeitig fürchtete Ben, er würde seinen Patienten nach dieser Stunde nie wieder zur Hypnose überreden können.

«Will», setzte er sanft an, «können wir über Ihre Mutter sprechen?»

Im Bruchteil einer Sekunde veränderte sich Wills gesamte Körperhaltung. Er krümmte den Rücken wie eine Katze, er setzte sich auf und kreuzte die Beine übereinander, wobei er einen Fuß leicht kreisen ließ. Auch Ben richtete sich auf, erschrocken darüber, was soeben geschehen war. Doch was als Nächstes passierte, schockierte ihn noch mehr. Will begann, in einem hohen, mädchenhaften Ton zu kichern.

«Sie ist tot. Gut, dass wir sie los sind! Will möchte nicht über sie sprechen. Wie reden niemals über sie.»

«Wer sind Sie?», fragte Ben. «Und wo ist Will?»

«Immer diese Fragen. Ich bin Dee, wer denn sonst? Mein Bruder will nicht länger mit Ihnen reden, er ist müde. Ich muss auf ihn aufpassen.»

Ben hielt die Luft an. Er entschied sich, weiterzufragen. «Ich weiß nicht sehr viel über Ihre Familie», erklärte er. «Man sagte mir, Wills Schwester sei tot.»

Ein scharfes Lachen erklang. «Das hat dieser Vollidiot Will erzählt, bevor er selbst ins Gras biss. Ich war immer da. Und werde immer da sein, genauso wie alle anderen auch.» Das Lachen kippte in hysterisches Gackern. War Will auf diese Art mit dem Tod seiner Schwester umgegangen? Indem er sich in sie verwandelte?

«Dee.» Ben versuchte, seine Stimme so ruhig wie möglich zu halten. «Ich muss noch einmal mit Will sprechen. Ich verspreche auch, ihn nicht aufzuregen, ich will ihm nur helfen.»

Wills Körper verkrampfte sich erneut und zuckte, dann erklang wieder seine eigene Stimme. «Ich kann nicht über meine Eltern sprechen», sagte er sehr sachlich, als würde er den Befehl eines anderen nachsprechen.

«Kein Problem, Will, das ist in Ordnung», versicherte Ben ihm. Einen Moment lang spielte er mit dem Gedanken, nach Dee zu fragen und mit ihr über die Kindheit zu sprechen. Doch Will sah erschöpft aus. Schweißperlen zeichneten sich auf seiner Stirn ab. Daher schaltete Ben das Aufnahmegerät aus und begann, Will behutsam aus der Trance zu holen.

«Drei, zwei, eins. Sie sind nun wieder ganz wach und bei vollem Bewusstsein.» Ben hielt inne und hörte, wie sein Blut in den Ohren rauschte. Was, wenn Will nicht zurückkäme? Was, wenn eine seiner anderen Identitäten erscheinen und bleiben würde? Ben atmete schwer, während er beobachtete, wie Will blinzelte und langsam wieder wach wurde.

Der Psychiater lehnte sich vor. Er sprach jedes seiner Worte mit größter Bedachtsamkeit aus, unsicher, wie Will reagieren würde. «Sie sind ein sehr guter Kandidat für Hypnosebehandlungen, Will.»

«Hören Sie sofort auf.» Die Stimme war aggressiv. «Ihre billigen Tricks beeindrucken mich gar nicht, auch wenn Sie diesen Waschlappen ängstigen.»

«Scheiße», murmelte Ben. Es war die andere Stimme, die tiefe, düstere Stimme des Mannes, der in der letzten Sitzung so bedrohlich geklungen hatte.

«Will?»

Der Mann vor ihm lächelte. «Doktor, Sie wissen ganz genau, dass ich nicht Will bin.»

«Kann ich bitte mit Will sprechen?» Inzwischen musste Ben stark mit sich kämpfen, um sich nicht seinen Schrecken anmerken zu lassen.

«Nein, das werde ich nicht zulassen. Ich werde jetzt gehen und Will mitnehmen.»

Noch ehe Ben etwas antworten konnte, zuckte Wills Körper erneut; er stand auf und stürmte an Ben vorbei. Seine Augen blickten sich suchend um, als könne er sich nicht daran erinnern, wo sich die Tür befand.

«Ich muss jetzt gehen.» Da war sie wieder – Wills eigene Stimme, höher und angespannt.

«Will, bitte setzen Sie sich einen Augenblick.» Ben wusste, dass er es Will irgendwann würde gestatten müssen, seinen Zorn auszuleben, doch sie mussten klare Regeln aufstellen, allein um ihrer beider Sicherheit willen. Er streckte die Hand aus, um seinen Patienten zu beruhigen, doch Will stieß sie weg. Er stürmte hinaus und schlug die Tür hinter sich zu.

Ben blieb noch lange in der Praxis, nachdem seine Sprechstundenhilfe gegangen war. Wieder und wieder spielte er die Aufnahme von Wills Hypnosesitzung ab, machte sich Notizen und blätterte in seinen früheren Aufzeichnungen. Auch die gesammelten Artikel über dissoziative Identitätsstörungen ging er noch einmal durch. Einen Absatz las er gleich mehrfach:

> Dissoziative Identitätsstörungen zeichnen sich durch das Vorhandensein einer oder mehrerer Persönlichkeiten aus, die das Verhalten der Betroffenen kontrollieren und unwillkürlich auftauchen. Ursache der Störung sind meist ver-

drängte Traumata, wie etwa Kindesmissbrauch. Ein wiederholt auftretendes Symptom ist Gedächtnisverlust. Der behandelnde Psychiater oder Psychotherapeut sollte den Ausführungen seines Klienten vorurteilsfrei begegnen, die Erinnerungen als Teil eines Ganzen betrachten und die Bedeutung des Erzählten lesen lernen.

Wenn Ben seinem Patienten helfen wollte, würde er sich mit jeder seiner verschiedenen Identitäten befassen müssen. Es würde ein schwieriges Unterfangen werden; in den bisherigen Sitzungen war deutlich geworden, dass jede von Wills Persönlichkeiten nicht nur eigene Ziele verfolgte, sondern auch ihre ganz eigene Auffassung über die Psychotherapie besaß. In Amerika hatte Ben oft mit Kollegen seines Vaters über das Phänomen der dissoziativen Persönlichkeitsstörung gesprochen. Beobachtungen zufolge wirkten Traumapatienten oftmals benebelt und abwesend. Doch welches Trauma hatte Will erlitten? Hatte es etwas mit den Believers zu tun, von denen Will gesprochen hatte? Ben atmete tief ein und aus. Wie sollte er all die Persönlichkeiten, die sich in seinem Patienten verbargen, dazu bringen, ihn dabei zu unterstützen, Will zu helfen?

Brauchte sie wirklich Hilfe? Vielleicht hatte Eva ja recht, und sie sollte mit einem Psychologen sprechen. Kat stopfte die letzten Wäschestücke in die Maschine. Ein Gespräch mit einem Psychologen würde ja doch nichts bringen. Nichts würde helfen. Außer, wenn Sarah jetzt durch diese Tür und wieder zurück ins Leben treten würde. Aber vielleicht stimmte es ja auch, dass die Zeit alle Wunden heilen würde. Das Problem mit der Zeit war nur, dass man immer zu viel davon hatte, wenn man sie nicht wollte, und nie genug, wenn man sie brauchte. Es war erst halb fünf, aber es fühlte sich viel später an. Verdammt, sie brauchte einen Drink.

Sie hatte sich eben ihr drittes Glas Weißwein eingeschenkt, als sie ein Geräusch hörte. Zweifellos war es das unverwechselbare Quietschen des Gartentors hinter dem Haus. Normalerweise würde Samson längst wild und laut bellen, doch sie hatte ihn in der Küche eingeschlossen, um in Ruhe vor dem Fernseher sitzen zu können. Die Küche war dunkel, und nur die roten und grünen Lämpchen am Kühlschrank waren zu sehen.

Mit angehaltenem Atem lauschte Kat den schweren Schritten, die auf das Haus zukamen. Sie nahm das Weinglas in die linke Hand und griff mit der rechten nach einer der Klingen aus dem Messerblock auf der Anrichte. Leise schlich sie über die Holzdielen in der Küche, hatte aber das Gefühl, ihr Herz so laut schlagen zu hören, dass es auch dem Eindringling nicht entgehen würde. Sie zwängte sich zwischen Tür und Küchenschrank und wartete ab. Ihr Mund war trocken wie Sandpapier. Die Türklinke bewegte sich. Das Bild der toten Sarah vor Augen, nahm Kat allen Mut zusammen und sprang nach vorn.

«Was zum Teu–» Die Gestalt schlug das Messer mit der flachen Hand weg und wischte sich mit dem Ärmel Weißwein aus dem Gesicht.

Kat ließ das Messer fallen. Ihr Handgelenk schmerzte von Myles' heftigem Schlag. «Was um alles in der Welt tun Sie denn hier?»

Er rieb sich die Augen. Betreten schaute Kat ihn an und bemerkte, wie ein Tropfen Blut seinen Handballen hinunterlief.

«Ich wollte nach Ihnen sehen, wie ich es versprochen hatte.»

«Sie bluten.» Kat warf ihm ein Handtuch zu. «Warum benutzen Sie nicht die Haustür und die Klingel wie jeder andere auch?»

«Habe ich ja, doch die Klingel funktioniert nicht.»

Die leere Batterie und das erbärmliche Jaulen der Klingel fielen Kat wieder ein.

«Ich habe sowohl auf Ihrem Festnetztelefon als auch auf Ihrem Handy angerufen. Es meldeten sich aber nur Anrufbeantworter und Mailbox.»

«Also haben Sie beschlossen, stattdessen einzubrechen und mich zu Tode zu erschrecken.» Ihr Puls beruhigte sich langsam, und sie spürte, wie ihre Angst langsam in Ärger umschlug.

«Ich habe mir Sorgen gemacht. Sie gehen weder ans Telefon noch an die Tür. Also dachte ich, ich sehe mal hinten nach, aber Ihr Haus ist stockdunkel.» Seine Stimme wurde plötzlich weicher.

Auch Kat fiel nun die Komik der Situation auf. «Und als Belohnung für Ihre Mühe bekommen Sie eine Weißweindusche.» Sie versuchte, ein Lachen zu unterdrücken, scheiterte aber kläglich. Zu ihrer Überraschung stimmte er mit ein.

«Erinnern Sie mich daran, niemals eine Einladung zu einer Party bei Ihnen anzunehmen», sagte er.

«Setzen Sie sich. Ich bringe Ihnen sofort ein eigenes Glas. Vorher müssen wir aber noch Ihre Hand verarzten.» Sie schob ihn auf einen Stuhl und gab ihm Küchenpapier, das er gegen seine Hand pressen sollte, während sie in dem überfüllten Küchenschrank nach ihrem Erste-Hilfe-Kasten suchte. Nachdem sie ihn gefunden hatte, öffnete sie ein Päckchen mit sterilen Tüchern und nahm seine Hand. Seine Knöchel waren breit, die Finger dick und schwielig. Der Schnitt blutete nur noch oberflächlich.

«Ich hätte Sie töten können», flüsterte sie. Ihre Hand zitterte leicht, als sie die Wunde desinfizierte.

Myles griff nach Kats Weinglas und kippte den Inhalt mit

einem Schluck hinunter, ehe er sich vorlehnte und seine Hand inspizierte. «Ich denke, ich werde es überleben.» Das weiche Tremolo seines nordenglischen Akzents war nun deutlicher zu hören als zuvor. Sie konnte den Wein riechen, zusammen mit einem Hauch von Seife, Schweiß und Leder. Er musste ihr helfen, die Bandage zu befestigen, weil ihre Hände zu stark zitterten. Vielleicht war es noch der Schreck oder das Adrenalin oder auch der Wein. Vielleicht auch alles zusammen. Doch die Luft zwischen ihnen knisterte erheblich.

«Soll ich noch eine Flasche öffnen?»

Myles zog eine Augenbraue hoch. «Sieht so aus, als müsste ich nach Hause laufen. Aber ja, sehr gern.»

Sie saßen zusammen, leerten die Flasche und dann noch eine weitere und schienen völlig die Zeit zu vergessen. Sie erzählte ihm von ihrer Kindheit in einem Arbeiterviertel im Norden von London, von dem Zimmer, das sie sich mit ihrer Schwester teilen musste, von dem winzigen Haus in Kensal Rise und ihren irischen Wurzeln. Er redete über sein Leben als ältester Sohn einer alleinerziehenden Mutter, über die Hochhaussiedlung am Stadtrand von Lancaster, wo sie gelebt hatten. Mit jedem weiteren Glas Wein stellten sie mehr Gemeinsamkeiten fest. Mit jedem weiteren Glas fühlte sich Kat dem Mann, der neben ihr auf der Holzbank saß, näher.

Er brachte sie zum Lachen und teilte ihre Leidenschaft für Rockmusik und spanisches Bier. Außerdem hatten sie denselben Geschmack, was alte Schwarzweißfilme anging. Er hatte seine Jacke ausgezogen, und das T-Shirt, das er darunter trug, betonte seinen muskulösen Oberkörper. Kat konnte die Wärme seiner Haut spüren. Die Härchen auf ihren Unterarmen berührten sich und schienen eine elektrische Spannung zu erzeugen. Einen Augenblick lang dachte Kat darüber nach, noch näher an ihn heranzurücken, und fragte sich, wie es sich anfühlen mochte, ihn zu küssen. Nein, es musste am Alkohol liegen; das war definitiv keine gute Idee. Sie sollte gar nicht daran denken.

Doch im selben Moment stellte er sein Glas beiseite und rückte näher. So nah, dass Kat die kleine Narbe an seiner Oberlippe deutlich sehen konnte. Sie hatte das Gefühl, ihre Gliedmaßen verflüssigten sich, schmolzen unter seiner Wärme. Dann überkam es sie beide: Lust, Hormone, Instinkt. Später konnte sie sich nicht mehr erinnern, was oder wie genau es passiert war. Sie schafften es zwar nach oben in ihr Schlafzimmer, nicht aber ins Bett. Erschöpft sanken sie auf dem Boden zusammen – ein Gewirr aus Armen und Beinen, hochgezogenen und heruntergerutschten Kleidungsstücken.

Die Hexe hatte gute Verbindungen. Offenbar hat Seine Ehren, der Richter, eine Belohnung für sachdienliche Hinweise ausgesetzt, die zur Ergreifung des Henkers führen. Aber wer ist der Henker? Die Presse glaubt, es könnte einer von Suzies Klienten sein, und interviewt nun all jene, die an ihren letzten Fällen beteiligt waren. Ich hoffe, es macht ihnen Spaß, ihre Zeit zu verschwenden. Natürlich werden sie eines Tages jedes Wort bereuen, das sie einmal über mich verloren haben. Eines Tages werden sie begreifen, welche Gnade ich ihnen erwiesen habe, indem ich sie von all diesen verruchten Weibsbildern befreite.

In der Zeitung war eine kurze Beschreibung des Mannes zu lesen, mit dem man Suzie in dem Pub gesehen hatte. Doch sie war zu vage, als dass sie zu etwas führen könnte. Es war nicht einmal die Armschlinge erwähnt. Lang lebe die Beobachtungsgabe des britischen Volkes.

Ich sitze bei Old Ned und streiche über das Seil auf meinem

Schoß. Ich lausche den Nachrichten im Radio. Dr. Svenson, die sogenannte Profilerin, wird interviewt. Ihrer Ansicht nach benötigt der Henker Hilfe. Ich spanne den Strick um mein Handgelenk, bis er mir in die Haut schneidet ...

Ich muss nach einer neuen Besucherin für meine Blutkammer suchen. Die Dicke soll die Nächste sein, doch ich muss Geduld haben. Will könnte sie für mich einfangen, aber ich kann ihn nicht in mein Geheimnis einweihen. Will ist zum Problem geworden. Er war schon immer ein schwacher, kleiner Wurm, und hätte ich ihn heute nicht aufgehalten, hätte er diesem Schwachkopf von Psychiater alles erzählt. Und das wollen wir doch nicht. Ich muss nicht über unsere Kindheit reden, ich weiß, was passiert ist. Will hätte schon vor Jahren Hilfe gebraucht, sie aber nicht bekommen. Nur Dee hat auf ihn und Liam geachtet. Bis ich aufgetaucht bin.

Die Vergangenheit liegt weit zurück. Damals war Mutter die Königin und umgeben von ihrer Schar von Believers. Will konnte sich nicht gegen sie wehren. Er war zu schwach und Vater zu verängstigt – er fürchtete sich sowohl vor Mutter als auch vor seinen eigenen dunklen Trieben. Die Sünden der Väter. Es war ein cleverer Schachzug von ihnen, Will nicht zur Schule zu schicken. Er hatte keine Freunde, außer den Believers und ihren Kindern. Er war nie ein echter Mensch, nur eine Kreatur, zu ihren Zwecken herangezüchtet.

Aber ich – ich bin anders.

Kapitel 17

«Ich musste einfach mit jemandem reden.» Evas Stimme zitterte immer noch, nachdem sie Ben von der E-Mail erzählt hatte. Er konnte sich nicht erinnern, sie jemals so erlebt zu haben. Die Eva, die er kannte, war die starke, nie zu erschütternde Eva. Aber diese Eva jetzt hatte Angst. Nicht dass er ihr das hätte vorwerfen können. Die Tatsache, dass ein Frauenmörder einem E-Mails schickt, würde wohl jeden bis ins Mark erschüttern.

«Heute Nachmittag habe ich einen wichtigen Termin; jemand, der dringend Hilfe braucht», sagte er. «Aber anschließend könnte ich zu dir kommen. Ich bringe Wein mit und koche uns was. Was hältst du davon?»

«Hört sich wunderbar an. Danke, Ben. Bis später.»

Nachdem Eva das Gespräch beendet hatte, ließ Ben den Hörer einen Moment lang in seiner Hand ruhen. Er dachte kurz darüber nach, seinen Nachmittagstermin abzusagen, doch er musste Will Ellis dringend sehen. Nach den Ergebnissen der letzten Sitzung war es zwar riskant, doch Ben musste seinem Patienten die Aufnahmen vorspielen. Wills Psyche glich einem Minenfeld, und Ben würde größte Vorsicht walten lassen müssen, wenn er versuchte, das verdrängte Trauma seines Patienten aufzufinden. Er musste unbedingt mehr über die Geschichte von Wills Kindheit wissen.

Ben blätterte in seinem Adressbuch nach der Nummer von Andrea Walsh, seiner Kontaktperson beim Sozialamt. Andrea war eine Frau mittleren Alters, die durch ihren Job und die politische Situation sozial Schwacher reichlich desillusioniert war. Dennoch ließ sie sich nicht davon abbringen, ihre Arbeit zu tun. Ben hatte sie darum gebeten, einige Details aus Wills Familiengeschichte herauszufinden.

Andreas Stimme hörte sich gedämpft an, als sie sich am anderen Ende der Leitung meldete. «Entschuldige, Ben. Aber ich stecke bis oben hin in alten Akten und Papieren. Als ich meinem Chef erzählte, dass ich einen alten Fall wieder ausgraben will, hatte er die großartige Idee, diese Gelegenheit zu nutzen, um die Inhalte unserer alten Akten in die Datenbank zu übertragen.»

«Hast du etwas über die Familie rausfinden können, von der ich dir erzählt habe?»

«Eine Sekunde.» Ben starrte in seine leere Kaffeetasse, während er Andrea am anderen Ende der Leitung rascheln hörte. «Da haben wir es ja. Ellis, nicht wahr? Zwei Hinweise für genauere Beobachtung.»

«Zwei?»

«Freu dich nicht zu früh, Ben. Das ist nichts Ungewöhnliches. Die Eltern wurden beide überprüft, aber ohne Ergebnis. Die Hinweise waren beide anonym. Einer stammte von einem

Patienten aus der Praxis der Ellis. Er sorgte sich wohl, weil der Junge, Will, nicht zur Schule ging.»

«Warte mal», unterbrach sie Ben. «Sagtest du Praxis?»

«Ja, Mr. und Mrs. Ellis waren beide Allgemeinmediziner. Offenbar waren sie zwar seltsam, aber sehr beliebt bei ihren Patienten. Sie gehörten irgendeiner freievangelikalen Sekte an und hatten eigentümliche Vorstellungen in puncto Ernährung und so weiter. Sie haben ihren Sohn zu Hause unterrichtet. Alles war korrekt und mit dem Schulamt abgesprochen. Der Junge soll ziemlich intelligent gewesen sein, und sie hatten wohl Angst, das britische Schulsystem würde seiner Entwicklung schaden. Sie wurden überprüft, und der zuständige Beamte hat bestätigt, dass Will seinen Altersgenossen intellektuell Meilen voraus gewesen ist. Der Hausunterricht schien seinem sensiblen Naturell zugutezukommen. Viele Eltern entscheiden sich heutzutage für so etwas.»

«Ist das nicht ein bisschen einsam für ein Kind?»

«Wahrscheinlich schon. Aber man hat ihn gemeinsam mit anderen Kindern aus der Gemeinde unterrichtet. Diese fundamentalistische christliche Gruppierung hat sich übrigens Believers oder so ähnlich genannt ...» Sie schwieg einige Sekunden.

«Wie konnten Mr. und Mrs. Ellis die Kinder unterrichten, wenn sie doch vielbeschäftigte Ärzte waren?», wollte Ben schließlich wissen.

«Die Praxis befand sich in ihrem Wohnhaus. Es war eines dieser Mausoleen oben in Castle Hill. Die Eltern haben sich beim Unterricht abgewechselt. Wie gesagt, Ben, daran ist nichts weiter ungewöhnlich. Viele Eltern entscheiden sich für so etwas, weil ihr Kind in der Schule gemobbt wird oder weil sie keine anständige Schule in ihrem Distrikt finden.»

«Was war mit der anderen Beschwerde? Du sagtest, es gäbe zwei.»

«Hinweise», korrigierte sie ihn. Wieder raschelte sie mit Papier. «Anonymer Anruf einer Nachbarin, die sich ebenfalls um den Jungen sorgte. Sie sagte, sie fände es merkwürdig, den Jungen nie draußen beim Spielen zu sehen, und dass sie manchmal Schreie aus dem Haus hörte.»

«Das hört sich ernst an.»

«Ja, deshalb wurden sie auch erneut überprüft. Wir gehen solchen Hinweisen immer nach, meistens liegt ein Kern Wahrheit darin, doch oftmals ist die Sache nicht halb so ernst wie die Anschuldigung selbst.»

«Was passierte nach dem Anruf der Nachbarin?»

«Ein Sozialarbeiter war bei der Familie.»

«Hat man etwas herausgefunden?»

«Dem kleinen William ging es gut. Ebenso wie allen anderen Kindern, die zu diesem Zeitpunkt den Unterricht besuchten. Sie waren gepflegt und gut ernährt. Dem Bericht des Sozialarbeiters zufolge waren die Kinder etwas verschüchtert, doch das wird an der Isolation der Gruppe gelegen haben. Sie waren den Kontakt zu Außenstehenden nicht gewöhnt. Was ihre Bildung anging, so waren sie anderen Gleichaltrigen weit voraus.»

«Was ist mit dem Mädchen, Wills Schwester? Ich glaube, sie wurde Dee genannt.»

«Ich weiß nichts über eine Schwester. Bleib mal dran.» Der Hörer wurde hingelegt, und Andrea blätterte in ihren Papieren. «Hier haben wir es», sagte sie schließlich. «Die Ellis hatten nur einen Sohn. Will ist Einzelkind. Wie ich schon erwähnt habe, wurde er zusammen mit anderen Kindern unterrichtet. Die Kinder haben sich gegenseitig als Cousinen und Cousins bezeichnet, obwohl sie nicht blutsverwandt waren.»

«Bist du dir sicher, dass es keine Schwester gab?»

«So sicher, wie ich auf der Grundlage von Akten sein kann. Bestätigt ist nur ein Kind, aber von einigen Nachbarn gibt es Aussagen darüber, dass sie einen Jungen und ein Mädchen gehabt haben sollen. Ben, die Akte ist über zwanzig Jahre alt; ich werde den Sozialarbeiter, der die Familie damals besucht hat, nicht ausfindig machen können. Vielleicht stammte das Mädchen aus einer der anderen Familien der Gemeinde. Warte, hier ist eine Liste der Kinder in der Lerngruppe. Zwei Mädchen, Gillian Peters und Madeline Ainsworth, sind verzeichnet. Von einer Dee steht hier nichts.»

«Danke, Andrea. Vielen Dank für deine Hilfe.» Ben seufzte und kritzelte auf dem Block vor sich herum. «Darf ich dich anrufen, falls ich weitere Fragen habe?»

«Natürlich. Allerdings glaube ich nicht, dass ich dir werde mehr sagen können.»

Ben legte den Hörer auf und starrte auf die Buchstaben, die er unbewusst auf den Block gekritzelt hatte: Dee. Nach den Akten der Sozialarbeiterin hatte es keine Schwester im Haus Ellis gegeben. Was war also mit dem Mädchen passiert, und was wusste Will darüber?

Das Telefon klingelte erneut. Es war Carol, seine Assistentin.

«Ihr letzter Patient für heute ist da. Soll ich ihn hochschicken?»

«Nein, ich hole ihn ab. Sie können dann nach Hause gehen, Carol.»

Will sah krank aus. Doch die blasse, fast durchscheinende Haut und die dunklen Ringe unter den Augen verliehen ihm eine noch größere, allerdings etwas merkwürdige Schönheit. Er trug ein überdimensionales Sweatshirt, dessen Ärmel ihm weit über die Handgelenke reichten.

«Setzen Sie sich, Will. Ich bin froh, dass Sie gekommen sind.»

Will ging unsicher zu der Couch und wirkte dabei wie ein nervöses Rennpferd kurz vor dem Startschuss. Schließlich setzte er sich, kreuzte die Beine und zog sich die Ärmel über die Hände. «Ich wollte nicht kommen», sagte er. Seine Augen wanderten unruhig im Raum umher, vermieden es aber, Ben direkt anzusehen.

«Warum haben Sie Ihre Meinung geändert?» Ben setzte sich auf den Stuhl gegenüber der Couch.

Will zuckte mit den Schultern und hielt den Kopf tief gesenkt. «Hab Angst, denke ich. Ich will nicht wieder in der Klinik enden.»

«Ist das alles, wovor Sie Angst haben?», fragte Ben und wusste genau, dass die Antwort seines Klienten eine Lüge sein würde. «Was ist mit den Gedächtnislücken? Vergessen Sie immer noch Dinge?»

«Ja. Aber manche Menschen sind einfach vergesslich, oder? Und ich führe ein recht normales Leben. Ehrlich gesagt, glaube ich, Sie können nichts mehr für mich tun. Ich würde mich gern abmelden – oder was immer man tun muss, um die Behandlung zu beenden.»

Ben biss sich nachdenklich auf die Unterlippe. «Es tut mir leid, Will, aber ich halte das für keine gute Idee. Es wäre gegen mein Berufsethos, wenn ich Sie aus der Behandlung entließe.» Er bemerkte die plötzliche Veränderung in Wills Körperhaltung und hielt kurz inne. «Ich mache Ihnen einen Vorschlag. Wenn Sie noch zwei weiteren Sitzungen zustimmen, können wir über eine mehrwöchige Therapiepause reden.»

Will schaute auf und sah Ben geradewegs an. Der Blick aus den tiefschwarzen Augen war so stechend, dass der Psychiater sich fragte, ob sein Klient noch andere Mittel außer den verschriebenen Medikamenten zu sich nahm.

«Einverstanden», sagte Will endlich und verzog den Mund zu einem verschämten Lächeln.

Es dauerte über eine halbe Stunde, Will mit Hilfe verschiedener Entspannungstechniken in Trance zu versetzen. Als es Ben schließlich gelang, schaltete er wieder das Aufnahmegerät ein.

«Will, können Sie mich hören?»

Will, der zusammengesunken auf der Couch saß, gab nur ein undeutliches Murmeln von sich.

«Will, ich möchte, dass Sie sich in die Zeit vor Ihrer Krankheit zurückversetzen. In Ihre Kindheit. Ist das in Ordnung?»

Ein weiteres Murmeln, doch diesmal klang es tiefer.

«Können wir dorthin zurückgehen, Will? Entspannen Sie sich einfach und folgen Sie mir. Sie sind sieben Jahre alt und tun etwas, das Ihnen wirklich Spaß macht.»

Die angespannte Stille im Raum wurde nur vom Ticken der alten Standuhr unterbrochen. Ben wartete und beobachtete, ob sich Wills Körperhaltung veränderte. Seine Lider zuckten leicht, und ein Lächeln umspielte seinen Mund. «Was tun Sie gerade, Will?»

Will zog die Schultern ein, hob eine Hand, als kaute er an einem imaginären Stift, und fing dann an zu schreiben.

«Will?»

«Ich schreibe eine Geschichte», sagte Will. «Über einen verlorenen Prinzen.»

Ben lehnte sich ein Stück weit nach vorn. «Warum ist der Prinz verloren, Will?»

«Er ist bei der Geburt vertauscht worden. Mit einem anderen Jungen.» Will grinste, sein Gesicht schien plötzlich aufzuleben. «Aber alles wird gut werden. Seine Eltern, der König und die Königin, werden ihn finden. Dann werden sie ihn von der schlimmen Familie fortbringen und mit aufs Schloss nehmen.»

Ben fühlte, wie sich die Härchen in seinem Nacken aufstellten. «Warum ist die Familie des Jungen schlecht?»

Wills Körper versteifte sich, als habe ihn ein elektrischer Schock getroffen. Er hörte auf zu schreiben, schlang die Arme um seinen Oberkörper und schaukelte leicht hin und her, als wolle er sich selbst beruhigen.

«Sie sind gemein zu ihm und den anderen Kindern. Besonders Mina. Nur Dee weiß, wie man mit ihr umgehen muss.»

«Wer ist Mina?»

Will schnaufte. «Jeder kennt Mina, und alle haben Angst vor ihr. Alle müssen tun, was sie sagt, sogar die Erwachsenen. Dee hasst sie und sagt, dass sie sie eines Tages töten und uns retten wird.»

«Wer ist Mina?»

«Die Anführerin natürlich. Die Mutter.»

«Meinen Sie Ihre eigene Mutter?»

Will schnaufte erneut. «Ja, aber so nenne ich sie nicht.» Sein Körper wand sich. «Sie wird sehr zornig.»

Ben wurde plötzlich bewusst, dass seine Hände die Armlehnen des Stuhls fest umklammerten. Er atmete tief durch, bevor er die nächste Frage stellte.

«Warum haben alle Angst vor Mina? Was tut sie Ihnen und den anderen an?»

Will blinzelte, setzte sich dann ruckartig auf und rieb aufgebracht mit den Händen über seine Knie, als wollte er etwas wegwischen. Seine Aufregung steigerte sich von Sekunde zu

Sekunde. Doch Ben wusste, dass er seinen Patienten weiter provozieren musste. Vielleicht war dies seine letzte Chance, einen Durchbruch zu erzielen und das Geheimnis von Wills Kindheit zu entschlüsseln.

«Sie können es mir sagen, Will. Hier sind Sie sicher. Was tut Mina Ihnen an?»

Eine Träne tropfte auf Wills Hände, die er jetzt unter seinem Kinn gefaltet hielt, als wollte er beten. Er schaukelte hin und her. «Sie tut uns weh. Sie lässt zu, dass sie uns wehtun, um all unsere Sünden zu sühnen.»

«Will, hier sind Sie sicher. Niemand wird Ihnen hier wehtun, und niemand wird etwas darüber erfahren, was Sie hier sagen. Verstehen Sie das, Will?»

Will nickte. Doch der siebenjährige Junge in ihm hielt die Augen krampfhaft geschlossen und die Hände fest gefaltet. «Versprochen?», flüsterte er.

«Ich verspreche es, Will», versicherte Ben. «Nun erzählen Sie mir, was Mina Ihnen antut.»

«Sie bringt uns hinunter in ihr Verlies. Da unten ist es dunkel, und es riecht schlecht. Aber sie sagt, wir müssen dort hinein, wenn wir jemals richtige Believers werden wollen. Dee passt auf mich auf. Sie sagt, ich soll meine Augen schließen und mir vorstellen, dass ich woanders wäre. Ich kann auch jemand anders sein, wenn ich will. Ein tapferer König, der Drachen besiegt, wie der in den Büchern, die sie mir heimlich mitbringt.»

«Ich möchte, dass Sie jetzt sehr tapfer sind, Will. Können Sie das?»

Der Junge im Körper eines erwachsenen Mannes schluckte. «Ich versuche es.» Seine Stimme klang dünn und zerbrechlich.

«Ich möchte, dass Sie sich an das letzte Mal erinnern, als

Mina Ihnen etwas angetan hat. Lassen Sie sich Zeit. Und denken Sie daran, Sie sind hier sicher. Beschreiben Sie mir, was Sie gerade tun.»

Will erschauderte und schlang seine Arme erneut um seinen Oberkörper. «Ich bin im Bett, in meinem Zimmer», erzählte er schließlich. «Aber ich weiß, dass noch jemand im Raum ist. Jemand, der mich holen will.» Seine Stimme schien nur noch ein Schluchzen.

«Sie machen das großartig, Will», sprach Ben ihm Mut zu. «Wer ist da in Ihrem Zimmer? Ist es Mina?»

«Ja, ich kann sie zwar nicht genau erkennen, wegen der Dunkelheit, aber ich kann ihr Parfüm riechen. Es riecht wie verwelkte Blumen. Mir wird schlecht davon. Ich muss aus dem Bett steigen, habe aber keine Pantoffeln.»

«Wo gehen Sie hin?»

«Wo wir immer hingehen. Nach unten in den Keller. Ich mag den Keller nicht. Der Boden ist kalt und kratzt unter meinen Füßen.»

«Wo ist Mina jetzt?»

«Sie hält mich an der Hand und zieht mich hinter sich her, weil ich nicht freiwillig gehen will. Mir ist kalt und ich bin müde. Mir ist übel. Aber sie zieht mich noch fester ... Kann meine Hand nicht wegziehen ... Stelle mich auf ihren Fuß. Sie schlägt mir ins Gesicht. Ich spüre ihren großen Ring. Es tut weh.» Will hob die Hand und strich sich über die Wange. Seine Unterlippe zitterte. Ben fragte sich, wie weit er noch gehen konnte.

«Erzählen Sie mir von dem Keller», bat er. Er versuchte das Bild des verängstigten kleinen Jungen aus seinem Kopf zu streichen.

«Er riecht wie mein Mantel, wenn ich damit in den Regen gekommen bin. Viele Treppenstufen gibt es dort», fuhr Will nun mit monotoner Stimme fort. «Mina zieht mich ... Ich falle fast hin. Es ist dunkel, aber Kerzen brennen. Ich sehe Menschen, die sich bewegen.»

«Wer sind diese Menschen, Will? Können Sie sie erkennen?»

«Noch nicht. Ich bin noch zu weit weg. Aber ich weiß, wer sie sind. Es sind die Believers. Mina ist ihre Anführerin.»

«Will, ich möchte, dass Sie näher herantreten. Gehen Sie vollständig in den Keller hinein.»

«Nein! Nein, ich will nicht.» Will verkrampfte sich. «Sie haben schon jemanden. Ich kann sie auf dem Bett sehen. Es ist Maddy. Sie geben ihr die Medizin, die sie uns manchmal einflößen und die mich ganz schwindelig macht. Ich bin froh, dass sie ihr die Medizin geben. Dann tut es nicht so weh.»

«Wer sind die Believers? Kennen Sie sie?»

«Natürlich. Maddys Eltern sind dabei. Tante Leona gibt ihr die Medizin.»

«Was passiert mit Maddy?»

Will schaukelte unruhig auf dem Sofa hin und her. Seine Augen waren fest zugekniffen. «Sie tun ihr weh. Alle ... Es ist kalt, und sie hat keine Kleider. Ich will ... sie bedecken. Sünde ... Sünde ... Hört auf! Hört auf!» Will schrie aus vollem Hals.

«Es genügt, Will.» Ben versuchte, gegen das Schreien seines Patienten anzureden. Er hatte die Gefahr erkannt, dass die Situation außer Kontrolle geraten könnte. «Ich will, dass Sie den Keller sofort verlassen.»

«Aber das geht nicht. Ich kann Maddy nicht alleinlassen ...»

«Will.» Bens Tonfall war nun scharf. «Maddy geht es gut. Sie müssen mir zuhören. Sie gehen jetzt zurück ins Bett und schlafen. Hören Sie mich?»

Langsam hörte Will auf, sich hin und her zu bewegen. «Zurück ins Bett», wiederholte er schließlich.

Ben seufzte erleichtert und begann dann langsam, Will aus der Hypnose aufzuwecken. Einen Moment lang beobachtete er, wie sein Patient sich reckte und wieder aufrichtete.

«Das war eine sehr aufschlussreiche Sitzung», sagte er schließlich. «Ich denke, wir haben heute den Grund für Ihre Gedächtnislücken ergründet. Ich möchte Ihnen die Aufnahme gern vorspielen.»

Will lehnte sich zurück und kreuzte die Beine. Eine Weile hörte er gespannt zu und zog eine Augenbraue hoch, als er sich selbst mit der Stimme eines Kindes reden hörte. Bei Bens Fragen nach Mina verspannte er sich sichtbar. Aufmerksam lauschten die beiden Männer den Erzählungen des hilflosen Jungen. Als sie hörten, was mit der kleinen Maddy im Keller geschah, sprang Will auf.

«Schalten Sie das aus! Schalten Sie das verdammte Gerät aus!» Noch ehe Ben reagieren konnte, griff Will nach dem Aufnahmegerät und warf es mit aller Kraft auf den Boden.

«Will, beruhigen Sie sich. Wir können darüber sprechen. Ich kann Ihnen helfen.»

Ben stand auf und versuchte, sich Will in den Weg zu stellen, als dieser zur Tür stürmte. Er streckte die Hand aus, um seinen Patienten zu beruhigen, bemerkte jedoch im selben Moment, dass er einen Fehler begangen hatte. Ein kräftiger linker Haken traf ihn am Kinn, und Ben ging zu Boden. Als er sich wieder aufrichtete, hatte Will den Raum verlassen und die Tür so heftig hinter sich zugeschlagen, dass die Glasscheibe in ihrem Rahmen wackelte.

Hinter der Dunkelheit des Steinbruchs – der «Schlinge» – erstreckt sich die grüne Fläche der Parks; und auf der anderen Seite der Bucht kann ich die Lakeland Mountains sehen. Ich schließe die Augen, schmecke das Salz im Wind und lausche den Geistern, die den Hügel rauf nach Gallows Gate schweben. Old Ned konnte sechs auf einmal erledigen, ohne einen einzigen Fehler zu machen.

Noch gibt es keine Reaktion auf mein kleines Geschenk. Die Herren in Blau werden es wohl noch eine Weile für sich behalten. Ihre schreckliche Inkompetenz muss sie sehr frustrieren. Sie sind dem Henker noch keinen Zentimeter näher gekommen. Sie sehen nicht, dass er ihr eigenes Geschöpf ist, ihr Sensenmann, der nachts um sie herumschleicht, ihr eigenes Frankenstein-Monster.

Ich gehe durch den Park und atme den Geruch der modrigen Blätter unter meinen Füßen ein. Der viktorianische Brunnen ist verstopft mit Algen, das Wasser auf dem See stahlgrau. Die eisige Oberfläche ist durchbrochen; ich sehe dort den Kadaver eines toten Vogels schwimmen. Meine Erinnerung, mein Gefängnis, schließt sich um mich. Ich sehe, höre und fühle all das, woran sich Will nicht erinnern will. Als Kinder waren wir oft hier. Vater hat uns hierher gebracht. Natürlich mussten wir schwören, niemandem etwas zu verraten. Wir waren gut darin, Dinge geheim zu halten. Dee, Liam, Maddy, selbst Will. Ich mache mir immer noch Sorgen um Will. Er weiß zu viel und könnte uns alle zerstören, wenn er den Mund nicht hält.

Auf meinem Rückweg bemerke ich, dass das Schmetterlingshaus geöffnet ist. Dort wird es warm sein, und ich kann nachdenken. Ich betrete das Glasgebäude mit den weißen Rahmen. Es ist so stickig, dass ich nach Luft schnappe. Ich schlüpfe aus meiner Jacke und lasse mich auf einer Bank zwischen einer Bananenpalme und einem Farn nieder. Vor mir tanzen exotische Insekten. Große, gewölbte rot-orangefarbene Flügel fordern die Aufmerksamkeit eines tiefvioletten, umherflirrenden Wesens. Sie flattern zwischen den Pflanzen, die in ihren verschiedenen Grüntönen leuchten; die Farben vermischen sich zu kleinen Regenbogen. Diese kurzlebige Schönheit hat etwas Schmerzvolles an sich. Ein Paar silbergrauer Flügel lässt sich auf meinem Knie nieder. Ich wage es kaum, zu atmen, und beobachte das zitternde Insekt. Seine Flügel sehen aus wie fein geklöppelte Spitze. Noch nie habe ich etwas so Schönes gesehen. Meine Hand schnellt nach vorn, und ich zerquetsche die weichen Flügel wie Reispapier in meiner Faust.

Kapitel 18

Dee ... Will konnte nicht aufhören, an sie zu denken. Er musste sieben oder acht Jahre alt gewesen sein, als sie ging. Er konnte sich nicht einmal an ihr Gesicht erinnern. Sie hatten kein einziges Bild von ihr aufbewahrt. Nur das eine, das er später gefunden und seiner Anwältin überreicht hatte. Doch er konnte immer noch ihre Stimme hören – weich und beruhigend. Sie half ihm, nahm ihn in den Arm, wenn er Angst hatte.

Er musste zurück zu Dr. Chandler. Er wusste, der Psychiater würde die Klinik verständigen, wenn er nicht zurück zur Therapie kam. Seine Gedächtnisaussetzer wurden immer schlimmer. Gestern hatte er sich plötzlich inmitten einer Besucherführung auf dem Schloss wiedergefunden, konnte sich aber nicht erinnern, wie er dorthin gekommen war. Einen Tag zuvor hatte er plötzlich vor dem Schmetterlingshaus im Park gestanden. Was passierte nur mit ihm?

Ben hörte sich die Aufnahmen aus Wills Sitzungen erneut an und wusste, dass sein Instinkt richtig gewesen war. Er musste Will helfen, die Bedeutung seiner Erinnerungsbruchstücke zu erkennen und korrekt einzuordnen, ohne ihren Wahrheitsgehalt in Frage zu stellen. Will erinnerte sich daran, ein Missbrauchsopfer seiner Eltern gewesen zu sein. Auch andere Kinder waren offensichtlich missbraucht worden.

Ben hatte einige Stunden damit verbracht, im Internet nach Informationen zu suchen. Zwar hatte er keinen Eintrag zu den Believers gefunden, doch so manche andere, verstörende Geschichte über religiöse Kulte und Sekten gefunden. In ihren Grundzügen ähnelten sich die Geschichten stark. Normale, intelligente Menschen, die nach einem tieferen Sinn für ihr Leben suchten, wurden indoktriniert und dazu gebracht, dem Wohl der Gruppe – was auch immer das sein mochte – größere und kleinere Opfer zu bringen. Meist verlangten ein oder mehrere autoritäre Führer absolute Unterordnung und Gehorsam. War Mina die Führerin gewesen – oder doch ihr Ehemann? War es dieser profunde Betrug, diese Verletzung ihrer mütterlichen Pflicht, ihr Kind zu beschützen, die Will dazu brachte, seine Mutter allein verantwortlich zu machen? Ben dachte an seine eigenen Eltern und seine jüngeren Schwestern, an die große glückliche Familie, die er hatte. Mit diesem Hintergrund war es nicht schwer, sich eigene Kinder zu wünschen. Er konnte sich nicht vorstellen, wie es sein musste, als Opfer der eigenen Familie leben zu müssen.

Zweifelsohne war Will ein Opfer. Doch wie viele Opfer hatte er es mittels intensiver Verdrängung und dank seiner Überlebensinstinkte geschafft, seinen eigenen Missbrauch zu überstehen, konnte aber nicht ertragen, wenn anderen das Gleiche geschah. Die Erinnerung an Maddy hatte das auf traurige Weise verdeutlicht, und Ben hatte anschließend nicht gewagt, Will länger unter Hypnose zu behalten. Will wollte Maddy ganz offensichtlich beschützen. Doch wer hatte Will beschützt? Zum Glück war das Band unbeschadet geblieben, als Will das Aufnahmegerät zerstört hatte. Ben musste unwillkürlich an die verzweifelten Worte seines Patienten denken: «Schalten Sie das aus! Schalten Sie das verdammte Gerät ab!»

Ben fühlte eine Mischung aus Scham und Erregung, als er das Band nun zurückspulte und sich erneut anhörte. Die Stimme, die schon bei der letzten Hypnosesitzung zum Vorschein gekommen war, als Bens Fragen zu intim geworden waren, trat auch dieses Mal wieder hervor. Nur war Will nicht länger unter Hypnose, als er mit dieser fremden, kalten Stimme sprach. Es war nicht ungewöhnlich, dass sich jedes einzelne Alter Ego einem starken Gefühl zuordnen ließ. Bei Wills Alter Ego war das eindeutig Hass.

Will war ein schwer gestörter junger Mann, und Ben wollte nichts anderes als ihm helfen. Doch er würde ihm nicht helfen, indem er Artikel für Fachzeitschriften schrieb, Vorlesungen hielt und Kongresse besuchte. Er musste wieder mit Will sprechen, und wenn nötig auch mit seinen Alter Ego. Er musste herausfinden, was diesen Hass erzeugt hatte, und musste Will gestatten, dieses Gefühl bewusst zum Ausdruck zu bringen und es nicht länger zu unterdrücken.

Erst eine Stunde später verließ Ben endlich seine Praxis, um zu Eva zu fahren. Er hatte eine Nachricht auf Wills Anrufbeantworter hinterlassen und ihn gebeten, zum nächsten Termin zu erscheinen. Die Versuchung, Will in seiner Wohnung aufzusuchen, war groß gewesen, doch Ben musste sich eingestehen, die

Grenze zwischen Patient und Therapeut schon weit genug überschritten zu haben.

Dennoch machte er einen Umweg über Castle Hill. Er hielt den Wagen an und blickte auf den Zettel in seiner Hand. Das Golgotha House war das letzte in einer Häuserreihe auf dem Hügel oberhalb des Schlosses. Ein etwas heruntergekommener viktorianischer Bau mit einem Erkertürmchen am Westflügel des Daches. Die dunklen Fenster schauten trist auf das Schloss. Der Vorgarten war völlig zugewuchert, und eine alte Eibe legte ihren Schatten über das gesamte Haus und ließ kaum Licht hinein. Hinter den Fenstern hingen schwere Gardinen. Ben blickte nach oben, und einen Augenblick lang war ihm, als könnte er einen Schatten hinter einem der Vorhänge erkennen.

«Ich weiß, dass du da bist», flüsterte er und drehte den Zündschlüssel um. «Früher oder später wirst du mit mir sprechen müssen, Will. Oder die anderen müssen es für dich tun.»

«Schön, dich zu sehen», begrüßte Eva ihn und reichte ihm ein Glas Rotwein.

«Keine weiteren E-Mails?»

«Nein», antwortete sie. Sie ging zu ihrem Schreibtisch und nahm ein Blatt Papier von ihrem Drucker. «Das ist sie.»

Sie beobachtete Ben dabei, wie er den Brief überflog. «Wenn die Annahme stimmt, dass es sich bei dem Absender wirklich um den Mörder und nicht um irgendeinen kranken Witzbold handelt – dann will er dich glauben machen, dass er Macht über dich hat.»

«Und glaubst du, die hat er?» Eva bemerkte, dass ihre Stimme brüchig klang, und hasste sich selbst dafür. Das war ihr Job. Sie musste objektiv bleiben, um ihre Arbeit gewissenhaft erledigen zu können.

«Vielleicht verfolgt er dich und beobachtet dich aus der Ferne, aber das heißt noch lange nicht, dass er bei dir einbrechen und dich entführen wird. Er macht Spielchen. Ich finde, du solltest bei mir einziehen.»

Eva sah ihn an und hätte beinahe zugestimmt. Sie hatten in den letzten Monaten oft darüber gesprochen, zusammenzuziehen und sich fest zu binden. Vielmehr gesagt: Ben hatte darüber gesprochen, und sie hatte versucht, das Thema zu wechseln. Sie liebte ihn, da war sie sich sicher, und sie wollte bei ihm bleiben. Aber ihre Wohnung aufgeben, heiraten und – das größte aller Fragezeichen – Kinder bekommen: Mit solchen Plänen konnte sich Eva im Moment überhaupt nicht beschäftigen.

«Das würde ich gern», erklärte sie nun. «Aber ich kann es nicht zulassen, dass dieser Kerl mich aus meiner Wohnung vergrault. Die Polizei hat ein Auge auf Kat und mich.»

«Bist du sicher, dass der Killer der Absender dieser Mails ist? Ich meine, die ganze Stadt weiß von den Morden und dass du an dem Fall beteiligt bist. Wer weiß, was für Verrückte –»

«Nein», unterbrach Eva ihn. «Ich bin sicher, dass er es ist.» Sie wollte ihm von dem Kragen und den Manschetten erzählen, doch dabei handelte es sich um vertrauliche Informationen, die sie keinem verraten durfte. «Die Polizei tut, was sie kann», sagte sie stattdessen, und das Bild eines völlig übermüdeten DI Hunter mit tiefen Augenringen im Gesicht tauchte vor ihrem inneren Auge auf. «Das Problem ist, dass sie die Morde als eine Verbrechensserie begreifen und somit den Fokus ihrer Ermittlungen falsch setzen.»

«Ich dachte, genau danach sucht ihr – nach einem Serienmörder.»

Eva schlug mit der Faust auf das Sofa. «Jedes Verbrechen

entsteht infolge dramatischer Vorfälle im Leben des Täters. Jede Tat beinhaltet dieselben Vorgänge und dieselben Personen in den Augen des Täters. Deshalb handelt es sich um Wiederholungstaten.»

«Eine Art Psychodrama, meinst du?»

«Genau. Doch ein Psychodrama ist eine Geschichte, die sich entwickelt. Wir müssen also die Geschichte des Täters herausfinden.»

«Vielleicht sollte ich öfter bei dir bleiben, dich auch zur Uni begleiten und diesen Typen wissen lassen, dass er es mit mir aufnehmen muss, wenn er dir etwas antun will.»

Eva musste unwillkürlich lachen. «Ganz Macho, was! Halt dich von meiner Frau fern und dann die Muskeln sprechen lassen. Ich wusste gar nicht, dass ein echter Höhlenmensch in dir steckt.»

«Der Typ könnte eine ernsthafte Gefahr für dich darstellen.»

«Es gibt keinen Grund, zu glauben, der Mörder sei einer meiner Studenten oder Kollegen an der Uni», hob Eva hervor. «Jeder kann an meine E-Mail-Adresse kommen. Sie steht auf der Website der Uni. Die zwei E-Mails wurden von unterschiedlichen Providern abgeschickt, eine aus der Bibliothek, die andere von einem Internetcafé aus.»

«Ich nehme an, die Polizei hat die Angestellten des Cafés befragt?»

Eva lächelte schwach. «Ja, aber natürlich erinnern die sich nicht an jeden Einzelnen, der ihre Computer benutzt. Was sollte man auch fragen? ‹Hat in letzter Zeit jemand Ihr Café betreten, der aussieht wie ein psychopathischer Killer?› Diese Läden sind immer voll, und man redet nicht besonders viel miteinander. Der perfekte anonyme Ort.»

«Du lässt diesen Fall zu nah an dich ran.»

Eva konnte es nicht leugnen. Dafür war Ben einfach zu gut in seinem Job. «Manchmal glaube ich, du kennst mich zu gut.» Sie lächelte und fühlte zu ihrer eigenen Überraschung einen Kloß im Hals. Ruckartig erhob sie sich von der Couch und wechselte das Thema. «Was ist denn aus deinem Plan geworden, für mich zu kochen?»

«Bleib einfach sitzen, entspann dich und schau mir bei der Arbeit zu, wenn du willst.»

Obwohl es keinen Grund gab, sein Angebot abzulehnen, machte es Eva dennoch nervös, Ben in ihrer Küche kramen und arbeiten zu sehen. Wollte sie einfach ihr Territorium nicht mit ihm teilen? Das war unfair und schwach von ihr ... Nicht jetzt, ermahnte sie sich.

«Wo ist der Oregano?», rief Ben.

«Oberster Schrank, unterstes Regal», antwortete Eva. «Macht es dir etwas aus, wenn ich kurz telefoniere?»

«Kein Problem.» Seine Stimme klang heiter, doch es mischte sich ein bitterer Unterton mit hinein. Enttäuschung vielleicht?

Eva nahm das Telefon und ging ins Schlafzimmer. Sie setzte sich auf die Kante ihres Bettes und drückte die Schnellwahltaste für Kats Nummer.

«Jedes Mal, wenn ich daran denke, dass er den Kragen und die Manschetten für mich auf das Grab gelegt hat, überkommt mich die Panik», gestand Kat. «Ich muss ununterbrochen an den Mörder denken. Womöglich verfolgt er mich und hat es auf mich abgesehen.»

«Du wirkst ziemlich aufgelöst», sagte Eva, und ehe sie sichs versah, fügte sie hinzu: «Warum kommst du nicht vorbei? Ben kocht ein Abendessen.»

«Ben ... Ist das nicht dein –»

«Ja», unterbrach Eva sie. «Und er würde dich bestimmt gern kennenlernen.»

«Ich will nicht stören.»

«Blödsinn, Kat, du störst nicht.» Eva biss sich auf die Lippe und fühlte, dass sich kleine Schweißperlen auf ihrer Stirn bildeten. Sie war erleichtert, als Kat zusagte, vorbeizukommen.

Ben war mit der Zubereitung der Soße beschäftigt. Während Eva ihre minimalistisch eingerichtete Küche mit dem blankpolierten Stahlherd liebte, wusste Ben diese Ordnung weniger zu schätzen. Er hatte sämtliche Küchenutensilien aus den Schränken geräumt und den gesamten Herd mit Tomatenmark bespritzt.

«Entschuldige», sagte er grinsend. «Ich mache nachher sauber.»

«Kein Problem.» Eva öffnete die Spülmaschine und begann, Geschirr hineinzustellen. «Ich habe eben mit Kat telefoniert und sie eingeladen, mit uns zu essen. Ich hoffe, das ist in Ordnung?» Die Worte sprudelten aus ihr heraus, und sie spürte, wie ihr die Röte ins Gesicht stieg. Immerhin war dies ihre Wohnung, sie musste Ben doch nicht um Erlaubnis fragen, wenn sie jemanden einlud.

«Natürlich ist das in Ordnung», erwiderte Ben trocken. «Ich werfe ein paar Spaghetti mehr ins Wasser.» Er schob sich an Eva vorbei und griff nach dem Glas mit den Nudeln auf dem Regal. Eva zuckte zurück, als sie aneinanderstießen.

«Zu wenig Platz hier», meinte sie. «Ich werde mal den Tisch decken.»

Kat beobachtete Ben und Eva, die ihr gegenüber am Tisch saßen. Sie bemerkte, wie er Evas Arm berührte, als er den Teller vor ihr abstellte, bemerkte den warmen Blick aus seinen braunen Augen. Und sie bemerkte auch Evas verkrampfte Haltung, ihre abweisende Körpersprache.

Eva reichte ihr die Salatschüssel. «Du siehst besser aus. Hast du letzte Nacht ein wenig schlafen können?»

Kat fühlte, wie sie errötete. Sie dachte daran, wie sie in den frühen Morgenstunden mit einem schweren Arm auf ihrer Brust aufgewacht war, einen nackten, verschwitzten Myles neben sich im Bett.

«Ein paar Stunden», antwortete sie knapp.

«Hat die Polizei die Sicherheitsvorkehrungen getroffen?»

Kat nickte stumm. Beim Gedanken an Myles, der unbeholfen aus ihrem Schlafzimmer getappt war, während sie so getan hatte, als schlafe sie tief und fest, musste sie beinahe loslachen.

«Sie haben einen Alarmknopf installiert. Außerdem habe ich ja noch Samson.»

«Wo wohnen Sie?», fragte Ben und schenkte ihr Wein nach. «In Castle Hill, nicht wahr?»

«Ja. In einem der georgianischen Häuser gegenüber vom Schlosstor.»

«Gibt es nicht ganz in Ihrer Nähe ein großes viktorianisches Gebäude? Golgotha House heißt es, glaube ich.»

Kat war froh, nicht mehr über die Polizei reden zu müssen. «Ja, es liegt auf der anderen Seite des Schlosses. Ziemlich runtergekommen, ein bisschen wie das Haus der Addams Family. Ich habe noch nie jemanden dort hinein- oder hinausgehen gesehen.» Kat lachte. «Wahrscheinlich ist es an Studenten vermietet, die sich vor dem Abend nicht blicken lassen. Warum fragen Sie?»

Ben zuckte mit den Schultern. «Oh, nur so. Mir war es nur aufgefallen; ich interessiere mich für alte Gebäude. Und wie Sie sagen – es ist wirklich sehr heruntergekommen und hässlich.»

Den Rest des Abends bemühten sie sich, oberflächliche Konversation zu betreiben, und redeten über die allgemeine Wirtschaftslage, über Bücher und Musik. Sie alle wollten das Thema vermeiden, das sie eigentlich beschäftigte. Nach seinem zweiten Kaffee verabschiedete Ben sich. Die Frauen wollten vermutlich unter sich sein. Was auch immer Eva beschäftigte, sie wollte ganz offensichtlich nicht mit ihm darüber reden, sonst hätte sie Kat nicht eingeladen. Dennoch war da ein Moment gewesen ... in der Küche, vorhin ... Aber vielleicht bildete er es sich auch nur ein. Es war ein merkwürdiger, anstrengender Tag gewesen.

Zurück in seiner eigenen Wohnung, lief Ben nervös in seiner Küche umher. Dieses verdammte Koffein. Seine Gedanken rasten. Er dachte an Evas E-Mails, an Kat und an Will. Er musste sichergehen, dass Will seinen nächsten Termin wahrnahm. Ben schaltete den Wasserkocher ein, änderte dann aber seine Meinung und öffnete eine Flasche Wein. Er schenkte sich ein Glas ein und sah auf die Uhr: zwanzig nach elf. Es waren besondere Umstände, redete er sich selbst ein. Er nahm das Telefon und wählte Wills Nummer.

«Ja?»

«Hallo, hier ist Ben Chandler. Könnte ich bitte mit Will Ellis sprechen?»

Nach einem Moment des Schweigens erklang eine tiefe Stimme am anderen Ende der Leitung. «Tut mir leid, aber er ist nicht hier.» Die Stimme war rauer als die von Will und hörte sich irritiert, fast wütend an. «Kann ich etwas ausrichten?»

«Wissen Sie, wann er zurück sein wird? Ich muss ihn wirklich dringend sprechen. Könnten Sie ihn bitten, mich zurückzurufen?»

«Ich richte es aus.» Die Stimme klang nun ungeduldig. «Wiederhören.» Ehe Ben reagieren konnte, war der Anruf beendet worden.

Ben blieb eine Weile mit dem Hörer in der Hand sitzen. Er kannte die Stimme, hatte sie erst heute gehört. Es war eines von Wills Alter Ego, das da mit ihm am Telefon gesprochen hatte. Ben blieb nichts anderes übrig, als zu hoffen, dass dieses Alter Ego Will gestatten würde, zu seiner Sitzung zu kommen. Doch wenn das Alter Ego versuchte, Will zu beschützen, gab es eine nicht geringe Wahrscheinlichkeit, dass diese alternative Persönlichkeit komplett von Will Besitz ergreifen würde.

Ich habe eben mit Doktor Chandler gesprochen. Er möchte Will wiedersehen. Doch vielleicht sollten lieber wir mit ihm sprechen. Immerhin könnten wir ihm sagen, was wirklich passiert ist. Wenn er etwas über unsere Kindheit wissen will, dann sollten wir ihm einfach davon erzählen. Soll er doch alles wissen über die Mutter und die Believers.

Wir erinnern uns an die Rituale. Doch Will kann sich nicht erinnern, will sich nicht erinnern. Es war unsere Aufgabe, uns zu erinnern. Erinnerung war unser Gefängnis. Wir haben Leben gelassen ... Dee war unsere Schwester und Beschützerin, als wir noch jünger waren. Dee konnte sich wehren, sie hielt Mutter auf, wenn sie uns wehtun wollte. Dee hat sie für immer aufgehalten. Sie nannten es einen Unfall, doch anschließend war Mutter nie mehr dieselbe gewesen ... zum Glück. Doch es war nicht länger sicher, und Dee musste gehen. Ich brachte sie dazu, zu gehen, ebenso, wie ich Liam dazu brachte. Um uns zu beschützen.

Will war schon immer ein rückgratloser Dummkopf gewesen. Immer brauchte er jemanden, der ihm zur Seite stand. Erst war es Dee, nun bin ich es.

Ich bin der Stärkste von uns, und ich werde all diejenigen bestrafen, die uns Leid zugefügt haben. Heilkundlerinnen, Lehrerinnen, Führerinnen. Sie geben sich selbst viele Bezeichnungen, aber ich erkenne die Hexen immer und überall.

Kapitel 19

Im Regen wirkten die rosa- und orangefarbenen Weihnachtslichter wie Tränen, die sich in den Schaufenstern der Geschäfte spiegelten. Hoch über dem Einkaufszentrum hing ein großer Weihnachtsmann in seinem Schlitten. Eines der Rentiere hatte ein Bein verloren, und die ganze Konstruktion wackelte bei jedem Windstoß gefährlich hin und her. Die Blaskapelle der Heilsarmee stand vor dem Eingang und spielte eine eigentümliche Version von *Stille Nacht, heilige Nacht,* während sich die Händler auf dem Weihnachtsmarkt mit ihren Angeboten gegenseitig zu unterbieten versuchten. «Aufblasbare Weihnachtsmänner, zwei für einen Fünfer.» Ein eher unfestlicher Geruch von Zwiebeln drang aus der Hamburgerbude vor dem Einkaufszentrum, ein paar Betrunkene krakeelten auf dem Platz. Es war nur noch eine Woche bis Weihnachten, und Kat hatte weder Karten geschrieben noch Geschenke gekauft. Bislang hatte sie das Fest erfolgreich ignoriert, doch nun musste sie zumindest für ihre Mutter und die Familie ihrer Schwester etwas kaufen. Lynda und Pete hatten sie trotz aller Einwände und der Tatsache, dass Kats Schwester Hunde hasste, gedrängt, Weihnachten bei ihnen in London zu verbringen.

Zwischen den Massen der Kauflustigen fühlte Kat sich plötzlich wie auf einem fremden Planeten. Jeder Einzelne schien gezielt in eine Richtung zu gehen und genau zu wissen, was oder wohin er wollte. Nur sie ließ sich mit all ihren Tüten treiben wie ein Stück Holz in der Gischt. Sie hatte schlussendlich zugestimmt, Weihnachten mit ihrer Schwester zu verbringen, weil sie den Gedanken an ein leeres Haus ohne Sarah an den Feiertagen einfach nicht ertragen konnte. Allerdings hätte sie es bevorzugt, irgendwo eine Hütte zu mieten und sich zu verkriechen, bis der ganze Zauber vorbei war.

Eva wollte nach Schweden fliegen und Weihnachten mit ihrem Vater verbringen. Und wieder spürte Kat einen Anflug von Eifersucht. Ihr Vater hatte immer Witze darüber gemacht, zu Weihnachten in die Karibik zu fliegen und ihre Mutter und Schwester mit dem Truthahn allein zu lassen. Kat hatte versprochen, eines Tages mit ihm in die Karibik zu fliegen, um ihn dafür zu entschädigen, dass sie seinen Traum nicht erfüllt hatte und nicht Anwältin geworden war. Doch sie hatte zu lange gewartet.

Es würde ihr guttun, einmal aus Lancaster rauszukommen. Das Letzte, was sie brauchen konnte, war, versehentlich Myles zu begegnen. Lieber wollte sie abwarten, bis die Zeit die Erinnerung an ihn und sie beide und an das, was sie getan hatten, verblassen ließ. Sie hatten ein kurzes, einsilbiges Telefonat geführt.

«Ich will nicht, dass du denkst ...»

«Wir waren einfach beide ...»

«Ich wollte die Situation nicht ausnutzen ...»

«Vergiss es. Was passiert ist, ist passiert.»

Sie bahnte sich ihren Weg durch die Menschenmenge und ging auf das Olde John O'Gaunt zu. Der Pub war voll von Arbeitern, die ihr Feierabendbier tranken, und Zeitgenossen, die wie sie selbst vor dem Gewühl der Innenstadt geflohen waren. Es war der beliebteste Pub der Stadt, weil es dort weder eine lärmende Jukebox noch abendliche Livemusik gab. Kat hatte sich dort mit Phil Carlton verabredet, einem alten Bekannten aus ihren Juristentagen. Sie hatte einmal eine große Reportage über einen seiner Fälle geschrieben, und dafür schuldete er ihr etwas. Sie brauchte Informationen über Madeline Leigh und hoffte, sie von Phil zu bekommen.

«Kat!» Phils breites, gerötetes Gesicht tauchte plötzlich zwischen den Gästen auf, die sich an der Bar befanden. «Ich habe uns einen Tisch gesichert.»

Sie folgte ihm in die hinterste Ecke des Pubs und freute sich über den kleinen Tisch und das große Glas Rotwein, das bereits dort für sie bereitstand.

«Cheers», sagte er, griff nach der Flasche auf dem Tisch und schenkte sich Rotwein nach. Seine Jacke wirkte zerknittert, und er sah aus, als habe er bereits eine Weile in dem Pub gesessen und auf sie gewartet. Er musterte sie einen Moment lang, als wollte er abwägen, was er zu ihr sagen sollte. Sein Gesicht wurde ernst. «Kat, ich bin nicht sehr gut in diesen Dingen. Aber wie ich schon am Telefon sagte, es tut mir wahnsinnig leid wegen Sarah. Ich hoffe nur, sie fangen diesen Mistkerl.»

Kat lächelte unwillkürlich. Phil hatte schon immer eine sehr direkte Art gehabt und redete auch mit seinen Klienten, wie es ihm gerade in den Sinn kam. Auf diese Weise nahm er die Leute für sich ein.

«Danke, dass du gekommen bist», sagte sie. «Konntest du über das, worüber wir gesprochen haben, irgendetwas herausfinden?»

Phil lehnte sich vor. «Ich habe einige Erkundigungen bei den Kollegen hier vor Ort eingeholt», flüsterte er. «Unsere Miss Leigh scheint eine Tochter aus besserem Hause zu sein. Zumindest würde sie ihr Umfeld das gern glauben machen.»

«Aber du glaubst ihr nicht?»

Er lachte und zog eine dicke Zigarre aus seiner Innentasche. «Einer ihrer Kollegen hat sie einmal gefragt, ob sie aus der Nähe von Hackney stamme. Er wollte sie nicht auf den Arm nehmen, er dachte wirklich, sie zu kennen. Du hättest ihr Gesicht sehen sollen. Sie ist so ein verdammter Snob.»

«Hast du eine Ahnung, wo sie herkommt?»

Phil zündete seine Zigarre an und zog die Augenbrauen zusammen. «Niemand weiß viel über ihre Biographie. Irgendwas Langweiliges, Bildungsbürgerliches würde ich sagen, Home Counties oder so. Womöglich hat sie eine dieser unabhängigen Mädchenschulen besucht. Sie kam nach Lancaster, um als Rechtsreferendarin bei Gawley & Co. anzufangen. Nach ihrem letzten Staatsexamen hat sie ihre eigene Kanzlei eröffnet; sie hat sich nicht spezialisiert, sondern übernimmt die unterschiedlichsten Aufträge: Strafverteidigung, manchmal auch medizinische Fälle, Schadensersatz und so. Nach allem, was man so hört, läuft es recht gut bei ihr. Bei der Polizei ist sie die beliebteste Anwältin. Kein Wunder, bei den Beinen.» Phil grinste selbstzufrieden.

«Wie ist sie so als Privatmensch?»

«Eisprinzessin, wenn du mich fragst. Definitiv frigide.»

«Du meinst, weil sie trotz deines umwerfenden Charmes nicht sofort in die Knie gegangen ist?» Nun lächelte auch Kat.

«Das auch», gab er zu. «Aber auch insgesamt ist sie wohl eher einzelgängerisch veranlagt. Nicht viele Freunde, nur Bekannte. Sie bleibt gern für sich, lässt sich kaum bei Empfängen der Anwaltskammer oder bei Wohltätigkeitsveranstaltungen blicken. Falls sie einen Partner haben sollte, dann hat ihn noch nie jemand zu Gesicht bekommen.»

«Klingt recht seltsam, findest du nicht?», meinte Kat.

«In Anbetracht der Tatsache, dass sie so umwerfend gut aussieht, scheint es auf jeden Fall merkwürdig.» Phil blickte sich kurz um und begann wieder zu flüstern. «Manche Leute behaupten, sie sei vom anderen Ufer.»

«Lesbisch?»

«Das würde zumindest erklären, warum sie nicht auf mich steht. Warum interessierst du dich eigentlich für sie? Was hat sie verbrochen?» Phil lächelte breit, was seine Grübchen noch stärker hervortreten ließ. «Ist sie mit dem Vermögen eines Klienten durchgebrannt?»

Kat musste lachen. «Nein, nichts dergleichen. Aber mit ihrer Arbeit hat es tatsächlich zu tun. Sarah hatte sie engagiert. Ich habe versucht, Madeline danach zu fragen und herauszufinden, was für Probleme Sarah in den Wochen vor ihrem Tod hatte. Aber sie hat ziemlich wütend reagiert und sich sogar bei der Polizei beschwert, dass ich sie belästigen würde. Kannst du dir das vorstellen?»

«Du und Belästigung?» Phil grinste. «Nun, du bist gewissermaßen die personifizierte Berufsehre deiner Zunft, meine Liebe.» Er kippte den letzten Schluck in seinem Glas hinunter. «Aber mal im Ernst, ich würde das Verhalten von Miss Eisprinzessin nicht allzu sehr auf die Goldwaage legen. Sie ist ein verschwiegenes Weibsstück, und dein Versuch, ihr zu sagen, was sie zu tun oder zu lassen hat, musste ihr ja auf die Nerven gehen.»

«Ja, aber –»

«Mach keine große Sache daraus, Kat. Du bist einfach völlig überreizt.»

«Kann sein. Aber irgendetwas ist mit ihr. Sie hat etwas Seltsames an sich.»

«Da stimme ich dir voll und ganz zu.» Phil lachte laut. «Trotzdem würde ich sie nicht von der Bettkante stoßen.»

«Du bist echt widerlich.»

«Komm, wir trinken die Flasche noch aus.» Er füllte ihr Glas nach. «Wenn du dich schon in den Shopping-Wahnsinn da draußen stürzen musst, kannst du es genauso gut betrunken tun.»

Drei Stunden später wankte Kat mit ihren Einkaufstüten in der Hand die Straße nach Castle Hill hinauf. Sie hatte vergessen, dass Phil das Konzept eines schnellen Drinks unbekannt war. Sie hatte einen säuerlichen Geschmack im Mund, ihre Kehle brannte, und ihre Augen tränten von dem kalten, schneidenden Wind. Sie konnte sich kaum daran erinnern, was sie gekauft hatte. Ihr war nur klar, dass die Sachen eine gefühlte Tonne wogen und sie mehr gekostet hatten, als sie sich hätte leisten können. Zwar hatte es inzwischen aufgehört zu regnen, doch die Luft war noch feucht, und Kat beeilte sich, ins Haus zu kommen.

Sie hatte es gerade in den Flur geschafft, als eine ihrer Tüten auch schon den Geist aufgab und ihren ganzen Inhalt auf den Fußboden entleerte.

«Scheiße.» Kat versuchte, alles zurück in die Tüte zu schieben, ehe Samson, der sich selbst aus der Küche befreit hatte, noch mehr Schaden anrichten konnte. Der Hund sprang um sie herum, wedelte mit dem Schwanz und versuchte schließlich, das aus einer undichten Flasche auslaufende Badeöl aufzulecken. «Samson, hör auf!»

Er warf ihr einen seiner «Bitte nicht schlagen!»-Blicke zu und trollte sich dann mit hängendem Kopf und angelegten Ohren davon, wobei er eine Spur Badeöl hinter sich herzog.

«Okay, jetzt versuch bloß nicht, mir ein schlechtes Gewissen einzureden», murmelte Kat und folgte dem Hund in die Küche. Sie wühlte in dem Küchenschrank nach seinen Hundekuchen, gab ihm zwei, schickte ihn nach draußen und suchte nach einem Putzlappen. Sie wollte Eva anrufen und ihr erzählen, was Phil gesagt hatte. Kat wusste nicht, warum, aber sie war sicher, dass Madeline Leigh etwas über Sarah wusste, das sie nicht bereit war, zu enthüllen.

«Kat, gehst du nicht ein bisschen zu weit mit deinen Verdächtigungen?», fragte Eva, als Kat sie anrief. «Möglicherweise wollte sie dir nichts über ihre Klientin sagen, weil es sich dabei um etwas Vertrauliches handelte. Das ist doch nichts Ungewöhnliches, oder?»

«Aber warum ist sie bei der Beerdigung aufgetaucht? Und warum fuhr sie plötzlich fort, nachdem sie mich gesehen hatte?»

«Vielleicht wollte sie Sarah einfach nur die letzte Ehre erweisen. Wer weiß, vielleicht geht sie immer zu den Beerdigungen ihrer verstorbenen Klienten. Ich denke nicht, dass das etwas zu bedeuten hat. Außerdem weißt du nicht, ob sie tatsächlich vor dir davongelaufen ist. Womöglich hatte sie einen dringenden Termin.»

Kat dachte einen Moment lang nach. Ach, zum Teufel, dachte sie. «Es gibt da etwas, das ich dir nicht gesagt habe. Ich habe Madeline Leighs Visitenkarte in einer Schublade zwischen Sarahs Unterwäsche versteckt gefunden.»

«Nein, *das* hast du mir in der Tat nicht erzählt.» Sie hielt kurz inne. «Aber DI Hunter hat es mir gesagt.»

Verdammt, Myles. «Ich habe es einfach vergessen», sagte Kat, konnte aber fühlen, wie ihr die Röte ins Gesicht stieg. Was für eine lahme Ausrede. «Aber warum hat Sarah die Karte versteckt? Und warum hat sie mir nie von Madeline Leigh erzählt. Wir waren immerhin beste Freundinnen.»

Eva seufzte. «Vielleicht gerade deshalb, Kat. Manche Dinge kann man seiner besten Freundin einfach nicht sagen.»

«Es gibt Gerüchte, dass Madeline Leigh lesbisch ist. Hältst du es für möglich, dass Sarah ...» Kat schüttelte den Kopf. «Nein, das hätte ich gewusst. Sarah hätte es mir gesagt.» Sie fuhr sich mit der Hand durch das kurze Haar. «Es muss einen Grund geben, warum sie Madeline Leigh vor mir geheim gehalten hat.»

«Kat, versprich mir, dass du Sarahs Familie gegenüber erst einmal nichts davon erwähnst. Ich meine, dass sie eventuell lesbisch gewesen sein könnte. Nicht jeder ...»

«Für was hältst du mich? Für eine Vollidiotin?»

«Entschuldigung. Ich weiß, du bist aufgebracht.»

«Da hast du verdammt nochmal recht. Ich bin sogar richtig wütend. Irgend so ein Psycho läuft frei herum, tötet meine beste Freundin und noch zwei weitere unschuldige Frauen, hat es vielleicht auch auf eine von uns beiden abgesehen, und den einzigen zwei brauchbaren Hinweisen, die wir haben, können wir nicht nachgehen, um diese verdammte Anwältin nicht aufzuregen.» Kat schluckte und versuchte, ruhig zu atmen und ihren Ärger unter Kontrolle zu bringen. «Es tut mir leid, Eva. Ich wollte das nicht an dir auslassen. Die ganze Situation ist nur so unendlich frustrierend.»

«Ich weiß», sagte Eva. «Auch ich denke, dass wir so viel wie möglich über Sarahs Beziehung zu Madeline Leigh herausfinden sollten. Wir müssen nur sehr vorsichtig vorgehen. Und wir müssen unsere Informationen miteinander *teilen.* Halt also nicht wieder etwas zurück, wenn du weiterhin mit mir zusammenarbeiten willst.»

Kat zitterte am ganzen Körper, als sie den Hörer auflegte. Sie dachte über Evas Worte nach. Gleichwohl musste sie einfach herausfinden, was es mit der Beziehung von Sarah und Madeline Leigh auf sich gehabt hatte. Kat überlegte einen Moment lang. Was war mit Xanthe – vielleicht wusste sie ja etwas. Sarah und sie hatten sich ebenfalls sehr nahegestanden. Ohne weiter darüber nachzudenken, griff Kat nach dem Telefonbuch, suchte Xanthes Nummer und wählte sie.

Xanthe hob ab und sprach, als habe sie Kats Anruf erwartet. «Ich habe eben mit den anderen Wise Women gesprochen, und wir haben uns gefragt, ob wir dir irgendeine Art von Hilfe oder Unterstützung anbieten können.»

«Danke, Xanthe. Später vielleicht.» Kat bemühte sich, nicht zu ablehnend zu klingen. «Ich würde allerdings gern vorbeikommen und über Sarah reden, wenn das geht.»

«Aber natürlich, Kat. Du solltest über sie sprechen. Wir alle sollten das tun. Wir wollen eine besondere Gedenkfeier an Alban Arthan abhalten, um das Leben unserer Schwester zu feiern.»

«Wie bitte?» Kat rieb sich die Stirn und konnte fühlen, wie sie sich innerlich immer mehr verkrampfte. «Was für eine Gedenkfeier?»

«Es ist Wintersonnenwende, da feiern wir ein Fest im Wald hinter meinem Garten.»

«Und bei dieser Gelegenheit wollt ihr auch eine Feier für Sarah abhalten?»

«Ja. Nur eine einfache Segensfeier. Und natürlich würde Sarah dich dabeihaben wollen. Wir haben auch ihre Eltern eingeladen, doch sie schienen eher skeptisch, also haben wir sie nicht gedrängt.» Kat vernahm ein Schluchzen am anderen Ende der Leitung. «Sarah war ihrem spirituellen Glauben sehr verhaftet.»

Kat hatte nie viel übriggehabt für die New-Age-Bewegung und ihre verschiedenen Gruppierungen. In ihren Augen waren diese Leute nur Exzentriker, die ihre Spiritualität als Legitimierung vorschoben, um lange Samtgewänder zu tragen und zu viel Haschisch zu rauchen. Doch Sarah hatte sich vor allem für den heilpraktischen Aspekt interessiert, und Kat wollte auch Xanthe nicht beleidigen.

«Natürlich komme ich, wenn du glaubst, dass Sarah mich gern dabeigehabt hätte.»

«Sehr schön. Dann erwarten wir dich morgen Abend gegen sechs.»

«Muss ich, äh, etwas Bestimmtes anziehen oder mitbringen?»

Xanthe stieß ein lautes, raues Lachen aus. «Nein. Kein Besen oder Jungfrauenblut nötig», antwortete sie. «Dann sehen wir uns morgen.»

«Das kann ja heiter werden», murmelte Kat vor sich hin, nachdem sie den Hörer aufgelegt hatte. Dennoch würde sie sich zwingen, der Zeremonie mit dem nötigen Ernst zu begegnen, allein Sarah zuliebe. Außerdem musste sie Xanthe dazu bringen, ihr zu vertrauen und sich zu öffnen. Aber was sollte sie Xanthe fragen? «Hey, hat Sarah dir jemals gesagt, dass sie auf Madeline Leigh steht?»

Kat ließ Samson zurück ins Haus und trocknete seine Pfoten ab. Die ganze Geschichte war einfach zu lächerlich. Sarah hatte unzählige Freunde gehabt, sie konnte einfach nicht lesbisch gewesen sein. Und selbst wenn, hätte es für ihre Freundschaft sicher keinen Unterschied gemacht. «Ich muss einfach nur sehr subtil vorgehen», sagte sie laut. Samson sah sie an, den Kopf leicht zur Seite gelegt. «Ich weiß, subtiles Fragen ist nicht gerade mein Spezialgebiet, aber ich muss es zumindest versuchen», erklärte sie ihrem Hund.

Mit einem Mal fühlte sie sich zu müde, um noch die Treppen zu ihrem Schlafzimmer hochzusteigen. Sie machte es sich auf der Couch gemütlich, wickelte sich in eine Decke und schaltete den Fernseher ein. Ihre Augenlider wurden immer schwerer, und während sie langsam in einen unruhigen Schlummer abdriftete, ließen sich ihre Gedanken noch lange nicht beruhigen. Was sollte sie nur tun? Worte waren ihr täglich Brot, doch in diesem Fall fühlte sie sich nur unzureichend vorbereitet. Wie sollte sie nur die richtigen Worte finden, um Xanthe zu fragen, was sie über Sarah wissen wollte?

Ich hoffe nur, Mutter kann mich hören, wenn ich sie verfluche. Ich will, dass sie weiß, was sie angerichtet hat. Ich will aber auch, dass sie weiß, dass ich überlebt habe, dass wir alle überlebt haben. Ich will, dass sie weiß, dass dies nun unser Haus ist, dass ich die Macht habe ... in meinem Haus, in meiner Blutkammer. Nun habe ich die Macht, nicht sie.

Ich habe mein nächstes Ziel gefunden ... Ich habe einen Weg hinein gefunden, einen Weg durch die Büsche und das Unterholz des Parks. Es ist so einfach.

Ich überprüfe meine Blutkammer und weiß, dass ich nicht viel schlafen werde heute Nacht. Die Aussicht auf den morgigen Tag ist zu aufregend. Old Ned ist vorbereitet, und ich habe mich entschieden, welchen Knoten ich verwenden werde. Der Blutknoten hält eine Menge Spannung und Gewicht aus, und es ist fast unmöglich, ihn aufzubinden.

Kapitel 20

Xanthes Haus befand sich neben einer Reihe niedriger Einfamilienhäuser am Rande des Williamson Park. Kat war bereits zusammen mit Sarah hier gewesen, verpasste aber dennoch die Abzweigung zum Stadtteil Quernmore. Dabei war sie eh schon eine halbe Stunde zu spät, weil ihre Mutter angerufen hatte, als sie schon fast aus der Haustür gewesen war. Fluchend drehte sie um und schaltete das Fernlicht ihres Beetle an, um die Straßenschilder besser zu erkennen. Sie verzog das Gesicht, als sie das braune Symbol für eine bekannte touristische Sehenswürdigkeit erblickte: eine Hexe auf einem Besen. *Pendle Witches Trail* stand zudem dort in großen Buchstaben. «Hoffentlich ist das kein schlechtes Omen», murmelte Kat.

Seufzend stieg sie schließlich aus ihrem Wagen.

Der Abend war eiskalt, und der Himmel erschien ihr wie ein dunkler Teich voller strahlender Diamanten. Es gab keine Straßenbeleuchtung, nur die Laterne vor Xanthes Haus spendete ein fahles Licht. Kat erschauerte, als sie den kalten Riegel am Gartentor zurückschob, und betrat den fast verwunschen wirkenden Garten. Xanthe hatte sie angewiesen, hinter das Haus zu gehen. Und so schritt Kat zunächst über den mit Frost überzogenen Rasen und dann einen kurzen Pfad entlang, der allerdings von überhängenden Sträuchern mit spitzen, dornigen Zweigen gesäumt wurde, die sich in ihrem Wollmantel verfingen. Der Geruch von brennendem Holz schlug ihr entgegen. Kat entdeckte bald die Hintertür des Hauses, die jedoch verschlossen war. Sie schaute durch das Fenster in der Tür und sah einen Küchenraum. Sie konnte stapelweise Teller und jede Menge Essen entdecken, als wollte man hier eine größere Party feiern. Doch niemand war da. Vielleicht hatte sie ja die Feier – oder was auch immer *es* sein mochte – verpasst.

Auch der Garten war vollständig verlassen. Doch Kat erblickte nun ein paar brennende Kerzen in Einmachgläsern, die einen Weg markierten, der über den Rasen in den angrenzenden Wald führte. Sie folgte der Markierung. Der Geruch eines Holzfeuers wurde immer stärker und brannte scharf in ihrer Kehle. Dann vernahm sie leises, rhythmisches Trommeln und Stimmen, die unverständliche Lieder sangen. Kat betrat schließlich eine Lichtung, die von unzähligen Laternen in den Ästen der Bäume beleuchtet wurde. Die Lampen schwangen im Wind, und die Kerzen darin flackerten.

Zusammen mit dem Feuerschein aus einem kleinen Ofen tauchten die Laternen die gesamte Szene in ein eigentümliches, gespenstisches Licht. Kat hoffte nur, dass die freiwillige Feuerwehr auf Abruf bereitstand. Xanthe hatte sich in ein langes, dunkles Gewand gehüllt und sah aus wie ein altes Sofa auf zwei Beinen. Sie dirigierte sieben oder acht Frauen, die in einem Kreis um sie standen. Einige der Teilnehmerinnen hatte Kat bereits bei Gruppentreffen der Wise Women gesehen, die Sarah in ihrem Haus abgehalten hatte. Sämtliche Frauen trugen allerlei bunte, wallende Kleidung, sodass die Zusammenkunft ein wenig wie eine Karnevalsveranstaltung wirkte. Als Kat sich ihnen näherte, fühlte sie sich beobachtet und ein bisschen wie die böse Fee, die uneingeladen zum Fest kam. Sie schlug den Kragen ihres Mantels hoch und versuchte, die Frauen freundlich und respektvoll anzulächeln. Xanthe winkte sie heran und bedeutete ihr, sich zu den anderen zu begeben. Dann reckte sie ihre Arme in die Höhe. Dort oben hing der Mond am dunklen Himmel wie eine zu groß geratene Silbermünze. «Euch allen, die ihr auf den alten Pfaden wandelt, der Segen von Erde, Himmel, Sonne und Mond sei mit euch», intonierte sie.

Kat blickte die Frauen links und rechts von sich an. Keine der beiden schien sie auch nur bemerkt zu haben. Sie starrten nur wie hypnotisiert auf Xanthe, lächelten und lauschten ihren Worten. Das alles war ausgesprochen merkwürdig.

Xanthe schloss die Augen und atmete tief ein. «Unser Kreis erbittet den Segen für die Seele unserer Schwester Sarah, damit sie wiedergeboren werde im Kreis des Lebens.» Sie hielt einen Moment inne, ehe sie ihre mächtige Stimme erneut erklingen ließ. «Wir bitten um den Segen für Sarah.»

Die anderen Frauen in dem Kreis stimmten in die Bitte mit ein, fassten sich an den Händen und begannen zu singen. Kat fühlte, wie ihre Nachbarinnen nach ihren Händen griffen und mit geschlossenen Augen sangen. Ihre Oberkörper wiegten sich langsam vor und zurück. Es fühlte sich seltsam und auch ein wenig lächerlich an, doch der Gedanke, Sarah könnte wiedergeboren werden, hatte etwas sehr Tröstliches. Überhaupt war diese Art des Gedenkens und der Ehrung von Sarahs Dasein sehr viel tröstlicher als die unpersönliche Feier im Krematorium, wie Kat plötzlich bemerkte. Mit einem letzten Segen und einer Preisung von Sarahs Leben und Taten schien sich die Zeremonie ihrem Ende zuzuneigen. Xanthe lächelte selig in die Runde, als sei sie die stolze Mutter der Anwesenden. «Im Haus gibt es Essen und Wein. Außerdem hat Rhiannon einige ihrer Spezialkuchen gebacken.»

Der Zirkel löste sich auf, die Frauen entspannten sich und begannen zu schwatzen. Einige von ihnen nahmen die Laternen von den Bäumen und bliesen die Kerzen aus.

«Entschuldige, dass ich mich verspätet habe», sagte Kat, als Xanthe auf sie zukam.

«Kein Problem. Du warst ja pünktlich zum Segen da. Kommst du noch mit?», fragte Xanthe, als sie sich auf den Weg nach Hause machte. «Ich nehme an, dass die anderen nicht lange bleiben werden. Danach können wir miteinander reden.»

Xanthes Annahme erwies sich als falsch, denn die letzte Teilnehmerin verließ erst um kurz vor zehn das Haus. Als Kat sah, wie Rhiannon auf ihrem Fahrrad in Schlangenlinien langsam die Straße hinunterfuhr, war sie froh, kein Stück vom «Spezialkuchen» gegessen zu haben. Sie benötigte all ihre Sinne für das Gespräch mit Xanthe, die nun in ihrem langen Samtrock und dem einfachen T-Shirt beinahe normal aussah. An ihren breiten Handgelenken klirrte eine Reihe Silberarmreife, und ihre großen Ohrringe schwangen mit, als sie es sich auf einem Stuhl am Küchentisch gemütlich machte. Sie fischte eine kleine Metalldose aus ihrer Rocktasche und begann, eine Zigarette zu drehen. «Möchtest du auch eine?»

Kat winkte ab. «Nein danke. Ich habe schon vor Ewigkeiten mit dem Rauchen aufgehört, bin aber in den letzten Wochen einige Male schwach geworden. Aber eigentlich will ich nicht wieder damit anfangen.»

«Zumindest sind die hier besser als normale Zigaretten», meinte Xanthe und leckte das Blättchen an. «Wer weiß schon, was die in diese Dinger alles reinstecken. Glasfasern, irgendwelche Chemikalien und weiß der Kuckuck, was sonst noch.»

Kat spürte das vertraute Kribbeln ihrer Sucht. Ihr Mund wurde trocken, während sie Xanthe beobachtete. «Na ja, wenn du behauptest, das seien gesunde Zigaretten, sollte ich wohl besser auch eine rauchen.» Xanthe zupfte Tabak aus der Packung und rollte eine weitere Zigarette.

«Worüber wolltest du mit mir reden?», fragte Xanthe schließlich, reichte ihr die Zigarette und bot ihr Feuer an.

Kat hustete, als sie den ersten Zug nahm. Sie hatte vergessen, dass die Dinger keinen Filter besaßen. «Es kommt dir vielleicht wie eine seltsame Frage vor», begann sie und entfernte kleine Tabakreste von ihrer Zungenspitze. Doch wie seltsam konnte ihre Frage schon sein, nachdem sie soeben einer Art Druidenzeremonie beigewohnt hatte?

«Ist schon okay, ich bin allerhand seltsame Dinge gewöhnt.»

Kat spürte, wie ihr die Röte ins Gesicht stieg. War sie so leicht zu durchschauen? «Ich wollte fragen, ob Sarah jemals mit dir über Probleme gesprochen hat.»

Xanthe zuckte mit den Schultern. «Was für Probleme?»

«Genau das ist es, ich weiß es eigentlich nicht. Persönliche Probleme – oder bei der Arbeit?»

«Nein. Sarah schien keinerlei Probleme zu haben. Sie war einer der stabilsten Menschen, die ich je gekannt habe.» Xanthe lehnte sich vor und ergriff Kats Hände. «Kat, worum geht es hier wirklich?»

«Ach, ich tappe einfach im Dunkeln. Ich versuche Eva, also Dr. Svenson, zu helfen, den Fall zu lösen.»

«Die Profilerin, über die in den Nachrichten berichtet wurde?»

«Genau. Wir haben uns entschieden zusammenzuarbeiten. Ich arbeite ohnehin an einem Buch über Profiling; ich habe sowohl einen journalistischen als auch juristischen Hintergrund und bin gut darin, Dinge zu recherchieren. Eva hingegen ist Psychologin und eine hervorragende Beobachterin.»

«Du vertraust also nicht darauf, dass die Polizei den Mörder findet?»

«Ich bin mir sicher, dass sie alles tut, was in ihrer Macht steht, aber ich will auch meinen Beitrag leisten. Ich hatte mir ohnehin freigenommen, um an dem Buch zu arbeiten. Außerdem muss ich einfach das Gefühl haben, etwas für Sarah zu tun.»

«Warum denkst du, Sarah hätte sich bei Problemen mir anvertraut?»

«Sie mochte dich sehr. Sie hat immer viel von euch, der Gruppe und diesem ganzen kultischen Zeug geredet.»

«Das ist kein Zeug.» Xanthe lächelte milde, als würde sie ein verwirrtes Kind zurechtweisen. «Es ist mein Glaube, und es war auch Sarahs. Wir glauben an Lehren, die seit Urzeiten dem Menschenwohl dienen.»

«Entschuldige. Ich wollte deinen Glauben nicht diskreditieren», versicherte Kat. Sie wollte dem Vortrag über heidnische Kulte oder gar einer Einladung, der Gruppe beizutreten, unbedingt entgehen. «Kannst du mir von eurer Gemeinschaftspraxis erzählen, die ihr eröffnen wolltet?»

Die Frage schien Xanthe nichts auszumachen. Sie stützte die Ellbogen auf den Tisch und faltete die Hände, als wolle sie beten. «Es war ein phantastisches Projekt. Die Behandlung der Patienten sollte auf einem holistischen und homöopathischen Ansatz beruhen. Sarah sollte die Bereiche Homöopathie und Aromatherapie übernehmen, Rhiannon wäre für Shiatsu und indische Massagen zuständig gewesen und ich für Kristalle und geistiges Heilen. Wir wollten die beste Praxis in der gesamten Grafschaft, wenn nicht im ganzen Land werden.»

«Wolltet? Ihr wollt den Plan also nicht weiterverfolgen?»

Xanthe zuckte mit den Schultern. «Mal sehen. Mit Sarah haben wir unsere treibende Kraft verloren. Und wir haben den Schock über ihren Tod noch nicht überwunden. Außerdem hat sie sich um die ganzen finanziellen und rechtlichen Angelegenheiten gekümmert.»

«Rechtliche Angelegenheiten? Soweit ich weiß, hat Madeline Leigh eure Gruppe beraten.»

«Ja, das stimmt. Sie war Sarahs Freundin, und sie meinte, wir könnten ihr vertrauen.»

«Hast du sie vor der Beerdigung schon einmal gesehen?»

«Ein paarmal. Zuerst in ihrer Kanzlei, als wir nach grundsätzlichen Informationen fragten. Später ist sie dann einmal vorbeigekommen, um uns Unterlagen zu bringen. Manchmal kam sie auch zur Praxis. Aber wie schon gesagt, Sarah hat das alles geregelt. Wir hatten die Zuständigkeiten untereinander aufgeteilt. Ich sollte die passende Immobilie finden, und die anderen haben sich um Verträge mit Herstellern und Zulieferern gekümmert.»

«Waren Sarah und Madeline gut befreundet?»

«Ich denke schon. Sarah schien sie sehr zu mögen. Sie sind öfter zusammen ausgegangen, was mich sehr überrascht hat.»

«Wieso überrascht?»

«Miss Leigh schien mir viel zu verschlossen, um gut mit

jemandem befreundet zu sein. Als sie damals wegen der Unterlagen herkam, habe ich sie eingeladen, zu bleiben und an unserem Festmahl zu Ehren von Samhain teilzunehmen. Aber sie konnte gar nicht schnell genug die Tür hinter sich zuziehen.» Xanthe kicherte. «Man hätte meinen können, der Teufel persönlich habe sie zum Essen eingeladen.»

«Du mochtest sie also nicht?» Es war eher eine Feststellung als eine Frage.

«So würde ich es nicht sagen. Ich mochte einfach die Art nicht, wie sie sich in Sarahs Gegenwart verhielt. Ich bin sicher, an ihrer juristischen Kompetenz gab es nichts auszusetzen, aber ...» Sie hielt inne, als müsse sie nachdenken.

«Aber?»

«Es war ihre persönliche Beziehung zu Sarah. Sarah schien sich ihr gegenüber geradezu unterwürfig zu verhalten. Immer wieder hieß es: ‹Madeline sagt dies, Madeline meint jenes.›» Xanthe hielt erneut inne. «Madeline schien dieses Verhalten zu unterstützen. Wahrscheinlich fühlte sie sich geschmeichelt. Ehrlich gesagt, ist mir das ziemlich auf die Nerven gegangen.»

«Meinst du, Sarah könnte ...»

«Was?»

«Meinst du, sie hat sich zu Madeline hingezogen gefühlt? Körperlich, meine ich?»

«Du glaubst, sie hatten eine Beziehung?»

«Glaubst du es?»

Xanthe zuckte mit den Schultern. «Ich habe jedenfalls nichts beobachtet, was darauf hingedeutet hätte. Und bestimmt hätte Sarah dir davon erzählt. Schließlich hast du ja nichts gegen Homosexualität. Nein, ich bin sicher, sexuell lief da nichts. Von Sarahs Seite war es mehr wie eine Schulmädchenschwärmerei. Die Art und Weise, wie sie sie angeschaut hat.

Hing an ihren Lippen und hat jedes ihrer Worte aufgesogen. Es überrascht mich, dass sie Madeline dir gegenüber nie erwähnt hat.»

Als Kat nach Hause fuhr, hallten Xanthes Worte in ihrem Kopf wider. Hatte eine Beziehung zwischen Sarah und Madeline Leigh bestanden? Nein, Xanthe hatte recht, Sarah hätte Kat davon erzählt. Am Ende ihrer Fahrt hatte Kat immer noch keine Antwort auf ihre Fragen. Als sie die Haustür öffnete, warf sich Samson förmlich auf sie, und sie hatte nun keine Zeit mehr, weiter über Xanthe, Sarah und Madeline Leigh nachzudenken. Samson wollte unbedingt raus und tat das auch lautstark kund.

«Entschuldige, Junge», sagte sie und öffnete die Gartentür. Wie eine Kanonenkugel schnellte er hinaus in die Dunkelheit. Kat nahm die letzte Zigarette aus der Küchenschublade und folgte ihrem Hund nach draußen. Sie zündete ihre Zigarette an, lehnte sich gegen die Hauswand und beobachtete, wie der helle Mond langsam hinter Wolkenfetzen verschwand. Sie ließ den Anblick der leuchtenden Sterne auf sich wirken und erinnerte sich daran, dass sie heute Abend um Sarahs Wiedergeburt gebetet hatten. Hoffentlich, so dachte sie, hatten Xanthe und die anderen recht. Es wäre wundervoll, wenn Sarah genau jetzt irgendwo ein neues Leben beginnen könnte – ein Dasein voller Liebe und ohne Erinnerung an das entsetzliche Leid, das ihr der Henker zugefügt hatte. Mit ihrem spitzen Absatz trat sie den Zigarettenstummel aus, blickte hinaus zu den Sternen und flüsterte: «Gute Nacht, Sarah.»

Xanthe räumte die letzten Teller zurück in den Schrank und rieb sich den Rücken. Sie hatte unendlich viel Zeit für den Abwasch gebraucht und sich beinahe gewünscht, sie wäre irgendwann einmal ihrem Prinzip, die Umwelt respektvoll zu behandeln, untreu geworden und hätte sich eine Spülmaschine gekauft.

Es war ein langer Abend gewesen, und die Zeremonie und Kats Fragen hatten sie sehr ermüdet. Madeline Leigh war eine jener charismatischen Persönlichkeiten, die Männer und Frauen gleichermaßen an sich zogen, auch wenn Xanthe sie nicht mochte. Im Gegensatz zu Kats starker blauer Aura, die ihre Stärke und ihre strenge Moral deutlich zeigte, war Madelines Merkmalsfarbe ein grelles Grüngelb, die Farbe der Lügner und Betrüger. Doch was immer Sarah für Madeline empfunden haben mochte, ging nur sie etwas an. Kat suchte nach Erklärungen, nur musste man eben einsehen, dass es manchmal keine gab. In einer Welt, wo Spiritualität kaum Platz hatte, kam es eben immer wieder zu verrückten und gewaltsamen Taten ...

Xanthe stand auf, um endlich ins Bett zu gehen, zuvor jedoch musste sie noch die hintere Tür abschließen, die zum Garten führte. Als sie den Schlüssel umdrehen wollte, fiel ihr auf, dass am Ende des Gartens noch immer mehrere Kerzen brannten.

«Mist», zischte sie und zog sich die Stiefel an.

Die Kälte draußen verursachte ihr Ohrenschmerzen. Der Boden unter ihren Füßen war hart vom Frost, und sie konnte das Knirschen ihrer Schritte hören, während sie über den Rasen marschierte. Sie beeilte sich, um schnell zurück in die warme Küche zu gelangen. Als sie sich bückte, um eine der Kerzen auszublasen, nahm sie aus den Augenwinkeln wahr, wie etwas in der Nähe eines Baumes flatterte. Vielleicht ein Vogel. Noch ehe sie sich fragen konnte, was für ein Vogel es wohl sein mochte, spürte sie, wie ein übelriechendes Stück Stoff gegen ihr Gesicht gepresst wurde. Sie riss sofort ihren Kopf zur Seite und befreite so ihr Gesicht. Dank ihrer jahrelangen Erfahrung als Krankenschwester wusste sie sogleich, was ihr gegen Mund und Nase gedrückt worden war: Chloroform. Einen winzigen Moment lang war sie wie gelähmt, dann aber zwang sie ihr Gehirn, zu arbeiten und ihrem Körper Befehle zu geben, um dem Angriff zu entrinnen. Irgendwo in ihrem Hinterkopf hörte sie eine Stimme: *Erinnere dich an deinen Selbstverteidigungskurs!* Verzweifelt bekämpfte sie das Gefühl der Hilflosigkeit, das sie in sich aufsteigen spürte, als der Angreifer ihr von hinten einen Arm um den Hals legte. Sie griff nach dem Arm, bog ihn nach vorn und vernahm ein dumpfes Schreien hinter sich. Das Adrenalin schnellte ihr ins Blut, und sie wehrte sich nun heftiger, schlug und trat um sich, bis sie plötzlich zu Boden fiel. Dann hörte sie ihn etwas laut sagen.

Einen kurzen Moment lang blieb sie atemlos liegen und spürte nur den Schmerz in ihrem Rücken. War das alles vielleicht doch nur ein böser Traum? Dann aber veränderten sich die Schatten um sie herum – die Wolken hatten den Mond freigegeben, dessen Licht nun auf den Garten fiel. Der Albtraum war immer noch da und besaß jetzt eine bestimmte Form. Zwar konnte sie den Angreifer nicht sehen, doch seine Aura war spürbar und so dunkel wie die Nacht selbst. Es musste ein Mann sein, da war sie sich sicher. Sie konnte ihn riechen – ihn und seine Bosheit. Ebenso, wie er ihre Angst riechen konnte. Jetzt sah sie, dass er einen langen Umhang und eine Kapuze trug, die seinen Kopf vollständig verbarg. Nur seine Augen beobachteten sie durch die schmalen Schlitze im Stoff. Eine Sekunde lang hatte sie das Gefühl, ihre eigenen Augen, starr vor

Furcht, in seinen gespiegelt zu sehen. Dann öffnete sie den Mund und schrie.

Xanthe hörte ihre eigenen Schreie. Sie schienen aus einer anderen Richtung herzukommen, sie hallten im Garten wider und schienen unzählige Echos hervorzurufen. Die Angst lähmte ihre Glieder, hielt sie fest wie weicher, klebriger Schlamm. Ihre Füße schienen gefesselt; und bei dem Versuch, vom Boden aufzustehen, stolperte sie. Sie wusste nicht, wer ihr Angreifer war oder wie er hierhergekommen war. Doch er war gekommen, um sie zu töten, da war sie sich absolut sicher.

Erneut stieß sie gellende Schreie aus, die sie so anstrengten, dass ihre Kehle und Lungen zu brennen begannen. Die Gestalt bewegte sich auf sie zu. Das war's.

Dann jedoch streckte der Mann ihr einen Arm entgegen, als wollte er sie um Ruhe bitten. Er grunzte, drehte sich um und rannte davon.

Langsam und mit zitternden Bewegungen richtete sich Xanthe auf und lief auf ihr Haus zu. Sie musste telefonieren – nein, was, wenn er zurückkam. Eine Sekunde lang hielt sie inne, dann schoss ihr erneut das Adrenalin ins Blut, und sie rannte los. Sie eilte aus dem Garten und fühlte, wie ihr die Tränen die Wangen hinunterliefen. Erneut begann sie zu schreien. Hysterisch kreischend rannte sie die Straße entlang, auf die Lichter der Nachbarhäuser zu.

Kapitel 21

Kat ließ einen Arm unter der Decke hervorgleiten und schlug mit dem Handgelenk auf den Wecker. Doch das schrille Läuten hörte nicht auf.

«Scheiße», murmelte sie, als ihr Handgelenk zu schmerzen begann. Nur langsam wurde ihr bewusst, dass sie durch das Klingeln ihres Handys geweckt worden war. Sie richtete sich auf, schlug die Decke zurück und fluchte erneut, als sie mit dem Fuß gegen ihr Nachttischchen stieß. Noch im Halbschlaf tastete sie in ihrem dunklen Zimmer nach ihrer Handtasche. Wie spät war es? Sie blickte auf die digitalen Ziffern ihres Weckers: Viertel nach drei. Sie betete, der Anrufer möge nicht Tony sein, der betrunken und reumütig an sie dachte.

Die Stimme am anderen Ende der Leitung klang zögerlich und zittrig. «Kat. Kat, hier ist Rhiannon. Wir haben uns gestern Abend bei der Zeremonie kennengelernt.»

«Ja, richtig.» Kat rieb sich die Arme, auf denen sich eine

Gänsehaut gebildet hatte – in ihrem Schlafzimmer war es sehr kalt –, und versuchte wach zu werden.

«Es geht um Xanthe», sagte Rhiannon. «Sie ist überfallen worden. Die Polizei ist jetzt hier.»

Nun war Kat hellwach, Adrenalin rauschte durch ihre Adern. «Ganz langsam, Rhiannon. Ist sie im Krankenhaus?»

«Nein, sie wollte nicht. Sie ist auch nicht schlimm verletzt. Zumindest nicht körperlich. Sie hat ein paar blaue Flecke.» Rhiannon schluckte, und ihre Stimme schien um eine Oktave anzusteigen. «Kat ... Da war ein Mann im Garten ... nachdem wir alle gegangen waren ... Er hat versucht, sie zu töten. Die Polizei ist hier, und Xanthe ...» Im Hintergrund war ein gedämpfter Ruf zu hören. «Sie fragt, ob du herkommen würdest.»

Kat war bereits aufgestanden und suchte ihre Sachen zusammen. Sie schaltete das Licht ein, klemmte sich das Handy zwischen Schulter und Ohr und begann sich anzuziehen. «Sag ihr, ich bin gleich da.»

Vor Xanthes Haus parkten zwei Autos auf dem Bürgersteig. Der eine Wagen gehörte der Polizei, der andere war Myles Hunters Cabrio. Mist, das war das Letzte, was sie nun brauchen konnte. Das konnte ja heiter werden.

«Komm doch rein, Kat.» Rhiannon hielt ihr die Tür auf. Ihr dünnes mausgraues Haar stand in alle Richtungen ab, und auf ihre Wangen hatte sie jeweils einen dicken Streifen grelles Rouge aufgetragen. Sie sah aus wie eine dieser alten Holzmarionetten.

Kats Blick fiel sogleich auf Myles Hunter. Sie schluckte, nickte ihm zu, hielt den Blick jedoch konzentriert auf die Wand hinter ihm gerichtet. Xanthe saß auf dem Sofa zwischen Hunter und einer jungen Polizeibeamtin, die ihr sanft die Hand tätschelte. Abgesehen davon, dass Xanthe die Berührungen der Beamtin ganz offensichtlich missfielen, schien es ihr jedoch gutzugehen.

«Danke, dass du gekommen bist, Kat», sagte Xanthe. «Ich brauche dich hier. Ich denke, man glaubt mir nicht.»

«Natürlich glauben wir Ihnen», erklärte Myles Hunter. «Jemand hat Sie in Ihrem Garten angegriffen. Wir wollen nur keine voreiligen Schlüsse ziehen, wer das gewesen sein könnte.»

«Er war es. Der Henker.» Xanthes Stimme klang nun schrill und hysterisch. «Er hat Sarah umgebracht und die anderen Frauen, und nun wollte er mich töten.»

Kat zog ihren Stuhl näher an das Sofa heran und ignorierte Myles, der ihr einen fragenden Blick zuwarf. «Was genau ist passiert, Xanthe? Konntest du ihn erkennen?»

Xanthe fasste sich mit beiden Händen an die Stirn und wischte sich den Schweiß dort weg. «Ich bin noch einmal raus in den Garten gegangen, um die letzten Kerzen auszublasen. Dann ging alles ganz schnell, ich war nicht darauf vorbereitet.» Sie grunzte. «Wie dumm, so etwas zu sagen. Natürlich war ich nicht darauf vorbereitet, dass mich ein maskierter Verrückter in meinem eigenen Garten angreift. Wer wäre das schon?» Sie schluckte. «Jedenfalls ... Alles, woran ich mich erinnere, ist ein Schatten, den ich aus meinen Augenwinkeln wahrgenommen habe, dann war er auch schon hinter mir und schlang mir seinen Arm um den Hals. Er wollte mir einen Lappen gegen den Mund pressen, aber ich konnte meinen Kopf wegdrehen. Den Geruch kenne ich seit meiner Zeit als Krankenschwester. Eindeutig Chloroform. Ich habe versucht, mich an meinen Selbstverteidigungskurs zu erinnern, den ich damals machen musste, als ich in der Psychiatrie gearbeitet habe.» Sie lachte rau. «Da hatte es doch einmal etwas Gutes, dass ich so schwer bin. Ich konnte mein ganzes Gewicht gegen ihn einsetzen und habe ihn fest am Arm und nach vorn gezogen. Er hat laut aufgeschrien.»

«Hoffentlich hast du dem Schwein ordentlich eine verpasst!», brach es aus Rhiannon heraus.

«Nun, er ließ mich los, und ich fiel hin wie ein gefällter Baum. Als ich hochschaute, sah ich die Gestalt des Angreifers. Er trug eine Art Kapuze, mit Schlitzen für Mund und Augen, wie in einem Horrorfilm. Dann habe ich angefangen zu schreien.»

«Ist Ihnen sonst noch etwas aufgefallen?», fragte Myles. «Sie sagten, er sei groß gewesen. Haben Sie seine Hände sehen können?»

«Er war groß und schlaksig und trug Handschuhe, denke ich. Ich konnte sie fühlen, sie waren rau und kalt. Er war von Kopf bis Fuß in dunkle Kleidung gehüllt.»

«Hat er irgendetwas zu Ihnen gesagt?»

«Er hat etwas ausgerufen, als ich hinfiel.» Xanthe lächelte schief. «Ich muss ihm wehgetan haben. Ich bin mir nicht sicher, aber es hörte sich ein bisschen an wie: ‹Ihr Hexen!› Ja, jetzt wo ich drüber nachdenke, bin ich doch sicher. Er sagte: ‹Ihr Hexen!› Möglicherweise wusste er, dass ich keltische Bräuche praktiziere.»

Myles nickte. Der Blick, den er seiner Kollegin zuwarf, entging Kat nicht. «Sonst nichts weiter?»

«Nein. Wie ich schon sagte, er rannte dann weg, in Richtung Wald, und ich rannte in die andere Richtung. Ich muss zugeben, zu dem Zeitpunkt war ich völlig hysterisch und konnte schon nicht mehr klar denken. Hätte meine Nachbarin nicht die Tür geöffnet ...»

«Sind Sie jemals wegen Ihres Glaubens oder Ihrer Zeremonien angefeindet worden?» Bei der Frage stieg Hunter eine leichte Röte ins Gesicht.

«Nein. Hier in Lancaster ist man ziemlich tolerant. Deshalb lebe ich so gern hier.»

«Und Sie erinnern sich wirklich nicht noch an etwas anderes?» Hunter wand sich in seinem Sessel. Kat sah, dass er zwei verschiedene Socken anhatte.

«Nein, nichts», antwortete Xanthe. «Hören Sie, ich habe Ihnen wirklich alles gesagt. Meinen Sie, ich könnte mir jetzt einen Brandy genehmigen?» Sie deutete auf den Becher vor ihr auf dem Boden. «Es tut mir wirklich leid, aber dieser Tee schmeckt scheußlich.»

Die junge Beamtin verzog etwas den Mund, doch Rhiannon stand sogleich auf und öffnete eine Vitrine. Sie nahm eine Flasche Brandy heraus, füllte ein großes Glas und reichte es Xanthe.

«Danke», sagte diese und nahm einen großen Schluck. «Sonst noch jemand?»

«Danke, aber für mich nicht.» Der Inspector stand auf, und die Polizistin tat es ihm gleich. «Eventuell müssten wir Sie morgen noch einmal befragen. Bis dahin sollten Sie versuchen, sich etwas auszuruhen. Wenn Ihnen noch etwas einfällt oder ein Problem auftritt, rufen Sie uns bitte gleich an. Wir haben eine Streife vor dem Haus postiert, aber ich denke nicht, dass er zurückkommt. Zumindest nicht heute Nacht.»

Er verabschiedete sich und ging zur Tür.

Kat begleitete ihn dorthin. «Du denkst also, er wird irgendwann wiederkommen?», fragte sie leise.

Sie erntete nur einen verächtlichen Blick, der ihr sagte: *Halt die Klappe, ich muss dafür sorgen, dass das Opfer ruhig bleibt.* Es war das erste Mal seit ihrer Ankunft bei Xanthe, dass er sie unmittelbar ansah.

«Entschuldige», sagte sie. «Aber Xanthe sollte es wissen. Wir alle sollten es wissen.»

«Du nimmst einfach nur an, dass es sich hier nicht um einen zufälligen Überfall handelt», flüsterte er. «Wie ich vorhin schon sagte, wir können nicht einfach irgendwelche Schlüsse ziehen, wir brauchen Beweise. Es könnte auch irgendein Verrückter gewesen sein, oder ein Einbrecher auf der Suche nach schnellem Geld.»

Kat folgte Myles und seiner Kollegin nach draußen. Sie schlang beide Arme um ihren Oberkörper, als könne sie sich so vor der eisigen Kälte schützen. «Ach komm», flüsterte sie. «Es muss derselbe Mann sein. Der Henker, meine ich.» Sie hielt eine Sekunde lang inne und hoffte, dass Xanthe sie nicht gehört hatte. «Es kann doch kein Zufall sein, dass Xanthe und Sarah befreundet waren und dass ich den Kragen und die Manschetten gefunden habe. Und vergiss nicht die Verbindung zu den Hexen und zum Schloss.»

Er schaute ihr in die Augen, und der durchdringende Blick seiner grauen Augen ließ sie leicht erschauern.

«Wie ich schon sagte, wir untersuchen alle Möglichkeiten.»

Kat hätte ihm am liebsten zugebrüllt: «Hör auf, so zu reden, als würdest du eine verdammte Pressekonferenz abhalten! Tu was, ehe dieser Verrückte zurückkommt und Xanthe oder jemand anderen umbringt!» Aber er war bereits auf dem Weg zu seinem Wagen, und so ging sie ins Haus zurück.

«Und da sind sie schon wieder weg.» Xanthes Blick folgte Kat, die die Tür schloss und sich zurück zum Sofa begab. «So werden sie ihn sicher nicht festnageln», sagte Xanthe. In ihren Worten schwang Wut mit – und noch ein weiteres Gefühl, das sie sich nicht recht eingestehen wollte.

«Aber wenn sie nicht glauben, dass es sich um denselben

Täter handelt, ist das doch gut, oder?», fragte Rhiannon und stellte ein Tablett mit Tee und drei Tassen auf den Couchtisch. Sie strich sich die Haare aus dem Gesicht und starrte Kat mit großen, naiven Augen an.

Am liebsten hätte Kat ihr ins Gesicht geschlagen. «Wir können die Fakten nicht einfach ignorieren. Es gibt zu viele Indizien, die sich mit den vorherigen Fällen decken, als dass es sich um eine Nachahmungstat handeln könnte. Wenn die Polizei den Hinweisen nicht nachgeht, muss ich es eben selbst tun.»

«Tu, was immer du kannst, Kat», bat Xanthe sie eindringlich. «Es war derselbe Mann, da bin ich mir sicher.» Sie sah Kat an. «Ich habe den Polizisten nichts darüber gesagt, sie halten uns ohnehin schon für eine Gruppe durchgeknallter Weiber – aber als er mich angriff, habe ich etwas gespürt. Er wollte mich nicht einfach nur überfallen und bestehlen. Er hat Wut ausgestrahlt, ja, mehr als Wut, mehr noch als Zorn.» Sie hielt einen Moment lang inne. «Es war etwas Rohes, etwas ...» Sie zuckte die Schultern. Ihr fehlten die Worte. «Er hat etwas sehr, sehr Böses ausgestrahlt.»

Auch wenn sie sich unendlich müde fühlte, war es Kat nach ihrer Heimkehr unmöglich, gleich wieder zu schlafen. Dennoch legte sie sich ins Bett. Als sie endlich in einen unruhigen Schlummer fiel, verfolgten sie eine Reihe diffuser Bilder: Xanthe, die mit einem maskierten Mann rang, Barbara Sanders, abgeladen auf einem Holzstapel für ein großes Feuer, Sarahs Leiche, die wie eine Wachsfigur in dem Zelt am Fundort lag. Und durch all diese Bilder verfolgte sie etwas, das die Manschetten und den Kragen von Suzanne Johnston trug. Dann fühlte sie es an ihrem Arm – warm und feucht wie Blut. Mit einem Mal wurde sie wach; der heisere Schrei blieb ihr in der Kehle stecken.

Samson sah sie aus halbgeschlossenen Augen mit gesenktem Kopf an. Sein Blick schien zu sagen: *Ich wollte doch nur guten Morgen sagen.*

«Komm her, du dummes Tier.» Kat lehnte sich vor und kraulte ihn hinter den Ohren. Sie musste sich zusammenreißen und weniger schreckhaft werden, wenn sie herausfinden wollte, wer die Frauen getötet hatte. Ehe er erneut zuschlagen konnte.

Gegen acht Uhr war sie schnell mit Samson Gassi gegangen, hatte geduscht, sich angezogen und Eva angerufen. Die hatte bereits vom Überfall auf Xanthe erfahren.

«DI Hunter hat mich angerufen», sagte sie. «Die Polizei hat ein Sondereinsatzkommando in den Wald geschickt, um das Gelände abzusuchen. Doch offensichtlich denkt Myles Hunter, es handle sich um eine zufällige Tat, die in keiner Verbindung zu den Morden steht.»

«Das ist absoluter Blödsinn, und du weißt das auch», erklärte Kat. «Deshalb möchte ich, dass du mich heute begleitest.»

Als Kat vor Evas Haus hielt, fragte sie sich, ob sie den Verstand verloren hatte. Doch inzwischen war sie sicherer denn je, dass die Morde mit dem Schloss und der Legende um die Hexen zusammenhingen. Und es gab nur einen Ort, mehr über diese Legenden herauszufinden.

«Wo fahren wir hin?» Eva setzte sich auf den Beifahrersitz und lockerte den dunkelblauen Pashminaschal, den sie sich umgelegt hatte.

Kat fuhr los. «Nach Pendle. Oder genauer gesagt: in das

Hexenland», antwortete sie und bog von der Straße ab, die am Fluss entlangführte. «Ich dachte, wir machen einen kleinen Ausflug. Erst Newchurch, dann Pendle Hill. Dort gibt es auch ein Museum. Vielleicht finden wir dort einen Hinweis, irgendetwas, das uns weiterbringt.»

«Du denkst also wirklich, diese Morde haben etwas mit den Hexen zu tun?»

«Nun, Sarah lebte in der Nähe des Schlosses, und Barbara Sanders und Suzanne Johnston haben dort gearbeitet.»

«Was ist mit Xanthe?»

«Der Angreifer hat ihr etwas zugerufen. ‹Ihr Hexen!›, glaubt Xanthe gehört zu haben. Und Hexen wurden früher aufgehängt.»

«Vermutlich ist es zumindest einen Versuch wert», meinte Eva und lehnte sich in ihrem Sitz zurück. «Egal, was wir finden, es wird uns schon helfen.»

Der Himmel war verhangen und hatte die Farbe von Spülwasser, als sie langsam durch den Wald von Bowland fuhren. Direkt hinter einer Biegung erblickten sie erstmals Pendle Hill – ein dunkler Hügel, der sich über alten Jagdgebieten erhob.

Eva erschauerte bei dem Anblick. «Unheimlich, oder?»

«Ist nicht schwer, sich vorzustellen, dass man hier an Hexen und Zauberei geglaubt hat», bemerkte Kat und bremste dann etwas ab, als sie sich einem kleinen Dorf am Fuß des Hügels näherten. «Da wären wir. Newchurch. Das wahre Land der Hexen.»

«Hört sich prima an», antwortete Eva trocken und zog den Pashminaschal wieder fester um die Schultern.

Sie fuhren schweigend weiter. Als sie das Ortseingangsschild von Newchurch passierten, stieß Kat einen langen Seufzer aus.

«Ich denke, Sarah könnte ein Verhältnis mit Madeline Leigh gehabt haben.»

«Wie bitte?»

Kat erzählte von ihrem Gespräch mit Xanthe über Sarah und die Anwältin.

«Es gibt keinerlei Beweise, dass es sich um mehr gehandelt hat als eine harmlose Schwärmerei. Wenn es denn so weit überhaupt ging», kommentierte Eva.

«Aber was wäre, wenn Sarah der Anwältin etwas anvertraut hätte, das sie niemandem sonst sagen konnte? Vielleicht ein Detail über den Mörder.»

«Dann hätte Madeline es der Polizei gesagt. Kat, vergiss nicht, Madeline ist Anwältin.»

«Ebendeshalb.»

Die Straße, auf der sie langsam ins Zentrum von Newchurch hineinfuhren, führte bergab. Sie passierten weiße und cremefarbene Häuschen, die wie Puppenstuben aussahen. Angeblich war es seit gestern etwas wärmer geworden, doch die wenigen Menschen auf den Straßen waren in dicke Jacken gehüllt und trugen Wollschals und Mützen. Eine Gruppe von schwarzgekleideten Gestalten hatte sich vor einem weißen Haus versammelt, das gegenüber der kleinen Dorfkirche stand. Kat parkte den Wagen auf dem Kirchplatz, und die beiden Frauen stiegen aus.

«Sieht so aus, als hätten wir unsere Hexen gefunden», bemerkte Eva, als sie vor einem Geschäft stehenblieben. Der Ladeneingang wurde von drei Schaufensterpuppen mit Warzennasen und Spitzhüten bewacht. Auf dem Schild über der Tür war *Witches Galore* zu lesen, und das Schaufenster war bestückt mit Besen und Miniaturkesseln, Büchern und Bildern zum Thema «Hexen».

«Ich frage mich, ob es dieses Bild ist, das der Mörder sieht, wenn er Frauen anschaut.» Kat zeigte auf die drei hässlichen Figuren vor dem Eingang. «Ich gehe schnell rein und frage nach einem Stadtplan oder einem Reiseführer für Touristen.»

Eva starrte die Kostüme und Plastikfledermäuse in dem Schaufenster an, doch ihre Gedanken waren woanders. Etwas von dem, was Kat gesagt hatte, machte sie nachdenklich. Die grausamen Rituale des Mörders deuteten auf eine Dämonisierung seiner Opfer hin. Der Henker wollte seine Opfer beherrschen und unterwerfen, doch da war noch mehr. Es schien fast wie eine Pflicht, eine Lebensaufgabe, die er zu erfüllen hatte.

Kat kam mit einer Touristenbroschüre in der Hand aus dem Laden. «Schauen wir uns zunächst die Kirche an.»

Eva folgte ihr über die enge Straße und zurück zur Kirche. Sie sah hinauf zu dem kurzen, schlichten Kirchturm mit der doppelten Glockenkammer. Auf der Westseite des Turms war ein merkwürdiges, augenförmiges Muster eingelassen. «Was zum Teufel ist das?», fragte sie.

Kat schaute in ihrer Broschüre nach. «Das ist das Auge Gottes. Angeblich beschützt es die Dorfbewohner vor dem bösen Blick.»

«Das ist es!», rief Eva und griff nach der Broschüre. «Erinnerst du dich noch an die zweite E-Mail des Mörders? ‹Ich bin das Auge Gottes.› Kat, ich denke, du hast recht. Er will die Welt von allen bösen Frauen befreien; und er ist sicher, den Segen des Allmächtigen zu haben. Ich frage mich, ob er seine Inspiration von diesem Ort bezogen hat.»

«Er befindet sich also auf einer Mission, die Welt vor Hexen und Zauberei zu bewahren.» Kat senkte die Stimme, als sie die Kirche betraten. «Glaubst du, er ist hier gewesen? Ich meine, er hätte auch genauso gut darüber lesen können.»

Das Kirchenschiff mit seiner Kanzel und den dorischen Säulen war im Gegensatz zu dem bescheidenen Turm geradezu riesig. Eva stand im Mittelgang; ihr Blick glitt über die Säulen, hoch zur Galerie. Sie atmete den Geruch der Kirche ein; eine Mischung aus Lilien, Holzpolitur und alten Gesangbüchern. Und Frieden. In der Kirche war es ganz still. Hatte der Mörder ebenfalls hier gestanden? Staubwölkchen tanzten in dem fahlen Winterlicht, das durch die matten Fensterscheiben fiel. Es erleuchtete die Reihen alter Eichenbänke, die Eva mit einem Mal an Särge erinnerten. Die Ruhe und der Frieden waren dahin. «Los», sagte sie. «Schauen wir uns draußen um.»

Kat sah erneut in die Broschüre. «Hier soll es ein Hexengrab geben», teilte sie ihrer Begleiterin mit, als beide über den Kirchhof schlenderten. Kat zeigte auf eine Mauer, die in einiger Entfernung stand. «Dahinten ist es.»

Das Grab wirkte merkwürdig verwunschen. Es war moosbewachsen, und in den Grabstein waren ein Totenschädel und übereinander gekreuzte Knochen eingraviert.

«Was für ein Klischee», seufzte Eva. Es war nur ein dummer Aberglaube, von ignoranten Dummköpfen vorangetrieben, sagte sie sich selbst. Doch bei dem Anblick des Grabsteins erschauerte Eva bereits das zweite Mal an diesem Tag.

«Es ist das Grab von Alice Nutter», stellte Kat fest, die weiterhin ihre Broschüre studierte. «Sie war eine der berühmten Pendle Witches. Übrigens war sie eine wohlhabende Frau – keine der ungebildeten Kräuterweiber, die normalerweise als Hexen verurteilt und hingerichtet wurden.»

«Warum hat die adlige Gesellschaft sie nicht gerettet?», erkundigte sich Eva.

Kat zuckte mit den Schultern. «Keine Ahnung. Sie plädierte

bis zum Schluss auf ‹nicht schuldig›, wurde aber durch die Aussage eines neunjährigen Mädchens schwer belastet.»

«Na ja, das bringt uns wohl nicht weiter», meinte Eva.

Sie gingen weiter über den Kirchhof.

«Der Prozess gegen die Birmingham Six hat ebenfalls in Lancaster Castle stattgefunden. Man hat sogar eigens einen neuen Trakt gebaut, um sie dort einzusperren», sagte Kat. «Immer wieder überraschend, wie wenig sich die Dinge ändern im Verlauf der Zeit.»

Als sie zu Kats Wagen zurückkehrten, hatte Eva das Gefühl, ihre Ohren würden von der Kälte bluten. «Und wohin jetzt?», fragte sie. «Ich wäre jetzt gern irgendwo, wo es etwas wärmer ist.»

«Ich dachte mir, wir werfen einen Blick auf das Museum, das Pendle Heritage Center», antwortete Kat und fuhr auf die Straße. «Dort gibt es sicher jede Menge Informationen über die Hexenlegenden und die Geschichte der Region. Vielleicht finden wir ja dort etwas.»

«Was ist mit dem Auge Gottes? Dieses Symbol könnte wichtig sein. Ich finde, wir sollten DI Hunter darüber informieren.»

«Und was genau sollte er dann unternehmen?» Kats Stimme wurde scharf. Offensichtlich hatte die Polizei – und ganz besonders Myles Hunter – sie schwer enttäuscht.

«Ich weiß es nicht, aber er hat mehr Möglichkeiten als wir. Er könnte ein Team hierher schicken, seine Beamten könnten mit dem Pfarrer oder den Dorfbewohnern sprechen. Vielleicht erinnert sich jemand an etwas.»

«Wir wissen doch gar nicht, ob der Killer seine Idee, er sei das Auge Gottes, hier bekommen hat», betonte Kat. «Wie gesagt, vielleicht hat er nur davon gelesen und ist noch nie hier gewesen.»

Eva seufzte. «Aber wir müssen alle neuen Informationen berücksichtigen. Und ich denke nicht, dass wir die Verbindung zu Pendle ignorieren sollten. Es könnte bedeuten, dass sich der Mörder auf einer Art Kreuzzug gegen das Böse befindet.»

In Kats Erinnerung blitzten plötzlich Bilder eines alten Horrorfilms auf, vor dem sie als Kind schreckliche Angst gehabt hatte. «Du meinst, er ist eine Art moderner Hexenjäger oder Inquisitor?»

«Möglicherweise», antwortete Eva. «Er denkt, dass er eine Art besondere Kraft hat, und das macht mir Sorgen. Erinnerst du dich an den Herkulesknoten? Es könnte sein, dass er sich nicht nur als auf göttlicher Mission ansieht.»

«Du glaubst, er sieht sich selbst als ein Gott? Der große göttliche Henker?»

«Vielleicht. Er spürt das dringende Bedürfnis, sich uns mitzuteilen, und zwar nicht nur durch E-Mails, sondern auch durch seine kleinen verschlüsselten Botschaften in Form von Knoten. Sein Charakter und seine Motive spiegeln sich in den Morden wider. All das sind Botschaften.»

«Vielleicht will er ja gefangen werden», mutmaßte Kat. «Ich habe oft über Fälle berichtet, wo Täter eine Art perverses Bedürfnis hatten, zu einem Geständnis gezwungen zu werden.»

«Du könntest recht haben. Aber vielleicht will er auch nur Anerkennung.» Eva schaute auf ihre Hände, als wollte sie ihre Fingernägel inspizieren. Dann sah sie Kat direkt in die Augen. «Wir müssen Myles Hunter von alldem berichten.»

Die alte Hexe ist tot, doch der Gestank ihrer Seele liegt noch über dem Haus. Meinem Haus. Ich kann ihre Schadenfreude hören, weil ich bei der Fetten gescheitert bin. «Dummes, wertloses, kleines Würmchen, kannst nie etwas richtig machen.» Doch sie hat es nicht länger mit Will zu tun. Sie hat es mit dem Henker zu tun. Ich habe die Kontrolle. Will ist nicht zu trauen. Er hat vor ihr gebuckelt. Ich werde vor niemandem buckeln. Niemand wird mich aufhalten.

Xanthe. Ich habe gewartet und beobachtet, wie sie ihre schmutzigen Zeremonien abhielten. Es hat mich nicht überrascht, die Journalistin dort zu sehen. Nun weiß ich, dass auch sie eine von ihnen ist.

Ich hätte sie erwischt, wäre ich nicht gestolpert. Außerdem habe ich meinen Blutknoten ruiniert. Doch ich habe noch viele Knoten. Genug für sie und die anderen ihrer Brut – Mutters Brut.

«Du wirst es nicht schaffen, wirst es wieder ruinieren, du kleiner Wurm.»

Halt den Mund! Halt den Mund!

Sie hat uns alle gehasst. Schlampe. Verdammte, dreckige, alte Hexe. Ich öffne den Deckel der schweren Eichentruhe im Flur und atme den strengen Gestank ein. Ich wühle darin, hole Bücher, alte Schuhe und einen Tennisschläger heraus. Dann finde ich sie. Die Urne mit ihrer Asche. Vorsichtig öffne ich den Deckel, muss achtgeben, ihn nicht kaputt zu machen. Mir schlägt eine Wolke von Moschus und Schweiß entgegen. Mina, unsere geliebte Mutter; die Anführerin der Frauen, die Männer entmannte. Ich stelle die Urne auf den Boden, öffne meine Hose und lächle, während ich einen warmen, weichen Strahl in die Urne pinkle.

Kapitel 22

Eva folgte Myles Hunter in sein Büro. Es war kaum mehr als ein Glaskasten und wurde von seinem großen Schreibtisch fast vollständig ausgefüllt. Darauf türmten sich Papiere, Akten und Plastikbecher aus dem Kaffeeautomaten. Ihren Besuch in Newchurch hatte er nicht weiter kommentiert, sondern lediglich gesagt, dass er versuchen wolle, jemanden in das Dorf zu schicken, um die Leute zu befragen.

«Ist immer gut, die Leute beschäftigt zu halten», meinte er und blinzelte durch die Lamellen vor seinem Fenster hinaus auf die Straße.

«Gibt es denn bislang neue Erkenntnisse?»

Er fuhr sich mit der Hand durchs Haar. «Wir haben bei Xanthe einige Haar- und Faserproben gefunden.»

«Denken Sie, der Angreifer könnte auch in diesem Fall der Henker sein?»

Sein Gesichtsausdruck veränderte sich nicht, doch ein kleines Zucken umspielte seine Mundwinkel. «Wir müssen alle Möglichkeiten in Betracht ziehen.»

«Hat die Untersuchung der Proben irgendetwas ergeben? Wahrscheinlich ist es noch zu früh –»

«Unsere Leute im Labor haben die ganze Nacht gearbeitet, um uns ein Zwischenergebnis zu liefern», unterbrach er sie. «Die Haarproben entsprechen keinem der in unserer Datenbank gelisteten Verbrecher, und die Fasern stammen von einem billigen Pullover, den man in jedem x-beliebigen Laden kaufen kann.»

«Gibt es sonst noch etwas Neues?»

«Inzwischen sind wir uns relativ sicher, woher die Verletzungen im Gesicht von Suzanne Johnston stammen.» Er hielt inne und blätterte durch einige der Mappen auf seinem Schreibtisch, ehe er ein Schwarzweißfoto herauszog. «Beweisstück A, eine Schandmaske; mittelalterliches Folterinstrument für die Bestrafung unflätiger Frauen. Man hat sie aus dem Schloss gestohlen, mit Hilfe von Barbara Sanders' Schlüssel. Ich habe allerdings keine Ahnung, wie er das Ding aus dem Schloss schmuggeln konnte. Muss riesige Hosentaschen haben, der Typ.»

«Er gewinnt an Selbstvertrauen», stellte Eva fest. «Die Tatsache, dass er die Schandmaske benutzt hat, sagt nicht nur etwas über seinen Wunsch aus, Frauen zum Schweigen zu bringen, sondern auch, dass er nun genug Zeit einplant, seine Opfer zu foltern.»

«Ich behaupte nicht, dass Xanthe sein nächstes Opfer hätte sein sollen – aber wenn dem so ist, dann wird er jetzt ziemlich wütend sein!»

«Oh, er wird sogar sehr zornig sein. Wahrscheinlich in erster Linie auf sich selbst. Er wird es sich nicht erlauben, Fehler zu machen, zumal er sich für so unendlich mächtig hält. Danach wird er sehr wütend über sein Opfer sein. Er wird wieder töten. Und zwar bald.»

«Xanthe, was machst du denn hier?» Kat öffnete die Haustür, um ihren Besuch hereinzulassen.

Xanthe lächelte schwach. «Ich dachte, du hattest angeboten, zu helfen.»

«Entschuldige.» Kat führte sie durch den Flur ins Wohnzimmer. «Du siehst müde aus. Setz dich, und ich brüh uns einen Tee auf. Ich denke, irgendwo haben wir noch Grüntee oder so etwas.»

«Kaffee ist schon in Ordnung», erklärte Xanthe, als sie die Kaffeekanne auf dem Tisch erblickte. «Schwarz und stark.»

«Hast du ein bisschen schlafen können?», fragte Kat und reichte ihr eine Tasse.

«Nicht viel. Nach dem billigen Brandy bin ich mit heftigen Kopfschmerzen aufgewacht. Schwer zu glauben, dass das wirklich passiert sein soll. Und doch – ich weiß, dass es passiert ist ... Sein maskiertes Gesicht ... Kat, ich fühle mich so nutzlos. Ich wünschte, ich könnte der Polizei mehr geben als nur eine sehr vage Beschreibung seiner Stimme.»

«Wie klang seine Stimme? Kam sie dir bekannt vor?»

Xanthe schüttelte den Kopf. «Sie war tief, kein Akzent ... Ach, ich weiß doch auch nicht.» Xanthe nahm einen Schluck von ihrem Kaffee, schloss die Augen und erschauerte. «Sieh mich an, Kat. Ich bin bestimmt keine kleine, hilflose Frau. Aber es war furchtbar. In meiner Zeit als Krankenschwester in der Psychiatrie hatte ich es mit vielen merkwürdigen Vögeln zu tun. Ich bin sogar ein paarmal angegriffen worden. Aber es war nie vergleichbar mit dieser Situation.» Xanthe zuckte zusammen, als Kaffee auf ihren nackten Arm tropfte. «Ich kann nicht aufhören zu zittern.»

Sanft nahm Kat ihr die Tasse ab und stellte sie auf den Couchtisch. «Du hast einen schweren Schock erlitten. Jeder andere wäre ebenso durcheinander. Warum gehst du nicht nach oben und legst dich im Gästezimmer ein wenig hin. Vielleicht bekommst du so etwas Ruhe. Bleib gern, solange du möchtest.»

Kat rief Eva an, nachdem sie Xanthe endlich im Gästezimmer untergebracht hatte. «Wir müssen reden.»

«Ich fahre gerade vom Polizeirevier weg», teilte Eva ihr mit und versuchte, gegen den Verkehrslärm anzuschreien. «Ich komme bei dir vorbei.»

Zehn Minuten später saßen sie gemeinsam an Kats Küchentisch. Samson versuchte, die Aufmerksamkeit seines Frauchens auf seine Leine am Haken an der Wand zu lenken. «Später, mein Junge», sagte Kat und schob den Hund ins Nebenzimmer, um ungestört Evas Bericht zu lauschen.

«Ich habe dem Inspector von Newchurch erzählt. Er will einige Beamten dorthin schicken, um die Leute zu befragen.»

Kat schnaufte. «Habe ich nicht gesagt, dass er sich kaum beeindrucken lassen würde?»

«Da ist noch etwas», erklärte Eva vorsichtig. «Und es wird dir nicht gefallen. Myles Hunter möchte den Angriff auf Xanthe vor der Presse geheim halten.»

«Warum das?»

«Erstens möchte er potenzielle Nachahmungstäter nicht ermutigen. Und zweitens, sollte es sich wirklich um den Henker handeln, will er dessen Hunger nach öffentlicher Aufmerksamkeit nicht noch verstärken. Er will sehen, ob er mit uns Kontakt aufnehmen wird. Hunter glaubt, wir müssen ihn manipulieren und dazu bringen, Fehler zu machen.»

«Die einzige Person, mit der der Mörder bislang Kontakt aufgenommen hat, bist du.» Kat seufzte. «Bist du sicher, dass du ein solches Risiko eingehen willst?»

Eva zuckte mit den Schultern. «Habe ich denn eine andere Wahl?»

Nachdem Eva gegangen war, beschäftigte sich Kat ein paar Stunden lang mit den ersten Kapiteln ihres Buches. Ihre Agentin, Nadia, hatte ihr bereits mehrere Nachrichten auf dem Anrufbeantworter hinterlassen und ungefähr ein halbes Dutzend E-Mails geschickt.

«Der Verlag hat eben angerufen und will wissen, wie es vorangeht», erklärte sie, als Kat sie zurückrief. «Sie sind bereit, dir wegen Sarahs Tod und den anderen Morden ein bisschen mehr Zeit einzuräumen. Aber sie wollen eine verbindliche Zusage, dass du weiter an dem Projekt arbeitest.»

«Richte ihnen aus, dass ich ihr Mitgefühl sehr zu schätzen weiß, aber natürlich voll und ganz beabsichtige, meinen Teil des Vertrages zu erfüllen», sagte Kat scharf. «Ich nehme an, die PR-Abteilung reibt sich schon die Hände. Eine bessere Werbekampagne für das Buch hätten sie sich nicht wünschen können.»

«Kat, es tut mir wirklich leid. Aber wenn es nicht Sarah gewesen wäre und wenn du –»

«Ja, ich weiß», fiel Kat ihr ins Wort. «Es ist eine phantastische Geschichte. Ein paar der großen landesweiten Tageszeitungen haben schon bei mir angefragt, ob ich nicht einen Nachfolgeband schreiben wollte.»

«Es ist nun so, dass Lianne gern den Schwerpunkt des Buches ändern würde.»

Nadias Ton deutete bereits darauf hin, dass ihre Neuigkeiten nichts Gutes zu bedeuten hatten. Lianne war nur eine von vielen Lektorinnen im Verlag, aber wenn sie sich einmal etwas in den Kopf gesetzt hatte, ließ sie nicht mehr davon ab. «Spuck's einfach aus», forderte Kat sie auf.

«Sie möchte, dass du dich mehr auf die Morde des Henkers konzentrierst. Zwar soll es nach wie vor um Profiling gehen, aber ...»

«Der Aktualitätswert des Henkers ist hoch genug, um den Verkauf des Buches stark zu fördern», beendete Kat den Satz.

«Sie hat angeboten, dir einen Ghostwriter an die Hand zu geben.» Nadia schluckte, und Kat konnte sie förmlich vor sich sehen, wie sie mit ihren langen Fingernägeln auf den Schreibtisch trommelte. «Ich meine, sollten dir einige der Recherchen zu schwer fallen –»

«Sag ihnen, dass ich die ersten Kapitel in ein paar Wochen abliefere. Damit sollte der Champagner für die nächste Verlagskonferenz gesichert sein.» Kat legte auf, ehe Nadia etwas entgegnen konnte.

Sie war zu hart zu Nadia gewesen. Die Agentin versuchte schließlich nur, ihren Job zu erledigen und Kats Interessen so gut wie möglich zu vertreten. Und außerdem hatte Kat viele Rechnungen zu bezahlen. Sie wandte sich wieder ihrem Laptop zu und begann, wild auf die Tastatur einzuhacken. Sie biss sich fest auf die Unterlippe und versuchte, all die wirren Emotionen außen vor zu lassen und sich auf die Fakten zu konzentrieren.

Als sie wieder von ihrem Bildschirm aufschaute, war es draußen bereits dunkel. Bald schon würden die Flutlichter anspringen und das Schloss hell anstrahlen. Doch für den Moment konnte sie lediglich die langen Schatten der Türme ausmachen. Kat rieb sich den Nacken, stand auf und ging zu Xanthe, um sie zu wecken.

«Wie spät ist es?» Xanthe rieb sich die Augen und verschmierte ihre Wimperntusche. Auf ihren Wangen zeichneten sich die Falten des Kissens ab.

«Es ist kurz nach fünf», antwortete Kat. «Du hast seit ein Uhr geschlafen, da dachte ich, es sei besser, dich zu wecken.»

«Hast du mit jemandem gesprochen? Ich meine, eine andere Stimme gehört zu haben.»

«Keine Sorge, du bist nicht verrückt geworden.» Kat lachte. «Ich habe mit meiner Agentin telefoniert.»

Mit einem Ruck hatte sich Xanthe aufgesetzt und die Füße aus dem Bett geschwungen. «Ich will dich nicht noch weiter behelligen, Kat. Du musstest ohnehin schon zu viel durchmachen.»

«Sarah würde wollen, dass du bleibst», sagte Kat sanft. «Und ich möchte es ebenfalls. Das Gästezimmer ist frei, bleib doch wenigstens über Nacht.»

«Ich habe gar keine Kleider mitgebracht.»

«Eine neue Zahnbürste habe ich noch im Badezimmer, und zum Glück kann man ja inzwischen bis spät in den Abend hinein einkaufen. Gönn dir etwas Neues, wenn du erst mal nicht zurück zu deinem Haus willst.»

«Wahrscheinlich hast du recht ...»

«Spring einfach unter die Dusche; und dann können wir in einem Pub etwas essen und ein paar Einkäufe machen», schlug Kat vor. «Mir ist zwar nicht gerade nach Shopping, aber ich muss ohnehin noch ein paar Weihnachtsgeschenke für meine Familie besorgen.»

«Ich komme mit», sagte Xanthe schnell. «Ich bin im Moment nicht gern allein.»

Menschenmassen drängten sich durch die Straßen von Lancaster. Unzählige Leute mit Paketen und Tüten in den Händen quetschten sich an ihnen vorbei, und auf der Penny Street wurden sie umkreist von drei jungen Männern in Weihnachtsmannkostümen. Ihr Anführer wedelte mit einem schon etwas zerrupften Mistelzweig. «Ein Kuss, meine Schöne!», rief er und hauchte ihnen seine Bierfahne entgegen.

Nachdem sie die Penny Street und das Einkaufszentrum durchquert hatten, schmerzten Kat bereits die Füße. Xanthe hingegen hatte sich lediglich verstört umgeschaut, während sie die Läden durchstöberten.

«Wie wäre es mit einer Pizza?», fragte Kat. «Meinst du, dass du schon etwas essen kannst?»

Xanthe tätschelte sich den runden Bauch und lächelte. «Das ist mein Problem. Essen kann ich immer.»

«Ich muss nur schnell bei Waterstones ein paar Bücher für meinen Neffen abholen, und danach können wir sofort bei Roberto's einkehren», versprach Kat.

Ihr Plan, schnell ein paar Bücher abzuholen, löste sich in Wohlgefallen auf, sobald sie den Laden betraten. Eine große Menschenmenge hatte sich um einen Tisch mit Bücherstapeln versammelt, und vor der Kasse war eine lange Schlange.

«Scheint eine Signierstunde zu sein», meinte Kat und versuchte, sich durch die Menge zu wühlen.

Xanthe griff nach einem der bunten Flyer auf dem Tisch. Darauf abgebildet war ein dunkler Hexenkessel vor der Silhouette von Lancaster Castle. «‹The Castle›», las Xanthe laut vor. «‹Will Ellis ist eine brillante Mischung aus Fantasy und Geschichte für Kinder gelungen.› Hört sich nach dem perfekten Weihnachtsbestseller an.»

«Ich habe schon von ihm gehört», sagte Kat und bewegte

sich weiter in Richtung des Tisches, wo der Autor die Bücher signierte.

«In der *Sunday Times* war ein Interview mit ihm. Er wird sogar mit J. K. Rowling verglichen.»

Während sie sich weiter durch die Menge schoben und den Tisch erreichten, der unter den Hunderten Exemplaren von «The Castle» zusammenzubrechen drohte, fiel Kat ein, dass sie den Namen des Autors auch noch in einem anderen Zusammenhang gehört hatte. Will Ellis war einer derjenigen, denen Barbara Sanders bei der Recherche geholfen hatte. Kat reckte den Hals und versuchte, einen Blick auf den Mann zu erhaschen. Ihre angeborene Neugier war stärker als der Drang, schnell ihre Geschenke zu kaufen und aus dem überfüllten Geschäft zu verschwinden. Will Ellis trug einen schwarzen Pullover und Jeans. Er hatte ein blasses Gesicht mit markanten, feinen Zügen; und seine nackenlangen Haare waren pechschwarz. Seine Augen hatten die Farbe von dunklem Honig. Er lächelte eine ältere Dame an, während er ihr ein signiertes Exemplar seines Buches reichte. Obgleich Kat dieser Tage der männlichen Spezies definitiv abgeschworen hatte, musste sie doch zugeben, dass Will eine außergewöhnlich attraktive Erscheinung war. Er war sogar mehr als bloß attraktiv – geradezu schön.

«Hoffentlich gefällt es Ihrem Sohn», sagte er zu einer kleinen Frau, die gleich mehrere Exemplare in der Hand hielt. Seine Stimme war tiefer, als Kat erwartet hatte.

«Toller Typ, oder?», flüsterte sie ihrer Begleiterin zu. Dann drehte sie sich um und stellte fest, dass Xanthe ihr längst nicht mehr zuhörte. Das Gesicht ihrer Begleiterin war aschfahl. Einen Moment lang befürchtete Kat, Xanthe würde ohnmächtig werden.

«Ist alles in Ordnung?»

«Ich muss weg.» Xanthe war eindeutig in Panik geraten.

Sie drängte sich an Kat und mehreren anderen Leuten vorbei, die missbilligend mit dem Kopf schüttelten. «Wie unhöflich», zischten sie. «Typisch für diese Hippies.»

Kat folgte Xanthe, so schnell sie konnte, und murmelte Entschuldigungsfloskeln, während sie sich nach draußen schob.

Xanthe stand vor dem Buchladen, an eine Wand gelehnt, und hielt ihre Einkaufstüten fest umklammert. Ihre Augen waren geschlossen, auf der Stirn zeichneten sich feine Schweißtröpfchen ab.

«Was zum Teufel ist denn passiert?», fragte Kat. «Du hast da drin fast einen Aufstand ausgelöst. Hast du Platzangst bekommen?»

Xanthe schüttelte den Kopf. «Er war's», presste sie atemlos hervor. Kat hatte Sorge, Xanthe würde hyperventilieren.

«Ganz ruhig, Xanthe», sagte sie und tätschelte Xanthes Schulter. «Wer war was?»

«Der Mann, der mich angegriffen hat. Die Stimme. Es ist der Schriftsteller da drin. Ich habe gehört, wie er mit der Frau gesprochen hat. Es ist dieser Will Ellis. Er ist der maskierte Mann. Ich bin mir absolut sicher.»

Kapitel 23

«Xanthe, das kann nicht sein!» Doch noch während Kat sprach, sah sie den Ausdruck der völligen Gewissheit in Xanthes Gesicht.

Das Buch mit dem Titel «The Castle»: Da war sie – die Verbindung zum Schloss. Außerdem kannte der Autor Barbara Sanders. Kat stand wie angewurzelt vor Xanthe und starrte sie an. In ihr kämpften zwei Kräfte miteinander. Die eine wollte zurück in den Buchladen und Will Ellis zur Rede stellen. Die andere wollte einfach nur noch rasch weg von hier. Hastig hakte sich Kat bei Xanthe unter. Sie mussten so schnell wie möglich nach Hause und überlegen, was jetzt zu tun war.

«Bist du so weit in Ordnung, dass wir zurücklaufen können?», fragte sie, nahm Xanthe die Einkaufstüten ab und zog ihre Begleiterin geradezu hinter sich her.

«Ich denke schon.» Xanthe eilte Kat hinterher. Ihr Gesicht hatte nun wieder Farbe gewonnen. «Es war einfach nur so ein großer Schock. Aber ich bin mir sicher. Er ist es. Seine Aura war dunkel, fast schwarz.» Sie klammerte sich fester an Kats Arm. «Seine Stimme. Ich konnte ihn sehen, wie er diese schreckliche Vermummung trug. Und seine Augen ... Du glaubst mir doch, oder?»

Ihre Stimme klang nun flehend. An ihrer Schläfe war eine Ader stark hervorgetreten.

«Ja, natürlich.» Kat lockerte ein wenig den Griff an ihrem Arm. Sie versuchte, die Ruhe zu bewahren. Das Letzte, was sie nun brauchen konnte, war eine neunzig Kilogramm schwere, hysterische Xanthe, die halb getragen werden musste. «Wir sollten jetzt so schnell wie möglich zu mir nach Hause.» Erleichtert stellte sie fest, dass Xanthe langsam wieder an Fassung gewann. «Das Restaurant verschieben wir besser. Ich bestelle uns lieber etwas.»

«Hatte ich vorhin gesagt, dass mir nie etwas den Appetit verdirbt?» Xanthe lächelte schwach. «Ich denke, da habe ich mich wohl geirrt.»

«Ich habe Eva angerufen», sagte Kat, reichte Xanthe eine dampfende Tasse Tee und setzte sich dann ihr gegenüber an den Küchentisch. Xanthe zitterte nun wieder, als sie nach der Tasse griff. «Ich hoffe, du hast nichts dagegen. Aber ich glaube, sie wird uns helfen können, zu entscheiden, was wir nun tun sollen», fügte Kat hinzu.

«Vermutlich sollten wir die Polizei rufen.» Xanthe stieß ein zynisches Lachen aus. «Nicht dass die uns glauben würden.»

«Wir müssen ihnen genügend Indizien liefern. DI Hunter kann nicht einfach so jemanden zum Verhör bestellen, nur weil seine Stimme verdächtig klingt.»

«Aber ich bin mir sicher, Kat. Sobald er den Mund aufgemacht hatte, war es wie ein Déjà-vu. Ich konnte mich sekundenlang nicht bewegen, dann hatte ich das Gefühl, der Atem würde mir abgeschnürt.»

«Du hattest eine Art Panikattacke. Aber wenn wir jetzt nicht vorsichtig sind, wird DI Hunter es als genau das abtun.»

«Aber du glaubst mir doch, oder?» Xanthe rutschte auf ihrem Stuhl nach vorne und beugte sich zu Kat hinüber.

«Ich glaube dir, dass du die Stimme des Angreifers gehört hast», erwiderte Kat vorsichtig. Sie fragte sich, was Myles Hunter wohl antworten würde, wenn Xanthe ihm sagte, ihr habe die Farbe der Aura des Schriftstellers nicht gefallen. «Ich denke, man sollte gegen den Mann ermitteln», fügte sie schließlich hinzu.

«Aber wie soll das geschehen, wenn wir die Polizei nicht benachrichtigen?», fragte Xanthe. «Wir können ihn ja wohl kaum selbst befragen.»

«Genau darüber denke ich schon die ganze Zeit nach. Und ich habe eine Idee.»

«Du willst *was* tun?» Evas normalerweise ruhige Stimme wurde schrill, nachdem Kat ihr erzählt hatte, was sie zu tun beabsichtigte.

«Es ist perfekt», erklärte Kat nachdrücklich. «Sein neues Buch ist eben erschienen, und auch wenn er selbst öffentlichkeitsscheu ist, werden seine Verleger sich die Finger nach so einer Geschichte lecken. Falls das Weihnachtsgeschäft nicht so gut läuft wie erhofft, werden sie ohnehin zustimmen. Und wenn das Buch die Bestsellerlisten stürmt, schadet es trotzdem nicht, die PR ein bisschen voranzutreiben. Ich werde über die Presseabteilung des Verlags ein Interview arrangieren und sehen, was ich herausfinden kann. Erinnerst du dich an Pat

Green, die Freundin von Barbara Sanders? Sie hatte gesagt, dass Barbara Will Ellis bei seinen Recherchen geholfen hat.»

«Wie ... Ich meine, nehmen wir einmal an, Xanthe hat recht und es handelt sich wirklich um den Mörder. Du kannst dich unmöglich einer derartigen Gefahr aussetzen.» Doch schon als sie diese Worte aussprach, wusste Eva, dass Kat genau das vorhatte.

«Meine beste Freundin und zwei andere Frauen sind tot. Ich bin bereit, das Risiko einzugehen. Ich werde ein Restaurant oder ein Café als Treffpunkt vereinbaren. Wenn er wirklich derjenige ist, der Xanthe angegriffen hat, wird er sicher nicht in der Öffentlichkeit am helllichten Tag zuschlagen. Und wenn Will Ellis nicht der Angreifer ist, werde ich eben nur ein harmloses Interview führen.»

«Trotzdem halte ich es für besser, Myles Hunter über deinen Plan zu informieren.»

«Damit er dann mit dem halben Sondereinsatzkommando neben mir sitzt, während ich versuche, diesem Mann etwas Wichtiges zu entlocken? Vertrau mir, Eva, ich schaffe das. Menschen zu interviewen, sie dazu zu bringen, mir Dinge zu erzählen, von denen sie nicht einmal wussten, dass sie sie geheim halten – das ist mein Job. Und ich bin gut darin.»

«Aber es gehört nicht zu deinem Job, dich umbringen zu lassen», warf Xanthe ein. «Dieser sogenannte Henker ist böse, um nicht zu sagen verrückt.» Sie wies mit der Hand demonstrativ auf Kats zierliche Erscheinung. «Ehrlich gesagt, Kat, du bist nicht gerade dafür geschaffen, mit einem ausgewachsenen Mann zu kämpfen, ganz abgesehen davon, dass er ein Psychopath mit einer Schlinge in der Hand ist.»

Eva und Xanthe sahen sich an und zuckten mit den Schultern. Sie beide kannten Kat inzwischen gut genug, um zu wissen, dass sie sich nicht umstimmen lassen würde. «Dann lass mich wenigstens mit DI Hunter sprechen», versuchte Eva es noch einmal. «Wenn er zumindest mit dir reden –»

«Noch nicht», schnitt Kat ihr das Wort ab. Myles war der letzte Mensch, den sie im Moment sehen wollte, auch wenn sie Eva nicht sagen würde, warum. «Ehe du etwas zu ihm sagst, lass mich wenigstens den Interviewtermin festmachen. Vermutlich schmollt Hunter noch wegen meines kleinen Vortrags, den ich ihm wegen Xanthe gehalten habe. Ich will nicht, dass er sich einmischt, ehe es überhaupt losgegangen ist.»

«Gut, für den Moment werde ich nichts sagen», willigte Eva ein. «Aber versprich mir, dass du diesen Ellis tagsüber an einem öffentlichen Ort treffen wirst. Und dass du versuchen wirst, eine Begleitperson mitzunehmen.»

«Solange du mir versprichst, der Polizei gegenüber noch nichts zu erwähnen.»

Noch ehe sich Eva von Kat verabschiedete, wussten sie beide, dass sie ihre Versprechen nicht halten würden.

Kat saß auf ihrem Bett und lauschte dem Knarren des Hauses; auf ihren Oberschenkeln balancierte sie ihren Laptop. Wenigstens war aus dem Gästezimmer kein Laut mehr zu hören, Xanthe war demnach wohl endlich eingeschlafen. Kat hatte bereits eine E-Mail an den Verlag May and Pulman geschrieben und um ein Interview mit dem Autor Will Ellis gebeten, der bei ihnen unter Vertrag stand. Nun las sie die Presseinformationen durch, die sie von der Verlagshomepage heruntergeladen hatte.

«The Castle» ist das neueste Werk aus der Feder des talentierten Jungautors Will Ellis. Eine Geschichte um Phantasie und mittelalterliche Abenteuer ... Harry Potter mit einem historischen Anspruch ... Kinder allen Alters werden es lieben.

Kat klickte das Fenster mit den Informationen über den Autor an.

Will Ellis ist ein talentierter Historiker und ehemaliger Cambridge-Student. Seine neue Leidenschaft ist das Verfassen von historischen Kinderbüchern. Auch wenn er es liebt, seine Leser zu treffen und mit ihnen zu diskutieren, so gibt Will dennoch zu, dass er sich in großen Menschenmengen unwohl fühlt. Daher verbringt er viel Zeit auf einsamen Spaziergängen rund um die Hügel von Lancaster, wo er über seine nächsten Werke nachdenkt. Daheim und in seiner Welt der Phantasie und Geschichten fühlt er sich am wohlsten. Unverheiratet, aber auf der Suche. Will liebt chinesisches Essen, alte Filme, die Geschichte seiner Heimatregion und Ausflüge in den Lake District, wo er klettert oder Zeit auf seinem Boot verbringt.

Das war alles. Abgesehen von ein paar alten Buchrezensionen gab es keine anderen Angaben zu Will Ellis. Keine Frau oder Freundin, kein Freund, keine Familie, ja nicht einmal ein Goldfisch. Womöglich handelte es sich dabei um eine PR-Kampagne für das Buch – einsamer junger Autor mit mysteriösem Lebenslauf. Aber Will Ellis gab nichts von sich preis.

Kat schaltete den Computer aus, stellte ihn beiseite und lehnte sich zurück in die Kissen. *Er verbringt Zeit auf seinem*

Boot ... Segler kannten sich mit Knoten aus, oder? Vielleicht verlor sie aber auch einfach das Wesentliche aus dem Blick. Kat deckte sich zu und löschte das Licht. In der Dunkelheit konnte sie noch den Draht der Glühbirne leuchten sehen.

Würde der Verlag Will davon überzeugen, ihr ein Interview zu geben? Sie hatte ihren Lebenslauf zusammen mit einigen Arbeitsproben an die Mail angehängt, doch würde das ausreichen? In ihrem Anschreiben hatte sie angegeben, Recherchen für einen Artikel über Mythologie und moderne Aspekte von Hexenkulten durchzuführen. Wenn Ellis wirklich der Henker war, würde ihn das sicher aus der Reserve locken. Natürlich war diese Behauptung riskant; schließlich wollte sie nicht, dass der Verlag sie für eine Verrückte hielt. Doch ein gewisses Risiko musste sie wohl eingehen.

Kat lag steif in ihrem Bett und lauschte den Geräuschen ihres Hauses, fand jedoch keinen Schlaf. Will Ellis ging ihr einfach nicht aus dem Kopf. Hätte sie ihn doch bei der Signierstunde nur länger beobachten können. Doch wonach hätte sie suchen wollen? Wonach sollte ein Mörder – ein so grausamer Mörder – wohl aussehen? Bislang war seine Stimme das einzige, sicherlich recht schwache Indiz, das sie hatten. Und zudem war da immer noch Graham Benson sowie all die anderen, denen Barbara Sanders geholfen hatte. Außerdem gab es vermutlich Hunderte von Studenten, die an Evas E-Mail-Adresse kommen konnten. Ihre Gedanken und Schlussfolgerungen drehten und wanden sich hin und her und verstrickten sich immer aufs Neue ineinander. Die Situation war unendlich frustrierend, doch Kat hatte keine andere Wahl, als das Ende der Weihnachtsferien abzuwarten.

Der Gedanke an die Fahrt zu ihrer Schwester, zusammen mit einem kläffenden Samson auf dem Rücksitz, war ihr unerträglich. Man würde sie zwingen, fröhlich zu sein. *Kat, gib dir doch ein bisschen Mühe. Den Kindern zuliebe.* Und dann all die Besucher und Nachbarn, die geradezu wild darauf waren, einen Blick auf sie zu werfen – auf *dieses Mädchen, deren Freundin von diesem Verrückten ermordet wurde.* So beängstigend die Aussicht auch war, die Weihnachtstage alleine in ihrem Haus zu verbringen, die Alternative war ebenso wenig verlockend. Doch sie hatte weder eine Ausrede noch das nötige Geld, um sich ein Hotel zu nehmen, also musste sie sich mit dem Besuch bei ihrer Schwester wohl oder übel arrangieren. Anschließend würde sie sich wieder ihrer Arbeit widmen – und der Suche nach dem Henker. Und dem Interview mit Will Ellis, das sie hoffentlich einen Schritt weiter bringen würde. Kat rückte ihr Kissen noch einmal zurecht, drehte sich um und wartete auf den Schlaf.

Weihnachten in England mochte Eva nicht. Die Feierlichkeiten in Schweden hingegen liebte sie. Dort begann die Weihnachtszeit am ersten Advent und dauerte mehr als sechs Wochen, bis zum Dreikönigstag. Aber auch wenn sie die kommerzielle Art und Weise der Briten, Weihnachten zu begehen, eher verachtete, konnte sie normalerweise gut damit umgehen. Sie organisierte die Feiertage, kaufte Geschenke, schrieb Weihnachtskarten und plante alles im Voraus.

Doch in diesem Jahr hatte sie ihren Stapel Karten immer noch nicht verschickt. Sie saß in ihrem Bett, hielt einen großen Kunstband als Unterlage auf den Knien und schrieb mit so viel gutem Willen, wie sie eben aufbringen konnte, weihnachtliche Grüße auf die Karten. Sie benutzte den Mont-Blanc-Füller, den ihr Vater ihr geschenkt hatte. Das alles war jedoch reine Zeitverschwendung. Die Karten würden ihre Empfänger nicht vor Neujahr erreichen, und dieser Gedanke störte Eva ungemein.

Ihre Arbeit hatte sie zu sehr abgelenkt. Nein, es war nicht nur ihre Arbeit. Dieser verdammte Fall fraß ihre gesamte Zeit auf, ihre Vorlesungen für die Uni waren nicht fertig, und der Artikel, den sie für *Psychology Today* schreiben sollte, war noch nicht über die Einleitung hinaus gediehen.

«Mist», murmelte sie. Sie hatte eben ein und dieselbe Adresse ein zweites Mal auf einen Umschlag geschrieben.

Es war nicht nur der Fall, der ihr Kopfzerbrechen bereitete. Es war auch Ben. Ein Teil von ihr wollte Weihnachten zusammen mit ihm bei seiner Familie in New York verbringen. Außerdem machte sie sich Gedanken um Kat. Sie hatte verstanden, warum die Journalistin helfen wollte, den Mörder ihrer Freundin zu finden. Doch Kats Besessenheit von diesem Schriftsteller nahm inzwischen beängstigende Ausmaße an. Sie mussten den Mörder dazu bringen, aus seinem Versteck zu kommen, und ihn zwingen, ihnen zeigen zu wollen, wie überlegen er ihnen war.

Genau das war es! Eva setzte sich auf und warf dabei den Stapel Weihnachtskarten auf den Boden. Sie würde DI Hunter überreden, den Überfall auf Xanthe doch öffentlich zu machen, und sie selbst würde bei der Pressekonferenz ihre fachliche Meinung äußern, dass der Angriff in keinerlei Zusammenhang zu den Morden des Henkers stand. Die Idee war riskant, zumal sie den Henker nicht provozieren wollte, erneut zuzuschlagen. Doch zumindest würde ihn eine solche Pressekonferenz zwingen, sich in irgendeiner Weise zu melden. Die Presse lechzte nach jeder Neuigkeit in dem Fall, und Eva war sich sicher, die Reporter würden ihren Teil der Aufgabe mehr als bereitwillig erfüllen.

Die Polizei hatte inzwischen ihre gesamte Datenbank mit Sexualstraftätern durchkämmt, doch entweder waren die Männer noch immer in Haft, oder sie hatten Alibis oder keinerlei Ähnlichkeit mit dem Profil, das sie erstellt hatte. Natürlich gab es da immer noch Graham Benson. Kat hielt es für möglich, dass er etwas zu verbergen hatte. Aber Eva war nicht davon überzeugt. Zwar kannte sie Fälle von Profilern, die sich geirrt hatten – mit fürchterlichen Konsequenzen –, doch bei Benson konnte sie sich das nicht vorstellen. Sie schüttelte den Kopf. Nein, für diese Einschätzung würde sie ruhig ihren Kopf hinhalten können. Dennoch: Wenn sie sich irrte, riskierte sie nicht nur ihre Karriere, sondern auch das Leben unschuldiger Frauen. Sie dachte an den Rat ihres alten Mentors in Quantico, Jim Monroe. «Dieser Job besteht zu hundert Prozent aus Risiko und null Prozent Anerkennung», hatte er zu ihr gesagt und dabei an seiner Monte-Christo-Zigarre gekaut. «Aber es ist das Risiko, das uns dazu bringt, diesen Job auszuüben.»

Sie mussten den Druck erhöhen, um den Mörder aus seinem Versteck zu locken. Sie hatte der Polizei bereits zugesagt, Hilfestellung beim Verhör zu leisten, sollte der Henker am Ende verhaftet werden. Doch zunächst einmal mussten sie ihn dazu bringen, sich zu zeigen. Irgendwo in der Stadt, vielleicht ganz in ihrer Nähe, plante er in diesen Minuten seinen nächsten Angriff. Ein plötzliches Gefühl von Erleichterung und auch Schuld überkam sie, weil sie am nächsten Morgen ins Flugzeug steigen und die Weihnachtstage in Schweden verbringen würde. Sie freute sich schon auf den Besuch der Kirche und das anschließende Weihnachtsfest im Kreis der Familie, das bis zum Tag des heiligen Stefans dauerte. Hier in Lancaster würden die Weihnachtstage gefährlich werden. Die Polizei war über die Feiertage nur spärlich besetzt, viele der Beamten verbrachten den Urlaub mit ihren Familien. Was auch immer der Mörder für die Weihnachtstage plante – und wer weiß, vielleicht war auch er ein Familienvater, der den Baum schmückte und den Weihnachtsbraten tranchierte –, er würde seinen Drang, zu töten, sicherlich nicht verlieren.

Sie hat Will gesehen ... in der Buchhandlung, während der Dummkopf für die geistlose Masse seine noch geistloseren Ergüsse signiert hat. Sie hat sich nichts anmerken lassen, doch das war auch nicht nötig. Ihr Gesicht sprach mehr als tausend Worte. Und wenn sie in der Lage war, Will zu finden, wird sie auch mich finden. Doch ich werde es nicht zulassen, dass sie meine Arbeit ruiniert, jetzt, wo sich alles so fabelhaft entwickelt. So viele von ihnen sind dort draußen. Und ich werde sie alle vernichten. Mit meiner Schlinge werde ich sie vernichten.

Wie schade, dass ich ein so wenig beachtetes Instrument der Rechtsprechung bin. Sicher wüssten viele Menschen das Spektakel meiner Arbeit durchaus zu schätzen. Die Kunst des Henkers hatte schon immer etwas Schauspielerisches an sich, das die Massen begeistern konnte. Die Tribünen von Tyburn waren einst voll von Menschen, die nur zu gern bereit waren, eine Menge Geld zu zahlen, um einen guten Blick auf Galgen und Opfer zu haben.

Mir macht jedoch auch Wills nächster Termin mit Dr. Chandler zu schaffen. Will wird mir zur Last, er weiß zu viel. Beim letzten Mal hat er sogar versucht, sich mit mir anzulegen. Natürlich ein vergebliches Unterfangen, denn ich bin stärker und werde meine Pläne durchsetzen, koste es, was es wolle.

Ich spüre, wie meine Kraft in mir aufsteigt. Ich – und nur ich – habe die Kontrolle. Von nun an muss Will schweigen und seine Schreiberei vergessen. Ich habe die wahre Berufung, ich bin der wahre Künstler. Ein Künstler, der den Strick zum Leben erweckt, wenn er durch meine Finger gleitet. Ich liebe das raue Gefühl auf der Haut und den süßen, süßen Duft des Hanfs.

Bei dem Gedanken an meine Spielchen mit Will ist mir zum Lachen zumute. Doch ich musste ihm klarmachen, wer der Herr im Hause ist. Ich habe ihm Hemden gekauft, die er dann in seinem Schrank fand, habe sogar Kapitel seines Buches in seinem Computer gelöscht. Will kam einfach nicht dahinter. Natürlich habe ich ihm mein kleines Geheimnis nicht verraten. Aber vielleicht werde ich ihm gestatten, noch eine Weile zu bleiben. Manchmal, wenn ich mich verstecken muss, ist er durchaus nützlich. Schließlich würde niemand jemals den lieben Will verdächtigen.

Kapitel 24

Neujahr. Kat blickte aus ihrem Schlafzimmerfenster und prostete dem dunklen Morgen mit einer starken Tasse Kaffee zu. Wozu war all dieser Zauber im Leben nur gut? Um diese Jahreszeit fassten Menschen allenthalben gute Vorsätze ... Ich werde mich ändern, höre mit dem Rauchen auf, werde ein besserer Mensch. Üblicherweise machten Menschen nur deshalb solche Versprechen, um sie dann zu brechen, noch ehe der Januar vorbei war. Und selbst wenn man sich zur Abwechslung daran hielt, was änderte das schon? Kat war bewusst, dass die Jahre als Journalistin sie zynisch gemacht hatten; doch egal, wie gut die Absichten mancher Menschen auch sein mochten, die Welt war trotzdem voll von Grausamkeit, Lug und Trug. Vielleicht war ja alles nur ein merkwürdiges Spiel, und niemand kannte die Regeln. Sie jedenfalls kannte sie ganz sicher nicht.

Weihnachten hatte sich genau so schwierig gestaltet, wie sie es erwartet hatte. Doch sie hatte sowohl die zaghaften Anspielungen ihrer Mutter wie auch die weniger subtilen Angriffe ihrer Schwester («Verdammt, hau endlich da ab und komm zurück zu uns nach London!») überlebt. Am liebsten hätte sie zurückgeschrien und ihnen gesagt, dass sie nicht heimkommen und sich in ihre bürgerliche Spießeridylle einreihen wollte. Dass sie gern in Lancaster lebte und viele Freunde hier hatte. Und dass sie das Gefühl hätte, Sarah zu hintergehen, wenn sie dem Mörder die Genugtuung verschaffte, sie aus ihrem Haus zu vergraulen. Doch stattdessen hatte sie das Thema gewechselt und war dankbar gewesen für die belanglosen Geschichten ihres Schwagers und die Ablenkung durch ihre zwei Neffen. Der Weihnachtsmorgen war wie im Flug vergangen, da die beiden Jungen darauf bestanden hatten, ihre neue Eisenbahn sofort aufzubauen und auszuprobieren. Anschließend hatte sich Kat auf eine angenehme Art und Weise müde gefühlt. Doch schon am zweiten Weihnachtstag hatte sie nach einer Entschuldigung gesucht, um bald aufzubrechen. Als Samson dann am 27. Dezember sämtliche Spitzenkissen, die Lynda ihrer Mutter gekauft hatte, zerbissen hatte, wusste Kat, dass es Zeit war, zu gehen.

«Was hast du an Silvester vor?», hatte ihre Schwester gefragt. «Normalerweise gehst du doch immer zu einer Party oder so ...»

«Ich werde es mir zu Hause mit einer Flasche Wein gemütlich machen und mich weit vor Mitternacht in den Schlaf trinken.»

Und genau so hatte sie es gemacht. Allerdings hatte sie zwei Flaschen getrunken und viel zu wenig geschlafen. Um drei Uhr Morgens war sie mit trockenem Mund und Kopfschmerzen aufgewacht. Sie tastete sich die Treppe hinunter in die Küche, machte sich Kaffee und suchte nach den Schmerztabletten. Ein Blick auf ihren Anrufbeantworter verriet, dass sie fünf Nachrichten hatte. Sie drückte den Abspielknopf und fühlte ein unerwartetes Ziehen in der Magengegend, weil sie an Myles dachte. Nein, warum sollte er sie anrufen? Vier der Nachrichten stammten von Freundinnen, die sie in letzter Sekunde für Silvester einluden, und eine von ihrer Schwester. Kat stellte das Gerät aus, machte es sich auf dem Sofa gemütlich und sah dann später durchs Fenster der Morgendämmerung zu, wie sie langsam die Schlossmauern emporkroch.

Eva schlief lange. Der Flug am Vorabend hatte Verspätung gehabt, und so war es bereits nach elf gewesen, als sie ihren Vater in St. Anna's abgesetzt hatte. Dennoch entschied sie sich, noch nach Lancaster zurückzufahren. Es war großartig gewesen, ihre Familie in Schweden zu sehen. So großartig, dass ihr England plötzlich fremd und fern vorkam.

Ben hatte die Feiertage bei seiner Familie in New York verbracht. Als sie ihn angerufen hatte, redeten sie über ihre Familien und über die Feiertage im Allgemeinen ... Eigentlich hatten sie über alles geredet, nur nicht darüber, warum sie Weihnachten nicht zusammen verbrachten. Und obwohl sie die Zeit mit ihrer Familie genossen hatte, war sie nicht in der Lage gewesen, sich vollständig von ihrer Arbeit freizumachen. Sie hatte regelmäßig ihre E-Mails geprüft und darauf gewartet, dass Myles Hunter ihr neue Ermittlungsergebnisse mitteilen würde. Doch es hatte nicht viel zu berichten gegeben: Myles behielt Graham Benson im Auge, der sich offenbar über die Feiertage als freiwilliger Helfer in einer Suppenküche engagierte. Das würde Kat sicher gefallen. Außerdem hatte Eva befürchtet, eine weitere Nachricht des Henkers zu bekommen. Aber auch er ließ nichts von sich hören. Obwohl die Lage sich beruhigt zu haben schien, wusste Eva, dass der Mörder nicht einfach verschwunden sein konnte. Ihre Vermutung, dass er womöglich selbst über die Feiertage familiären Verpflichtungen nachging, jagte ihr einen Schauer über den Rücken.

Sie stand auf und drehte ihre morgendliche Joggingrunde, ehe sie duschte und sich anzog. Ben würde nicht vor morgen zurückkehren, und plötzlich wollte Eva nicht allein sein. Während sie ihre blassblonden Haare akkurat in Form brachte, dachte sie an Kat. Vermutlich war sie bereits von ihrer Schwester zurückgekommen, und sofern sie nicht zu einer Silvesterparty eingeladen gewesen war, verbrachte sie den Tag vermutlich ebenfalls allein und niedergeschlagen zu Hause. Eva entschied, sie anzurufen und ihr vorzuschlagen, sich zu treffen.

«Wie geht es dir?», fragte sie, als Kat abhob.

«Ehrlich gesagt, nicht so gut.»

«Ich dachte, vielleicht hast du Lust, vorbeizukommen. Ich könnte etwas aus der Tiefkühltruhe fischen, und hier gibt es auch noch ein paar Flaschen Wein.»

Kat schwieg einen Augenblick. «Danke, sehr gern. Es kann nicht schaden, ein paar Stunden aus diesen vier Wänden herauszukommen. Ich weiß nämlich nicht recht, etwas mit mir anzufangen. Samson und ich waren schon zweimal spazieren, der Arme ist völlig fertig.»

«Soll ich dich abholen?»

«Nein danke. Es sind ja nur zehn Minuten zu Fuß.»

Eva fuhr mit dem Fahrstuhl nach unten, denn sie wollte ihre Besucherin an der Haustür begrüßen. Einen Moment lang erkannte sie die kleine Gestalt nicht, die ihr den Rücken zukehrte, als sie die Tür öffnete. Die dünnen Beine in der ausgewaschenen Jeans wirkten eher, als gehörten sie zu einem Kind als zu einer erwachsenen Frau. «Hallo?»

Beim Klang von Evas Stimme schreckte Kat auf. Ihre kurzen, strubbligen Haare standen in alle Richtungen ab, und sie selbst versank fast in dem großen dunklen Sweatshirt, das sie trug.

«Entschuldige, Eva. Ich gehe wohl auf dem Zahnfleisch, wie meine Großmutter sagen würde.» Sie lächelte gezwungen.

Eva entging nicht, dass Kat sich ein letztes Mal über die Schulter umsah, ehe sie Evas Wohnung betrat. «Ist etwas passiert?»

«Nein. Wahrscheinlich einfach nur Paranoia. Es ist keine Menschenseele draußen, und trotzdem werde ich das Gefühl nicht los, dass mich jemand beobachtet.» Sie zitterte, während sie ihren langen bunten Schal ablegte. «Ich bin den Weg hergelaufen, den ich immer gehe, vorbei an all den bekannten Orten und Gebäuden. Und trotzdem fühle ich mich, als sei ich auf einem fremden Planeten gelandet. Vielleicht verlier ich den Verstand.»

«Nein», sagte Eva und drückte den Aufzugsknopf für den dritten Stock. «Du bist nur müde und ausgebrannt. Es wäre seltsam, wenn du dich völlig normal fühlen würdest.»

In der Wohnung schien Kat sich ein wenig zu entspannen. Ihre Augen sahen immer noch müde aus, doch der nervöse Blick war verschwunden.

«Setz dich.»

Kat folgte der Aufforderung, trommelte jedoch mit den Fingern so lange auf ihren Knien herum, bis Eva ihr ein Glas Wein reichte.

«Danke», sagte sie und nahm einen großen Schluck. «Ich musste all meinen Freundinnen und Freunden hier in Lancaster vorspielen, ich sei noch bei meiner Schwester in London. Der Gedanke, dass sie einfach bei mir auftauchen würden, war mir unerträglich. Ich konnte es auch kaum erwarten, aus London wegzukommen. Ich meine, es war schon schön, meine Familie zu sehen, aber ...»

«Ich weiß genau, was du meinst», sagte Eva. Sie wusste es eigentlich nicht, hatte aber das Gefühl, Kat würde sich besser fühlen, wenn sie etwas in der Art von ihr hörte.

Kat lachte, doch ihre Augen blieben ausdruckslos. Eva schenkte ihr Wein nach und bemerkte die dunklen Ringe unter ihren Augen. «Du schläfst wohl nicht besonders viel, oder?»

Kat zuckte mit den Schultern. «Meine Gedanken stehen einfach nicht still ... Diese Frauen ... Sarah. Manchmal wache ich auf und vergesse ein paar Sekunden lang, dass sie tot ist. Dann aber kommt alles wieder.»

Kat sah zu, wie Eva eine neue Flasche Wein öffnete. «Ich werde nicht aufgeben», erklärte sie. «Ich weiß, dass die Polizei irgendwann die Ermittlungen einschränkt, wenn sich alle Hinweise als Sackgassen erweisen. Vielleicht schließen sie den Fall sogar nach einer Weile ab. Aber ich werde nicht aufgeben.»

«Pass nur gut auf dich auf, wenn du Ellis triffst», warnte Eva. «Ich werde auch weiter an Graham Benson dranbleiben.»

Kat warf ihr einen Blick zu, der zu sagen schien: *Und du sagst mir, ich soll vorsichtig sein?*

Eva musste grinsen. «Er hat ein Alibi.»

«Ich frage mich, was er wohl über die Feiertage getrieben hat.»

«Anscheinend hat er in einer Suppenküche ausgeholfen.»

Kat schnaufte. «Zu schön, um wahr zu sein. Wer hat dir das verraten?»

«Myles Hunter. Er hat jemanden damit beauftragt, ein wenig in Bensons Biographie zu wühlen.»

Kat spürte ein unerwartetes Ziehen im Magen. Myles hatte mit Eva gesprochen, aber nicht mit ihr. Aber was hatte sie schon erwartet? Eine Flasche Champagner und eine Tüte Neujahrsraketen?

«Alles in Ordnung?»

Kat schüttelte den Kopf. «Alles okay. Aber Benson ist mir unheimlich.»

«Ich habe ihm eine Nachricht hinterlassen und ihn darum gebeten, sich bei mir in der Uni zu melden, wenn die Ferien vorbei sind. Ich will ihn bitten, mir ein wenig über die Geschichte des Schlosses und die Hexenlegenden zu erzählen. Mal sehen, wie er reagiert.» Eva deutete auf die Schüssel Chili con Carne, die Kat noch kaum angerührt hatte. «Schmeckt's dir nicht?»

Kat lächelte schwach. Sie wollte Eva nicht sagen, dass das Essen nach Pappe schmeckte. Wie alles, was sie dieser Tage aß. «Ich habe im Moment einfach wenig Appetit. Meine Mutter und Schwester ziehen mich immer auf, weil sie meinen, ich sei zu dünn geworden. Sie wollen, dass ich zurück nach London ziehe, damit sie ein Auge auf mich haben können.»

Eva hob fragend eine Augenbraue. «Und wirst du ihren Rat befolgen?»

«Keine Angst», antwortete Kat. «Ich glaube zwar nicht, dass ich das Haus werde halten können. Aber alle meine Freunde und Arbeitskontakte sind hier. Nicht dass ich in letzter Zeit viel von ihnen gesehen hätte.» Sie hielt Eva ihr Glas hin, um es füllen zu lassen. «Aber viel wichtiger ist, dass ich mich nicht verjagen lassen werde.»

«Darauf sollten wir trinken.» Eva hob ihr Glas und prostete Kat zu.

Nachdem sie sich stillschweigend geeinigt hatten, nicht weiter über die Morde zu reden, verbrachten sie den Rest des Nachmittags vor dem Fernseher und sahen sich einen alten James-Bond-Film und Sitcoms an. Kat versuchte, gegen die Schwere in den Augenlidern und Beinen anzukämpfen. Doch es war ein vergebliches Unterfangen.

Mit trockenem Mund und geschwollenen Augen wachte sie auf, als ein Abspann über die Mattscheibe flimmerte. «'tschuldigung», sagte sie und streckte die Arme aus. «Muss wohl eingenickt sein.»

«Du hast geschlafen wie ein Murmeltier.» Eva lachte und reichte ihr eine Tasse Kaffee. «Hier, das wird deine Lebensgeister wieder wecken.»

Kat nahm die Tasse und stand von dem Sofa auf, um das Blut in ihren Beinen wieder in Bewegung zu bringen. Sie schlenderte hinüber zu dem großen Panoramafenster und blickte hinunter auf den Kai. Künstliche Gaslampen tauchten den Uferweg in orangefarbenes Licht, der Fluss dahinter war tiefschwarz. «Ich sollte mich besser auf den Weg machen», sagte sie. «Samson wird noch das ganze Haus verwüsten, wenn ich ihn länger allein lasse. Er scheint etwas nervös zu sein in letzter Zeit.» Sie lachte. «Wahrscheinlich spiegelt er einfach nur meine Stimmung wider.»

Eva zog eine Grimasse. «Ich würde dir ja gern anbieten, dich zu fahren, aber ...» Sie hielt ihr Weinglas hoch. «Soll ich ein Taxi rufen?»

«An Neujahr? Selbst wenn du das Unmögliche schaffst und eines auftreibst, wird es einen halben Monatslohn kosten.»

«Dann begleite ich dich.»

«Nein, wirklich, Eva. Danke, aber es wird schon gehen. Es ist ja auch gerade mal halb sechs.»

Eine halbe Stunde später schlenderte Kat über den Uferweg. Die Straßenbeleuchtung spiegelte sich im Fluss. Keine Menschenseele war zu sehen, und die verlassenen Geschäfte am Flussufer ließen die Szenerie wie ein Bühnenbild erscheinen. Die Trattoria, die Pubs und auch die Weinlokale waren wegen Neujahr geschlossen. Im Sommer würden wieder zahlreiche Touristen und Einheimische am Ufer entlangspazieren, ein abendliches Bier oder einen Kaffee in einem der Lokale am Flussufer trinken und die Atmosphäre genießen. Doch nun wirkte die Gegend einsam und verlassen.

Rasch bildete sich dichter Nebel, der geisterhaft über dem Wasser schwebte. Kat zog ihren Schal dichter um ihr Gesicht und ging schneller. Ihr Puls begann zu rasen, als sie den Uferweg verließ und eine Abkürzung nahm, die an den Judges' Lodgings vorbeiführte. Der Dunst war nun auch hier oben zu einem dichten Nebel geworden und schien geradewegs aus dem Kopfsteinpflaster aufzusteigen. Das Schloss kam in Sichtweite. Die Flutlichter strahlten die Türme und Zinnen an und warfen lange Schatten. Die schlitzartigen Fenster im Witches' Tower schienen hinunter auf die Straße zu starren.

Während Kat durch die schmalen Gassen mit den niedrigen Häuschen ging, hatte sie das Gefühl, beobachtet zu werden. Sie beschleunigte ihre Schritte und rutschte beinahe auf dem feuchten Kopfsteinpflaster aus. Es war noch immer da – etwas oder jemand. Hinter ihr. Der Verfolger lief nicht, sondern schloss schleichend und leise zu ihr auf; er bewegte sich stetig durch die Dunkelheit auf sie zu. Kat konnte die Schritte auf dem Pflaster hören. Das Herz schlug ihr bis zum Hals, und sie versuchte, die aufkeimende Angst zu unterdrücken. Sie sollte sich umdrehen und nachsehen. Sicher bildete sie es sich nur ein. Doch sie wusste es besser, auch wenn sie sich gern selbst belogen hätte. Sie verwarf den Gedanken, sich umzudrehen, nahm noch einmal ihre letzten Kräfte zusammen und rannte los.

Fast hätte ich sie gehabt, die Journalistin. Selbst wenn sie nicht zu dieser Schwesternschaft gehören würde, wäre ich versucht, sie Old Ned vorzustellen. Ich hatte ihr Haus beobachtet und wusste, dass sie zurück war.

Selbst das Wetter war auf meiner Seite und hüllte mich in seinen schweren Atem ein, während ich ihr folgte. Ich konnte die Stimmen der Alten hören: «Fang sie! Fang sie jetzt!» Sie ist losgerannt. Und hätten mich nicht ein paar Stimmen hinter mir zurückgehalten, so hätte sie keine Chance gegen mich gehabt. Doch da waren sie – ein Mann, rauchig und tief lachend, und eine Frau, die schrill kicherte. Sie waren betrunken, doch nicht betrunken genug, dass sie keine Gefahr für mich dargestellt hätten. Ich wartete in den Schatten der Schlossmauern, bis wieder Stille in die Straßen eingekehrt war. Dann hörte ich wieder die Versprechen der Alten: «Keine Sorge, es wird eine neue Gelegenheit geben. Vertrau uns!»

Ich darf nicht scheitern. Ich muss stark bleiben. Die Kontrolle bewahren.

Liam war psychisch nicht stark genug, obwohl er der Charmanteste von uns war. Dee war stark, doch sie sorgte sich zu sehr und war dumm genug, das zu zeigen. Sie musste gehen. Schwäche verletzt dich, Schwäche tötet dich. Immerhin war Dee mutig genug, sich gegen Mina aufzulehnen. Wenn Will sich in dem Schrank versteckt hat, so war es Dee, die ihn verteidigt hat. Es war Dee, die Mutter mit einem Feuereisen geschlagen hat. Jeder dachte, es sei ein Einbrecher gewesen. Mit zwanzig Stichen wurde sie genäht. Und wir alle wünschten uns, es mögen Hunderte sein. Als Mutter aus dem Krankenhaus zurückkam, konnte Dee nicht länger bleiben. Sie musste gehen. Von da an musste ich die Kontrolle übernehmen.

Kapitel 25

«Wehe, hier handelt es sich um falschen Alarm», sagte Myles Hunter, als er in den Gefängnistrakt schlurfte. Vier Uhr morgens war nicht die beste Zeit, aus seinem warmen Bett und in einen zugigen Polizeiflur gerufen zu werden.

Sergeant Ken Andrews, der untersetzte Gefängniswärter, schenkte ihm sein überlegenes «Ich-kenn-dich-noch-als-Streifenpolizist-Bürschchen»-Lächeln.

«Einer der Nachtwachen hat uns benachrichtigt», sagte er. «Er dachte, es handle sich nur um einen weiteren Betrunkenen, der eine Nacht in der Ausnüchterungszelle braucht.» Der Wärter schob zwei Plastikbeutel mit Beweismitteln über den Tresen zu Hunter. «Das haben wir bei ihm gefunden, als wir ihn festnahmen.»

Myles griff nach den Beuteln. Der erste enthielt ein circa fünfundzwanzig Zentimeter langes Stück Seil mit einem Knoten, der zweite einen Perlenohrring. «Scheiße.» Er fühlte, wie sich sein Puls beschleunigte. Myles versuchte, sich zu beruhigen. Nur nicht zu schnelle Schlüsse ziehen. Am Ende kommt vielleicht doch nichts dabei heraus. Gott, was war nur los mit ihm? Wollte er etwa schon eine Niederlage eingestehen, noch ehe er überhaupt wusste, wen man verhaftet hatte?

«Ziemlicher Zufall», kommentierte Andrews trocken.

Hunter lehnte sich über den Tresen, um einen Blick auf den Bericht zu werfen. «Was wissen wir über ihn?»

«Sein Name ist Malcolm Lever, auch bekannt als ‹Das Kamel›.»

«Warum ‹Kamel›?»

«Wegen seiner Fähigkeit, Unmengen zu trinken.» Der Gefängniswärter schnaufte. «Und nach Aussage des Beamten, der ihn festgenommen hat, auch wegen seiner Fähigkeit, zu spucken.»

«Wie lautet die Anklage?»

«Ruhestörung, öffentliche Trunkenheit und Beamtenbeleidigung.» Sergeant Andrews grinste. «Wegen des Spuckens.»

Was für eine Ironie, sollten sie den Henker tatsächlich wegen Ruhestörung und öffentlicher Trunkenheit festgenommen haben, dachte Myles. Doch im selben Moment erinnerte er sich, dass der Yorkshire Ripper von einer Verkehrskontrolle aufgegriffen worden war.

«Ist er vernehmungsfähig?»

«Abgesehen davon, dass er stinkt wie eine ganze Brauerei, war er definitiv voll und ganz bei Sinnen, als er hergebracht wurde. Die Ärztin ist jetzt bei ihm.»

«O nein, sagen Sie mir bitte, dass es nicht Niki Mancuso ist.» Myles stöhnte auf. Die temperamentvolle Polizeiärztin war nicht gerade dafür bekannt, den ermittelnden Beamten zu helfen.

«Guten Morgen, Inspector.» Doktor Niki Mancuso drückte sich am Tresen vorbei. Sie war eine ausgesprochen mollige Frau – Myles' Mutter hätte sie als «wohlgenährt» bezeichnet – und präsentierte ihr Gewicht mit viel Selbstbewusstsein. Aus einem nicht nachzuvollziehenden Grund fühlte sich Myles in ihrer Gegenwart immer ein wenig unwohl.

«Guten Morgen, Doktor.» Alles, was Myles Hunter in diesem Moment wollte, war, Lever so bald wie möglich zu befragen. Die Blutrünstigkeit der Presse und die Rufe der konservativen Rechtsschützer, den Henker zu teeren und zu federn, nachdem man herausgefunden hatte, dass das letzte Opfer die Tochter eines Richters war, interessierten Hunter nicht. Er wollte nur endlich den wahren Täter finden und festnehmen.

«Ich nehme an, Sie sind hier, um Mr. Lever zu sehen.»

«Richtig. Mir ist schon klar, dass –»

«Kein Problem.»

«Wie bitte?»

«Sie können den Gefangenen jetzt befragen. Er ist durchaus vernehmungsfähig. Sofern Sie in der Lage sind, seinen Anwalt aus dem Bett zu klingeln. Lever hat in den letzten Tagen einiges getrunken und sich nach eigener Aussage vor einigen Stunden einen Schuss gesetzt.»

«Ein Junkie? Sollten wir nicht –»

«Er ist vernehmungsfähig, DI Hunter. Sie wollen doch diesen sogenannten Henker finden, oder?»

Myles konnte ihr nur verblüfft hinterherstarren, als sie zurück hinter den Tresen und in Richtung Zellentrakt ging, die breiten Hüften wiegend. Sie hinterließ einen Hauch von billigem Parfüm.

«Seit wann ist sie denn unter die Barmherzigen Schwestern gegangen?», fragte er.

«Seit dieser Verrückte ihre Geschlechtsgenossinnen bedroht, nehme ich an», antwortete Sergeant Andrews. «Einverstanden mit Verhörraum eins?»

«Sicher. Aber halten Sie ihn noch ein wenig hin. Ich will den Strick schnell ins Labor bringen und nachfragen, ob der Ohrring zu einem der Opfer gehört.»

«Sie müssten durchgestochen sein.»

«Wie bitte?»

«Durchgestochene Ohrläppchen», sagte Andrews und zeigte auf den Plastikbeutel.

«Weiß ich doch», grummelte Myles und griff nach dem Telefon, um sein Ermittlungsteam zusammenzurufen. Außerdem musste er noch mehrere Anrufe tätigen. Bei der Befragung von Lever wollte er Eva Svenson dabeihaben. Allerdings würde er sie darum bitten müssen, die Befragung absolut vertraulich zu behandeln und selbst Kat nichts davon mitzuteilen. Er fühlte ein leichtes Stechen im Brustkorb, das er nicht recht zu benennen wusste, es vielleicht auch nicht benennen wollte. Nein, auch er würde Kat nichts von Lever sagen. Die Presse konnte er zu diesem Zeitpunkt noch nicht brauchen.

Eva stellte ihren Wagen vor der Polizeidienststelle ab und warf einen Blick in den Rückspiegel. Ihre Augen waren rot und geschwollen. Das bisschen Lippenstift, das sie auf die Schnelle aufgetragen hatte, ließ ihr Gesicht nur noch blasser wirken. Am zweiten Januar hatte sie Ben am Flughafen abgeholt, doch er war distanziert gewesen und hatte als Entschuldigung für sein Verhalten den Jetlag genannt. Schließlich hatte er gesagt, er habe Patienten am nächsten Tag und würde sie anrufen. Vielleicht hatte er ja über Weihnachten nachgedacht und entschieden, wie es mit ihrer Beziehung weitergehen sollte. Vielleicht hatte sie alles verdorben. Aber darüber konnte sie sich im Moment wirklich keine Gedanken machen.

Myles Hunter erwartete sie schon am Haupteingang. Er fasste für sie die Informationen über Malcolm Lever zusammen, während sie zum Gefängnistrakt schritten. «Laut Akte hat Lever ein paar Anzeigen wegen Diebstahls, Ruhestörung, Trunkenheit und einiger kleinerer Drogendelikte. Er wurde betrunken in einer Gasse aufgegriffen und ist ausgeflippt, als die Nachtwache ihn festnehmen wollte.»

«Was ist mit dem Strick und dem Ohrring?»

«Das Labor untersucht noch den Strick. Den Knoten haben wir schon identifiziert: Es ist ein sogenannter Diebesknoten, der laut dem Kollegen vom Polizeimuseum als eine Art Falle eingesetzt wurde, ehe es Alarmanlagen gab.»

«Und der Ohrring?»

«Laut Akte hatten nur zwei der Opfer Ohrlöcher.»

Aus einer der Zellen war ein rhythmisches Klopfen zu hören. Es übertönte das Geräusch des Faxgerätes, als DI Hunter sich darüber beugte. «Machen Sie sich nichts aus dem Lärm», sagte er. «Nur einer unserer etwas musikalischeren Gäste, der seinen Rechten Ausdruck verleihen möchte.» Er überflog das Fax in seiner Hand, und sein Gesichtsausdruck veränderte sich. «Jetzt haben wir den Bastard!»

«Was ist passiert?»

«Wir wissen nun, wem der Ohrring gehört hat. Eine Perle in Platinfassung. Suzanne Johnstons Vater hatte ihr die Ohrringe zu ihrem achtzehnten Geburtstag geschenkt.»

«Er hat den Schmuck identifiziert?»

«Per Digitalfoto. Außerdem stimmt die eingestanzte Seriennummer mit dem Zertifikat überein. Die Polizei in London holt eine offizielle Aussage von Mr. Johnston ein.»

Unwillkürlich stieß Eva einen Seufzer aus. War es das? Hatten sie den Henker nun wirklich gefasst?

Myles wandte sich an einen Gefängniswärter, der eine gravitätische Miene aufgesetzt hatte. Eva kannte ihn, denn er hatte an einigen ihrer Vorträge für Polizisten teilgenommen.

«Ist das Kamel bereit, mit uns zu sprechen?», fragte Myles.

«Wer?», erkundigte sich Eva verwirrt.

Sergeant Andrews grinste und zeigte seine vom Nikotin vergilbten Zähne. «Er meint Mr. Lever. Man nennt ihn das Kamel wegen einiger mieser Angewohnheiten.» Ehe Eva darauf antworten konnte, fügte der Sergeant hinzu: «Er stinkt, spuckt und trinkt ziemlich viel.»

Eva lachte. «Ich kann es kaum erwarten, ihn kennenzulernen.»

«Ist sein Rechtsbeistand inzwischen da?», wollte Myles wissen.

«Die Dame ist eben eingetroffen und schon bei ihrem Klienten», erwiderte Andrews. «Ich sehe gleich nach, ob sie bereit für das Verhör ist.»

«Wen hat er gerufen?»

«Um bei den Tiervergleichen zu bleiben: einen blutrünstigen Rottweiler. Madeline Leigh.»

«Mist», flüsterte Eva.

«Oh, dann kennen Sie sie schon?» Der Gefängniswärter kicherte. «Das Gesicht eines Engels und das Herz eines Teufels.»

«Ich habe schon von ihr gehört», antwortete Eva. Das waren einfach zu viele Zufälle, zu viele Verbindungen. Sie versuchte noch, die Gedanken in ihrem Kopf zu ordnen, während sie Myles Hunter folgte.

Sergeant Quale stieß zu ihnen, als sie den Verhörraum

betraten. Es war ein kleines, niedriges Zimmer, das schlecht beleuchtet und kaum belüftet war. In der Luft hing der Geruch feuchter Kleidung und ungewaschener Körper.

«Guten Morgen, Inspector.» In ihrem dunkelblauen Hosenanzug und der frisch gebügelten weißen Bluse sah Madeline Leigh absolut makellos aus. Doch irgendetwas an ihren roten Haaren und den grünen Augen verlieh ihrer Erscheinung etwas Dekadentes, trotz der eleganten Kleidung.

Ihr Klient saß direkt neben ihr – und seine Erscheinung war alles andere als makellos. Strähniges, fettiges, dunkles Haar hing ihm bis auf die schwachen, gebeugten Schultern, die unter der Last seines Kopfes zusammenzubrechen drohten. Doch sein Gesicht versetzte Eva den eigentlichen Schock. Seine Haut war grob, gelblich und pockennarbig. Sein linkes Auge lag erheblich weiter unten als das rechte, und die Haut darum schien wie geschmolzenes Wachs. Er sah aus, als habe er kürzlich einen Schlaganfall erlitten, und wirkte ausgesprochen gewalttätig.

Myles setzte sich neben Sergeant Quale an den Tisch und bedeutete Eva, den letzten verbleibenden Stuhl gegenüber der Anwältin und ihrem Klienten einzunehmen.

«Bereit, Miss Leigh?»

Die Anwältin musterte ihn von oben bis unten. In ihrem Blick lag eine Mischung aus Verachtung und Herausforderung. Sie fuhr sich mit ihrem Stift an der Unterlippe entlang. «Absolut, Inspector.»

Hunter schnaufte, doch Eva entging nicht die leichte Rötung, die sich an seinem Kragen abzeichnete. Er schaltete ein Aufnahmegerät ein, stellte die Anwesenden der Reihe nach vor und las Lever seine Rechte vor. Madeline Leigh verschränkte die Arme, und ihre langen, rotlackierten Nägel trommelten gegen ihre Ärmel. Im Gegensatz dazu bewegte sich Lever auf seinem Stuhl unruhig hin und her, seine Augenlider zuckten unwillkürlich. Ein Nystagmus. Eva erinnerte sich, dass einige der Patienten ihres Vaters daran litten. Auslöser waren entweder Schädigungen des Gehirns oder aber Alkohol- und Drogenmissbrauch.

Myles Hunter räusperte sich. «Ich hoffe, Sie haben nichts dagegen, dass ich Dr. Svenson zu dieser Befragung hinzugebeten habe. Sie unterstützt uns in diesem Fall als Profilerin.»

«Nein, ich habe überhaupt nichts gegen *Doktor* Svenson.» Madeline schaute Eva direkt in die Augen. Wenn ein solcher Blick von einem Mann käme, wäre er sicher eine sexuelle Anspielung, dachte Eva. Sie fühlte, wie ihr Puls immer schneller wurde, und blickte schnell zur Seite, verwirrt über ihre eigene Reaktion.

Myles übernahm den größten Teil der Befragung. Zunächst sah er in seine Notizen und beschrieb, wie Lever vor einem Ladeneingang aufgegriffen wurde. Seine Stimme klang zunächst ruhig, dann aber schlich sich eine merkliche Anspannung ein, als er von dem Angriff auf den Polizeibeamten zu sprechen begann.

«Wissen Sie, warum Sie hier sind, Malcolm?»

Die zusammengesunkenen Schultern zuckten, und Malcolms Kopf schien dazwischen zu versinken, wie bei einer Schildkröte. «Keine Ahnung. Weil ich 'nen Bullen angegriffen hab? Aber ich hab nicht erkannt, dass es einer war. Wie Sie gesagt haben, ich war völlig fertig, total blau.»

«Sie scheinen ziemlich oft die Beherrschung zu verlieren, Malcolm.» Hunters Stimme war ruhig, doch ein aufmerksamer Zuhörer hätte die leichte Schärfe darin bemerkt, als der Inspector in Malcolms Polizeiakte schaute, in der die

Gewalttaten rot unterstrichen waren. «Wie ist das bei Ihnen mit Frauen, Malcolm. Haben Sie jemals eine Frau geschlagen?»

Madeline Leigh unterbrach das Verhör mit einem hämischen Schnaufen. «Mein Klient ist wegen seines Angriffs auf einen *männlichen* Beamten festgenommen worden», sagte sie sarkastisch. «Dürfte ich erfahren, worauf Sie hinauswollen, Inspector?»

Eva beobachtete, wie Myles bei dieser Unterbrechung zusammenzuckte. Doch es gelang ihm, ruhig zu bleiben. «Vielleicht darf ich Sie auf Objekt zwei auf der Liste seiner Besitztümer aufmerksam machen.» Er schob ihr eine Kopie des Haftprotokolls über den Tisch.

«Ein Stück Strick, etwa fünfundzwanzig Zentimeter lang, an den Enden geknotet», las die Anwältin vor. «Und?»

«Ich würde Ihren Klienten gern fragen, wie er zu diesem Objekt kam und wozu er es gebraucht hat.» Hunter wandte sich wieder dem Häftling zu. «Sie wissen so einiges über Knoten und Stricke, nicht wahr, Malcolm?»

«Keine Ahnung.» Die Schultern zuckten erneut. «Kann mich nicht erinnern. Manchmal habe ich Seile dabei, um Sachen zusammenzubinden.»

«Sachen, Malcolm, oder Menschen?»

Einen Moment lang herrschte Totenstille in dem Raum, die nur vom Ticken der Wanduhr unterbrochen wurde. Dann explodierte Madeline Leigh. «Beantworten Sie das nicht, Malcolm!» Anschließend wandte sie sich an Myles. «Inspector Hunter, ich weiß nicht, was Sie damit sagen wollen, doch Sie überschreiten hier ganz klar eine Grenze.»

«In den vergangenen zwei Monaten sind drei Frauen tot aufgefunden worden. Sie alle wurden erhängt.»

«Das können Sie unmöglich ernst meinen», höhnte Madeline. «Sie glauben doch nicht ernsthaft, dass mein Klient etwas mit diesem sogenannten Henker zu tun hat?»

«Ihr Klient hat ein nicht unerhebliches Vorstrafenregister. Man hat ein Stück Strick mit Knoten bei ihm gefunden, und er hat dafür offenbar keine vernünftige Erklärung.»

«Das ist einfach unglaublich.» Madelines Wangen waren nun tiefrot angelaufen, und in ihren grünen Augen funkelte blanke Wut.

«Vielleicht kann Ihr Klient uns sagen, wo er sich am Abend des 6. Dezember aufgehalten hat?», fragte nun Sergeant Quale. «Wenn uns Mr. Lever sagen kann, wo und mit wem er zusammen war, können wir das Ganze vielleicht schnell aufklären.» Sein Ton war salbungsvoll und fürsorglich, als wollte er einer alten Dame beim Kreuzworträtsel helfen und nicht an der Aufklärung eines Mordes arbeiten.

«Ich denke nicht, dass mein Klient über seine Tage Buch führt.» Sie wandte sich an Malcolm. «Können Sie sich an den besagten Tag erinnern?»

Lever schüttelte energisch den Kopf. Dabei rieselten Schuppen auf seinen ausgewaschenen schwarzen Pullover. «Mein Gedächtnis ist nicht so gut. Aber soweit ich weiß, war an dem Tag nichts Besonderes, außer dem Weihnachtsessen in der Suppenküche.»

«Da haben Sie Ihre Antwort», erklärte Madeline. «Vielleicht könnten wir jetzt mit dem eigentlichen Grund für Mr. Levers Verhaftung fortfahren. Ich habe meinen Klienten angewiesen, sich schuldig zu bekennen, obgleich natürlich mildernde Umstände zu erwarten sind, wenn die Sache vor Gericht geht.»

«Es tut mir leid, aber so schnell geht das nicht», sagte Hunter und schob ein Foto über den Tisch. «Ich würde gern von Ihrem Klienten wissen, ob ihm dieses Objekt bekannt vorkommt.»

«Ein Damenohrring», stellte Madeline Leigh fest.

Eva beobachtete, wie die Schläfen des Inspectors zuckten. «Wenn es Ihnen nichts ausmacht, würde ich gern hören, was Ihr Klient zu diesem Bild zu sagen hat.» Er sprach langsam, als habe sein Gegenüber Schwierigkeiten, ihm zu folgen. «Überschreiten Sie bitte nicht Ihren Kompetenzbereich.»

«Es ist meine Aufgabe als Anwältin, die Interessen meines Klienten zu vertreten», entgegnete Madeline scharf. «Aber das ist Ihnen ja selbstverständlich klar, Inspector.»

«Und Ihnen ist selbstverständlich klar, dass ich Sie auffordern kann, den Raum zu verlassen, wenn Sie weiterhin meine Befragung behindern.»

Einen Moment lang dachte Eva, die Auseinandersetzung zwischen dem Polizisten und der Anwältin würde in einem handfesten Streit enden. Zwar war sie sich sicher, dass der Inspector Levers Befragung nicht durch einen Rausschmiss der Anwältin in Gefahr bringen würde – doch ob sich Madeline Leigh darüber ebenfalls im Klaren war? Eva hielt den Atem an und wartete auf die Reaktion der Anwältin. Diese hob schließlich beide Hände, zuckte mit den Schultern und schob ihrem Klienten das Bild mit dem Ohrring hinüber.

Lever starrte auf das Foto, doch der Blick aus seinen trüben Augen war leer.

«Erkennen Sie diesen Ohrring, Malcolm?»

Levers rechtes Auge begann zu zucken. «Er war in meiner Tasche, als ich hierher gebracht wurde, aber ich hab keine Ahnung, wo er herstammt.»

«Es ist ein Perlenohrring in einer Platinfassung», fügte

Myles hinzu. «Sehr außergewöhnlich und sehr teuer. Nicht die Art, wie man sie im Kaufhaus findet.»

«Man hat den Schmuck in Ihrer Manteltasche gefunden», hob Quale hervor. «Normalerweise vergisst man nicht, dass man so etwas Teures bei sich trägt. Vor allem, wenn man dringend Geld braucht. Sie hängen doch wieder an der Nadel, Malcolm, habe ich recht?» Der Tonfall des Polizisten war sanft, fast als würde er sich nach Levers Hobby oder Lieblingsspeise erkundigen.

«Ist schon in Ordnung, Malcolm.» Auch DI Hunters Stimme klang nun freundlicher. «Wir interessieren uns nicht für Ihr Drogenproblem. Wir wollen nur wissen, woher Sie den Ohrring haben. Haben Sie ihn bekommen oder jemandem abgekauft?» Er lehnte sich leicht nach vorn. «Oder haben Sie ihn jemandem weggenommen? Vielleicht, als Sie high waren?»

Levers Kopf bewegte sich monoton auf und ab. «Nein. Nein, ich hab Ihnen doch schon gesagt, ich weiß nicht, wie das Ding in meine Tasche gekommen ist. Jemand muss es mir in die Tasche gesteckt haben. Ich hab den Ohrring noch nie in meinem Leben gesehen, bis ich hier meine Taschen ausleeren musste.»

«Wollen Sie damit sagen, dass Ihnen jemand den Ohrring untergeschoben hat, Mr. Lever? Das ist eine schwere Anschuldigung.»

«Mein Klient unterstellt niemandem irgendetwas», warf Madeline Leigh ein. «Jetzt sind Sie es, der hier klar eine Grenze überschreitet.»

«Ich entschuldige mich», sagte Myles, und sein Lächeln zeigte deutlich, dass ihm sein Verhalten keineswegs leidtat. «Aber ich muss mir ganz sicher sein, was Ihr Klient hier aussagt.»

«Er unterstellt nicht, dass die Polizei ihm den Ohrring untergeschoben hat», stellte die Anwältin klar. «Aber vielleicht jemand anders. Womöglich hat er ihn sogar selbst gefunden und es wieder vergessen. Wie Sie bereits erwähnten, hat mein Klient derzeit mit einem Drogenproblem zu kämpfen, und sein Lebensstil ist wohl nicht das, was unsereins als geordnet bezeichnen würde.»

Es klopfte an der Tür, und ein junger Polizist trat ein.

«DC Parker betritt den Raum», sagte Myles für das Aufnahmegerät. Der junge Beamte beugte sich hinunter, flüsterte seinem Chef etwas ins Ohr und reichte ihm einige DIN-A4-Seiten. Hunter überflog die Papiere, und ein kaum versteckter Ausdruck von Genugtuung erschien auf seinem Gesicht, ehe er wieder von den Akten aufsah und eine neutrale Miene aufsetzte.

«Vielleicht hilft es der Erinnerung Ihres Klienten auf die Sprünge, wenn wir ihm verraten, wem der Ohrring gehörte», sagte Myles. «Er gehörte Suzanne Johnston, ermordet am 6. Dezember. Diese Aussage bestätigt, dass sie die Besitzerin des Ohrrings war. Ihr Vater hat ihr den Schmuck zum achtzehnten Geburtstag geschenkt.»

«Die kenne ich nicht.» Malcolm Levers Stimme war nun schrill, und die Zuckungen schienen seinen ganzen Körper zu übermannen. «Ich hab, verdammt nochmal, niemanden umgebracht. Nein, das habe ich nicht, nein ...» Er stand auf und umklammerte die Tischkante mit seinen schmutzigen Fingern.

«Setzen Sie sich wieder hin, Malcolm.» Madelines Ton war streng. Er setzte sich sogleich, zitterte aber wie ein geprügelter Hund. Die Anwältin nahm das Papier mit der Aussage entgegen, das Hunter ihr reichte. «Ich würde gern allein mit meinem Klienten sprechen», sagte sie nun kurz angebunden.

Sie saßen im Foyer und tranken bitteren Kaffee aus Plastikbechern, während sie darauf warteten, dass Madeline Leigh das Gespräch mit ihrem Klienten beendete.

«Was denken Sie? Hat er es getan?», fragte Hunter die Profilerin.

«Ich bin Psychologin, keine Hellseherin», erwiderte Eva und lächelte schwach. «Natürlich neigt er, bedingt durch seine Drogensucht, zu Gewalt und Diebstahl. Und wie wir alle wissen, ist ein verzweifelter Junkie auch ein gefährlicher Junkie.»

«Aber?»

«Nun, ich denke, Einbrüche oder Überfälle passen eher zu ihm. Diese Verbrechen waren zu klug geplant, als dass er in seinem Zustand so etwas hätte leisten können. Er sieht nicht einmal stark genug aus, diese Knoten zu binden –»

Das Klingeln des Telefons im Foyer unterbrach ihre Ausführungen. Myles Hunter hob ab, hörte dem Anrufer zu und erklärte dann: «Miss Leigh ist nun bereit für Runde zwei.»

Kapitel 26

Madeline Leigh saß mit verschränkten Armen und leicht gebeugtem Kopf neben ihrem Klienten und musterte die Eintretenden. Malcolm Lever hingegen zuckte und bewegte sich unruhig auf seinem Stuhl hin und her, sodass Myles befürchtete, er könnte jeden Moment eine Art epileptischen Anfall bekommen.

«Mein Klient nimmt die Beweislage zur Kenntnis und möchte zum Tod von Suzanne Johnston eine Aussage machen», sagte die Anwältin ruhig und kontrolliert.

Was zur Hölle führte diese Frau im Schilde? Myles öffnete den Mund, um die Befragung fortzuführen, doch Lever kam ihm zuvor.

«Ich war es! Ich hab sie umgebracht ... sie erwürgt mit einem Strick ... hab sie ins Wasser geworfen.» Seine Stimme brach und wurde zu einem hysterischen Gekicher. «Sie ist tot, und ich war es! Ich war es!»

«Das reicht, Malcolm.» Madeline Leigh legte eine Hand auf Levers Arm. «Reißen Sie sich zusammen.»

Lever zitterte und schlang seine langen Arme um seinen dürren Leib, schaukelte vor und zurück, während Tränen sein Gesicht hinunterrannen. Der strenge Geruch von Ammoniak breitete sich in dem kleinen Raum aus.

Myles warf Eva einen Blick zu und verhaftete dann Malcolm Lever offiziell wegen des Mordes an Suzanne Johnston. Er leierte die vertrauten Worte hinunter wie einen Kinderreim. Schließlich sah er Lever direkt in die Augen. «Haben Sie mich verstanden, Malcolm?»

Der Befragte schaukelte weiter hin und her, nickte dann aber doch.

«Malcolm?»

«Ja!», stöhnte er auf. «Ich hab sie getötet. Ich hab sie gepackt und gezwungen, mit mir nach Hause zu kommen ... Ich hab ihr was gegeben ... dann hab ich's getan.» Speichel rann ihm aus dem Mundwinkel, während er grinste. «Sie hat gestrampelt, bis ihr Genick gebrochen ist.»

Eva beobachtete Malcolm. Sie hatte im Laufe ihrer Zeit als Profilerin mit einer Menge gestörter Menschen zu tun gehabt und dabei immer objektiv bleiben können. Doch in diesem Fall konnte sie nur Suzanne Johnstons Gesicht sehen, das zu einer perversen Clownsfratze verzerrt und durch die Schandmaske entstellt worden war. Vor ihr tauchten auch die Gesichter von Barbara Sanders und Sarah Morris auf. Sie blickte zu DI Hunter hinüber, doch auf seinem Gesicht war keinerlei Regung zu erkennen.

«Gehen wir ein bisschen langsamer vor, Malcolm. Wie haben Sie Suzanne Johnston kennengelernt?»

«Ich hab gesehen, wie sie aus dem Pub kam. Ich war voll

drauf. Ich bin ihr gefolgt und hab sie dann in eine dunkle Seitenstraße gezerrt. Sie hat sich gewehrt, also hab ich sie geschlagen. Ich hab die Kontrolle verloren, muss sie bewusstlos geschlagen haben. Dann hab ich sie ins Auto gesetzt und zu mir nach Hause gefahren.»

«Was für ein Auto? Wo hatten Sie es her?»

«Keine Ahnung, ich war total drauf ...»

«Was heißt nach Hause, Malcolm? Wo haben Sie sie hingebracht?»

«Redman Towers, in die Kellerwohnung.»

DI Hunter nickte Sergeant Quale zu. «Sozialwohnungen. Sollen demnächst abgerissen werden. Könnten Sie das überprüfen?» Er wandte sich wieder an Lever. «War außer Ihnen noch jemand da?»

Wildes Kopfschütteln. «Nein. Alle waren weg. Das Haus fällt schon fast zusammen.»

«Was ist dann passiert?»

«Ich hab ihr die Drogen gegeben. Hab sie ins Bier gemischt.» Er grinste breit, wobei eine Reihe fauliger Zähne zum Vorschein kam. «Sie wollte es ausspucken, aber ich hab sie gezwungen, es zu trinken. Blöde Schlampe. Der hab ich es gezeigt.»

«Wie haben Sie sie getötet?»

«Mit einem Strick. Hatte ich am Hafen geklaut. Ich hab sie am Dachbalken aufgehängt. Fast wäre die Decke eingestürzt. Ich war voll drauf.»

«Warum? Warum haben Sie Suzanne getötet? Haben Sie versucht, sie zu vergewaltigen? Und haben Sie es nicht geschafft und sind deshalb wütend geworden, Malcolm?», fragte Eva.

«Nein!» Lever kratzte sich manisch an beiden Armen. «Ich

war einfach nur total drauf ... Sie wollte einfach nicht die Klappe halten ...»

«Ich glaube Ihnen nicht, Malcolm», sagte Hunter. «Ich denke, Sie verschweigen uns etwas.»

«Nein! Ich war's. Ich hab sie getötet!» Mit einem Schrei warf sich Lever über den Tisch, wobei er seinen eigenen Stuhl und auch den Schreibblock seiner Anwältin zu Boden warf. Sergeant Quale, der eben zur Tür hinausgehen wollte, packte den Gefangenen an den Schultern.

Myles Hunter hielt den wackelnden Tisch fest und wandte sich dann an Madeline Leigh. «Ich glaube, wir sollten Ihrem Klienten eine Pause gönnen.»

Eva füllte ihren Becher am Wasserspender vor Myles' Büro auf.

«Und?», fragte der Polizist und zog eine Augenbraue hoch.

«Er entspricht nicht gerade dem Profil, das ich Ihnen gegeben habe, außer dass er aus der Gegend stammt. Laut seiner Aussage handelte es sich um einen ungeplanten Angriff, während er auf einem Drogentrip war. Ich hatte den Mörder als jemanden skizziert, der jeden seiner Schritte sorgfältig plant – und nicht als einen Zufallstäter. Aber wir haben nicht immer recht. Manchmal stimmen Profil und Täter nicht überein.»

Myles fuhr sich mit der Hand durch die kurzen Haare. «Ich gebe zu, er hat mich mit seiner Aussage ziemlich umgehauen. Ich hätte darauf gewettet, dass er uns erzählt, er habe den Ohrring gefunden oder gegen Stoff eingetauscht.»

«Vielleicht hat er seiner Anwältin etwas erzählt, als wir draußen waren», mutmaßte Eva.

«Sie mögen Madeline Leigh nicht besonders, was?» Seine grauen Augen musterten sie. «Sie macht Sie nervös.»

«Ist das so offensichtlich?» Eva lächelte. «Ich dachte, ich

wäre hier die Psychologin.» Doch er hatte recht, sie mochte diese Frau nicht. Es hatte etwas mit der Art und Weise zu tun, wie die Anwältin sie ansah, als könne sie Evas Gedanken lesen und würde sich über jeden einzelnen amüsieren.

«Entschuldigen Sie die Unterbrechung.» Sergeant Quale kam keuchend und schwitzend zu ihnen, als sei er den ganzen Weg gerannt. «Wir haben Redman Towers überprüft. Ist zwar ein Trümmerhaufen, aber bislang weist nichts auf einen Mord dort hin.» Er hielt einen Moment lang inne. «Außerdem haben wir noch etwas Interessantes herausgefunden. Graham Benson scheint nicht derjenige zu sein, für den wir ihn gehalten haben.»

«Spucken Sie es aus, Quale.»

«Er hat eine Verwarnung. Ziemlich alt, er muss etwa achtzehn gewesen sein. Unsittliches Verhalten. Wir hatten ein falsches Geburtsdatum von ihm, deshalb haben wir es erst jetzt gefunden.»

Myles Hunter setzte ein breites Grinsen auf. «Worauf warten Sie, Quale? Setzen Sie den Mistkerl fest.»

Eva sah Quale hinterher, der sich rasch entfernte und Anweisungen in sein Telefon bellte. «Ich dachte, Benson hat ein Alibi?»

«Hat er auch, aber er ist ein schlüpfriger Scheißer, wie unser Freund Lever hier. Der entspricht auch nicht Ihrem Profil und hat dennoch den Johnston-Mord gestanden.» Hunter schüttelte den Kopf. «Ich kann einfach nicht glauben, dass da mehr als ein Typ frei rumläuft, der Frauen aufknüpft.»

«In Anbetracht der Tatsache, dass Miss Leigh wohl kaum das Vertrauen ihres Klienten missbrauchen wird, können wir nur mutmaßen, was Lever ihr erzählt hat», meinte Eva. «Aber halten Sie Lever für gebildet genug, diese E-Mails zu schreiben?»

«Vielleicht hat jemand anders sie für ihn geschrieben. Ein Komplize. Was den Rest angeht, so habe ich keinen Zweifel an seiner Gewaltbereitschaft und der Tatsache, dass er sich allerlei Drogen beschafft.» Myles hielt inne. «Doktor, ich möchte, dass Sie mir raten, wie wir nun weiter in dem Verhör vorgehen sollen.»

«Versuchen Sie, ihm das Gefühl zu geben, auf seiner Seite zu sein. Spielen Sie sein Spiel mit, sagen Sie ihm, dass Sie verstehen, dass diese Frauen ihn dazu gezwungen haben, sie zu töten. Sie müssen eine Atmosphäre schaffen, in der er sich entspannt und nicht nur zugibt, was er getan hat, sondern auch, warum.»

«Und das Foltern von Suzanne Johnston? Ihr entstelltes Gesicht? Was glauben Sie, wie er an die Schandmaske gekommen ist?», fragte Hunter.

«Vielleicht haben wir uns da auch geirrt, und er hat etwas anderes benutzt. Etwas, um sie ruhigzustellen.»

«Aber all das erfordert Planung und viel Zeit? Er kann unmöglich behaupten, es sei ein Affektmord unter Drogeneinfluss gewesen.»

«Warum fragen Sie ihn nicht selbst?», entgegnete Eva.

Zwanzig Minuten später saßen sie wieder Lever und seiner Anwältin gegenüber. Er schien jetzt noch stärker zu zittern, und Eva fragte sich, ob er wohl unter Entzugserscheinungen litt.

«Also, Malcolm», sagte Hunter freundlich. «Fassen wir noch einmal zusammen: Sie haben ausgesagt, dass Sie Suzanne Johnston angegriffen und dann in ihrem Auto zu Ihrer Bleibe gefahren haben, wo Sie sie unter Drogen gesetzt und dann getötet haben.»

«Richtig.» Die Antwort war kaum hörbar.

«Noch einmal für das Protokoll: Sie geben zu, Suzanne

Johnston getötet zu haben, indem Sie sie am Dachbalken in der Wohnung aufgehängt haben.»

«Ja.» Seine Stimme war nun fester.

«Was haben Sie anschließend mit dem Auto gemacht?»

«Es im Wasser des Steinbruchs versenkt.»

Eva hielt den Atem an.

«Eine Sache verstehe ich allerdings nicht, Malcolm.» Sergeant Quale klang, als wolle er sich für etwas entschuldigen. «Wenn Sie Suzanne Johnston angegriffen haben, unmittelbar nachdem sie den Pub verlassen hat, warum haben Sie sie nicht sofort getötet? Wir wissen nämlich, dass Miss Johnston erst vierundzwanzig Stunden nach ihrer Entführung getötet worden ist.»

«Sind Sie sicher, dass Sie sie getötet haben, Malcolm?», hakte nun auch Hunter nach. Die Männer erinnerten Eva an Jagdhunde, die ihre Beute einkreisten. «Vielleicht wollten Sie sie töten. Aber haben Sie es auch wirklich getan oder vielleicht nur dabei zugesehen?»

«Ich hab doch schon gesagt – ich war's, ich hab sie umgebracht. Aber ich hab sie zappeln lassen. Wollte, dass sie sich fühlt wie ich, wenn ich vor dem Richter sitze und warte, dass er mir endlich sagt, wie lange er mich einbuchtet.» Er stieß ein schrilles Kichern aus. «Aber sie hatte keine Hoffnung auf Bewährung.»

«Wir verstehen gut, dass Sie wütend auf Miss Johnston waren», sagte Quale. «Sie und ihre Freunde vom Gericht haben Ihnen nie eine Chance gegeben, nicht wahr? Sie haben Sie nur als dreckiges Pack gesehen, das eingeschlossen gehört.»

«Die blöde Schlampe hat bekommen, was sie verdient hat.» Lever feixte und schaukelte erneut aufgeregt vor und zurück, als könne er nur so seiner Freude über die Tat Ausdruck verleihen.

«Was hat sie bekommen, Malcolm?»

«Ich hab sie an dem Stuhl festgebunden und gewartet, bis sie wieder zu sich kam. Dann hab ich ihr gesagt, was sie ist, hab sie gezwungen, alles zuzugeben. Aber sie hat angefangen zu schreien ... Deshalb hab ich die Maulsperre verwendet.»

Myles Hunters Schultern strafften sich. «Was für eine Maulsperre, Malcolm?» Die Frage klang fast beiläufig, doch Eva konnte die unterschwellige Anspannung darin hören.

«Dieses Maskending. Ich hab es einem der Typen abgekauft, die immer in die Unterkunft kamen. Er hatte es aus dem Museum geklaut, nur so aus Spaß, und meinte, wir bräuchten eine Frau, um es auszuprobieren.»

Myles öffnete die Akte vor sich und zog ein Foto heraus. «Fürs Protokoll: DI Hunter zeigt dem Häftling Malcolm Lever ein Bild der Schandmaske, die aus dem Museum des Lancaster Castle gestohlen wurde.» Er hielt inne und beobachtete Malcolm, der nickte, als er die Maske erkannte.

«Haben Sie dieses Objekt benutzt, um Suzanne Johnston zum Schweigen zu bringen?»

Lever riss die Augen weit auf. Aus seinen Mundwinkeln tropfte Schaum. «Ja, das ist es. Damit hab ich die Schlampe zum Schweigen gebracht.» Er drehte sich um und sah Eva an, als nehme er zum ersten Mal von ihr Notiz. Sie unterdrückte einen Schauer, als er schrie: «Man sollte sie alle zum Schweigen bringen!»

«Malcolm, das genügt.» Madeline umfasste die Arme ihres Klienten mit ihren rotlackierten Fingernägeln. Er lehnte sich zurück, zwinkerte und atmete schwer.

«Es tut mir leid, aber ich glaube, mein Klient ist erschöpft. Könnten wir noch eine Pause einlegen?»

«Noch nicht, wenn es Ihnen nichts ausmacht», entgegnete

Hunter und wandte sich wieder Lever zu. «Die Frauen in Ihrem Leben haben Sie nicht besonders gut behandelt, Malcolm, oder?»

Als Lever nicht sofort antwortete, griff Eva die Frage des Inspectors auf. «Es gibt da draußen einige wirklich sehr böse Frauen. Sie konnten nicht anders, nicht wahr, Malcolm?»

«Wer war es, Malcolm? Ihre Mutter? Oder eine ehemalige Freundin?», fügte Myles hinzu.

«Ich hab sie gehasst. Wir alle haben sie gehasst ... Sie hat uns gezwungen, in den dunklen Raum zu gehen ... in den Keller ...»

Eva beobachtete, wie Malcolm sich auf seinem Stuhl wand und sein Körper immer mehr verkrampfte. Wenn das so weiterginge, würde er noch einen Anfall erleiden.

«Ist das wirklich nötig?», zischte Madeline Leigh. «Mein Klient hat ein sehr schweres Leben gehabt. Aber das wird für seine Motive und die mildernden Umstände sicher berücksichtigt werden –»

«Miss Leigh, wir interessieren uns hier nur für sein Motiv», unterbrach Hunter sie. «Immerhin sind drei Frauen getötet worden. Alle drei sind in derselben Gegend und auf dieselbe Art und Weise zu Tode gekommen.»

«Aber mein Klient hat nicht alle drei umgebracht», erklärte die Anwältin nachdrücklich. «Ich muss darauf bestehen, eine Pause einzulegen. Sie sehen doch selbst, dass mein Klient sowohl physisch wie psychisch in einem kritischen Zustand ist.»

«Nicht so kritisch wie die Frauen, die er angegriffen hat», brummte Myles Hunter.

«Die Frau», korrigierte Madeline Leigh.

«Sie macht sich über uns lustig!», sagte Hunter wütend, als sie sich in der Polizeikantine hinsetzten, um zu frühstücken.

Eva hatte sich eine Scheibe Toast genommen. Das Brot war feucht und die billige Margarine völlig versalzen. Doch der Kaffee war heiß und stark, und so ließ sich damit auch ein Polizeifrühstück hinunterspülen.

«Sie setzt sich nur für die Interessen ihres Klienten ein», meinte Eva. «Sehen wir den Tatsachen ins Auge: Wenn er als psychopathischer Serienmörder verurteilt wird, bekommt er lebenslänglich ohne Bewährung. Wenn er hingegen nur wegen eines Mordes unter Drogeneinfluss angeklagt wird ...»

«Verminderte Schuldfähigkeit oder so ein Mist», schnaubte Hunter. «Ich weiß schon, worauf sie hinauswill, aber das werde ich nicht zulassen.»

«Was wollen Sie denn unternehmen? Sie können sich nicht weigern, einen Arzt zu rufen; und Sie sehen doch selbst, dass der Mann dringend einen Psychiater braucht. Was, wenn er nicht aussagen kann wegen seines Zustandes?»

«Die Polizeiärztin ist noch hier, und ich habe auch schon nach dem Psychiater gerufen. Weiß der Teufel, wie lange das dauern wird», sagte er unzufrieden. «Trotzdem sieht es ja so aus, als hätten wir den Mistkerl. Egal was passiert, er wird des Mordes an Suzanne Johnston angeklagt werden.»

«Aber vielleicht nicht wegen der anderen zwei Morde», fügte Eva hinzu. «Und vergessen Sie nicht den Überfall auf Xanthe.»

Er seufzte. «Ich bin mir relativ sicher, dass wir ihn auch wegen der Morde an Sarah Morris und Barbara Sanders drankriegen können. Im Notfall argumentieren wir einfach mit der offenkundigen Ähnlichkeit der Fälle. Doch wie Sie wissen, bin ich stets davon ausgegangen, dass der Angriff auf Xanthe nichts mit den Morden zu tun hat.»

«Das glaubt Xanthe aber nicht», sagte Eva. «Und Kat auch nicht.»

Er zuckte kurz zusammen, als die Profilerin Kat erwähnte. «Das ist mir klar.»

«Und ...» Einen Moment lang war Eva versucht, ihm von Will Ellis zu erzählen. Doch es klang einfach zu lächerlich, selbst wenn sie noch so lange darüber nachdachte. Xanthes Beschreibung der dunklen Aura des Mannes – wie sollte man etwas beweisen, nur weil man einige Sekunden Gespräch in einer überfüllten Buchhandlung belauscht hatte? Außerdem hatte sie Kat versprochen, nichts zu sagen. Die Telefone und Computer der Polizei liefen eh schon heiß von Hunderten von Hinweisen aus der Bevölkerung, und alle, die überprüft worden waren, hatten zu nichts geführt. Vielleicht waren Kat und sie einfach auch schon von derselben Paranoia ergriffen, die in der Stadt umging. «Werden Sie Malcolm nach den anderen Morden fragen?»

«Natürlich», antwortete Hunter. «Aber ich habe das dumpfe Gefühl, unsere Miss Leigh hat noch den einen oder anderen Trumpf im Ärmel.»

Ich habe die Kontrolle. Kein Schmerz mehr, keine Angst, kein Zweifel. Niemand wird mich aufhalten. Ich werde sie alle töten. Und dann werde ich der Welt mitteilen, was ich getan habe. Bald werden sie alle erfahren, dass ich sie alle gerettet habe, selbst Will ... Auch wenn ich ihn für den Moment ruhigstellen muss. Wir haben versucht, ihn einzuweihen, doch das war ein Fehler ... Schwäche. Verrate nichts; niemals ... Das hat die Familie uns gelehrt. Das hat Mutter uns gelehrt. Aber Dee wollte darüber sprechen ... darüber, was sie Mutter angetan hat. Ich musste uns retten, musste sie fortschicken, damit wir in Sicherheit waren. Will war froh, als er hörte, dass Mutter tot war, und er wird auch über die anderen froh sein. Old Ned muss seine nächste Besucherin empfangen, doch Will darf nichts davon erfahren ... Womöglich verrät er uns wieder.

Ich fühle den Zorn der Hexenjäger, und ich weiß, ich muss weiter kämpfen, stärker werden. Und die Kontrolle behalten.

Stärke und Kontrolle sind die entscheidenden Eigenschaften des Henkers. Will ist das Problem, er bringt uns alle in Gefahr, weil er zu diesem Psychiater geht, weil er Angst hat, wieder im Krankenhaus zu enden. Will war schon immer schwach gewesen, also mussten wir ihm helfen. Erst hat Dee die Prügel für ihn ertragen, dann musste ich einschreiten. Aber Mutter konnte mich nicht unterkriegen. Sie konnte mich nicht dazu bringen, da unten in der Dunkelheit zu jammern und zu schluchzen. Ich bin der Henker, und ich werde gewinnen. Muss gewinnen.

Kapitel 27

Vielleicht wurde die Welt einfach immer verrückter. Beim Anblick der Papierberge auf seinem Schreibtisch konnte Ben diesen Gedanken nicht unterdrücken. Er fühlte sich hoffnungslos überlastet angesichts der Vielzahl von Patienten und neuen Einweisungen in die Klinik, die zu veranlassen waren; und zu allem Überfluss musste er jetzt auch noch die Praxisorganisation selbst übernehmen, weil seine Sekretärin Urlaub hatte. Er fühlte sich schuldig. Carol war ein wahres Juwel, aber ihre jährliche Reise zu ihrem Sohn nach Neuseeland war jedes Mal ein Albtraum für Ben. Er sammelte seine E-Mails und Briefe zusammen und legte sie in eine Ablage auf dem Schrank. Dann schaute er erneut auf die Uhr. Wenn Will Ellis heute wieder nicht zu seinem Termin erschien, würde er die Klinik benachrichtigen müssen. Und das bedeutete jede Menge zusätzlicher Arbeit für ihn.

Das Brummen des Türsummers unterbrach ihn in seinen

Gedanken. Ben eilte die schmale Treppe hinunter und öffnete die Tür zur Praxis. Wills Körper wirkte noch schlaksiger als sonst, seine Arme hingen reglos an ihm herunter, und seine scharfen Wangenknochen stachen aus seinem Gesicht hervor. Seine Haut war aschfahl, und unter seinen Augen zeichneten sich tiefe Schatten ab.

«Ich bin froh, dass Sie kommen konnten», sagte Ben und führte seinen Klienten die Treppe hinauf zum Sprechzimmer. Er musste sich sehr bemühen, sich seinen Schock über Wills Aussehen nicht anmerken zu lassen.

Will setzte sich auf die Kante der Couch und wirkte, als würde er bei der kleinsten Berührung umkippen. Ben fühlte sich schuldig, in seinem Patienten eine Gefahr für die Allgemeinheit gesehen zu haben. Will gefährdete niemanden – außer sich selbst. Er würde lernen müssen, seine verschiedenen Persönlichkeiten zu akzeptieren und sie wieder zusammenzubringen, um ein einigermaßen normales Leben führen zu können. Und genau dabei wollte Ben ihm helfen. Er war sicher, die einzelnen Persönlichkeiten waren einem Trauma entsprungen, um Will zu beschützen. Ben hatte mit anderen Psychiatern Kontakt aufgenommen, um sich mit ihnen über dissoziative Persönlichkeitsstörungen auszutauschen. Inzwischen wusste er, dass es äußerst wichtig war, den Patienten mit einer Konfrontation nicht zu sehr zu erschrecken, weil dadurch die weitere Behandlung gefährdet werden konnte. Deshalb las Ben nun vorsichtig aus seinen Notizen der letzten Sitzung vor und verzichtete darauf, die Aufnahmen abzuspielen. Will starrte auf einen Punkt an der Wand über Bens Schulter und hörte angespannt zu.

«Sie wollen also sagen, dass ich diese Personen in mir trage? Personen, die ich überhaupt nicht kenne? Dass ich schizophren bin?»

«Nein», antwortete Ben mit freundlicher Stimme. «Ich glaube, Sie leiden an einer sogenannten dissoziativen Persönlichkeitsstörung. Sie spalten etwas von sich selbst ab, an das Sie sich nicht erinnern wollen. Die abgespaltenen Persönlichkeiten bilden sozusagen eine Schutzmauer vor Ihren Erinnerungen. Deshalb ist auch diese Therapie so wichtig. Abspaltung passiert bei Menschen, die ein schweres Trauma erlitten haben. Nur so überleben Traumapatienten. Diese Symptome tauchen in unterschiedlicher Form bei Menschen auf, die zum Beispiel schwere Unfälle oder Naturkatastrophen erlebt haben. Und nach all dem, was Sie unter Hypnose hier erzählt haben, glaube ich, dass Ihre dissoziative Störung auf Ereignisse in Ihrer Kindheit zurückzuführen ist.»

«In meiner Kindheit ist nichts Besonderes vorgefallen. Meine Eltern waren ein bisschen strenger als andere, das ist alles. Aber sie hatten auch immer viel zu tun, sie waren beide Ärzte», führte Will aus. Seine Stimme klang monoton, als würde er einen Text auswendig aufsagen. «Sie waren sehr religiös.»

«Ja, sie waren Mitglieder der Believers.» Ben hielt inne und sah, wie Wills Körper sich verspannte. Spontan entschied er sich deshalb, dieses Thema zunächst zu meiden.

«Sie sind zu Hause unterrichtet worden, nicht wahr? Da waren Sie vermutlich ziemlich einsam?»

«Ich hatte andere Kinder um mich herum, und ich hatte meine Bücher. Außerdem war da noch meine Schwester Dee. Sie hat immer sehr auf mich geachtet.»

«Was ist mit Dee geschehen?»

«Sie hat uns verlassen. Mit sechzehn ist sie nach London gegangen. Ich glaube, sie hatte Streit mit meinen Eltern gehabt, aber sie haben nie darüber gesprochen. Ich denke, sie haben sich für Dee geschämt.»

Ben hielt den Atem an und registrierte, wie Wills Stimme immer brüchiger wurde. Nicht nur, dass er sich seiner wechselnden Identitäten nicht bewusst war, er glaubte auch tatsächlich, dass eine von ihnen seine leibhaftige Schwester war. «Und Dee ist nie zurückgekommen?»

«Nein.»

«Will, ich weiß, das ist schwer für Sie, aber ich möchte, dass Sie sich ganz genau erinnern, was Ihr Vater Ihnen über Dee gesagt hat, bevor er gestorben ist.»

«Er sagte mir, sie sei tot.»

Ben bemühte sich, Augenkontakt mit Will zu halten. «Ich denke, Will, das ist nicht ganz korrekt, oder? Er hat Ihnen gesagt, dass Sie nie eine Schwester hatten, nicht wahr?»

«Seien Sie nicht albern.»

Die Veränderung in Wills Stimme ließ Ben aufschrecken. Die Stimme war nun höher, weiblicher. Der Psychiater starrte den jungen Mann an, der ihm gegenübersaß. Wills gesamtes Gesicht schien mit einem Mal weicher geworden zu sein, und er – oder sollte er besser «sie» sagen? – beobachtete Ben amüsiert.

«Ich bin hier und nie weg gewesen.»

«Spricht da Dee?», fragte Ben vorsichtig.

Die Person, zu der Will plötzlich geworden war, lehnte sich zurück und schlug die Beine übereinander. «Natürlich.» Einen Moment lang schaute sie Ben direkt in die Augen, blickte dann aber kokett nach unten.

Ben konnte fühlen, wie sein Puls zu rasen begann, und wünschte, er könnte das Aufnahmegerät einschalten. Er durfte Dee auf gar keinen Fall verängstigen. Wenn Will nicht erzählen wollte, was passiert war, dann würde es vielleicht Dee tun. «Dee, warum sagen Sie Will das nicht? Er ist sehr traurig, weil er glaubt, Sie seien tot. Sagen Sie ihm, dass Sie ein Teil von ihm sind, aber niemals die Schwester waren, an die er glaubt.»

Dee saß aufrecht auf der Couch, und einen Moment lang befürchtete Ben, sie würde hinauslaufen. Dann schüttelte sie den schwarzen Haarschopf, die Augen vor Wut funkelnd. «Es ist zu seinem eigenen Schutz.»

«Wovor beschützen Sie Will, Dee? Ist es ein Geheimnis? Ist es etwas so Unerträgliches, dass Sie nicht wollen, dass er sich daran erinnert?» Ben hielt inne. Nein, er musste diese Gelegenheit beim Schopfe ergreifen, sonst würde er vielleicht keine Möglichkeit mehr bekommen. «Geht es um Ihre Kindheit, Dee? Haben Sie auf Will geachtet, wie es eine große Schwester tut?»

«Natürlich habe ich das. Die Mutter und die Believers waren grausam. Sie haben all den Kindern wehgetan – Will, Maddy, Gillie, Malcolm und den anderen. Sie haben ihre Spielchen mit uns gemacht und uns für ihre Sünden bestraft.»

«War Mina Ihre Mutter? War es Ihre Mutter, die Sie gequält hat?»

«Sie war keine Mutter», sagte Dee verächtlich. In ihrem Gesicht spiegelte sich nun blanker Zorn. «Sie hatte es verdient, zu sterben.»

Ben ballte seine Hände so stark zu Fäusten, dass er sich mit den Nägeln ins Fleisch schnitt. Er musste ruhig bleiben. «Wie haben Sie Will beschützt?»

Dee blickte zur Decke. «Ich habe ihm erlaubt, sich zu verstecken! Ich habe die Kontrolle übernommen und ihm gestattet, sich vor all den Qualen zu verstecken.»

«Sie haben seine Schmerzen auf sich genommen, Dee?»

«Ich war älter und viel stärker als er. Ich wollte sie nicht gewinnen lassen. Ich habe dafür gesorgt, dass Will in Sicherheit war. Ich habe dafür gesorgt, dass wir alle überlebt haben.»

«Aber Sie haben ihn verlassen. Warum haben Sie das getan, Dee?»

«Ich musste es tun ... ihm zuliebe ... nach dem, was ich Mina angetan habe. Er hätte mich verraten.»

Ben versuchte nicht länger, seine Aufregung zu unterdrücken. Er hatte das Gefühl, auf Dynamit zu sitzen. Sein Atem wurde schwerer und keuchender. «Was haben Sie getan?»

Ihr Lachen war schrill wie splitterndes Glas. «Ich habe sie geschlagen. Sie wollte eines der Kinder angreifen, da habe ich sie mit einem Schürhaken geschlagen. Er war antik, denke ich.» Dee lächelte, und bei dem Gedanken an diese Erinnerung schienen ihre Augen aufzuleuchten. «Hinterher war sie nicht mehr dieselbe. Ist ein paar Jahre später gestorben. Mir gefällt der Gedanke, dass ich etwas damit zu tun haben könnte.»

Mit einer Mischung aus Faszination und Abscheu starrte Ben sie an. «Wollte sie Will angreifen? Haben Sie sie deshalb angegriffen?»

«Nein, diesmal war es nicht Will.» Dee schürzte die Lippen. «Es war die kleine Maddy, eine ihrer Patientinnen. Ihre Mutter hatte sie allein hergeschickt. Mina suchte die Familien sehr bedacht aus ... Einfache Leute ohne Bildung, meist arm. Mina nahm die Kleine mit in den Keller; ich wusste also, was passieren würde.»

Trotz des Zorns in Dees Gesicht waren ihre Augen feucht. Die Tränen rannen ihr immer heftiger hinunter. «Ich nahm den Schürhaken und folgte ihnen. Es war so leicht. Der Keller war dunkel und Mina ohnehin viel zu beschäftigt mit der Kleinen, um mich zu bemerken. Ich konnte sie atmen hören.»

«Dann haben Sie sie mit dem Schürhaken geschlagen?» Es war eher eine Feststellung als eine Frage.

Dee nickte. Sie hatte aufgehört zu weinen und kicherte. «Sie hatte sich vornübergebeugt. Ich habe mehrere Male zugeschlagen. Ich hätte ihr auch den Schädel gespalten, aber Maddy hatte angefangen zu schreien. Ich musste ihr das Versprechen abnehmen, niemals jemandem etwas zu verraten. Die arme Kleine hatte sich zu Tode erschreckt.»

«Deshalb mussten Sie fliehen? Damit niemand etwas über Ihre Tat herausfand?»

Sie nickte wieder. «Will wusste nicht, was ich getan hatte; er dachte, es sei ein Einbrecher gewesen, wie alle anderen auch.»

Ben versuchte, seine Gedanken zu ordnen. Die ganze Situation war unendlich bizarr und surreal, und dennoch fand sie genau hier in seinem Sprechzimmer und vor seinen Augen statt. Er hatte eben die Geschichte eines Kindes gehört, das seine Mutter beinahe mit einem Schürhaken erschlagen hätte. Was für einen Hass musste ein Kind in sich tragen, welches Leid hatte es ertragen müssen, um so etwas zu tun? Er hatte viel über dissoziative Identitätsstörungen gelesen und wusste, dass manche Patienten über Jahre hinweg mit ihren verschiedenen Persönlichkeiten lebten, ohne je von ihnen zu wissen – doch er hatte es nie recht glauben wollen. Bis jetzt. Aber eine Psychotherapie konnte diese Persönlichkeiten nicht eliminieren. Ben konnte sie nur dazu bringen, sich gegenseitig zu akzeptieren und miteinander zu leben. Er musste Will zuliebe alles daransetzen, ihm zu helfen, doch er musste auch Dee dazu bringen, ihm zu erzählen, was genau passiert war.

«Sie haben sehr hart dafür gekämpft, Will zu beschützen», sagte er schließlich. «Es hört sich an, als hielten Sie die Situation für zu schwierig, als dass er sie hätte aushalten können.»

Dee versteifte sich. «Natürlich. Er hat sich so gefürchtet, hatte Angst vor Mina und der Familie.»

«Meinen Sie damit Ihre Eltern?»

Sie schnaubte. «Nicht bloß die Eltern. Auch der Rest der Familie. Die Believers. Sie waren keine Blutsverwandte, nur Leute, die Minas Haltung und Glauben teilten. Wir mussten jedoch die Erwachsenen Onkel oder Tante nennen, und sie brachten jede Menge kleiner Cousinen und Cousins mit, damit Mina mit ihnen spielen konnte.»

Ben erschauerte. «Hat die Familie den Kindern wehgetan?»

«In jeder Hinsicht», zischte Dee. «Will, Gillie, Malcolm, der kleinen Maddy und den anderen. Es kamen ständig neue Kinder.»

Ben wurde übel. «Ich denke, wir müssen Will helfen», erklärte er schließlich. Er war sich bewusst, dass Dee ihn mit einer Mischung aus Vorsicht und Interesse beobachtete. «Sie sollten mit Will reden.»

«Warum?»

«Ich denke, die Erinnerungen blockieren die Kommunikation, und ich glaube, Sie haben Informationen vor Will zurückgehalten, damit er überleben kann. Aber wenn wir Will helfen wollen, müssen wir alle miteinander reden und offen sein.» Er sah Dee an. «Werden Sie mit Will sprechen?»

Dee schwieg einen Moment, nickte dann. Ihre Augen glänzten. Plötzlich begann sie, heftig zu blinzeln, als würde jemand sie blenden. Würde sie jetzt gleich mit Will sprechen ... und ihn wieder zum Vorschein kommen lassen, sodass Ben wieder mit ihm reden könnte? Dee blinzelte weiter und zitterte leicht. Dann ertönte eine tiefe Stimme.

«Lassen Sie sie verdammt nochmal in Ruhe, Doktor!»

Ben hatte das Gefühl, einen elektrischen Schlag erlitten zu haben: ein erneuter Wechsel der Persönlichkeit. Er musste nicht fragen, um wen es sich handelte. Es war jenes Alter Ego, das seinen Namen nicht preisgeben wollte. Als Psychiater wusste er, dass Patienten mit einer dissoziativen Störung ihren Ärger und Zorn auf verschiedene Persönlichkeiten aufteilten. Doch wenn Dee schon großen Zorn in sich trug, so besaß diese Person eine grenzenlose Wut. Ben war ebenso bekannt, dass Patienten ihre Wut oftmals an anderen, nicht selten an ihren Therapeuten ausließen. Er würde mit dieser Person sprechen müssen, doch er musste sich vorsehen.

«Ich will niemandem etwas tun. Ich versuche nur, Ihnen allen zu helfen. Vor allem Will. Ich weiß, dass Sie alle ihn beschützt haben vor anderen Erwachsenen, die ihm Leid zufügen wollten.»

«Es war die Hexe von Mutter und ihre gesamte bösartige Familie. Sie wollten uns wehtun, uns für ihre Sünden büßen lassen, ihre perversen Bedürfnisse an uns befriedigen. Doch Dee und ich haben sie aufgehalten. Ich habe Dee gesagt, was zu tun ist, und nun übernehme ich den Rest des Packs.» Die Person hielt inne und lächelte Ben an. «Ich bin das Auge Gottes.»

Ben benötigte einige Sekunden, um zu registrieren, was er hier hörte.

«Das ist es, Doktor, ich bin es.» Die Person lachte ein tiefes, lautes Lachen, das die Wände zu erschüttern schien. «Ich bin der Hexenjäger. Der, den sie den Henker nennen.»

Jegliche Professionalität fiel von Ben ab, als er sah, was diese Person aus der Tasche zog. Es war ein Stück Strick. Ben bemühte sich verzweifelt, ruhig zu bleiben. «Lassen Sie mich noch einmal mit Dee sprechen.» Er konnte hören, wie brüchig seine Stimme klang.

Der Henker stand auf. Will war groß, doch sein Alter Ego schien ihn um etliche Zentimeter zu überragen. «Das geht leider nicht, Doktor. Sehen Sie, ich trage jetzt die Verantwortung. Nicht Dee – und auch nicht dieser Dummkopf Will.»

Ben musste handeln. Er konnte es mit ihm aufnehmen, er war größer, kräftiger und besser trainiert. Er sprang auf und warf seinen Stuhl gegen den Henker. Dann hechtete er zum Schreibtisch und griff zum Telefon. Im selben Moment fühlte er einen betäubenden Schmerz, als ein Stuhl auf sein Handgelenk krachte. Er packte seinen Arm mit der freien Hand, fühlte die Wellen des Schmerzes und kämpfte dagegen an, ohnmächtig zu werden. Reden hatte keinen Sinn mehr, so viel war klar. Der Henker versuchte, über den Schreibtisch hinweg nach ihm zu greifen. Doch Ben packte den Tisch mit seiner unverletzten Hand, stemmte sich mit seinem ganzen Gewicht dagegen und warf ihn um. Bücher, Papier und Akten fielen zu Boden. Dadurch verschaffte er sich ein paar Sekunden Zeit, um zur Tür zu rennen – doch weiter kam er nicht. Mit Schrecken sah er aus seinen Augenwinkeln etwas Silbernes aufblitzen und spürte sogleich einen Stich in seinem Hals. Schmerz, entsetzlicher Schmerz. Und grelle Blitze des Todeskampfes. Heiße, klebrige Flüssigkeit rann seine Hemdbrust hinunter, dann brach er zusammen. Ben versuchte noch, zu schreien, nach Hilfe zu rufen. Doch alles, was er hörte, war ein Gurgeln.

Ein schrilles Kichern erklang. War da noch jemand im Raum? War jemand gekommen, um ihm zu helfen?

Dann erklang eine Stimme irgendwo in der Ferne. Dees Stimme. «Dem hast du es aber gezeigt.»

Kapitel 28

Feuerwehrmänner mit Atemmasken durchsuchten das Gebäude, nachdem der Brand gelöscht war. Der Einsatzleiter, Tom Bradley, stand auf der hydraulischen Plattform, schaute in die Überbleibsel des ersten Stocks und fluchte. Schwarze Metallschränke, die rauchenden Skelette von Möbeln und eine verkohlte Masse im Türeingang. Der Gestank von verbranntem Fleisch mischte sich mit dem stechenden Geruch von glühendem Holz und Rauch. Diesen Geruch vergaß kein Feuerwehrmann.

Dann erkannte er mehr Details. Ein Teil der Tür war auf die verkohlten Überreste eines Menschen gefallen. Der Anblick der silbern glänzenden Schere, die im Hals der Leiche steckte, ließ Bradley würgen.

«Wir sollten besser die Polizei rufen», sagte er.

«Sie haben Benson also noch nicht befragt?», wollte Eva wissen und beobachtete Myles, der sein tägliches Frühstück in der Polizeikantine verschlang.

Er schüttelte den Kopf, kaute und schluckte. «Nein. Sieht aus, als wäre er wieder klettern gegangen.»

«Haben Sie noch etwas über die Anzeige gegen ihn herausgefunden?»

Hunter schnaubte. «Er hat eines der Mädchen angegrapscht, die mit ihm in der Fabrik gearbeitet haben. Die Kleine war siebzehn, wollte nichts von ihm. Ihre Mutter hat ihn angezeigt.» Er klang enttäuscht.

«Ich nehme an, er hat das bei seiner Unibewerbung verschwiegen?»

«Zumindest das werde ich ihm vorwerfen, wenn wir den kleinen Scheißkerl kriegen.»

«Was ist mit Lever?», fragte Eva und beobachtete Myles dabei, wie er mit einem daumendicken Stück Weißbrot die Reste seines Spiegeleis von seinem Teller putzte. Das Eigelb vermischte sich mit dem Ketchup, und Eva erschauerte kurz.

«Ich bin sicher, dass er die Frauen umgebracht hat. Und jetzt spielt er den Verrückten, um mit Totschlag oder so was davonzukommen.» Er blickte auf ihren Kaffeebecher. «Keinen Hunger?» Er grinste. «Oder sind Sie mehr der Typ für Müsli und Joghurt?»

«Diese Würstchen werden Ihrem Cholesterinspiegel noch übel mitspielen.»

«Ha, da haben Sie ausnahmsweise mal unrecht, Doc. Das sind vegetarische Würstchen, vollständig fettfrei.»

«Sie sind Vegetarier?»

«Pssst, sagen Sie es keinem.» Er lehnte sich verschwörerisch nach vorne. «Ich muss doch auf meinen Ruf achten», meinte er lachend.

«Die Polizeiärztin scheint Lever für verhandlungsfähig zu halten. Ich bin mir allerdings nicht sicher, was der Psychiater sagen wird.»

«Verdammte Irrenärzte und ihre Trickkiste. Das ist das Letzte, was wir jetzt brauchen können, wo er so kurz davor ist, ein volles Geständnis abzulegen.»

«Mein Vater ist Psychiater.»

Immerhin errötete er ein wenig. «'tschuldigung, Doc. Ich wollte Sie nicht beleidigen. Ich will nur verhindern, dass jemand meine Ermittlungen stört. Mir ist klar, dass Ihr Vater –»

«O nein», fiel Eva ihm ins Wort. «Mein Vater würde ihn genauso hinter Gitter bringen wollen und womöglich sogar den Schlüssel wegwerfen, wenn nicht gar Schlimmeres.»

Er hob eine Augenbraue und öffnete leicht den Mund; doch bevor er Evas Äußerung kommentieren konnte, klingelte sein Handy.

«Entschuldigen Sie, Sir, aber ich bin mitten im Verhör von Malcolm Lever, dem Mann, den wir wegen der Henkersmorde festgenommen haben», erklärte Hunter. Anschließend hörte er seinem Gesprächspartner aufmerksam zu. Er sagte ein paarmal «Ja, Sir» und «Nein, Sir», dann legte er auf.

«Gibt es ein Problem?», erkundigte sich Eva.

«Nein, zumindest nicht für uns. Mein Vorgesetzter will, dass sich jemand um einen weiteren mysteriösen Todesfall kümmert.»

«Wurde schon wieder eine Frau aufgehängt?»

«Nein, ein Brand. Und das Opfer war ein Mann. Jemand hat sein Büro heute Nacht angezündet. Armer Kerl, ist nicht mehr rausgekommen.»

Eva schluckte. Sie liebte frische Luft. In ihrer Vorstellung gab es kaum etwas Schlimmeres, als bei einem Brand, in einem Zimmer voller Rauch, langsam zu ersticken. «Entsetzlich», sagte sie.

«Er ist ziemlich schnell gestorben – durch einen Stich in den Hals. Der arme Kerl war Psychiater, mit einer Praxis im Zentrum. Könnte ein Patient gewesen sein. Wegen der Grippewelle sind nicht viele unserer Männer verfügbar, deshalb hat man uns gefragt ...»

«Wissen Sie, wo die Praxis ist?», fragte Eva, von plötzlicher Panik ergriffen. Doch gleichzeitig sagte sie sich, dass es mehr als nur einen Psychiater im Zentrum von Lancaster gab.

«Guilford Buildings. Warum?»

«Können Sie noch einmal anrufen und den Namen rausfinden?» Sie war nun fast hysterisch. «Bitte?»

«Ben.»

Der Name hallte in der leeren Wohnung wider, doch sie sagte ihn noch einmal. Während sie darauf wartete, dass Myles Hunter den Namen herausfand, sagte sie sich immer wieder, dass es nicht Ben sein konnte, dass es ein zu großer Zufall wäre. Sie war paranoid, gestresst von dem Fall.

Dann kam der Anruf von Hunter.

Sie hatte das Gefühl, außerhalb ihres Körpers zu stehen. Sie krallte die Hand in den Stoff ihrer Hose, während sie dem Inspector zuhörte.

«Sieht so aus, als sei Ihr Freund in seiner Praxis überfallen worden. Vielleicht ein Einbrecher, vielleicht auch ein Patient. Hatte er irgendwelche persönlichen Probleme? Kannten Sie ihn gut?»

Eine Sekunde lang sah sie Bens hübsches, lächelndes Gesicht vor sich, seinen durchtrainierten, dunklen Körper in den knappen T-Shirts in ihrem letzten Urlaub. Dann war es vorbei, und sie schlug die Hände vors Gesicht.

Myles Hunter lehnte sich in seinem Stuhl zurück und verschränkte die Arme hinter dem Kopf. Seine Augen waren geschlossen, und er lauschte dem Clash-Song auf seinem iPod. *I fought the law and the law won.* Es half ihm dabei, sich zu konzentrieren.

Malcolm Lever war bereits des Mordes an Suzanne Johnston angeklagt, doch Myles wollte ihn ausführlich zu den anderen beiden Morden befragen. Nach den Berichten der Ärztin und des Psychiaters hatte er es mehr mit einem Schurken als mit einem Verrückten zu tun, doch er war sich sicher, dass kurz vor der Gerichtsverhandlung irgendein Gutachten Verhandlungsunfähigkeit wegen Drogenpsychose oder so etwas feststellen würde.

Dann gab es da noch ein anderes Problem – Madeline Leigh. Er traute der Anwältin nicht über den Weg. Vom Kopf mit den blassroten Locken bis zu ihren Jimmy Choos roch die Frau nach Ärger. Er hatte beobachtet, wie sie sämtlichen Männern und auch einigen Frauen auf dem Revier die Köpfe verdrehte, und war auch selbst nicht immun gegen ihre Reize. Sie war eine Schönheit, kein Zweifel, und aus allen Poren verströmte sie Sinnlichkeit. Doch sie hatte etwas Kaltes, Hartes an sich, was ihr eine fast gefährliche Aura verlieh. Madeline Leigh war eine Frau, die bekam, was sie wollte. Ebenso wie Kat Branks. Doch bei Kat gab es eine gewisse Verletzlichkeit ...

Verdammt. Ihm fiel ein, dass er vergessen hatte, Quale zu bitten, Kat anzurufen. Er selbst hatte ihr eine Nachricht hinterlassen und sie über die Festnahme Levers informiert, doch er war nicht sicher, ob sie sie bekommen hatte. Er wählte ihre Nummer, nur um wieder die Stimme des Anrufbeantworters zu hören. Er würde Kat auch über Bens Tod unterrichten müssen.

Kat seufzte zufrieden, als sie die Haustür hinter sich schloss. Trotz der anstrengenden Zugfahrt von London zurück nach Lancaster war sie guter Laune. Ihre Agentin hatte die ersten Kapitel ihres Buches als sensationell bezeichnet. Außerdem hatte sie ein Interview mit dem allgegenwärtigen Will Ellis vereinbart. Am nächsten Tag würden sie gemeinsam im Bistro des Old Cinema, einige hundert Meter von ihrem Haus entfernt, zu Mittag essen.

Kat schubste Samson aus dem Weg, der aufgeregt um sie herumsprang. Beim Anblick des roten Lämpchens am Anrufbeantworter stöhnte sie auf. Hoffentlich hatte Will nicht das Interview abgesagt. Sie drückte die *Play*-Taste und überlegte sich schon Überredungstaktiken, den Autor doch noch zu dem Interview zu bekommen. Doch dann schallte die Stimme von Myles Hunter durch ihren Flur. Sie lauschte der Nachricht und bemerkte zunächst gar nicht, dass sie an ihren Nägeln kaute. Sie versuchte, seine Worte zu verstehen. Man hatte jemanden festgenommen. Sie konnte es nicht glauben. Das war ja phantastisch. Aber er sagte auch etwas über Eva – und über Ben, ihren Freund. Kat spielte die Nachricht ein weiteres Mal ab. Ben war tot? Das konnte nicht sein.

Sie wählte Evas Nummer und fluchte, als sie die Mailbox hörte. Sogleich entschied sie sich, Eva aufzusuchen. Auf dem Weg nach draußen hätte sie beinahe Samson umgerannt, der über seine Futterschüssel gebeugt stand. «'tschuldige, mein Kleiner, aber ich hab's eilig.»

Evas blassblaue Augen waren rot und geschwollen, ihr Gesicht wirkte aufgedunsen und grau. Im ersten Moment wusste Kat nicht, was sie tun sollte, als Eva sie in die Wohnung eintreten ließ. Dann streckte Kat die Arme aus. Es mochte vielleicht eigenartig aussehen, denn Eva war mehr als einen Kopf größer als sie, doch es fühlte sich weder merkwürdig noch falsch an.

Abgesehen von dem laufenden Fernseher lag die Wohnung im Dunkeln. «Wie lange sitzst du hier schon?», fragte Kat und knipste die kleine Lampe auf dem Beistelltischchen an.

Eva zuckte mit den Schultern. «Keine Ahnung. Ich habe einfach zugesehen, wie es dunkel wurde.» Sie hob den Kopf und sah Kat an. Die Tränen schossen ihr erneut in die Augen. «Warum, Kat? Warum Ben? Er war so großartig, so leidenschaftlich in seinem Job, er war fürsorglich ...»

«Du hast ihn wirklich geliebt?» Es war eher eine Feststellung als eine Frage.

Evas Stimme brach. «Es ist schon verrückt, wie der Tod alles plötzlich ganz einfach macht, oder? Vorher hätte ich es nicht mit Sicherheit sagen können, aber jetzt ... Ja, ich habe ihn geliebt. Und ich wollte den Rest meines Lebens mit ihm verbringen.» Eva schluchzte so stark, dass ihr ganzer Körper bebte. Sie ließ sich in einen Sessel sinken. «Dieser verdammte, verdammte, egoistische Mistkerl ...»

Kat setzte sich auf die Armlehne des Sessels und streichelte Eva über den Rücken, deren Schmerz beinahe körperlich spürbar war. «Wie wäre es mit einem Drink?», fragte Kat schließlich. «Dein Körper ist immer noch ganz kalt von dem Schock, und ich hätte sicher auch nichts gegen einen kräftigen Schluck einzuwenden.»

Eva kippte den Brandy, den Kat ihr reichte, mit einem Zug

hinunter. Auch Kat trank schnell, das scharfe Getränk brannte leicht in ihrer Kehle.

«Entschuldige, auch ohne mich hast du schon genug, womit du fertig werden musst», sagte Eva. «Ich kann es einfach noch nicht begreifen. Immer wieder frage ich mich, was passiert ist, wer ihn getötet hat ... Aber es könnte einfach jeder gewesen sein: ein Einbrecher, irgendeiner seiner früheren oder auch aktuellen Patienten – einfach jeder.»

«Wer auch immer ihn getötet hat, war clever genug, das Feuer zu legen.»

«Vermutlich sind sämtliche Akten vernichtet. Zusammen mit allen Fingerabdrücken, Beweismitteln und Indizien.» Eva nahm ein zweites Glas Brandy, das sie ebenfalls in einem Zug leerte. «Aber vielleicht war es auch ein Einbruch. Ein Junkie, der dachte, er findet Medikamente.»

«Wie hast du es erfahren?»

«Ich war auf dem Revier, bei dem Verhör von Malcolm Lever. Dann hat jemand Hunter angerufen.» Eva fuhr sich mit der Hand durchs Haar. «Ich hätte bleiben sollen und bei dem Verhör helfen –»

«Eva, ich bitte dich. Du bist doch auch nur ein Mensch.»

«Du hast doch auch sofort angefangen, nach Sarahs Mörder zu suchen», gab Eva wütend zurück, streckte jedoch eine Sekunde später schon die Hand aus. «O Gott, Kat, es tut mir so leid. Ignorier mich einfach. Ich will einfach nur um mich schlagen.»

«Schon gut. Und wir haben den Mörder ja jetzt.»

Eva zog eine Grimasse. «Ich bin nicht sicher, ob eine von uns einen Anteil an dieser Verhaftung hatte. Lever wäre nie geschnappt worden, hätte er nicht diesen Polizisten angegriffen.»

«Bist du sicher, dass er es ist?» Kat versuchte sich einzureden, dass sie Eva von dem Gedanken an Ben ablenken sollte, doch in Wirklichkeit wusste sie, dass sie eigentlich alles über Lever wissen wollte. «Ich meine, vielleicht ist er einfach nur ein verrückter Junkie.»

Eva schüttelte den Kopf. «Ich habe das zunächst auch gedacht. Aber die Fasern des Stricks, den er bei sich trug, sind identisch mit den Seilen, die bei den Opfern gefunden wurden. Außerdem konnte eindeutig festgestellt werden, dass der Ohrring Suzanne Johnston gehört hat. Er hat davon gesprochen, dass er den Wagen im Wasser des Steinbruchs versenkt hat, und erwähnte beim Verhör die Schandmaske. Außerdem wusste er von den E-Mails und dem Auge Gottes.»

«Er ist also ein Psychopath?»

«Für seine Verteidigung ist es zumindest die cleverste Taktik, uns das glauben zu lassen. Zumindest im Moment.» Eva seufzte. «Es gibt noch einen weiteren komischen Zufall. Madeline Leigh ist Levers Anwältin.»

«Verdammt! Ich wusste, dass diese Frau etwas mit der ganzen Sache zu tun hat.» Kat sprang auf und lief unruhig im Zimmer umher. «Noch weiß ich nicht, was für eine Rolle sie spielt. Aber sie spielt eine Rolle, da bin ich mir sicher. Was ist mit den anderen Morden? Hat man ihn danach gefragt?»

«Hunter hat ihn zunächst nur des Mordes an Suzanne Johnston angeklagt. Lever ist völlig durchgedreht, als Hunter auf die anderen Frauen zu sprechen kam. Wir mussten die Ärztin und einen Psychiater rufen.»

«Aber Hunter wird ihn noch zu den anderen befragen?»

«Vermutlich ist er just in diesem Moment dabei. Keine Sorge, Kat. Ich kenne Myles Hunter und weiß, dass er alles dafür tun wird, um Lever für immer und ewig hinter Schloss und

Riegel zu bringen.» Eva lächelte schwach. «Um es mit seinen eigenen Worten wiederzugeben, die er Madeline Leigh ins Gesicht geschleudert hat: ‹Verminderte Schuldfähigkeit – dass ich nicht lache!›»

Am liebsten wäre Kat sofort zum Revier gefahren, um alles zu erfahren. Doch sie musste hierbleiben, zumindest so lange, bis Eva sich ein wenig beruhigt hatte. Die beiden sprachen noch eine Weile miteinander, und nach einem weiteren Brandy ließ sich Eva schließlich dazu überreden, eine halbe Scheibe Toast zu essen und ins Bett zu gehen.

Als Kat sich endlich auf den Heimweg machte, war es bereits dunkel. Kat eilte im Laufschritt durch die menschenleeren Straßen und Gassen. Ein seltsamer Schauer überfiel sie, der nichts mit der Kälte zu tun hatte. Erneut hatte sie das Gefühl, als würde sie jemand beobachten. «Reiß dich zusammen», ermahnte sie sich selbst. Schließlich wusste sie doch, dass der Henker gefasst worden war und in einer Zelle saß.

Und dennoch zitterten ihre Hände, als sie den Schlüssel ins Schloss ihrer Haustür steckte.

Der Doktor ist tot. Wir haben ihn mit der Schere getötet. Schnipp, schnapp!

Er wollte mit Will sprechen, ihm helfen, stärker zu werden. Stärker als Dee, stärker als ich. Aber wie sollte er jemals stärker werden als der Henker? Er hat uns dazu gebracht, von den Hexen zu sprechen, also musste er sterben, gereinigt durch das Feuer. Das war Dees Idee. Erst hat sie mir befohlen, den Kalender zu nehmen. All die Papiere, all die Akten ... Ein feines Feuerchen war das. Wie bei einer Wikingerbestattung.

Niemand wird von Will erfahren. Er wird sich ruhig verhalten, bis wir ihn wieder brauchen. Ebenso wie Liam.

Vielleicht wird Dee ab und an auftauchen, aber nur, wenn sie gut ist.

Aber ich bin der Herr im Haus. Ich habe die Kontrolle. Das ist wichtig, ja, ausschlaggebend für die Kunst des Henkers ... Es war nicht meine Schuld. Ich habe den Doktor gewarnt, habe ihm gesagt, er soll uns in Ruhe lassen, aber er wollte nicht hören. Ich habe Liam weggeschickt, damit er sich versteckt. Will hätte es nicht geschafft, er ist ein Zauderer, ein Hasenfuß. Und Dee wollte nicht eingreifen, bis es zu spät war. Deshalb musste ich uns wieder retten.

Der Psychiater hätte die Polizei oder die Klinik angerufen. So oder so – wir wären in einer Zelle eingeschlossen worden. Und das konnte ich nicht zulassen; es ist schließlich noch so viel Arbeit zu tun. Ich hatte also keine andere Wahl. Die Flammen waren reinigend. Sie haben diesen Ort, der verpestet war von den Erinnerungen an Mutter und die Believers, wieder gesäubert, ihn erlöst. Außerdem gibt es nun keinen Beweis, keine Fingerabdrücke, keine DNA – und keinen Hinweis auf den letzten Termin des Doktors.

Kapitel 29

Kat saß noch im Bett, mit dem Laptop auf den Oberschenkeln. Ein halb gegessener Bagel lag auf dem Teller neben ihr, und sie versuchte, die nächsten Kapitel des Buches fertigzustellen. Als Samson unten plötzlich anfing, wild zu bellen, schreckte sie auf. Sie sprang aus dem Bett, stieß sich den Knöchel an einer geöffneten Schublade und fluchte laut. Was zur Hölle hatte der dumme Hund nun wieder? Sie gab die Suche nach ihrem Bademantel auf, taumelte die Treppe hinunter und betrat die Küche, wo Samson wild im Kreis lief.

«Pssst, Junge, ist doch alles gut.» Sie beugte sich hinunter und kraulte ihn hinter den Ohren. Als sie sich wieder aufrichtete, bemerkte sie eine dunkle Gestalt vor dem Küchenfenster. Samsons Knurren wurde immer lauter; er stellte sich auf die Hinterbeine und stützte sich mit den Vorderpfoten auf dem Spülbecken ab.

«’tschuldigung.» Myles Hunter lächelte schief, als sie die

Tür einen Spaltbreit öffnete. Schmerzlich wurde Kat sich bewusst, dass sie nur ein altes T-Shirt und eine ausgewaschene Jogginghose trug.

«Ich habe geklopft.» Seine Augen waren gerötet, und er sah müde aus. «Ich wollte sichergehen, dass du die Neuigkeiten erfährst.»

Kat ergriff Samsons Halsband und öffnete die Tür, damit Myles eintreten konnte. «Ich habe deine Nachricht über den Henker und Ben Chandler bekommen. Bist du wirklich ganz sicher, dass Lever der Henker ist?»

«So sicher, wie wir zum jetzigen Zeitpunkt sein können.» Myles fasste für sie das Verhör und den Stand der Ermittlungen zusammen.

«Und habt ihr auch schon mit Benson gesprochen?»

«Noch nicht. Er hat auch Alibis für die Mordzeiten. Trotzdem würde ich den kleinen Schleimer gern anzeigen. Und wenn es nur wegen Vertuschung seiner Polizeiakte gegenüber der Uni wäre.»

Kat wechselte das Thema. «Ich kann immer noch nicht glauben, was mit Ben Chandler passiert ist. Ich war gestern Abend bei Eva.»

«Armer Kerl», sagte Myles und schüttelte den Kopf. «Wir überprüfen alle seine früheren Patienten, warten aber noch auf den vollständigen Bericht über das Feuer. Ein anderes Team übernimmt das, während wir den Henker endgültig hinter Gitter bringen.» Er lehnte sich gegen das Spülbecken und sah auf seine Hände, ehe er fortfuhr. «Wir haben Lever nun auch wegen der anderen beiden Morde angeklagt.»

«Was ist mit dem Überfall auf Xanthe?»

«Das war er wahrscheinlich nicht. Er erinnert sich zwar nicht an die Nacht, ebenso wenig, wie er sich an Sarah oder Barbara Sanders erinnert. Vielleicht spielen wir Xanthe ein paar Bänder des Verhörs vor, womöglich kann sie ja die Stimme identifizieren. Nicht dass Stimmenidentifikation vor Gericht als Beweis Bestand hätte.» Er zog eine Grimasse. «Aber wir versuchen zumindest, ihre Aussage zu berücksichtigen. Ehrlich gesagt, wäre es auch für mich schön, zu wissen, dass wenigstens eines seiner Opfer mit dem Leben davongekommen ist.»

«Aber ich dachte –» Kat hielt inne. Sie hatte sagen wollen, dass sie dachte, die Stimme, die Xanthe erkannt hatte, gehöre Will Ellis. Aber offenbar hatte ihre Freundin sich geirrt. Kat wollte nun nicht, dass die Polizei gegenüber Xanthe voreingenommen war. Denn sollte ihre Freundin auch die Stimme von Lever als die ihres Angreifers identifizieren, würde man womöglich an ihrer Glaubwürdigkeit zweifeln, wenn man wüsste, dass sie schon zuvor einen anderen für den Henker gehalten hatte. «Glaubst du, er wird in der Lage sein, auszusagen?»

«Der Psychiater und wir sind einer Meinung – er kann aussagen. Aber du kennst ja diese sogenannten Experten. Wenn sie es sich in den Kopf setzen, überzeugen sie jedes Gericht, dass ein Hund eigentlich eine Schildkröte ist.»

«Was ist mit Madeline Leigh?»

«Eiskalter Fisch, wenn du mich fragst.» Myles schüttelte den Kopf. «Sie hat zunächst dem armen Teufel immer nur geraten, die Aussage zu verweigern. Doch als ihr der Ohrring präsentiert worden ist, hat sie gesagt, sie müsse mit ihrem Klienten allein sprechen. Dann sind beide zurückgekommen – und zack, bitte sehr, ein Geständnis.»

«Glaubst du, sie hat ihn unter Druck gesetzt?»

«Ich glaube es nicht nur, ich bin mir sicher.» Er grinste sie schief an. «Kat, du bist lange genug Reporterin. Du weißt, wie das läuft.»

«Ich weiß, dass ich dieser Frau keine zwei Meter über den Weg traue. Aber auch, dass sie niemals kapitulieren würde.»

«Sie hat Schadensbegrenzung betrieben», erklärte er. «Aber die anderen beiden Morde oder den Überfall auf Xanthe wird sie sicher nicht einräumen. Und ich bin sicher, sie wird versuchen nachzuweisen, dass ihr Klient wegen Drogeneinfluss oder so vermindert schuldfähig sei, um das mildeste Urteil für den Mord an Suzanne Johnston zu erwirken. Wer weiß, vielleicht hatte sie es von Anfang an genau so geplant. Erst alles leugnen, dann der Beweis; sie behauptet, überrumpelt worden zu sein, und ringt Lever das Geständnis ab.»

«Ich glaube immer noch, dass sie etwas über Sarahs Tod weiß. Erinnere dich nur, wie sie mich behandelt hat, als ich bei ihr war.»

Myles zuckte mit den Schultern. «Ich glaube nicht, dass mieses Behandeln von anderen ausschließlich eine Eigenschaft von gewissenlosen Anwälten ist», sagte er und sah ihr – endlich – tief in die Augen. «Oder von Journalisten.»

Kat fühlte, wie ihr plötzlich heiß und kalt wurde, und drehte sich weg. Gott sei Dank hatte sie ihm nichts von ihrem Plan erzählt, Will Ellis zu interviewen. Er hätte sie für vollkommen verrückt erklärt.

«Hast du sonst noch etwas auf dem Herzen?» Er rückte näher an sie heran.

«Äh, nein.» Kat blickte nervös zu Boden. «Außer Ben Chandler. Gibt es schon einen Hinweis, wer ihn getötet haben könnte?»

«Noch nicht. Wie gesagt, wir warten noch auf diesen Bericht. Steve Derby leitet die Ermittlungen, er ist ein guter Mann. Wie geht es Eva? Standen sich die beiden nah?»

«Sie waren ein paar Jahre ein Paar», antwortete Kat. «Hast du einen Verdacht?»

«Womöglich einer seiner Patienten. Wir ziehen alle möglichen Erkundigungen ein, aber da ist immer das Problem mit der Schweigepflicht. Vielleicht ergibt die Untersuchung der Brandstelle etwas, aber im Prinzip ist die Wohnung komplett ausgebrannt.»

«Wie sieht es mit Terminkalendern aus? Notizbüchern oder so etwas?»

«Alles zerstört. Seine Sekretärin ist in Urlaub, aber sie schickt uns eine Liste der aktuellen Patienten.» Er hielt inne, zuckte dann erneut mit den Schultern. «Das hilft natürlich nur, wenn es wirklich einer der Patienten war. Vielleicht war es auch ein Einbrecher.»

Kat erschauerte. «Arme Eva. Selbst wenn ihr den Täter schnappt, wird es eine Verhandlung geben, und sie wird vor Gericht erscheinen müssen.»

«Apropos Gericht. Hast du in letzter Zeit von deinem Exmann gehört?»

«Nicht, seit du deine Männer hier vorbeigeschickt hast.» Kat zog eine Grimasse. «Tony will auf die Richterbank, und er wird nichts tun, um seine Chance zu gefährden, Seine Ehren Anthony Blackstone zu werden.»

Myles trat von einem Fuß auf den anderen. «Wir haben den Fall überprüft, an dem er zusammen mit Suzanne Johnston gearbeitet hat. Drogen und Geldwäsche. Sie war seine Assistentin. Er hat ihr für die Arbeit eine Damasttasche für die Robe geschenkt. Ist wohl so eine Art Tradition zwischen Junior und Kronanwalt?»

«So, wie ich Tony kenne, war es wohl mehr, als nur der Tradition gerecht zu werden», blaffte Kat.

Er schaute ihr wieder in die Augen.

Kat konnte den Ausdruck darin nicht genau deuten.

«Nun ja, ich sollte langsam zurück zum Revier. Ich halte dich in Sachen Lever auf dem Laufenden.» Er schloss seine Jacke, machte aber keine Anstalten, zu gehen.

Kat fragte sich, ob sie ihm einen Kaffee anbieten sollte, entschied sich aber dagegen. Sie wollte ihm alles erklären, ihm danken, dass er extra vorbeikam, um sie zu informieren, auch wenn er sie nur hätte anrufen können. Doch stattdessen plapperte sie einfach drauflos, sagte, wie froh sie sei, dass der Mörder endlich gefunden war, und begleitete ihn zur Tür.

Als sie später unter der Dusche stand, verfluchte sie sich selbst. *Vergiss es einfach, vergiss Myles. Es ist nie passiert ...*

Sie verließ die Dusche und trocknete sich ab. Ihr Blick fiel dabei auf die Uhr im Bad: Scheiße, fast zwölf. Und um eins war sie mit Will Ellis zum Mittagessen verabredet! Zwar hatte das Treffen eigentlich keinen Sinn mehr, aber Kat zwang sich, hinzugehen. Sollte es in Journalistenkreisen die Runde machen, dass sie in letzter Minute Interviews absagte, riskierte sie ihren guten Ruf. Sie würde einfach ihr Routineprogramm abspulen. Vielleicht war es eine angenehme Abwechslung nach der anstrengenden Arbeit an dem Buch, außerdem konnte sie das Interview vielleicht auch verkaufen. Kat suchte die sauberste Bluse, die sie finden konnte, zog ihren Hosenanzug an und trug etwas Make-up auf. Im Geiste ging sie all ihre Kontakte bei den großen Magazinen durch; die Geschichte musste doch was wert sein. Und ein bisschen Geld konnte sie weiß Gott brauchen. Sie legte ihre goldenen Ohrringe an und warf einen letzten Blick in den Spiegel. Noch ein bisschen Lippenstift, und dann rasch hinaus ...

Das Old Cinema war einer ihrer liebsten Orte. Der Vorführraum war nur am Abend geöffnet, und so konnte das große Foyer tagsüber als Bistro genutzt werden. Die Gäste saßen an dunklen Eichentischen, und an den Wänden hingen alte Fotos und Filmposter.

Als Kat das Café betrat, war Will Ellis bereits da. Er saß an einem der Tische und beugte den Kopf über eine Zeitung, sodass die schwarzen Haare sein Gesicht verdeckten. Kat schnappte nach Luft, als sich Ellis aufrichtete und ihr direkt in die Augen sah. Dieser Mann war mehr als schön; seine Züge waren edel wie die eines griechischen Gottes. Er hatte eine helle Haut und dunkle Augen. Als er lächelte, kamen seine weißen, geraden Zähne zum Vorschein. Die etwas spitzen Eckzähne gaben ihm einen Ausdruck von Verwegenheit, den Kat nur als puren Sexappeal bezeichnen konnte. Sie lächelte breit zurück.

«Vielen Dank, dass Sie dem Interview zugestimmt haben», sagte sie, nachdem sie sich einander vorgestellt hatten. «Wie ich höre, läuft Ihr Buch sehr gut; Sie sind also sicher viel beschäftigt.»

Seine Stimme war leise, seine Worte gedehnt. «Kein Problem. Ich freue mich, einer ortsansässigen Journalistin behilflich sein zu können.» Mit spitzen Fingern nahm er die Zeitung auf, die er zuvor gelesen hatte. «Ihre Arbeit unterscheidet sich immerhin erheblich von diesem Unsinn hier.»

«Sie kennen meine Arbeit?»

«O ja.» Er lächelte. «Ich habe mich über Sie informiert, Miss Branks.»

«Nennen Sie mich Kat.»

«Will.»

«Wie kommt es, dass Sie Schriftsteller geworden sind? In den biographischen Angaben Ihres Verlages heißt es, Ihre

Eltern seien beide Ärzte gewesen.» Sie unternahm einen ersten, kleinen Vorstoß. Sein Agent hatte ihr gesagt, dass Will nicht gern über seine Familie oder sein Privatleben sprach. Als sie sah, wie sich Wills Schultern versteiften, wusste sie, dass der Agent recht hatte. Verflucht, hoffentlich hatte sie das ganze Interview nicht schon mit dieser ersten Frage verdorben.

«Meine Erziehung war ein wenig unkonventionell», antwortete er. «Meine Eltern haben sich dafür entschieden, meine Schwester und mich zu Hause zu unterrichten. Sie hielten nicht viel von unserem Schulsystem.»

Kats journalistischer Instinkt wollte sich auf diese letzte Bemerkung stürzen. Aber die Art und Weise, wie er von seiner Kindheit sprach, verriet ihr, dass sie das Thema besser meiden sollte. «In Cambridge haben Sie eine ziemliche Karriere hingelegt.»

Er zuckte mit den Schultern und senkte den Blick. «Arbeit war noch nie ein Problem für mich», erklärte er. «Ich habe es einfach immer geliebt, zu lernen, und Geschichte war und ist meine Leidenschaft.» Seine Wimpern waren länger und gebogener, als Kat es je bei einem Mann gesehen hatte. Sie musste sich stark konzentrieren, um mit ihren Gedanken bei dem Interview zu bleiben.

«Wann haben Sie angefangen, Romane zu schreiben?»

Seine Augen leuchteten auf. «Oh, ich habe immer schon geschrieben, seit ich einen Stift halten konnte. Aber richtig ernsthaft angefangen habe ich erst, als ich für meine Abschlussprüfungen lernte.» Er lachte über Kats offenbar fragenden Blick. «Schreiben ist eine wunderbare Entspannung von all der Lernerei», erläuterte er. «Eigentlich wollte ich eine akademische Karriere einschlagen, aber das Schreiben wurde immer wichtiger für mich.»

«Warum sind Sie nach Lancaster zurückgekommen?»

«Nach einem Schlaganfall lebte mein Vater in einem Pflegeheim, und mein Elternhaus stand leer. Ich habe die Nähe zum Lake District vermisst, außerdem liebe ich diese Stadt einfach. Ich gehöre einfach hierher, auch wenn sich das furchtbar kitschig anhört.»

Kat lachte. Sie wusste genau, was er meinte. «Ich liebe die Stadt auch sehr.» Sie hielt inne, als sie die Kellnerin mit dem gezückten Block bemerkte.

«Ich denke, wir sollten besser bestellen.» Will wandte sich der jungen Frau zu und schenkte ihr sein breitestes Lächeln. Die Kellnerin errötete, doch Kat konnte sehen, wie sie innerlich fast platzte vor Stolz. Und dennoch schien sich Will seiner Wirkung auf das Mädchen gar nicht bewusst zu sein.

Zehn Minuten später saßen sie über einem Teller mit Lachssandwiches und einem gemischten Salat, die sie sich teilten. Außerdem hatten sie eine große Kanne Kaffee bestellt. Kat hörte zu, während Will von seinen ersten Versuchen erzählte, einen Verlag zu finden.

«Harry Potter war an allem schuld», sagte er und aß eine Olive aus dem Salat. «Als die Lektoren meine Kindergeschichten über Schlösser und Zauberei gesehen haben, dachten sie, man könne mich in diese Schublade stecken und so meine Bücher gut verkaufen. In Wahrheit haben mich Schlösser schon immer fasziniert. Vor allem das hier in Lancaster. Als Kind bin ich fast jeden Tag dort oben herumgelaufen.» Er lachte. «Vermutlich hätte ich schon mit elf einen besseren Fremdenführer abgegeben als diejenigen, die im Schloss arbeiten.»

«Sie haben Ihre akademische Karriere nun also vollständig aufgegeben?»

«Nein, ich schreibe nach wie vor wissenschaftliche Artikel

und habe an ein paar Büchern über mittelalterliche Geschichte mitgewirkt. Außerdem arbeite ich mit der hiesigen Gesellschaft für Geschichte zusammen.» Er veränderte die Position seiner Beine unter dem Tisch und streifte dabei Kats Wade. «Entschuldigung. Die bauen diese Dinger nie hoch genug.»

Kat lachte, um ihre Verlegenheit zu überspielen. «Wenn man nur knapp einen Meter sechzig groß ist, stellt das selten ein Problem dar», sagte sie und wurde sich plötzlich der Präsenz dieses Mannes bewusst. Das Bistro füllte sich langsam, und die Blicke der zumeist weiblichen Gäste entgingen ihr keineswegs. «Glauben Sie, dass Sie bald nur noch Romane schreiben werden? Vermutlich verdienen Sie gutes Geld damit.»

«Ob Sie es glauben oder nicht, die wissenschaftlichen Bücher verkaufen sich in ihrem zugegebenermaßen kleinen Marktsegment wirklich hervorragend.» Er lächelte lässig. «Glücklicherweise habe ich mein Elternhaus geerbt, zusammen mit einigen Wertpapieren. Die Romane schreibe ich nur, weil es mir Spaß macht. Als Kind habe ich mich immer in die Welt meiner Bücher geflüchtet, und ich wollte anderen Kindern dasselbe ermöglichen.»

«Ihrem Verlag zufolge lassen Sie einen Teil Ihrer Einkünfte wohltätigen Zwecken zugutekommen.»

Will errötete leicht. «Das ist keine große Sache. Ich spende nur ein wenig Geld an eine Organisation, die sich um Ausreißer kümmert.» Er hielt inne, als denke er darüber nach, was er als Nächstes erzählen sollte. «Meine Schwester ist von zu Hause ausgerissen, als ich acht war. Ich habe sie seither nie wieder gesehen. Meine Eltern waren sehr religiös – du sollst Vater und Mutter ehren, und all so etwas. Sie haben alle Bilder von ihr weggeworfen, weil sie so wütend waren und sich betrogen fühlten. Ich kann mich nicht einmal an ihr Gesicht erinnern.»

Offensichtlich hatte es ihn große Überwindung gekostet, ihr diese Geschichte zu erzählen. Will wollte seine Privatsphäre schützen, und Kat würde das respektieren. Doch eines war klar: Dieser Mann hatte keine einfache Kindheit gehabt. Und diese Verletzlichkeit machte ihn nur noch attraktiver.

Die Tische um sie herum hatten sich nun rasch gefüllt, da die Hauptmittagszeit angebrochen war. Bislang hatten sie verhindern können, dass sich jemand zu ihnen setzte, doch als Will von seiner Leidenschaft für das Schreiben zu sprechen anfing, setzten sich zwei junge Frauen zusammen mit Kinderwagen und Babys zu ihnen an den Tisch. Die eine setzte sich dicht neben Kat und begann, sich laut um ihren Nachwuchs zu kümmern.

«Komm, Sammy, iss schön auf», flötete sie, öffnete ein Gläschen und löffelte glibbrigen Brei heraus. Das Kind, kaum älter als acht Monate, zog eine Grimasse, als seine Mutter ihm den Löffel in den Mund schieben wollte, und presste die Lippen fest zusammen. Schließlich schlug es mit seinen Ärmchen um sich, und der Brei flog durch die Luft und verteilte sich über seine Mutter. Das andere Baby begann zu schreien.

«Entschuldigung», sagte Kat und lächelte Will an.

«Kein Problem», sagte er. «Vielleicht sollten wir das Interview woanders beenden? Ich wohne nicht weit von hier, und ich koche recht guten Kaffee, falls Sie noch einen vertragen.» Er hielt inne und versuchte scheinbar, den Ausdruck auf ihrem Gesicht zu deuten. «O Gott ... Entschuldigen Sie! So meinte ich das nicht.» Er rang nach Worten. «Ist vermutlich eine ziemlich blöde Idee, einer Frau so etwas vorzuschlagen, während ein verrückter Mörder die Stadt unsicher macht.»

«Man hat jemanden festgenommen und Anklage wegen dreifachen Mordes erhoben», unterrichtete Kat ihn. «Haben Sie heute Morgen keine Nachrichten gehört?»

«Nein, ich habe länger geschlafen und musste noch einen Artikel fertigstellen. Ich habe nicht einmal das Radio angestellt.»

Ein weiterer Aufschrei der Babys erstickte Wills nächste Worte. Kat lehnte sich vor. «Vielleicht sollten wir einen Spaziergang machen.»

Langsam schlenderten sie zum höchsten Punkt von Castle Hill. Die kalte Winterluft hatte Kats Gesicht schon nach kürzester Zeit ganz gefühllos gemacht, doch der Blick von dem Hügel hinunter auf die Stadt und die Bucht war einfach umwerfend. Sie drehten eine Runde um das Schlossgelände bis zur Statue von John O'Gaunt, die von ihrem Sockel auf sie niederblickte.

«Der Anblick überwältigt mich immer wieder aufs Neue», sagte Will. «Ich meine, wo sonst kann man so dicht an einem mittelalterlichen Schloss mit eigenem Kloster leben und auch noch so eine phantastische Aussicht genießen?»

«Es ist wirklich etwas Besonderes», stimmte Kat ihm zu. «Castle Hill fühlt sich für mich immer an wie eine eigene kleine Stadt.»

Sie gingen weiter zum Kloster und an den Vicarage Fields entlang. Kat stellte fest, dass sie sich mehr und mehr entspannte und die Unterhaltung mit Will genoss. Sie hatte bereits mehr als genug Material für ihr Interview, doch sie verspürte keine Eile, das Treffen zu beenden.

«Wussten Sie, dass früher einmal ein römisches Kastell hier gestanden hat?»

«Dort drüben war das alte Badehaus, nicht wahr?» Kat zeigte auf ein Feld hinter dem Kloster. «Ein seltsamer Gedanke, dass unter all diesen Bauten noch die Reste einer kompletten Stadt sein sollen.» Sie erschauerte.

«Entschuldigung.» Will grinste schief. «Manchmal vergesse ich die Zeit, wenn es um meine Arbeit geht. Sie müssen völlig durchgefroren sein. Wir sollten zurückgehen.»

Sie kehrten zurück zum Kloster, schritten über seinen Hof und dann die Treppen hinunter. Will deutete auf ein großes Haus, das Kat zwar schon kannte, aber nicht mit dem Schriftsteller in Verbindung gebracht hatte. Es stellte eine Mischung von viktorianischer und georgianischer Architektur dar. An der Westseite des Gebäudes war oberhalb eines Tors ein runder Turm zu sehen. Die umliegenden Bäume waren höher als das Haus und versperrten die Sicht aus den Fenstern in der oberen Etage.

«Der Familiensitz.»

«Beeindruckend», sagte Kat, auch wenn sie das Gebäude nie gemocht hatte. Es erinnerte sie an das Haus der Addams Family aus den bekannten Filmen.

«Ich weiß.» Will lachte. «Es müsste dringend renoviert werden. Kann ich Ihnen dennoch einen Kaffee oder sonst etwas anbieten?»

Kat zögerte nur eine Sekunde, doch schon das war für ihn lange genug, um annehmen zu müssen, dass sie heute nicht seiner Einladung folgen würde.

«Okay, vielleicht ein andermal», bot er an. «Man weiß ja nie; vielleicht werden Sie noch ein paar Fakten für Ihr Interview überprüfen müssen.» Er tastete seine Jackentaschen ab. «Irgendwo habe ich auch ein paar Visitenkarten mit meiner Telefonnummer. Mist, ich muss sie im Auto gelassen haben. Warten Sie einen Moment, dann hole ich Ihnen eine.»

Kat beobachtete ihn, wie er zu einem alten, verbeulten Kombi schritt, der am Straßenrand parkte. Irgendwie passte das nicht ins Bild. Sie wartete und tippte mit dem Fuß auf das

Kopfsteinpflaster. Ich sollte doch sein Angebot auf einen Kaffee annehmen, dachte sie und ging ebenfalls zum Auto.

«Gefunden?» Sie öffnete die Beifahrertür und spähte in den Wagen.

Will hatte sich über den Fahrersitz gelehnt und kramte auf der Rückbank. «Ich glaube, hier sind sie.»

Kat kniete sich auf den Beifahrersitz und beugte sich auch über die Lehne. Es war eine automatische Reaktion auf Wills Äußerung; und sie streckte dabei eine Hand aus, um sich zu stützen. Plötzlich spürte sie, dass etwas Spitzes – es war wie eine Nadel – die Haut oberhalb ihres Knöchels durchstach. Dann empfand sie einen brennenden Schmerz, als ob heißes, flüssiges Blei durch ihre Venen strömen würde. Vor ihren Augen verschwamm Wills Gesicht mehr und mehr. Tausende von Insekten schienen in ihrem Kopf zu brummen. Und dann wurde es dunkel.

«Wach auf, Schlampe.»

Kat fühlte, wie jemand sie schüttelte. Doch in ihrem Kopf war alles neblig und diffus, und sie wollte nur zurück in die Bewusstlosigkeit gleiten.

«Ich sagte: Augen auf!» Die Stimme war nun lauter, der Zorn nicht länger unterdrückt.

Kat kämpfte, um ihre Lider zu bewegen. Mit aller Kraft riss sie die Augen weit auf, um zu verhindern, dass sie sogleich wieder zufielen. Der dumpfe Schmerz an ihrer Stirn wurde durch glühend heiße Stiche ersetzt – es fühlte sich an, als würde ihr Kopf langsam zerquetscht werden. Sie kämpfte immer noch darum, dass ihre Lider nicht wieder zufielen, und versuchte, den Blick auf das zu fokussieren, was vor ihr geschah. Sie sah Will. Nein, es war nicht Will. Der Mann sah zwar aus wie der junge

Autor, doch sein Gesicht war fratzenhaft verzogen und seine Stimme viel tiefer. Hatte Will einen Zwilling? Und wie war sie hierhergekommen, an diesen Ort, der sich feucht anfühlte und nach Mäusen und etwas anderem, Metallischem roch, das sie nicht genau benennen konnte. Sie versuchte zu sprechen, bemerkte jedoch, dass sie es nicht konnte. Etwas drückte auf ihre Zunge, es war kalt und schmeckte nach Rost. Dieses Etwas presste auch gegen ihre Nase und hielt ihren Kopf eingespannt. Sie versuchte, die Hände zu heben, um dieses Etwas zu entfernen, und fühlte umgehend einen brennenden, schneidenden Schmerz an den Handgelenken. Ihre Arme und Beine waren an einen Stuhl gefesselt. Kat versuchte, sich ins Gedächtnis zu rufen, wie sie hierhergekommen war, doch alles, woran sie sich erinnerte, war ein Spaziergang mit Will in der Nähe des Schlosses. Das war es! Sie waren an den Vicarage Fields entlanggelaufen, und Will hatte auf sein Haus gezeigt. Es hatte einen merkwürdigen Namen. Golgotha. Hieß das nicht «Ort des Schädels» ... Nein, sie waren nicht zu dem Haus gegangen ... Es war das Auto. Will hatte etwas daraus holen wollen, und sie hatte sich in das Auto gebeugt. Dann erinnerte sie sich an den Stich. O Gott, er musste sie betäubt haben. Plötzlich fühlte sie einen starken Würgereflex und zwang sich, heftig zu schlucken.

«Wie ich sehe, funktioniert schon wieder einiges bei dir.» Will – wenn es denn Will war – lächelte sie an. Aber sein Lächeln war anders als heute Mittag. «Solltest du dich fragen, warum du nicht um Hilfe schreien kannst – ich habe dieses kleine nützliche Gerät benutzt, das man Schandmaske nennt. Sie hat schon diese clevere kleine Anwältin zum Schweigen gebracht, und da dachte ich mir, für dich wird sie ebenso gut sein. Journalisten sind einfach schreckliche Klatschmäuler.» Er gab ein schrilles, fast weibliches Kichern von sich.

Kat versuchte, den Kopf so weit hin und her zu drehen, wie es dieser Helm zuließ. Nein, das konnte einfach nicht sein.

«Oh, du denkst, du könntest so tun, als verstündest du nicht, was ich meine», zischte Will. «Aber ich weiß, dass du eine von ihnen bist. Genau wie deine kleine Freundin Sarah.»

Sie gehört mir. Er ist genau ihr Typ, und es war so einfach, Will seinen Charme spielen zu lassen. Und er war so wunderbar überzeugend – weil er nichts von mir weiß. Natürlich hat er etwas geahnt. Schon seit einer ganzen Weile scheint er auf der Hut zu sein. Nur deshalb ist er zu diesem verdammten Psychiater gegangen, der sich überall einmischen wollte. Aber er ist mir nie, niemals auf die Schliche gekommen. Ich habe die Kontrolle behalten.

Ich habe abgewartet, bis er sie vollkommen um den Finger gewickelt hatte. Dann habe ich übernommen. Es war so einfach. Auch wenn ich ein bisschen besorgt war, als sie meinen Kaffee ablehnte. Ich musste übernehmen, den Plan überdenken. Die Spritzen lagen bereit – ein paar im Haus und eine im Auto.

Nun ist sie hier in meiner Blutkammer und wartet. Sie hat eine hohe Dosis bekommen. Ich wollte sicher sein, dass sie bewusstlos ist, bis ich sie ins Haus gebracht habe. Es hat funktioniert. Keinen Mucks hat sie von sich gegeben. Und nun müssen Old Ned und ich nur noch warten, bis sie bei vollem Bewusstsein ist.

Kapitel 30

Kat erwachte in einem Albtraum. Sie hörte ihr Herz gegen ihren Brustkorb hämmern, als würde es jeden Moment aus ihrem Körper springen. Ihr Mund war staubtrocken, ihre Lippen platzten auf, als sie versuchte, trotz der Mundsperre ein paar flehende Worte zu krächzen. Der Metallbolzen drückte ihre Zunge fest nach unten, und sie konnte ihr Blut schmecken.

«Was ist los? Hast du nichts zu sagen?» Die Stimme klang zynisch.

Kat wand sich auf dem harten Holzstuhl. Ihre Hand- und Fußgelenke brannten unter den Fesseln, als sie sich bewegte.

«Du wirkst ein bisschen verwirrt, meine Liebe.» Wills Stimme, die aber doch nicht von Will zu kommen schien, fuhr fort: «Soll ich es dir erklären?»

Sie wand sich erneut, es gelang ihr, den Kopf zu einem Nicken zu verrenken.

«Eigentlich ist es ganz einfach.» Er trat ganz nah auf sie zu und beugte sich zu ihr hinunter. Sein Gesicht war nun unmittelbar vor ihrem; sie konnte seinen süßlichen Atem riechen und die dunklen Augen sehen. Er blinzelte nicht ein einziges Mal. «Ich bin der Henker, und ich bin hier, um dir dein Geständnis abzunehmen.»

Er hielt einen Schürhaken in der Hand. Das Ende glühte weiß. Nein, es war kein Schürhaken, es musste etwas anderes sein, etwas mit einem Muster am Ende.

«Ein makabres Relikt aus dem siebzehnten Jahrhundert», erklärte er. Seine Stimme war nun nicht mehr als ein Flüstern, und dennoch klang sie eindringlich. Dann packte er ihren Arm und riss den Ärmel ihrer Bluse hoch. «Siehst du das ‹H› für Heuchlerin?» Er hielt den Buchstaben aus glühendem Eisen dicht an den Unterarm, und sie fühlte die Hitze, hörte das Knistern ihrer Härchen. «Ich dachte, wir könnten es auch für deinesgleichen einsetzen – ‹H› für Hexe.» Ein kurzes, schrilles Lachen, dann drückte er ihr das Eisen ins nackte Fleisch – glühend heiß. Schmerz, erst rot, dann grellweiß. Der beißende Geruch von verbranntem Fleisch. Dann der sanfte, willkommende Kuss der Bewusstlosigkeit.

Das penetrante Klingeln des Telefons riss Myles Hunter aus seinen Träumen. Er schnellte hoch und wunderte sich, warum er voll bekleidet schlafen gegangen war. Er hob den Kopf von seinen Armen, in denen er keinerlei Gefühl mehr hatte. Sein Mund war trocken, eine Spur Speichel zeichnete sich auf seinem Schreibtisch ab. Unbeholfen tastete er nach dem Telefon; schließlich gelang es ihm, den Hörer zu heben und gegen sein Ohr zu drücken.

«Entschuldigen Sie, Sir, ich will Sie nicht stören. Aber Miss

Leigh ist hier, um mit Ihnen zu sprechen. Sie sagt, sie habe wichtige Informationen zu den Morden.»

Myles klemmte sich den Hörer zwischen Ohr und Schulter und rieb sich die eingeschlafenen Arme. «Okay, geben Sie mir ein paar Minuten, dann schicken Sie sie hoch.»

Für jemanden, der fast die gesamte letzte Nacht in einem Verhörraum verbracht hatte, sah Madeline Leigh verblüffend frisch aus. Ihren Hosenanzug hatte sie gegen ein graues Kostüm getauscht, ihr langes Haar zu einem akkuraten Knoten zusammengesteckt, und ihre Haut schien fast zu leuchten. Sie setzte sich unaufgefordert Myles gegenüber. «Ich habe einige Informationen, die den gesamten Fall und damit die Position meines Klienten verändern», sagte sie und fixierte ihn mit ihren grünen Augen.

Myles nahm die Kopie der Aussage entgegen, die sie ihm hinhielt, und überflog sie. Sogleich biss er sich auf die Lippen, um nicht zu fluchen. «Was zum ...»

«Eine Aussage des Arztes», erklärte Madeline mit kalter Stimme. «Er bestätigt, dass mein Klient zum Zeitpunkt, als Suzanne Johnston getötet wurde, im Royal Lancaster Infirmary war. Mein Klient hat zwar nur eine Schnittwunde an seiner Hand behandeln lassen, aber er musste sehr lange dort im Krankenhaus warten, bis sich der Arzt um ihn kümmern konnte. In einfachen Worten, Inspector, mein Klient mag ein Junkie sein und schwer phantasieren, aber Suzanne Johnston hat er hundertprozentig nicht umgebracht.»

«Warum haben Sie uns das nicht vorher gesagt?» Myles hatte keine Ahnung, was für ein Spiel diese Frau mit ihm trieb; er wusste nur, dass er es zu verlieren drohte.

«Ich hatte keine Ahnung davon. Inspector, ich hoffe nicht, dass Sie mir hier etwas unterstellen wollen. Ich bin nur den

Angaben meines Klienten gefolgt, aber nun glaube ich, er bekam Panik, als Sie ihm den Ohrring vorlegten.»

«Warum hat er dann ein Geständnis abgelegt?» Myles klammerte sich an der Tischkante fest.

«Wie ich schon sagte, er hat ein Drogenproblem. Ich vertrete Malcolm Lever seit Jahren, und zuweilen kann er sich nicht erinnern, was er eine Stunde zuvor getan hat. Natürlich war ich nicht glücklich über das Geständnis, doch er bestand darauf. Schließlich erinnerte er sich, dass seine Hand genäht worden war. Ich bin dann gleich zum Krankenhaus gefahren, wo man mir bestätigt hat, dass er über Nacht dort geblieben ist.»

«Wir müssen diese Aussage überprüfen», presste Myles gequält hervor.

«Natürlich. Fakt bleibt dennoch, dass mein Klient den Mord nicht begangen hat.»

«Was ist mit dem Ohrring und dem Strick?» Myles hatte das Gefühl, dass der Fall ihm wie Sand durch die Finger rieselte.

«Keine Ahnung. Vielleicht hat er die Sachen gefunden, oder jemand hat sie ihm im Obdachlosenasyl oder sonst irgendwo untergeschoben. Er war in einem ziemlich desolaten Zustand, als Ihre Kollegen ihn aufgegriffen haben.»

«Und die Details des Mordes? Die anderen zwei Frauen?»

«Ich weiß nicht, wie er zu diesen detaillierten Informationen gekommen ist, und er erinnert sich ebenso wenig daran. Darüber hinaus hat sich mein Klient zu den anderen Morden nie geäußert.» Ihre Augen verdunkelten sich. «Und die Tatsache, dass die Morde sich auf verblüffende Weise ähneln, kann nun ja wohl kaum weiter berücksichtigt werden, da mein Klient keine Schuld an dem Mord an Suzanne Johnston hat. Was den Mord an Miss Sanders betrifft, hat mein Klient zudem ein Alibi. Er war zur fraglichen Zeit bei seinem Bewährungshelfer.»

«Sie sind also der Meinung, wir sollten ihn einfach gehen lassen?»

«Ja, Inspector, genau das meine ich. Ich habe die Aussage des Arztes bereits an die Staatsanwaltschaft gefaxt.»

Nachdem Madeline Leigh hinausgegangen war, starrte Myles Hunter noch eine lange Zeit auf die Tür. Ein Teil von ihm wartete darauf, dass sie zurückkommen und sagen würde, es handle sich doch um einen Irrtum. Aber sie kam nicht zurück. Er las die Aussage ein weiteres Mal und griff schließlich zum Telefon.

Kat kam langsam wieder zu Bewusstsein. Die Wände um sie herum waren verschwommen, und alles, was sie registrierte, war der durchdringende Schmerz, der von der Wunde auf ihrem Arm ausging. Sie konnte ihre eigene Angst riechen, beißend und scharf wie Essig. Was meinte er mit ihrem Geständnis? Sie versuchte, ihre Gedanken zu sammeln, erkannte dann jedoch, dass es keinen Sinn hatte, die Vorstellungen eines Psychopathen nachvollziehen zu wollen. Immerhin hatte er schon drei Frauen getötet.

«Ich nehme dir jetzt die Maske ab, damit du gestehen kannst. Doch du musst versprechen, nicht zu schreien.» Seine Stimme war nun ruhig und gelassen. «Versprichst du es?»

Kat antwortete ihm, indem sie den Kopf senkte. Verzweifelt kämpfte sie gegen den Schmerz in ihrem Mund und das qualvolle Brennen in ihrem Arm an. Als er die Maske löste, verkrampfte sie noch mehr, denn sie fürchtete, er könnte ihr einfach die Zunge ausreißen.

«So», sagte er mit dem Lächeln eines wohlmeinenden Onkels. «Ich nehme an, nun hättest du gern etwas Wasser.»

Kat krächzte eine Antwort. Ihre Zunge fühlte sich an, als sei sie auf ihre doppelte Größe angeschwollen, und sie schmeckte Rost und Blut in ihrem Mund. Sie schluckte schnell, als er ihr eine Flasche Wasser an die Lippen hielt, keuchte und würgte. Die Flüssigkeit schmeckte erdig und lauwarm. Will, oder der Henker, wie er sich nannte, beobachtete sie amüsiert. Seine tiefschwarzen Augen ließen sie nicht eine Sekunde los.

«Will, was soll all das?»

«Ich sagte es doch schon. Ich bin der Henker. Will ist fort, ich habe ihn weggeschickt und bin nun bereit, dein Geständnis zu hören.» Seine Augen glitzerten. Kat fragte sich, ob er wohl Drogen nahm oder einfach nur verrückt war. Womöglich beides.

«Was meinen Sie? Welches Geständnis? Ich habe niemandem etwas getan. Ihnen nicht und auch sonst niemandem.»

Der Schlag in ihr Gesicht war so stark, dass ihr Kopf zur Seite gerissen wurde. «Schweig, Hexe! Ich weiß genau, dass du eine von ihnen bist. Erst dachte ich, es sei nur deine Freundin, aber ich habe mich geirrt. Ich habe dich im Haus der Dicken gesehen. Wenn sie nicht angefangen hätte zu schreien, hätte ich auch sie längst erledigt.» Der Klang seines Kicherns hallte von den Wänden des Kellers wider. «Aber ich werde zu ihr zurückkehren. Zu ihr und dem Rest der Hexenbrut.»

Die Gallensäure stieg ihr bis zur Kehle hoch. Er war es also doch, der Xanthe angegriffen hatte. «Warum haben Sie Sarah und die anderen umgebracht, Will?»

«Nenn mich nicht Will!» Er schlug sie erneut, und sie fühlte, wie ihre Lippen aufplatzten und Blut ihr Kinn hinunterlief. «Habe ich dir nicht gesagt, dass ich der Henker bin? Ich bin der Starke, der Hexenjäger!» Er brüllte Kat nun an; Schaum trat ihm auf die sinnlichen Lippen, die sie vor ein paar Stunden noch so attraktiv gefunden hatte.

Sie wollte zurückschreien, dass sie keine Hexe war. Keine der Ermordeten war eine Hexe gewesen, sie waren alle ganz normale Frauen. Doch sie wusste, das würde seinen Zorn nur noch mehr anheizen. Sie konnte nur eines tun, und das war, bei seinem grausamen Spiel mitzumachen und darauf zu warten, dass sie eine Fluchtmöglichkeit bekam. Wenn sie überleben wollte, würde sie kämpfen müssen. Und ganz plötzlich spürte Kat, dass sie nichts anderes wollte, als zu überleben. Sie musste hier rauskommen. Sie musste Zeit gewinnen. «Warum haben Sie diese Frauen umgebracht?» Sie bemühte sich, eher fasziniert als angeekelt zu klingen. «Waren sie alle Hexen?»

«Natürlich. Aber das weißt du ja.» Er zog eine Grimasse, und aus seinen attraktiven Zügen war nun jegliche Schönheit verschwunden. «Ich habe sie alle hingerichtet, wie einst die Hexen auf dem Schloss.»

«O Gott.» Kat schnappte nach Luft.

«Ich bin der Henker», schrie er, wandte ihr dann den Rücken zu und ging zur anderen Seite des Kellerraums. «Die Hexen waren zu mächtig für Will, er hat sich gefürchtet. Selbst Dee konnte nichts gegen sie ausrichten. Aber ich – ich kann es!»

Er verschwand in der Dunkelheit, und Kat kniff die Augen zusammen, um zu sehen, wohin er gegangen war. Vielleicht war das ja ihre Chance. Mit aller Kraft versuchte sie, die Arme und Beine zu bewegen, um die Fesseln zu lösen. Doch es hatte keinen Zweck, sie war fest an den Stuhl gebunden. Gefesselt wie ... Nein, sie würde nicht daran denken. Sie durfte jetzt nicht den Mut verlieren, durfte nicht verzweifeln. Sie musste sich darauf konzentrieren, zu überleben.

Als er zurückkehrte, fragte sie: «Was ist mit Malcolm Lever? Hat er geholfen, Suzanne Johnston zu töten?»

Doch sobald sie die Worte ausgesprochen hatte, wusste Kat, dass sie einen Fehler begangen hatte. Er hatte recht, der Mann, der vor ihr stand, war nicht Will.

«Ich habe sie getötet!», brüllte er. «Der Mann, der die Lorbeeren meiner Arbeit ernten will, ist eine verachtenswerte, arme Kreatur. Ich bin das Auge Gottes. Niemand außer mir kann die Hexen erkennen.»

«Aber wie haben Sie von Lever erfahren?»

«Halt den Mund!» Er lief durch den Keller wie ein Tiger im Käfig und raufte sich die Haare, sein Kopf schien zu rauchen vor Zorn. Dann drehte er sich auf dem Absatz um und knipste einen alten Lichtschalter in der Ecke an. Eine nackte, staubige Glühbirne leuchtete fahl auf, und an der gewölbten Decke, die voller Spinnweben war, erschienen seltsame Schatten. Kat kniff die Augen zusammen und konnte nun eine Art Plattform, flatternde Stoffe und seltsame Streben erkennen. Einen Moment lang schien es ihr, als handle es sich um Absperrwände, wie man sie im Krankenhaus verwendete.

«Ich denke, es ist Zeit, dass du Bekanntschaft mit meinem Mentor machst.»

Kat schluckte und spürte einen stechenden Schmerz in der Kehle. Es gab also doch einen Komplizen. Bilder schossen ihr durch den Kopf – sie wurde vergewaltigt, verprügelt und schließlich ermordet von diesem Verrückten und seinen Freunden. *Nein, denk nicht an so etwas! Konzentrier dich auf die Fesseln und halt Ausschau nach einem Fluchtweg*, ermahnte sie sich selbst immer wieder.

Dann zog er einen Vorhang zurück. «Darf ich dir meinen alten Freund Old Ned vorstellen», sagte er und lächelte stolz.

Kat starrte das Gebilde auf der Plattform an. Sie hatte Ähnliches bislang nur in Büchern und Filmen gesehen, hatte aber keinen Zweifel, womit sie es zu tun hatte. Ein langes, schweres Seil hing wie ein brauner Python von einem dicken Holzbalken herunter.

Eva wischte ein weiteres Mal über die Anrichte in der Küche. Sie hatte die gesamte Wohnung bereits geputzt, und die Räume waren nun steril wie ein Operationssaal, aber sie musste sich beschäftigt halten. Und auf ihre Arbeit konnte sie sich nicht lange genug konzentrieren.

Jeder zweite Gedanke galt Ben, seinem Gesicht, seinem Geruch, seiner Haut. Rosa, Bens Schwester, hatte sie vorhin angerufen. Wenn sein Leichnam freigegeben wurde, würden sie ihn heim in die USA holen. «Du dummes Ding», murmelte Eva. Was hatte sie erwartet? Dass man sie fragte, wo sie ihn beerdigen wollte? Sie war lediglich seine Freundin gewesen. Wenn sie bei ihm eingezogen wäre, als er sie gefragt hatte ... Wenn sie bei ihm eingezogen wäre, hätte er vielleicht nicht so hart gearbeitet; und vielleicht wäre er dann nicht in seinem Büro gewesen, als dieser Verrückte eingebrochen war ...

Beinahe wäre sie nicht ans Telefon gegangen, als es klingelte. Doch schließlich hob sie ab, kurz bevor der Anrufbeantworter ansprang.

«Ist da Eva Svenson?» Die Stimme war tief und weich. «Hier ist Anthony Blackstone, Kats Ehemann.»

Das hatte ihr gerade noch gefehlt. «Exmann, oder?», erwiderte sie gereizt und fragte sich, was zum Teufel er von ihr wollte. «Kat ist nicht hier, falls Sie sie suchen. Wie kommen Sie überhaupt zu meiner Nummer?»

«Stand in Kats Notizbuch ...»

«Wo genau sind Sie, Mr. Blackstone?»

«In Kats Haus.»

Eva verkrampfte sich und spürte, wie das Adrenalin in ihre Adern schnellte. «Wo ist Kat? Kann ich mit ihr sprechen?»

«Sie ist nicht hier, das versuche ich Ihnen ja gerade zu erklären. Ich bin vorbeigekommen, um sie zu besuchen, wollte mich entschuldigen, ihr erklären, dass ich nun nach vorne sehe – aber das Haus war stockdunkel. Der verdammte Hund ist fast durchgedreht; er hatte kein Wasser, kein Futter, nichts.»

«Wie sind Sie reingekommen?»

«Durchs Küchenfenster. Aber der Punkt ist, dass ich mir Sorgen um sie mache. Wenn ich nur hätte einbrechen wollen, dann sicher nicht mit diesem wilden Tier auf der anderen Seite. Er hat mir fast ein Bein abgerissen, als ich durch das Fenster gestiegen bin.»

«Sie hat Samson allein im Dunkeln gelassen? Das sieht ihr gar nicht ähnlich. Sie kann also nicht weit sein; sie würde nie vergessen, ihn zu füttern.»

«Wie schon gesagt, weder Futter noch Wasser.»

«Vielleicht ist sie irgendwohin gefahren.» Eva wollte nicht allzu wütend klingen. Wann würde dieser Typ endlich begreifen, dass Kat nicht sein Eigentum war?

«Nein, ihr Auto steht vor der Tür. Vielleicht hatte sie einen Unfall. Ich weiß, dass man den mutmaßlichen Mörder gefasst hat, aber wer weiß, ob nicht doch noch andere in den Fall verwickelt sind.»

«Ich verständige Inspector Hunter, wenn Sie das beruhigt. Bleiben Sie, wo Sie sind, und ich rufe sofort zurück, okay?» Die Idee, ihm quasi die Erlaubnis zu geben, allein in Kats Haus zu bleiben, gefiel ihr ganz und gar nicht, doch sie sah keine Alternative.

Myles Hunter war vollkommen außer sich. In der vergangenen Stunde war die Anklage gegen Malcolm Lever zusammengefallen wie ein Kartenhaus. Aber wie zum Teufel hatte Lever all die Details über den Mord wissen können? Hatte ihm jemand anders davon erzählt? Die Aussagen der Klinik sowie des Bewährungshelfers waren überprüft worden, und wie von Zauberhand erinnerte sich Lever bei einem zweiten Verhör plötzlich glasklar an diese Begegnungen. Was blieb ihnen da noch? Vielleicht noch eine Anzeige wegen des Diebstahls eines Ohrrings und wegen Beamtenbeleidigung.

Das Telefon klingelte erneut. Er legte die Hand auf den Hörer und traute sich kaum abzuheben. Als er Evas Stimme hörte, konnte er es zunächst nicht glauben. Hatten sich die Neuigkeiten so schnell herumgesprochen? Nein, das konnte nicht sein, er war paranoid geworden.

«Ich rufe wegen Kat Branks an», sagte Eva.

«Was?» Er schüttelte sich kurz. Wusste Eva etwa, was zwischen Kat und ihm passiert war? «Ich meine, was ist mit Kat?»

«Offenbar ist sie verschwunden», antwortete Eva nach einer kurzen Pause. «Zumindest glaubt ihr Exmann das. Er ist zu Besuch gekommen und hat Samson allein im Dunkeln vorgefunden – ohne Wasser und Futter. Und Kats Auto steht vor der Tür.»

«Verdammt, Eva. Denken Sie nach! Wann haben Sie zuletzt mit ihr gesprochen?» Und er hatte gedacht, nach der Nachricht, dass Malcolm Lever nicht der Mörder war, könnte sein Tag nicht noch schlimmer werden! «Denken Sie nach! Sie könnte in Gefahr sein.»

«Vor ein paar Tagen ist sie hier vorbeigekommen, als sie von Ben erfahren hat. Was meinen Sie mit Gefahr? Durch wen?»

Er berichtete ihr kurz, was sich in den letzten Stunden bei

ihm ereignet hatte – und dass inzwischen klar war, dass Lever nicht die Frauen getötet hatte.

«Sie meinen also, der Mörder läuft noch immer frei herum? Glauben Sie, er hat Kat?» Ein Geräusch irgendwo zwischen Schluchzen und Stöhnen drang durch die Leitung. «O Gott! Will Ellis. Sie wollte Will Ellis heute Mittag interviewen. Wir müssen ihn finden, müssen herausfinden, wo er wohnt. Sofort!»

Die Fesseln um Kats Fußgelenke waren gelöst worden. Trotz des tauben Gefühls in den Beinen konnte sie neben Will herhumpeln, während er sie zu der Plattform zerrte. Er murmelte unverständliche Worte vor sich hin und unterbrach sich selbst immer wieder durch hysterisches Kichern.

Das war es dann wohl, dachte Kat. So also sollte ihr Ende aussehen, hier in diesem düsteren Raum, in dem der Geruch von Erde und Tod hing. Als sie die Plattform betrat, zerrte er sie grob nach oben. Sie stolperte und verrenkte sich den Fuß. Der Schmerz brachte sie in die Wirklichkeit zurück. Sie ließ sich zu Boden fallen und entglitt Wills festem Griff. Er brüllte vor Zorn, griff nach ihren Haaren und ihren Kleidern. Kat fühlte Schmerzen in ihrem ganzen Körper, wurde sich jedoch bewusst, dass das ihre letzte Chance war. Sie trat mit beiden Füßen um sich, erwischte ihn am Schienbein und brachte ihn für einen Moment aus dem Gleichgewicht. Sie gewann lediglich ein paar Sekunden, jedoch genug Zeit, um sich hochzustemmen und langsam von ihm wegzuschlurfen. Sie schrie nun aus vollem Halse; ihre Lunge brannte, als sie all ihre Angst und Verzweiflung hinausbrüllte. Sie konnte eine Holztreppe erkennen. Der Weg nach draußen ... Wenn sie doch nur den Ausgang dort oben erreichen könnte. Dann sah sie es – Licht unter der Tür.

Ganz sicher war das Licht vor ein paar Minuten noch nicht da gewesen. Sie öffnete den Mund und schrie erneut um Hilfe – doch der Schrei erstarb, als sie einen Schlag gegen den Kopf erhielt. Sie prallte zu Boden, und ihre Nase begann zu bluten.

«Dreckige Schlampe! Dreckige, verlogene Hexe!» Voller Wut zog er an ihren Haaren, die ihr dabei büschelweise ausgerissen wurden. Vor Kats Augen verschwamm alles. Er brachte sie wieder auf die Füße, zerrte sie auf die Plattform und legte ihr den dicken Strick um den Hals. «Zeit, sich dem Rest deines Hexenpacks anzuschließen», zischte er.

«Will!» Die Stimme war autoritär und bestimmt. Und auch irgendwie vertraut. Kat fragte sich, ob sie halluzinierte. Vielleicht hatte er sie schon in den Wahnsinn getrieben. Doch dann hörte sie Schritte. Die Stimme erklang erneut, und Kat erkannte sie.

«Madeline! Gott sei Dank sind Sie hier!» Kat schluchzte vor Erleichterung. «Sagen Sie ihm, er soll mich gehen lassen. Rufen Sie die Polizei! Er ist verrückt!»

Einen Moment lang schaute Madeline ihr direkt in die Augen. Im dämmrigen Licht der Kerzen wirkten ihre Augen eher gelb als grün. Dann lächelte sie, und Kat erkannte, dass dieses Lächeln nicht ihr galt. Es galt dem Henker. Ein Lächeln der Bestätigung, ein aufforderndes Lächeln. Das Letzte, was Kat vernahm, ehe die Dunkelheit sie umfing, war ein leises Lachen.

«Sind Sie sicher, dass dies die richtige Adresse ist?» Eva klammerte sich an den Griff der Autotür, während Myles um die Kurve raste.

«Hab selbst im Internet nachgesehen. Es gibt nur einen Will Ellis hier in Lancaster, und der lebt in der Nähe des Schlosses.»

«Was, wenn Xanthe sich geirrt hat bei der Stimme?»

«Im schlimmsten Fall bekomme ich eine Beschwerde angehängt. Bestenfalls sehen wir einfach nur aus wie zwei Leute, die den Verstand verloren haben.» Er trat auf die Bremse, und Eva kippte nach vorn. «Sieht aus, als wären wir da.»

Golgotha House lag im Dunkeln. Als sie zum Gebäude eilten, konnten sie erkennen, dass der feine Sandstein der Fassade und auch die Gravuren über dem Hauseingang ziemlich verwittert waren. Der Inspector nickte den zwei Beamten zu, die ihnen im Polizeiwagen gefolgt waren. Die beiden liefen daraufhin um das Haus, während Myles mit der Faust gegen die hölzerne Eingangstür hämmerte.

«An der Hintertür reagiert auch niemand, Chef», sagte der Größere von beiden, als sie zurückgerannt kamen. «Aber wir haben das hier gefunden. Lag in den Büschen neben dem Haus.»

Er hielt Hunter ein Stück Stoff entgegen. Eva trat einen Schritt vor, um es genauer zu betrachten. «Mein Gott, ich denke, es könnte Kat gehören. Sie hat diese knallrote Jacke ... Myles, was machen wir jetzt?»

Doch er und die zwei anderen Beamten hasteten bereits um das Haus herum. Eva folgte ihnen und sah, wie die Männer sich mit aller Kraft gegen die Hintertür warfen.

«Los, nochmal!», rief Myles, der mit größter Anstrengung versuchte, die Tür aufzubrechen. Wenn Kat sich nicht in diesem Haus befand oder freiwillig dort war, würde er ernsthafte Probleme bekommen. Doch zum Teufel mit dem Durchsuchungsbefehl! Das Risiko musste er eingehen. Er hatte bereits einen Fehler begangen, einen weiteren konnte er sich nicht leisten. Mit einem Knall gab das Schloss endlich nach, und die drei Männer drangen ins Innere des Hauses ein.

«Hier stinkt's wie in einem Schweinestall», zischte einer der

Uniformierten, während er vorsichtig entlang einer Küchenwand vorrückte. Anschließend durchsuchten die Männer den Flur, danach Wohn-, Ess-, Arbeits- und Schlafzimmer.

«Nichts!», rief Hunter. «Aber ich habe ein mieses Gefühl. O Gott, Kat!» Er hörte, wie seine Stimme brach.

«Wir müssen den Dachboden überprüfen, Chef!», sagte der andere Uniformierte. «Und den Keller. Diese alten Herrenhäuser haben immer einen Keller –» Er hielt inne, als er sah, wie sich sein Vorgesetzter daranmachte, den abgewetzten Teppichboden im Flur hochzureißen.

«Durchsucht die Küche, Jungs. Seht überall nach, ob irgendwo eine Falltür oder ein versteckter Eingang ist.»

Auch Eva begann zu suchen. Als sie in einen großen Wandschrank im Flur sah, machte sie eine Entdeckung. «Hier!», rief sie.

Sie riss bereits an dem schweren Eisenring, als die anderen ihr zu Hilfe kamen. Als die Falltür sich endlich öffnete, wären sie beinahe hintenübergefallen. Sie schauten nach unten und erblickten eine hölzerne Treppenflucht, die in ein gedämpftes Licht getaucht war.

«Polizei!», brüllte Myles, nachdem sie die Stufen hinuntergerannt waren. Seine Stimme hallte in dem leeren Keller wider. «Was zum –»

«Dort drüben, Chef! Sieht aus wie eine weitere Tür.»

Myles war zur Stelle, noch ehe der junge Beamte selbst versuchen konnte, die Tür zu öffnen. Schnell riss Hunter sie auf. Dahinter befand sich eine weitere Treppe, die in einen dunklen Gang führte. Sie rannten die Stufen hinab und stürzten sich in die Finsternis.

Später war Eva nicht mehr in der Lage, sich ins Gedächtnis zu rufen, was genau als Nächstes geschah. Sie erinnerte sich nur noch an einen Schrei – den Schrei einer Frau – und dann an ein hektisches Durcheinander von Armen und Beinen.

Doch eine Szene in jenem Keller würde sie niemals vergessen: Madeline Leigh schrie hysterisch, und Will Ellis lachte voller Freude, während der Körper am Strang zunächst zuckte und plötzlich nur noch reglos herabhing. Zu reglos.

Dann beobachtete Eva, wie sich Myles mit einer Schnelligkeit, die sie ihm nie und nimmer zugetraut hätte, auf Will Ellis stürzte und ihn mit einem mörderischen Schlag gegen den Kopf zu Boden schmetterte. «Schneidet sie da runter!», brüllte er noch im selben Moment.

Entsetzt sah Eva zu, wie die Beamten Kats reglosen Körper hochhoben und die Schlinge um ihren Hals langsam entfernten. Einer von ihnen begann mit einer Mund-zu-Mund-Beatmung. Zwecklos! Doch sie mussten es versuchen.

«Ich mach's!», rief Eva, schob den Beamten zur Seite und setzte die Wiederbelebungsversuche fort. Die Zeit schien sich endlos dahinzuziehen, während sie sich unentwegt darum bemühte, dem kalten Körper Leben einzuhauchen. Sie unternahm eine Herzdruckmassage und fühlte, griff nach dem Puls: Doch das Herz schlug von Sekunde zu Sekunde schwächer.

«Ich fürchte, sie ist tot», meinte einer der Polizisten.

Seine Worte wurden von Myles' verzweifeltem Schrei übertönt: «Bringt endlich diese verdammten Ärzte her!»

«Nein! Nein, nein, niemals!»

Er schreit die nackten Krankenhauswände an. Er sieht mich nicht an, weil er weiß, dass ich sehe, wie er lügt. Ich rede sanft auf ihn ein, mit kontrollierter Stimme. Er wird ihnen alles sagen, ich weiß es. Er wird es ihnen sagen, wenn sie zu ihm kommen mit ihren Medikamenten und ihren Therapien. Er glaubt, er sei so stark, doch das ist er nicht. Sobald sie von lebenslänglicher Haft reden, wird auch er weich werden. Er wird für uns alle sprechen, für den Henker, für Will, für Dee, für Liam ... und für mich.

Diesmal werde ich uns retten. Ich werde mit ihm reden. Ich werde ihm klarmachen, dass es nun, da er sich hat erwischen lassen, nur einen Ausweg geben kann. Wir müssen nicht alle in diesem Ort eingesperrt sein. Er muss tun, was ich ihm sage.

Es gibt nur einen Ausweg für ihn. Er wird gehen müssen.

Kapitel 31

Kat keuchte. Da war etwas in ihrem Hals, etwas, das sie daran hinderte, zu atmen. Sie fühlte, wie sich Panik in ihrer Brust breitmachte, und dann den brennenden Schmerz. Er war noch viel schlimmer als der Schmerz in ihrem Arm. Sie wand sich verzweifelt.

«Ganz ruhig, Liebes.» Sie spürte eine Hand und einen sanften Geruch, wie von frisch gewaschener Wäsche ... und ... von Blumen ... Nein, von Parfüm. «Ganz langsam. Sie haben ziemlich lange geschlafen.» Die Dunkelheit umfing sie wieder wie eine weiche, bequeme Decke.

Kurz darauf wurde Kat wieder wach. Diesmal zwang sie sich, die Augen zu öffnen und ihre Umwelt genau wahrzunehmen. Sie konnte eine Gestalt in einer blau-weißen Uniform erkennen. Ihr Kopf fühlte sich schwer an, als hätte man ihr Blei in die Ohren gegossen. Sie lehnte gegen einen Arm und bemerkte, wie jemand die Kissen um sie herum ordnete.

«Ich bin Schwester Lucy. Ich habe mich hier um Sie gekümmert.» Eine Pause, dann legte sich eine angenehm kühle Hand auf ihre eigene. «Seien Sie vorsichtig, Sie sind noch an ein Atemgerät für die Nase angeschlossen und haben eine Kanüle im Arm. Schlimme Infektion, die Sie sich da durch die Brandwunde eingefangen haben.» Kat blickte auf den Schlauch, der zu ihrem bandagierten linken Arm führte.

«Wie bin ich hierhergekommen?», fragte sie. Ihre krächzende Stimme klang fern und fremd. «Ich erinnere mich an den Keller. Will hat mich betäubt, dann ist er durchgedreht ... Er hat einen Galgen im Keller ... Hat mir diese Metallmaske aufgesetzt ... Hat behauptet, ich sei eine Hexe ... Mich mit einem Eisen verbrannt ... Er ist der Henker, er –»

«Schsch, ganz ruhig. Regen Sie sich nicht auf. Sie sind hier im Royal Lancaster Infirmary in Sicherheit. Ihre Freunde und die Polizei haben Sie gerettet, und der Mann, der Sie entführt hatte, sitzt in einer geschlossenen Anstalt.» Die haselnussbraunen Augen musterten sie eindringlich. «Sie haben uns einen ganz schönen Schrecken eingejagt. Ihre Freundin und Ihr Lebensgefährte haben Sie keine Sekunde allein gelassen. Wir mussten sie sogar von Zeit zu Zeit rausschmeißen.»

«Ich habe keinen Lebensgefährten.»

Schwester Lucy zuckte mit den Schultern. «Oh, entschuldigen Sie, ich dachte nur ...» Sie errötete. «Ein großer Typ, ein bisschen wortkarg, kurze dunkle Haare.»

«Myles Hunter? Oh, er ist nur einer der Polizisten.»

«Armer Myles.» Ein Lachen war im Eingang des Krankenzimmers zu hören. «Entschuldigen Sie, Schwester, ich wollte nicht einfach so reinplatzen, aber man sagte mir, Kat sei aufgewacht.»

«Eva!» Kat verzog das Gesicht, als sie versuchte, sich aufzusetzen, denn sie hatte für einen Moment die Kanüle in ihrem Arm vergessen.

«Ihre Freundin ist eine wahre Heldin.» Schwester Lucy lächelte. «Stur wie ein Esel. Hat darauf bestanden, mit der Wiederbelebung weiterzumachen, obwohl alle schon glaubten, Sie seien tot.»

Kat starrte Eva an, die errötete und beschämt zu Boden sah. «Du hast mir das Leben gerettet, Eva? Ich erinnere mich an gar nichts, nachdem er mich auf die Plattform gezerrt und mir den Strick umgelegt hat. Nur an den Schmerz. Das Nächste, was ich weiß, ist, dass ich hier aufgewacht bin.»

«Du warst ein paar Tage lang bewusstlos», erklärte Eva und setzte sich auf die Bettkante. «Myles ist die ganze Zeit hier auf der Station gewesen und hat alle genervt. Er war es auch, der Will geschnappt hat. Ich dachte, er würde ihn umbringen. Du warst ... Nun ja, die Polizisten haben dich von dem Strick befreit, aber du hast nicht mehr geatmet. Ich habe dann so lange Wiederbelebungsversuche gemacht, bis der Notarzt da war.»

«Ich kann mich an nichts erinnern.» Kat seufzte. «Doch, eine Sache ... Madeline. Ich erinnere mich an Madeline. Sie war auch in dem Keller. Ich dachte, sie würde mir helfen, aber ...» Kat schluckte, als sie den Kloß in ihrem Hals fühlte. «Sie hat nur gelächelt. Eva, sie hatte Spaß an der Situation, sie hat ihm die Erlaubnis erteilt, mich zu töten ... Ich habe sie lachen gehört. War es ihre Idee? Hat sie geholfen, die anderen zu töten?»

«Kat.» Eva streichelte ihr die Hand. «Bleib ruhig, du bist immer noch sehr schwach. Wir können später noch über Madeline Leigh sprechen, sie wird nirgendwohin gehen. Die Polizei hat sie bereits verhört.»

Kat sank zurück in die Kissen. Sie versuchte, sich auf Evas Stimme zu konzentrieren, die jedoch immer leiser wurde.

Schließlich kam der Schlaf über die erschöpfte Kat.

«Ist sie wieder eingeschlafen?»

Eva sah auf, als Myles Hunter das Zimmer betrat. «Ja, aber diesmal ohne Hilfsmittel. Sie ist wieder ins Leben zurückgekehrt.»

Sie schaute Myles an und bemerkte die Müdigkeit in seinem Gesicht. Er hatte den Mörder gefasst, der Fall war abgeschlossen. Was war nur los mit ihm? Sie biss sich auf die Zunge. Natürlich war es Kat. Warum hatte sie es nicht schon längst bemerkt? «Wir sollten sie jetzt in Ruhe schlafen lassen», meinte sie. «Kommen Sie mit. Ich spendiere Ihnen einen Kaffee.»

Der Inspector nahm ihr Angebot an, und sie gingen in die Cafeteria des Krankenhauses.

«Sie waren großartig, wissen Sie das?», sagte Myles, als sie ihre Kaffeebecher auf einen der Plastiktische abstellten. «Ich meine, wären Sie nicht gewesen ...»

«Ich habe zwei Semester Medizin studiert, ehe ich das Fach gewechselt habe», erklärte Eva. «Ich hatte immer gehofft, dass mir das eines Tages nochmal nützen würde.»

«Ohne Sie wäre Kat nicht hier. Eva, hätten Sie nicht angerufen ... Hätte dieser Scheißkerl von Exmann nicht angerufen ...»

Eva nippte an dem heißen Kaffee. «Aber er hat angerufen, und wir haben sie gerettet, Myles. Das ist alles, was zählt. Auch wenn es noch eine ganze Weile dauern wird, bis Kat den Schock vollständig überwunden hat. Was ist mit Will Ellis?»

«Er ist in einer geschlossenen Anstalt. Der Psychiater sprach von irgendeiner pathologischen Persönlichkeitsstörung. Deswegen war er auch bei Ihrem ... bei Ben Chandler. Nach seinen letzten Äußerungen ist er nicht Will, sondern diese andere Persönlichkeit, der Henker.»

«Besessen davon, Frauen zu töten.» Versonnen rührte Eva in ihrem Kaffee. «Aber nicht alle Frauen. Nur diejenigen, die er für Hexen hielt.»

«Richtig. Aber welche Kriterien hat dieser Wahnsinnige benutzt? Sarah, Barbara Sanders, Suzanne Johnston und Kat.» Er fuchtelte mit den Armen und stieß beinahe seinen Becher um. «Ich meine, verschiedener könnten vier Frauen wohl kaum sein.»

«Nun ja, immerhin wissen wir von seiner Bekanntschaft mit Barbara Sanders. Sie wird irgendetwas getan haben, das ihn erzürnt hat. Oder vielleicht wusste sie sehr viel über Hexen, sodass er glaubte, sie wäre auch eine.»

«Die ganze Geschichte ist völlig verrückt. Ich meine, wieso fängt jemand an zu töten? Er ist achtundzwanzig, unabhängig, hat Geld, ist intelligent, talentiert und sieht gut aus. Er ist doch der Traum einer jeden Frau. Was bringt so jemanden dazu, Frauen zu foltern und zu töten, wo er doch jede von ihnen haben könnte.»

«Er hielt sich für das Auge Gottes, für unbesiegbar.»

«Aber warum? Wie wird man zu so einem Monster?» Myles raufte sich die Haare.

«Wir können nicht mit Sicherheit sagen, was ihn zu dem gemacht hat, was er ist. Es könnte durch einen neurologischen Schaden oder aber durch ein Trauma hervorgerufen worden sein. Viele Patienten mit dissoziativer Störung können sich an nichts erinnern, was vor einem bestimmten Alter in ihrem Leben passiert ist. Es ist eine Reaktion auf ihr Trauma.»

«Glauben Sie, seine Mutter hat ihn misshandelt und dazu gebracht, Frauen zu hassen?»

«Möglicherweise. Immerhin wissen wir, dass er eine ungewöhnliche Kindheit hatte.»

«Verdammter Zufall, dass sowohl Malcolm Levers wie auch Madeline Leighs Familie zu den Patienten der Ellis gehört haben. Nur dass Madeline damals noch Madeline Ainsworth hieß.»

«Sie stammte also doch aus Lancaster. Warum, glauben Sie, hat sie es verheimlicht?»

«Wer weiß, bloßer Snobismus vielleicht, oder sie glaubte, ihre Herkunft aus der Arbeiterklasse vertuschen zu müssen. Wir wissen, dass sie mit vierzehn ausgerissen ist und sich unter falschen Altersangaben einen Job in einem Hotel verschafft hat. Sobald sie alt genug war, hat sie ihren Namen geändert, aber das allein ist noch kein Verbrechen.»

«Warum ist sie nach Lancaster zurückgekommen?»

«Sie sagt, sie hätte sich landesweit beworben und es sei purer Zufall, dass sie ausgerechnet hier einen Job gefunden hat.»

«Glauben Sie ihr?»

«Ich glaube der Frau nicht ein Wort. Aber aus Miss Leigh bekommen wir nicht viel mehr heraus, und auch Ellis können wir nicht fragen. Der Psychiater sagt, er habe sich in eine seiner Persönlichkeiten zurückgezogen und kenne niemanden, der Will heißt.»

«Glauben Sie, das Gericht erklärt ihn für verhandlungsunfähig?»

Er zuckte die Schultern. «Ich würde zumindest nicht dagegen wetten. Madeline besucht ihn regelmäßig.»

«Kann man sie nicht davon abhalten?»

«Wir bemühen uns. Aber wir müssen auf die Entscheidung der Staatsanwaltschaft warten.»

Als sie die Cafeteria verließen, meldete sich Myles' Handy. Ein weißgekleideter Assistenzarzt, der die Klingeltöne ebenfalls vernahm, starrte sie missbilligend an. Myles ging daraufhin so schnell durch den Empfangsbereich und zum Parkplatz, dass Eva große Mühe hatte, ihm zu folgen.

Sie beobachtete, wie er nickte, und hörte ihn sagen: «Okay, ich bin um zehn zurück auf dem Revier», dann beendete er das Telefonat.

Eva sah ihn an. Irgendetwas war passiert. «Was ist los?»

«Ich hatte recht, es wird keine Gerichtsverhandlung geben», antwortete er. «Will Ellis ist vor einer halben Stunde tot aufgefunden worden. Er hat sich in seiner Zelle erhängt.»

Es war bereits Ende Februar, als Kat wieder zum Schreiben zumute war. Sie hatte ihre Geschichte wieder und wieder erzählen müssen, sowohl bei Interviews als auch bei der Polizei. Zu viele Bilder spukten ihr im Kopf herum; Bilder, die sie nie wieder sehen wollte. Dann entschied sie sich, alles einfach rauszulassen, alles aufzuschreiben, was er ihr angetan hatte. Zwei Wochen lang tippte sie wie in Trance Tag und Nacht, schlief kaum und aß wenig.

«Das ist großartig!», rief ihre Agentin begeistert, nachdem sie es gelesen hatte.

Eva hatte ihr vorgeschlagen, eine Therapie zu machen. Doch sie wollte alles, nur nicht über die Erfahrung sprechen.

«Ich habe alles zu Papier gebracht», sagte Kat ihr nun. «Ich werde ihn – und was er mir angetan hat – benutzen, nicht umgekehrt. Ich werde kein verdammtes Opfer sein. Ich schulde es den Frauen, die er getötet hat, und Ben.»

Doch als sie eine Nachricht von Myles bekam, der darum bat, mit ihr und Eva über den Fall zu sprechen, wurde ihr übel.

Und nun warteten sie beide draußen vor dem Revier.

«Was ist hier los?», fragte sie.

Eva zuckte mit den Schultern. «Keine Ahnung. Wir haben unsere Aussagen doch schon vor langer Zeit gemacht.»

Sie wurden von Myles unterbrochen, der ihnen die Tür öffnete. Er sah müde aus, und Kat war erstaunt über ihre Nervosität, als sie ihn wiedersah. Sie zupfte an ihrer Handtasche, um ihre Verwirrung zu überspielen.

Die beiden Frauen folgten ihm in sein Büro und setzten sich ihm gegenüber. Er fuhr sich mit der Hand durchs Haar und schob ihnen schließlich eine Akte zu.

«Madeline Leigh», sagte er. «Ich wollte es euch selbst sagen.»

«Wird endlich Anklage gegen sie erhoben?», fragte Eva und warf Kat einen schnellen Blick zu.

«Die von der Staatsanwaltschaft waren gerade hier.» Er zog eine Grimasse. «Alles nur verdammte Papiertiger und Schlaffis.»

«Und? Was haben sie gesagt?» Kats Kehle war so trocken, dass sie kaum ein Wort hervorbrachte.

«Es ist vorbei. Unzureichende Beweislage, blabla. Sie haben es hin und her gedreht, aber sie können nichts gegen Madeline Leigh unternehmen.» Er sah Kat in die Augen. «Es tut mir so wahnsinnig, wahnsinnig leid, Kat. Sie sagen, es reicht nicht für eine Anklage. Die Tatsache, dass ihre Familie mit der von Will Ellis bekannt war, und selbst deine Aussage darüber, wie sie sich in diesem verdammten Keller verhalten hat, würden nicht ausreichen. Und es sei Zufall, dass sie auch Levers Anwältin war.»

Kat schluckte den Kloß in ihrem Hals hinunter. Sie hätte darauf gefasst sein sollen. Schließlich gab es nur ihre Zeugenaussage; Madelines Lächeln, der Blick in ihren Augen. Sie hätte nicht erwarten dürfen, dass die Staatsanwaltschaft auf dieser Grundlage Anklage erhob.

Und Madeline würde niemals etwas zugeben. Sie wusste viel mehr, als sie durchblicken ließ, hatte von Anfang an mehr gewusst. Sie hatte Will angespornt, Kat zu töten. Vielleicht hatte sie ihn auch schon zuvor angespornt oder gar geholfen, seine Hexen aufzufinden. Hatte sie geholfen, Sarah in den Keller zu bringen?

Ein plötzlicher Schwindel erfasste Kat. «Ich muss an die Luft», sagte sie und stand auf.

«Ist schon in Ordnung, Myles, ich gehe mit ihr.» Eva machte eine Handbewegung, um ihn zurückzuhalten, und öffnete die Tür.

Mühsam versuchte Kat, sich zu beruhigen und ihre Schwindelgefühle zu überwinden; sie würde es sonst noch nicht einmal schaffen, die Treppe hinunterzugehen, die zum Ausgang führte. Als sie dann schließlich einige Stufen hinabgestiegen war, glaubte sie plötzlich, zu halluzinieren: Unten an der Treppe stand eine Frau mit blassroten Haaren, zu einem lockeren Knoten gebunden, langen Beinen in dunklen Strümpfen und einem schwarzen Kostüm. Kat ballte die Hände zu Fäusten, um nicht zu schreien und auf die Frau loszugehen.

Eva umfasste behutsam Kats Arm – eine besänftigende Geste, die verhindern sollte, dass ihre Freundin etwas Unüberlegtes tat.

«Was zum Teufel ...?», rief Myles, der den beiden Frauen gefolgt war; seine Stimme zitterte vor Zorn.

«Tut mir leid, Chef», antwortete ein Beamter, der zufällig

vorbeikam. «Sie war hier, um die offizielle Bestätigung abzuholen, dass es nun doch zu keiner Anklageerhebung gegen sie kommt und das Verfahren eingestellt worden ist.»

Madeline Leigh wartete am Fuß der Treppe. Eine ihrer manikürten Hände ruhte auf ihrer Hüfte, während sie zusah, wie der Inspector und die beiden Frauen langsam hinabstiegen. Sie sah Kat direkt an. Ihr Blick hatte etwas von einem Tiger, der seine Beute taxiert. «Ich hoffe, Sie haben sich nach diesem schrecklichen Vorfall gut erholt», sagte sie, als die drei nur noch wenige Stufen zu gehen hatten. Ihre Stimme war rauchig, die Frage beinahe provozierend.

Kat blieb stehen und starrte die Anwältin ebenfalls an. Sie zwang sich, Madelines Blick standzuhalten. «Es geht mir gut», erklärte sie steif und entzog Eva ihren Arm. «Ich fürchte, dasselbe kann man über Ihren Klienten nicht sagen.»

«Der arme Will. Er war so schrecklich verwirrt. Es ist vermutlich das Beste so.»

«Vor allem für die anderen Frauen, die er sonst noch entführt und getötet hätte», blaffte Myles.

«Aber Inspector, Sie wissen doch genau, dass er nichts dafür konnte. Er war krank. Man hätte ihn niemals verurteilt, selbst wenn es zu einer Verhandlung gekommen wäre.»

Kat ging näher an Madeline heran und blieb auf der vorletzten Stufe stehen, sodass sich ihre Gesichter auf gleicher Höhe befanden. «So wie Sie?», hauchte sie.

Die Anwältin versteifte sich, lächelte aber sogleich wieder. «Das ist aber nicht sehr nett von Ihnen, nachdem ich mir die Mühe gemacht habe, Ihnen Ihr Eigentum zurückzubringen», schnurrte sie.

«Welches Eigentum?»

Madeline griff in ihre teure Ledertasche und holte einen

kleinen Briefumschlag heraus. «Das hier. Ich nehme an, es gehört Ihnen. Man hat es in dem Keller gefunden, nachdem die Spurensicherung alles abgeriegelt und überprüft hatte. Ich nehme an, es ist Ihnen aus der Tasche gefallen. Wills Testamentsvollstrecker haben mir all seine persönlichen Angelegenheiten übertragen.»

«Ich dachte, Sie wären seine Testamentsvollstreckerin», erklärte Kat verwundert. «Schließlich waren Sie doch seine Anwältin und somit für all seine juristischen Angelegenheiten zuständig.»

«Aber nicht für die Abfassung seines Testaments. Es wäre ethisch nicht korrekt gewesen, da ich die Begünstigte des Nachlasses bin.»

Kat öffnete den Mund. «Ich ...»

«Sie müssen mir nicht danken. Auf Wiedersehen, Miss Branks.»

Wie versteinert sahen Eva, Myles und Kat zu, wie Madeline sich umdrehte und mit wiegenden Hüften hinausging.

«Was ist in dem Umschlag? Soll ich ihn öffnen?» Myles streckte seine Hand aus.

«Nein, ich denke, nicht einmal Madeline hätte den Nerv, eine Briefbombe hierher zu bringen.» Kat öffnete den Umschlag. Darin befand sich ein leicht verblichenes Foto. Es zeigte ein etwa zehnjähriges Mädchen mit langen Beinen und von kindlicher Schönheit. Blassrote Locken kamen unter einem gelben Sonnenhut zum Vorschein. Sie hatte die Arme um einen kleinen schwarzhaarigen Jungen mit dunklen Augen geschlungen. Will Ellis.

«Gehört das wirklich dir?», fragte Eva.

«Nein, ich nehme an, es hat ihm gehört.»

«Dieses kalte, verdammte Weibsstück», zischte Eva. «Sie

will dir sagen, dass sie gewonnen hat. Sie hat die ganze Zeit gewusst, was vorgeht.»

«Und das alles nur des Geldes wegen», meinte Myles.

Kat starrte das Foto an. Es war recht unscharf, sodass man es auf den ersten Blick nur schwer erkennen konnte – doch die Traurigkeit in Wills Augen war herzerweichend. Sie schaute noch einmal genau auf das Mädchen, vor allem auf den Ausdruck der grünen Augen.

«Nein», sagte sie. «Nicht nur wegen des Geldes.»